# 蒙田随笔全集

## 第三卷

〔法〕米歇尔·德·蒙田 著

马振骋 译

人民文学出版社
PEOPLE'S LITERATURE PUBLISHING HOUSE

图书在版编目(CIP)数据

蒙田随笔全集.第三卷/(法)米歇尔·德·蒙田著;马振骋译.—北京:人民文学出版社,2017
ISBN 978-7-02-013358-1

Ⅰ.①蒙… Ⅱ.①米…②马… Ⅲ.①随笔-作品集-法国-中世纪 Ⅳ.①I565.63

中国版本图书馆 CIP 数据核字(2017)第 227961 号

责任编辑　卜艳冰　张玉贞
封面设计　汪佳诗

出版发行　人民文学出版社
社　　址　北京市朝内大街 166 号
邮政编码　100705
网　　址　http://www.rw-cn.com

印　　刷　上海利丰雅高印刷有限公司
经　　销　全国新华书店等

开　　本　890 毫米×1240 毫米　1/32
印　　张　13.25
字　　数　320 千字
版　　次　2018 年 2 月北京第 1 版
印　　次　2018 年 2 月第 1 次印刷

书　　号　978-7-02-013358-1
定　　价　55.00 元

如有印装质量问题,请与本社图书销售中心调换。电话:010-65233595

# 目 录

1　**第一章　论功利与诚实**

印度哲人丹达米斯听了人家讲述苏格拉底、毕达哥拉斯、第欧根尼的生平后，认为他们在什么方面都是大人物，但是对法律过于毕恭毕敬；为了同意和辅助法律，真正的道德不得不失去原有的许多活力；不但在法律的允许下，还是在法律的怂恿下，许多坏事都做了出来。

18　**第二章　论悔恨**

其他人教育人；我则叙述人，描绘一个教育不良的个人，若由我来重新塑造，则会塑造出另一个截然不同的人来。但是一切已成定局。

33　**第三章　论三种交往**

生活是一种不均匀、不规则、多形式的运动。一意孤行，囿于个人爱好固执不变，决不肯偏离与迁就，这不是在做自己的朋友，更不是主人，而是奴隶。

46　**第四章　论分心移情**

一个不愉快的念头留在心间，我觉得改变它比克服它更快见效。我不能让它从相反的方面去想，至少从较好的方面去想。变换着想法总能起一种减轻、化解和驱散的作用。

58　　第五章　论维吉尔的几首诗

　　　各族人民在宗教方面有许多不谋而合的做法，如祭祀、点灯、焚香、斋戒、上供，此外还有谴责性行为……可能我们有理由责备自己造出这么一件愚蠢的产品——人，称这种行为是耻行，完成这个任务的部位是耻部（此刻在下的这个耻部倒是实在耻为人知的了）。

127　　第六章　论马车

　　　伊索克拉特向他的国王提出的劝谏，我觉得不是没有道理的："他可以添置华丽的家具和精致的器皿，因为这些东西使用长久，还可以传之子孙后代；但是应该避免一切在生活与记忆中迅速过去的奢华方面挥霍浪费。"

147　　第七章　论身居高位的难处

　　　安贫乐道、不求闻达，并不怎么了不起。这是一种美德，我觉得你我这样的小人物，不用多费心思也能做到。有些人更在考虑退位后带来的荣誉，对退位还比身居高位时的冀望怀着更多的野心，这样的人什么事做不出来？尤其谋求野心走歪门邪道总是更为有效。

153　　第八章　论交谈艺术

　　　讨论让人学到东西，同时又锻炼口才。我若跟一位有主见的人和强手讨论问题，他就会不断出手，令我左右难以招架；他的想象力会刺激我的想象力，嫉妒心、荣誉感、凝神专注会催促我、推动我超越自己。在讨论中你唱我和，意见一致，那是最没劲的。

179　　第九章　论虚空

　　　眼看灾祸临头时，我觉得也是虚空之事兴隆的季节。当今到处都在做坏事，只是做些无用的事也像值得称道的了。

245　第十章　论意志的掌控

贤哲告诉我们，按照自然的规律没有人是贫困的，按照人的意见人人都是贫困的。他们还细致区分从自然而来的欲望和因我们胡思乱想而来的欲望。大家看得到底的欲望是来自自然的，在我们面前躲闪、让我们追赶不上的欲望是来自我们的。钱财的贫乏易治，而心灵的贫乏则不可治。

270　第十一章　论跛子

一般来说，人在传播自己的意见时聚精会神，当普通的做法不奏效时就会使用命令、力量、铁与火。真理的最佳试金石竟是信徒的人教，这里面庸人远远超过贤人，到了这种局面可不是幸事。

282　第十二章　论相貌

野心、吝啬、残酷和复仇，本身并不具备天然的暴烈，都要借用正义、虔诚这些光荣的字眼作为火苗，点燃它们。当恶意披上法律的外衣，趁法官无作为时举起道德的榔头，那时才露出事物最丑恶的面目。

314　第十三章　论阅历

心灵的伟大不是往上与往前，而是知道自立与自律。心灵认为会合适就是伟大，喜爱中庸胜过卓越显出它的高超。最美最合理的事莫过于正正当当作人，最深刻的学问是知道自然地过好这一生；最险恶的疾病是漠视自身的存在。

375　索引

# 第一章
# 论功利与诚实

谁都难免说傻话，可悲的是还说得很起劲。

他花大力气去说大傻话。

——泰伦提乌斯

这事跟我无关。我的傻话都是漫不经心时傻里傻气说出来的。想说就说，也随说随忘，毫不在乎。傻成怎样也就怎样对待，决不贩卖。我对着白纸说话也像对着任何人说话。求的是真，有以下事例为证。

虽则提比略拒绝背信弃义而遭受那么大的损失，但是谁对背信弃义不痛恨呢？有人从德国捎话给他，他若认可，可以用毒药把阿尔米尼除掉。（阿尔米尼是罗马最强大的敌人，在瓦鲁斯当政时曾卑鄙地对待罗马人，曾独力阻挡罗马在这些地区扩张霸权。）他当下答复说：罗马人民一贯用光明正大的方法手执武器报复敌人，从不偷偷摸摸使用诡计。他不讲功利，而讲诚实。

你可以对我说，"这是个伪君子。"我相信。他这类人做这样的事没有什么了不起。但是从憎恨道德的人嘴里说来要尊重道德，这意义也不可小看。尤其他受真理所逼说出这样的话，即使内心不乐意接受，至少还要用言辞加以掩饰。

我们的制度，不论在公共领域还是私人领域，处处都不完美。但是自然中没有无用的东西，即使无用的也有用，这个宇宙中的万物息息相关，无不有其位子。我们人身则有病态的品性黏合而成的。野心、嫉妒、羡慕、报复、迷信、失望，在我们身上与生俱来，难以改变，也可从野兽身上看到其影子。残忍性——这个那么违反自然的恶行——也如此。因此，我们看到其他人受苦，内心不但不表同情，还会产生一种我说不出来的幸灾乐祸的快感；连孩子也体会得到；

> 大海中白浪滔天，
> 生死挣扎的观赏者在岸边。
>
> ——卢克莱修

谁能从人身上消除这些品质的种子，也摧毁了我们人生的基本条件，同样在我们的制度中，有一些必要的职能，不但是恶劣的，还是罪恶的。这些罪恶有它们的位置，还竭力在弥合我们的关系，就像我们的健康要靠毒药维持。尤其这些罪恶对我们是必要的，共同的需要也就抹去它们真正的性质，从而也变得情有可原的了。这样的事还应该让更有魄力、更无畏的公民去做，他们牺牲了荣誉与良心，就像有些古人牺牲生命去拯救自己的国家。我们这些弱者，还是去扮演一些更轻松、更少风险的角色。公众利益需要有人去背叛，去撒谎，去屠杀，我们不该叫那些较听话、较懦弱的人去担当如此重任。

事实上，我经常看到一些法官通过舞弊、许愿或宽恕使用这类哄吓诈骗诱使罪人招供，就感到气愤。若使用其他更合我心意的方法，这对于法律，甚至对于赞成这种做法的柏拉图都是有益的。这种不讲信义的法律，我认为会受到别人的伤害不亚于受到自己的伤害。不久以前我曾回答说，由于我很不乐意为了一位君王去背叛一个普通人，我也就不会为了一个普通人去背叛一位君王。我不但痛恨欺骗，也痛恨人家因我而受骗。我决不愿为此提供内容与机会。

我也曾几次参与君王之间的谈判，在今日令我们相互厮杀的分歧与不和中进行斡旋，我竭力避免他们因我而产生误解，因我的假象而迷惑不解。樽俎折冲的人要不露声色，掩饰自己的心意，装得最中立最迎合别人的观点。而我却把自己最强烈的意见以自己独特的方式和盘托出。我这个稚嫩的谈判新手，宁可完不成任务也不愿有违于自己良心！

幸好直到今天为止，一切都那么顺利（肯定是全靠了好运气），斡旋于敌对双方的人很少比我受到更少的怀疑、更多的礼遇和亲善。我做事开诚布公，初次交往就深得人心，取得信任。不论在什么世纪，纯朴与真诚总有机会被人接受的。而且，不谋私利的人心直口快，不会遭人怀疑和讨厌，真正可以用上伊比里德的那句话，雅典人埋怨他说话粗暴，他回答说："先生们，不要看到我直言不讳，而要看到我直言不讳并不是在谋一己之利。"

我直言不讳时，语言激烈，很少忌讳说得过重和刺伤人心，即使在背后也不会说得更加恶毒，完全是一种坦诚与有感而发的表现，因而也更易让人觉得我不会心怀叵测。我行动时只思行动，不期望其他结果，也不考虑其长期后果也不提长期建议；每次行动都是针对事件本身，成功则好！

此外，我对于那些大人物也不急于表示爱憎，我的意愿也不沾任何的个人恩怨。我只是以正统的老百姓的感情看待那些君王，不因私利而兴奋或泄气。这点我对自己心存感激。我对公义大事态度很节制，不会头脑发热。对于蛊惑人心的假设与私下的许诺也不偏听偏信。愤怒与憎恨都越出了履行正义的义务，这些憎欲只是对不以单纯的理智来恪守义务的人是有用的。任何合理公正的意图本身就是自然的、温和的，不然就会变质成为煽动性的和不合理的。这使我走到哪里就昂首阔步，心胸坦荡。

说真的，我不怕承认这个事实，遇上必要我会按照那则民间故事中老妪的做法，灵活地把一支蜡烛献给圣米歇尔，另一支蜡烛献给他的对手苍龙，做到双头不得罪。我会为正义的一方赴汤蹈火，但是光是为此而尽我的力量。不妨让蒙田庄园在浩劫中一起毁灭；但是能不这样，我就要感谢命运让它幸免于难；只要我尽责中尚有一线希望，我将努力使它保存下来。清心寡欲的罗马骑士阿提库斯站在正义的一方，失败的一方，在这人事变幻莫测的乱世，不是依靠温和与节制而实行自保的吗？

像他这样不参政的人，较为容易；在我这类任务上，我觉得要做得恰如其分，不抱有横加干涉的野心。国家多难、四分五裂之际，摇摆不定，模棱两可，还有无动于衷，没有倾向，我觉得这既不高尚也不诚实。"这不是一条折衷的路，而是一条不通的路；就像等待事件来了站到命运的那一边。"（李维）

在邻国闹纠纷时或许还可以这样做。叙拉古暴君吉朗在蛮族对希腊人发动战争时暂不表态，而是在德尔斐派驻一个使团，置办了许多礼物，窥测命运之神降临到哪一方，然后乘机向胜利者讨好。若用这种方式对待国内事务则是一种背叛行为，那时必须表明意图采取立场。

但是对于一位不担任公职、也没有被催着去完成明确使命的人，我觉得不参与其事还是比置身于国外战争更可以原谅（然而我对自己还是不会这样原谅的）——按照我们的法律，谁不愿意是可以不参与国外战争的。不过，即使全身心投入的人，也可保持某种分寸与节制，当暴风雨袭来时吹过头顶而免遭灾难。当初我们希望已故的奥尔良主教德·莫尔维利埃阁下这样做不是很有道理的吗？① 在当今那些勇于表态者中间，我也认识一些人公正温和，不论上天给他们准备怎样不幸的遭遇与贬谪，他们都能屹立不倒。

我认为让君王自己去跟君王打打闹闹，而好笑某些人兴高采烈投入那么力量悬殊的纷争中去。因为一般人不会跟一位君王有任何个人过节，以至于为了荣誉根据义务要去公开勇敢地向他发动进攻；他若不喜欢某一个人，那最好是尊重他。在维护法律与保卫国家中这一点是不变的；那些为了个人目的而制造动乱的人，对那些保卫者即使不尊重，也是原谅的。

但是出于个人利益与情欲所产生的刻骨仇恨不应该称为"责任"（我们天天在这样做），一种背叛阴险的行为不应该称为"勇气"。他们把自己邪恶暴烈的天性称为"热诚"；使他们心热的不是事业，而是他们的利益；他们煽动战争不是因为这是正义的，就是因为要战争。

在把对方看作敌人的人之间，完全可以做到合情合理、光明正大。你也要带着感情对待他们，即使不能平等对待（因为这方面程度上会有所不同），至少要温和对待。对于一个向你要求一切的人也不必悉数照付，对于他们适度的感谢也可以心满意足，可

---

① 让·德·莫尔维利也是掌重大臣，参加特兰托主教会议，为人谨慎小心。

在混水里蹚过，但不要在混水里摸鱼。

全力为双方效劳的另一种方法，在于多靠良心，不是在于多加小心。双方都对你提供同样的礼遇，你为一方面背叛另一方，另一方难道不知道你今后也会对他做同样的事吗？一方就会把你当作小人。他听着你时，就在算计利用你的不忠为他谋利。因为两面派的用处是会给他们带来什么；但是利用的人也会尽量防着不让他们带走什么。

我对一方不能说的话，不会找个适应时机，变换一下腔调，对另一方去说我只转述毫无区别或共知的事，或者对双方都有利的事。凡是有用的事我不用向他们说谎。交待我保密的事，我都深藏心底，但是我也尽量少去沾边。君王的秘密对于知道了也无用的人来说，要保守也是很麻烦的事。我很乐意做这样的交易，我不好讲出去的事尽量跟我少讲，我向他们讲的事大着胆子去相信。结果我知道的事总比我要知道的多。

自己说话坦率也使别人坦率说话，把心事和盘托出，犹如酒与爱情。

莱西马库斯国王问菲力彼代斯："我的财富中，你要我给的是什么？"菲力彼代斯聪明地回答："随便你给什么，只要不是你的秘密就好。"受人之托，又不被人告知事情的底细，或还隐瞒着某些背后的意义，我注意到谁都会不高兴。而我，人家除了要我做的事以外什么都不跟我说，反而会很高兴，我不要求知道太多，妨碍说话。如果我必须当作欺骗工具，至少不要抹杀良心。我不愿意被人看作死心塌地的奴才，可以指使我去出卖别人。谁对自己不忠，也会原谅自己去对主人不忠。

要是君王不接受保留自己主见的人，鄙视别人有限度、有条件地为他效力。那就没好说的了。我向他们坦白说出自己能力有限。因为作为奴才，我只是理智的奴才，即使这样我也不能彻底做到。这也是他们自己的错误，要求一个自由人，就像要求一个他们提拔和贯通的人，或者其命运完全取决于他们的人，那样卑躬屈节地为他们效力，这也是他们自己的错误。

国法为我消除了士患，给我选择了为之效力的主子；其他一切等级与义务对它都是相对次要的。这并不是说，当我的感情属意另一方时，我会立即予以援手。意愿与欲望有自己的法则，而行动必须接受公约的命令。

我这套行事方式与我们现行的做法颇不合拍。这样既不会产生重大效果，也不会长久。谈判不会不装腔作势，讨价还价不会不撒谎，天真的人本来就做不出这些。所以担任公职绝不合我的脾性。我的职务要求我做的，我尽力而为，尽可能以我独特的方式去处理，我在年幼时就对政治耳濡目染，印象深刻。但是我及时抽身而出。此后经常避免卷入，很少接受，更不求上门去；对野心敬而远之；万不得已时像个划桨的人，背着方向往前进，就这样由于不是甘心上船，靠命运而不是靠个人意愿划到哪里就是哪里了。由于有些途径我并不反感，也更符合我的志趣，如果命运召唤我去为大众服务，获得世人的称誉，我知道我也会越过我的种种道理而去追随命运的。

有人对我的人生宗旨不以为然，说我所谓的坦率、真诚和单纯，无非是策略与手段，其中谨慎多于善意，卖乖多于本性，良知多于好运，不会让我受累，更会给我增荣。但是说真的，他们把我的狡黠说得过于狡黠了。任何仔细观察我、注意我的人，他若不承认他们的学派中没有一条规则，可以让人在这曲折复杂的世道上做得这么自然，保持一种始终如一、不折不挠的自由与洒脱，自己就是用努力与机智也达到不了这一境地，那我就甘心让他当胜利者。

真理的道路是单一的、单纯的,在公事上谋私利、投机取巧的道路是双重性的、非法的、充满不测因素。我在生活中经常看到这些装模作样的自由自在,绝大多数都不成功。让人觉得就像伊索寓言的那头驴子,为了跟狗争宠,竟然撒娇把两条前腿搁到主人的肩上;狗这样表示亲昵会得到抚摸,可怜的驴子这样换到两倍的棍棒。"最适合各人的东西也是最符合天性的东西。"(西塞罗)

我不否认欺骗也有其用途,不然就会对人世产生误解,我知道欺骗经常也可以成全好事,人的大部分天职是靠欺骗维持与培育的。世上有合法的罪恶,就像有许多良好的或可以原谅的行动,但是非法的。

自然界、宇宙间有其本身的法规,其运用不同于、也更高尚于那种服从于制度需要而特殊制订的国家法规。"对于真正的法与完美的司法,我们并不掌握其坚实正确的模式;我们只是在实施中捕捉到一点影子和图形而已。"(西塞罗)以致印度哲人丹达米斯听了人家讲述苏格拉底、毕达哥拉斯、第欧根尼的生平后,认为他们在什么方面都是大人物,但是对法律过于毕恭毕敬;为了同意和辅助法律,真正的道德不得不失去原有的许多活力;不但在法律的允许下,还是在法律的怂恿下,许多坏事都做了出来:"有些罪行是经元老院批准和平民会议通过后再犯的。"(塞涅卡)

我使用大众语言,把功利的东西与诚实的东西区分开来;而大众语言却把一些不但有用而且必需的天然行为,称为不诚实和肮脏的。

还是让我们继续谈背信弃义的事例。有两位色雷斯王位的觊觎者为了自己的权利争论了起来。皇帝阻止他们武力相拼;但是其中一位借口要达成一份友好协定建议两人见面，邀请他的对手出席家宴，把他关起来杀了。

司法要求罗马人对这个罪行予以惩罚，但用正常途径很难办到，按照合法手段就会引起战争和意外不测，他们试用暗算来解决。有一位庞波尼乌斯·弗拉库斯非常适合做这件事；这个人花言巧语，信誓旦旦，把那人引入圈套，不是给他许诺的荣誉与恩惠，而是把他五花大绑押到了罗马。一名叛徒违背常理背叛了另一名叛徒；因为他们满腹狐疑，很难用他们的伎俩去袭击他们：刚才那个故事就是一个例子，叫我们心情沉重。

谁愿意做都可以做庞波尼乌斯·弗拉库斯，而且愿意做的人还不少；至于我，我的诺言与信义，犹如其他，都是我整个人的一部分；最佳的效应是为大众服务；我以此作为一切前提。但是若有人命令我当法官和辩护律师的职务，我会回答："我对此一窍不通。"或者做工兵先锋，我则会说："我做这个角色有点屈才。"同样谁要用我在某项大事中撒谎、背叛和起伪誓，且不说去暗杀和下毒，我会说："我要是偷了谁、抢了谁，你尽可把我送上苦役船去。"

斯巴达人被安提帕特打败以后，即将签订协定时说："你们可以随心所欲命令我们干有伤身体的重活、苦活；但是要我们去做可耻、不诚实的勾当，那是在白费时间。"一位正人君子完全可以说这样的话。

埃及国王要法官庄严宣誓："不论什么命令，即使是国王下的，他们在执行时不要偏离自己的良心。"每个人对自己也应起这样的誓言。执行这样的任务，显然充满耻辱，被人唾弃；谁要你做，其实是指控你，你必须明白，要你这样做是给你负担，让你为难。你把这些公事办得愈是出色，你的私事就愈是糟糕。你做得愈好，你闯的祸愈大。让你这样去做的这个人也会为此责怪你，这也不是什么新鲜事，或者看来也没什么不公正。在特定的情况下，背信弃义可以看作可以原谅的，那也只是用来去惩罚和背叛背信弃义的人的。

还有不少背叛行为，不但被背叛的受益者否定，还遭到他们的惩罚。谁不知道法布里西乌斯对皮洛斯的医生的制裁？① 但是也有这样的情况，某人下了命令以后，又严厉惩罚那个他用以执行命令的人，否认他曾允许这样滥用权力，要人俯首帖耳、唯唯诺诺去做这么一件卑鄙的事。

俄罗斯大公雅罗佩克收买了一名匈牙利贵族，要他背叛波兰国王博莱斯拉斯，或者把他杀死，或者给俄国人提供给他重创的机会。这个人堂而皇之到了波兰，比从前更加殷勤侍候国王，当上了他的枢密大臣，成为他的一名心腹。他有了这些有利条件，选择了主子不在的大好机会，把那座富庶的大城市维耶利奇卡出卖给了俄国人，被他们抢劫一空，放火烧毁，不仅居民不分男女老幼尽遭杀戮，而且被他为此目的召集于此的大部分贵族也死于非命。

雅罗佩克这下子报了仇，泄了恨，他的仇恨也是有其原因的（博莱斯拉斯也曾用这个方法对他下过毒手），对于背信弃义的胜利果实陶醉了一阵以后，逐渐觉得这是纯然是种赤裸裸的丑恶行为，用一种健康的、不再受情欲操纵的目光来看待，深深感到内疚与悔恨，下令剜掉执行人的眼睛，割去舌头和阴部。

---

① 皮洛士的医生向罗马执政官法布里西乌斯献计，由他毒死皮洛士，反被法布里西乌斯拒绝而受到惩罚。

安提柯说服阿吉拉斯庇德的士兵去背叛他的对手欧迈涅斯统帅。但是一旦他们把他交出给他下令处死后，他又要充当神圣的正义之神，要惩罚这种令人发指的罪行，把这些士兵交到行省总督的手里，明确下令不论用什么手段把他们折磨至死方才罢休。以致这一大批人中间，没有一个再看到马其顿的天空。人家对他效力愈周到，他认为这种做法愈阴险，愈应加重惩罚。

那个奴隶说出他的主人 P. 苏比西乌斯的藏身之地，根据苏拉做出的允诺，他成了自由人；但是根据社会公理的要求，他这个自由人要被人从塔尔塔雅山上推下来。他们把叛徒吊死，脖子上还挂着奖金袋。他们首先完成第二种特殊的信念，又完成第一种普遍的信念。

穆罕默德二世，嫉妒根据民族的做法而居统治地位的哥哥，要除掉他，雇用了他的一名军官，在哥哥的喉咙里一下子灌了大量的水而把他呛死。这事做成以后，为了赎罪，他把这个谋杀犯交到死者母亲的手里（因为他们是同父异母兄弟）；她当着他的面，剖开谋杀者的胸膛，两手在汩汩的热血中掏出他的那颗心，扔给狗吃。

我们的国王克洛维买通了卡那克尔的三名仆人，仆人把主人出卖后，他又下令把他们三人吊死。

即使那些无赖，在一次恶行中得到好处以后，安安心心做出一件善良公正的小事，好像让良心得到补赎与悔改，这有多么甜蜜啊。

此外，他们把手段毒辣的雇佣杀手，看作是会对他们进行谴责的人，非要他们去死才能灭口销赃。

有时，为了公众利益不得不出此下策，而你也因幸运受到了奖赏，那个奖赏你的人决不会把自己，而把你看成是个千夫所指的坏人；认为你是比你背信弃义干掉的人更加背信弃义。因为他通过你的双手，不用否认，不用狡辩，就触及你内心的恶毒。他使用你，就像使用社会渣滓去执行极刑，这项工作虽有用，但不光彩。这样的差使不仅低贱，也出卖良心。

塞亚努斯的女儿犯了罪，因为还是闺女，不能用罗马任何哪条法律条款来处以死刑；为了符合法律程序，先由刽子手把她强暴，然后再把她掐死。不但是他的手，即使他的心灵，也是国家利益的奴隶。

穆拉德一世，由于他的大臣支持他的儿子弑父篡位，要对他们严厉惩罚，下命令要他们最近的亲人去执行死刑，其中有些人宁可选择极不公正地犯罪去杀别人的父亲，而不愿执行法律去杀自己的父亲，我觉得这是很真诚的。

当年在小要塞的攻克战中，我看到一些卑鄙小人为了保全自己的生命，同意去吊死自己的朋友与同伴，我认为他们比被吊死者更可悲。据说，立陶宛亲王维托尔德以前颁布过这条法律，死刑犯都必须亲手对自己处以极刑，他认为让一个没有任何过失的第三者去执行杀人的任务是一桩怪事。

当一件紧急情况或某种不测变故危害到国家，迫使君王背弃诺言和信仰，或者使他无法履行职责时，他应该把这种万不得已的事看成是神的一种鞭策。这不是一种罪，他只是抛弃了自己的理性，而接受一种更普遍、更强大的理性，但这当然也是一种不幸。因此，有人问我："有什么办法？"我回答："没有办法。如果他实在处于两难之间，'但是他不要寻找借口去作伪誓。'（西塞罗）还是必须这样去做的；但是做的时候若不遗憾，也不痛苦，这说明他的良心有了毛病。"

如果有人良心实在太脆弱，觉得没有一种疾病值得这样的霸药去治疗，我也不会对他有失尊敬。他也不见得会更可原谅、更像样地毁了自己。我们不是什么都能做到的。事实就是如此，就像我们的船抛下了最后一只锚，经常只有完全求助上苍的引导来保护了。他还有什么更紧急的正事要做吗？国王的信仰与荣誉对他来说应该比他自己的安全，甚至比他臣民的安全更可贵，那么他怎么还有可能去做损害到他的信仰与荣誉的事呢？当他双臂交叉高呼上帝帮助他时，他岂不会想到上帝的仁慈会向一只纯洁正义的手拒绝给予特殊的帮助吗？

这都是些危险的例子，在我们的自然法则中是罕见和病态的例外。我们必须忍让，但是给予极大的节制与界限。这对良心是个极强的冲击，任何私人意图都不能这样去做；即使为了公利，还要是非常明显与重要的公利，那还可以。

蒂莫利昂为自己非同寻常的功绩①辩护时热泪纵横，他回忆说他是怀着手足之情杀死暴君的，他为了大众的利益而不得不牺牲自己光明磊落地做人，这使他深感痛心。即使是元老院从他的行为中获得解放，也不敢对这件功荣给予圆通的结论，还闹得势均力敌的两派对立。恰在此刻，叙拉古人派遣使者来得正是时候，要求科林斯人提供保护和派一员大将恢复他们城市的基本尊严，清除压迫西西里的几名暴君。

元老院委派蒂莫利昂当此重任，又一次巧妙地声明，根据他这次完成使命的好坏，再决定以国家的解放者赞扬他，还是以杀害兄弟的罪犯审判他。鉴于这个突出事例的危险性与重要性，这个结论虽然匪夷所思，还是有情有可原的地方。元老院避免做出

---

① 指古希腊军事政治家蒂莫利昂（约前410—337）。协助科林斯人诛死其暴君兄弟。

自己的判决，而以客观的考虑来予以支持。蒂莫利昂在这次出征中的表现，立即使他的案件明朗化，他在各方面的为人处世都大度高尚。他在这次讲究仁义的任务中，如有神助似的克服了一切艰难险阻，仿佛神也在暗中串通好了为他的案情辩护。

若有什么错误的目的是可以原谅的，那么元老院的这个目的就是。但是我接着要说的罗马元老院为了有利于增加国家收入而提出这样卑劣的决定，就不够有力去为这件不正义的事辩解。某些城邦获得元老院批准以后，用钱从苏拉手中赎回了自由。事情又回到原地重新审批，元老院却要城邦像以前那样缴付人头税，他们用于赎买的钱不是白付了么。

内战经常制造这类不光彩的事。当我们摇身一变以后，又去惩罚那些原来信任我们的人。同一位法官自己改变主意，却把苦难转嫁给无能为力的人身上。师傅鞭打听话的徒弟，带路人鞭打瞎眼的人。多么可怕的公正面目！哲学中有些规则是错误和站不住脚的。有人给我们举的例子，为了让私利高于公义，添加了一些情景也未能具有足够的说服力。盗贼把你逮住，要你起誓付出一定赎金后放了你，若说一位正派人因已脱离他们的魔掌，不用付赎金也是信守了自己的诺言，这话是不对的。

因为事情并非如此。害怕时做出的诺言，不害怕时也有责任履行。即使害怕逼得我口是心非，我还是有责任让我说的话始终如一。对我来说，有时说话过于轻率，走在思想前面，我不予以否认就会良心不安。不然，我们就会逐步剥夺他人从我们的诺言与誓愿中得到的一切权利。"仿佛正直的人也需要强迫命令。"（西塞罗）如果我们做出的诺言是恶的和不公正的，别人的利益才有权力原谅我们不去履行。因为美德的权利应该超越义务的权利。

过去我把伊巴密浓达看成第一流的俊彦人物，自后没有改变看法。他重视个人职责,实非常人所能及!他从不杀害俘虏;为了国家自由这个至高无上的义务,他下手诛戮了一个暴君和他的党徒,但因没有经过司法程序而感到有愧;他认为一个人不管是多么好的公民,遇到敌人、逢上作战对朋友和客人手下无情,就不是个好人。他有一颗丰富的心灵!他在世上最严酷暴烈的行为中从不放弃善良与人道的做法,也即是哲学探索中最博大精深的部分。他对待痛苦、死亡与贫困的态度英勇豪迈,坚忍不拔,是天性还是修养,使他的性格达到如此质朴敦厚?

他在铁与血的战场上如凶神恶煞,屡战屡胜的斯巴达民族,只是遇上他遭到了灭顶之灾,在鏖战正酣时会旋转身避开他的朋友与客人。说真的,在大家杀得昏天黑地,眼睛发红,口吐白沫时,会给战斗这匹野马套上口嚼子,压一压煞气,这才是善于驾驭战争的将才。

在这类行动中还能讲究一点正义,这可算是奇迹了。但是也只有刚正不阿的伊巴密浓达才能做到如此温良谦恭而保持清白,不被人指责。有一人[1]对马墨提人说法律对付不了武装人员;另一人[2]对平民保民官说司法时期与战争时期是两回事;第三人[3]又说武器的乒乓声不但使他听不到礼乐之声,也听不到法律之声。他不是向敌对的斯巴达人借鉴出征前祭祀缪斯女神的仪式,以她们的温和婉约抵消一些战神的杀气吗?

有这样伟大的导师在先,我们也就不必担心认为对付敌人也有不尽如人意的地方,公众利益并不要求所有的人做所有的事都

---

[1] 指《七星文库·蒙四全集》,指庞培。
[2] 指《七星文库·蒙四全集》,指恺撒。
[3] 指《七星文库·蒙四全集》,指马略。

不计较个人利益,"即使大众社会分崩离析时还会念念不忘个人利益"(李维)。

> ……世上没有一种力量
> 允许侵犯友谊的权利。
>
> ——奥维德

一个正派人即使为他的君王效忠,为大众事业与法律服务,也并不是什么都可做的。"因为对国家尽职并不排斥对其他一切尽职,公民对父母尽孝道对于国家也很重要。"(西塞罗)这是一条适合当今时代的训词。用刀剑磨砺我们的勇气是干什么用的呢,我们的肩膀已经够受了。用笔蘸墨已经不错,不要再去蘸血。要是说为了服从官府、体恤众情而置友谊、个人义务、诺言与亲情于不顾,也表现一种大勇和罕见的特殊美德,那么——敬语原谅——这种大勇在伊巴密浓达的大勇中是没有位子的。

另一个失去理性的心灵发出这样狂妄的煽动,实令我感到厌恶,

> 剑出鞘,让怜悯死掉!
> 即使看到父辈们在敌方阵地,
> 在他们的老脸上磨一磨你的这把剑!
>
> ——卢卡努

别去听信天生嗜血成性、六亲不认的恶人讲的这番所谓道理;别去理睬这个大而无当、高不可攀的正义,让我们效法最有人性的行为。凡事都是此一时也,彼一时也!在庞培与秦那的内战时期,

庞培的一名士兵无心杀死了在敌营中的亲兄弟，羞愧之下当即自刎而死。几年后，在同一民族的另一场内战中，一名士兵杀死了他的兄弟，还向他的将军要求领赏。

从功利性出发，很难辩说这个行动是诚实高尚的。这个行动若是功利性的，那也难下结论认为每个人都有义务去做，对每个人都是诚实的：

不是什么事都一律适合每个人。

——普罗佩提乌斯

若选择人类社会最需要和最有用的一件事，那就是结婚。然而圣徒们则认为不结婚更洁纯，从而排除人的最应该尊重的天职，这就像我们只是把劣马送进了种马场。

# 第二章
# 论悔恨

其他人教育人；我则叙述人，描绘一个教育不良的个人；若由我来重新塑造，则会塑造出另一个截然不同的人来。但是一切已成定局。

我描述的面貌不会相差太远，虽然它一直变化不定。世界只是一个永动的秋千。一切事物在里面不停地摇摆：地球、高加索山地、埃及金字塔，随着"公摇"也"自摇"。所谓恒定其实只是一较为有气无力的摇晃而已。

我不能保证我的这个人物不动。他带着天生的醉态稀里糊涂、跌跌撞撞往前走。我此时此刻关注他，也就画出此时此刻的他。我不描绘他的实质，我描绘他的过程，不是年龄变化的过程——如俗语说的，以七年一期——而是从这天到那天，从这分钟到那分钟。我的故事必须适时调整。我时时刻刻会改变不仅随世事变，也随意图变。这是时局变幻莫测，思想游移不定、有时还是相互矛盾的写照；或是因为我自己换了一个人，或是因为我从另外的位置与角度来看待这些事物，不论我有时会自我违背，但是实际上像狄马德斯说的，我决不会违背真情。如果我的思想能够安定下来，我不再试探，而是做出决断；我的心灵永远处于学徒和试验阶段。

我提出的是一种平淡无奇的人生，如此而已。丰富多彩的人生中含有哲学伦理，平凡家居的人生中也含有哲学伦理；每个人都是人类处境的完整缩影。

著书者通过独特奇异的标志与老百姓沟通；而我，第一个向世人展现不是作为语言学家或诗人或法学家，而是他本人全貌的米歇尔·德·蒙田。如果世人抱怨我过多谈论自己，我则抱怨世人竟然不去思考自己。

但是，我这人在生活中与世无争，却又张扬得让谁都知道，这有道理吗？在这个尔虞我诈、藏奸耍滑的世界上，我要人保持自然坦荡、低首下心的生活姿态，这又做得对吗？要写出没有学问又不讲技巧，这不是像砌墙壁没有石头吗？音乐的幻象受艺术的指导，我的幻象受天命的指导。

从学科体裁来说，至少这是我独有的：在我目前所做的这份工作，在内容上没有谁比我更懂更理解，就此而言，我是世上最有学问的人了。其次，也没有谁对自己本人的材料钻研更深，细枝末节解析更细致，更能全面确切地到预期的工作目标。要做到完美我只需写得真实。真实，那是出自肺腑的纯正、直率。我说的真实，不是一切直言不讳，而是我敢于说的一切；随着年事增高，敢说的事也增多，因为依照习俗，大家也允许这把年纪的人更加自由闲聊，更加放肆议论自己。

在这里不会发生我常见的工匠与工作互不合拍的情况：谈吐文雅的人怎么写出这么愚蠢的文章？或者这么精彩的文章怎么会出自语言乏味的人之手？

一个人口才平庸、文采斐然，这就是说他的才能是借来的，不是他的天分。有学问的人不是处处都有学问，自满的人则处处自满，即使自己的无知也自满。

　　在这里，我的书与我亦步亦趋，一致前进。别的书里，大家可以撇开作者不谈，只对作品说长道短。这部书里不行，谁动了一个，也动了另一个。谁不了解这一点就加以评论，对自己造成的损失更大于对我的损失；谁认识到这一点，就使我完全满意。我若在这点上得到大家的赞许，让善于领会的人觉得我——若有点学问的话——还学有所用，我值得让记忆更好帮助，那样我就感到非分的幸福了。

　　请大家在这里原谅我常说的那句话，我很少反悔，我也心满意足，不是像天使或马那样心满意足，而是像人那样心满意足。还要加上这句老话，不是礼节性的老话，而是与生俱来的谦逊：我说话像个无知的探索者，仅是诚恳地祈求从大众合理的信仰中得到结论。我不教育人，我只是叙述。

　　真正罪恶的罪恶没有不伤人的，不会不遭到全体一致的谴责与审判。因为它的丑恶与劣迹那么明显，以致说作恶的人简直愚蠢与无知可能是有道理的。很难想象有人会认识罪恶而不憎恨罪恶的。恶心恶意的人吮吸了自己身上的大部分毒汁，因而中毒身亡。罪恶在心灵中留下悔恨，就像在人体内留下溃疡，总是在糜烂出血。

　　因为理智抹去其他一切悲哀与痛苦；但是却滋长悔恨，它从肉里长出来的，从而也更痛。犹如发高烧时的冷与热要比户外的冷与热更难受。我说的罪恶（但各人有各人的标准）不但是理智与天性谴责的罪恶，也指众人的意见造成的罪恶；这种意见即使是平白无据与错误的，但是已为法律与习俗所接受。

　　同样，没有一件好事不叫天性善良的人喜欢。确实，做好事会在我们心中感到一种难言的愉悦，伴随着心地磊落也会有一种慷慨自豪。不顾死活的坏人有时也会逍遥法外，但是决不会感到怡然自得。一个人觉得自己不受当今坏风气的影响，还可对自己说以下这样的话："谁看到我的灵魂深处，也发现不了我有什么罪过；既没有让人痛苦和破产，也没有报复与嫉妒心理；既没有公开触犯法律，也没有标新立异制造混乱，说话不足为凭。虽然糜烂的时代教唆人胡作非为，我可没有侵占别人财产，把手伸进哪个法国人的钱包，不论战时与平时都靠自力更生，也不曾无偿地利用别人的劳动。"能这样说这不是一桩小小的乐事。而是证明良心安宁，听了让人开心。这种来自天性的欢欣对我们有极大的好处，也是唯一不会令我们失落的报酬。

做了好事期望别人赞扬才算得到回报，这种期望太不可靠，也是非难辨。尤其在这么一个腐朽愚昧的时代，受到大众的赏识是对人的侮辱，说到什么值得赞扬你该去相信谁？从我看到天天把荣誉给了谁，祈求上帝不要让我做这样的好人。"从前的罪恶现今成了社会公德。"（塞涅卡）

我的某些朋友或是主动或是应我的要求，有时开诚布公地责备我，批评我，对于一个有教养的人来说，这是一种友爱，比任何其他友爱更有裨益、更充满温情。我总是敞开胸怀，满心感激欢迎他们这样做。但是此刻静心一想，我经常觉得他们的责备与表扬中有许多错误的标准，我宁可犯我这样的错误，而不愿按他们的方式去做好事。

主要是我们这些人，深居简出，心中必须树立一套行为准则，以此自律，根据这个准则自勉或自责。我有自己的法律和法庭审判自己，有事在这里而不去别处告状。我根据别人的看法来约束我的行动，但根据自己的看法来扩展我的行动。只有你自己才知道自己胆小还是残酷，忠心还是虔诚；别人看不透你；他们只是用不确定的假设来对你猜测;他们看得多的是你的表现,不是你的本性。因此不要在乎他们的判决,而在乎你自己的判决。"你应该运用你自己的判断力。"(西塞罗)"由良心提出善与恶的证据,这才有分量。"(西塞罗)

有人说悔恨紧紧跟随罪过,这话似乎不是指那种自以为是、根深蒂固的罪过。对于不经意和情急之下犯的罪过可以否认和推卸;但是那些蓄谋已久、不做誓不罢休的罪过,就没有什么好说的了。悔恨只是对我们意愿的否定,对我们怪念头的抵制,这可以用各种意义解释。悔恨使这个人否定他从前的美德和节制。

为什么我年轻时没有现在的心灵?
为什么我有了智慧就失去红润的面色?

——贺拉斯

内心一切保持井然有序,这是一种美妙的人生。人人都会当众演戏,在舞台上扮演正人君子,但是在一切都可自由自在、不为人知的内心,做到中规中矩,这才是要点。接着可做的是使家庭、日常起居中保持井然有序,——那也是我们无须向人说明理由,不用做作,不用矫饰的地方。

贝亚斯描述美满的家庭生活时说,"主人在外面在法律管束与人言可畏的情况下怎样做的,在家里也该怎样做。"还有朱利乌斯·德吕舒斯的一句话也值得一听,工匠向他提出,花三千换居可以把他的房子盖得让他的邻居再也看不到里面。他则回答说:"我给你们六千换居,造个每个人从哪个角度都可看到里面的房子。"

大家也欣赏阿格西劳斯的做法,他旅行时总是投宿教堂,为了让大家和神看到他私下生活是怎么样的。有些人在社会上备受尊敬，但是他的妻子与仆人则看不出他有任何出众的地方。受到仆人称赞的人是很少的。

历史的经验告诉我们，没有人在自己家里，还有在自己家乡做得成先知。在小事上亦复如此。从琐碎的事例中看出大事是怎么样的。在我的家乡加斯科涅，他们看到我出书都感到挺好玩。离家愈远我的名声愈大，身价也愈高。在居耶纳，我买印刷商，在其他地方印刷商买我。活着时深居简出的人，就是从这点起做到日后不在人世时获得好声名。我宁愿少些名气。我来到这个世界只求得到我的一份教益。除此以外，我就不予以理会了。

那个人从官府出来。被大家一路招摇护送到大门口。他脱下官袍，离开官职，原先升得愈高，如今跌得愈低。他家里的一切都杂乱无章。即使有什么秩序，也必须有敏锐的观察力在这些日常平凡的行动中把它识别出来。再说秩序本来就是一种死气沉沉、不起眼的美德。攻破一座要塞、率领一个使团、治理一方人民，这是威风显赫的大事。责备，欢笑，买与卖，爱与恨，跟家人与自己平静愉快地交谈，不懈怠，不否认自己，这些事更少，更难，也不引人注目。

不管怎么说，退隐生活中包含的义务要比其他的生活更艰巨更紧张。亚里士多德说，平民百姓实施美德要比身居官职的人更难更可贵。我们准备去建功立业，更多是求荣耀，不是为良心。其实达到荣耀的最短途径，就是立志在良心上去做你愿为荣耀所做的一切。

我觉得亚历山大在他的舞台上表现的美德，不及苏格拉底在底层默默表现的美德有力量。苏格拉底处于亚历山大的位子我很容易想象，但亚历山大处于苏格拉底的位子我则想象不出来。若问亚历山大他会做什么，他会回答："征服世界。"问苏格拉底，他会说："让人按照自然状态过日子。"这倒是更普遍、更重要、更合理的学问。心灵的价值不是好高骛远，而是稳实。

心灵的伟大不是实现在伟大中，而是实现在平凡中。因而从内在来评判我们的这些人，不看重我们在公开活动中出色表现，认为这只是从淤泥河底溅上来的几颗小水珠。同样，那些从堂堂外表来评判我们的这些人，对我们的内在气质做出结论，无法以他们平庸凡俗的能力去攀附惊世骇俗的才情，高下太悬殊了。

所以，我们让魔鬼长得奇形怪状。随着帖木儿声名远播，根据想象揣摩他这人的外表，谁不把他说成两眉倒竖、鼻子朝天面目狰狞、身材像个巨无霸？我若在从前见过伊斯拉谟，我很难不认为他对妻子和仆人说话也是满口警句与格言。从工匠的穿着或妻子去想象他是怎样的人，那要比想象一位大法官要容易得多，大法官道貌岸然，一本正经。让我们觉得他们高高在上，是不过人间生活的。

坏人有时心思来潮做起了好事，好人也会这样去做坏事。那就应该以他们日常的心态、一贯的行为来评判他们。至少与平时的自然状态相差不远时。人的天性可以通过教育改进与加强；但是不会完全改变与消除。在我们这个时代，成千上万人通过相反的学说走上行善积德或是为非作歹的道路：

> 在囚笼中忘记了原来的森林，
> 温顺的野兽失去凶相，
> 接受人的驯服，但是有一滴鲜血
> 落进他们的嘴里，那时

> 又会野性大发,张开血盆大口,
> 连惊慌失措的主人也不放过。
>
> ——卢卡努

本性是不可能根除的,只能掩盖,只能隐藏。拉丁语对我像是个母语,我理解得比法语都好;但是四十年来我没用拉丁语交谈与书写了。如果遇上意外的危急事——我一生中有过两三次,一次是看到父亲好端端的仰倒在我身上不省人事——我从肺腑发出的第一句话总是拉丁语。长期的习惯也拦不住本性强烈的表现。这个例子可以引出许多其他例子。

在我这个时代,那些人试图用新观点来纠正社会风气,只是从表面上去改变罪恶。那些实质性的罪恶,他们若没有去增加,也是根本没有触动。增加倒是必须担心的。他们要去做其他好事,还是更乐意停留在这些夺人耳目的外表改革,代价更小,更易讨好;这样也就不费多大工夫就满足了其他共生共灭的天然罪恶。

从我们自身经验就可以明显看出。谁若愿意审视自己的话,没有一个不会发现自己的内心有一种固有的占主导地位的脾性,抗拒外界的教育和一切相反的情欲引起的风暴。至于我自己认为较少受到阵阵冲击、几乎总是稳稳当当留在自己位子上,像那些笨重的躯体。我若失去常态也不致太离谱。做荒唐事也不会太过分。行为不极端也不怪异,也常作清醒与深刻的反省。

真正应该谴责的是,我们这些人一般在退思生活中也充满污秽与堕落;改过的想法属于空谈;补赎的方法是病态和错误的,与他们的罪恶相差无几。有些人,或是不能摆脱天性的罪恶,或是由于长期的沉湎,已不觉其丑恶。另一些人(我也在其中)感到罪恶的沉重,但是会找乐趣或其他机会去减轻,还会付出一定的代价罪恶地、卑怯地去容忍，去接受。

因而，一有欢乐就原谅了罪恶，就像我们对待功利一样，完全可以想象这个措施是那么不成比例。不论是那种偶一而为、算不得罪恶的小偷小摸，还是那种如跟女人睡觉这类冲动强烈，有时还说是无法抗拒的犯罪行为。

那天我在雅马邑一位亲戚的领地上，遇见一个农民，大家都叫他小偷。他对自己的身世是这样说的：他一生下来就当了乞丐，他看到靠双手挣面包，怎么也摆脱不了贫困，于是想到去当小偷。他靠体力以偷盗为生，青年时代过得太太平平。因为他到别人的地里去收割庄稼，路程远数量大，人家设法想象一个人用肩膀在一夜间扛得回那么多东西。此外他还细心把作案的损失均匀分散给各家，因而每家每次受害不是太大。

现在他已年迈，作为农民他是富裕的，他公开承认这是靠了他的偷盗；为了要上帝谅解他的所作所为，他说每天去给他偷过的人的后代做好事；他若做不完（因为他不可能一次都做了），他责成他的继承人，根据只有他知道给每人造成的损失去给他们做补偿。从他这番不论是真还是假的叙述来看，他还是认为偷盗是不诚实的，恨它，虽然不及恨贫困那样。悔恨也很直率，但是这样使这件事得到了平衡与弥补，他也就不悔恨了。这不是让我们对罪恶摆脱不开执迷不悟的恶习，也不是使我们的心灵迷乱的阵阵狂风，一时失去了判断和一切，卷进了罪恶不能自拔。

我做事习惯上一个心眼儿做到底；也没有什么行动需要向理智隐瞒和回避的，差不多都是得到全身心各部分的同意才干的，不会引起分裂和内乱。事情的对错与褒贬全在于我的判断。判断一旦错了，就永远错了，因为几乎生来它是这样的：同样的倾向，同样的道路，同样的力量。对待一些具有普遍性的问题，我从童年就站在了我那时必须保持的立场上。

有一些来势凶猛、猝不及防的罪恶，让我们暂且撇在一边。但是另一些罪恶，屡犯不改，有计划，有预谋，甚至可以说是职业性的天赋，我不相信没有理智和心计时时刻刻的酝酿和支持，怎么可能在这些有罪恶意识的人的心中存在那么久。他们宣称在某个时刻幡然醒悟、我对他们大谈悔恨的话是很难想象与苟同的。

我不能接受毕达哥拉斯的学说，"人在走近神像领受神谕时，灵魂焕然一新"。除非他的意思是说，为了这个时刻必须换上一颗不同的新灵魂，原有的灵魂藏污纳垢，已不配出席这番祭礼了。

他们做的一切恰与斯多葛派是相反的，斯多葛派要求我们改正自身认识到的不足与罪恶，但是不用为此感到悔恨、郁郁不乐。毕达哥拉斯派要我们相信他们内心感到极大的遗憾和内疚。但是从表面上他们没有让我们看到有一点改过自新、决不重犯的样子。病若不除根，就不算痊愈。悔恨若放在天平上，重量必须超过罪恶。我觉得不从行为与生活上去规范，表面上装得信仰上帝还不是轻而易举的事。虔诚的实质是深奥的、隐藏的；外表是容易装模作样的。

至于我，总的来说可以希望成为另一个人；我也可以对自己整个儿否定和不满意，恳求上帝给我来个脱骨换胎，并消除我的天性懦弱。但是这样的心愿我不能称之为悔恨，好像也不是当不成天使或加图而不高兴。我的行动是根据我的天性和条件调整而与之相符合的。我不能做得更好了。那些非我的力量能够做到的事，谈不上悔恨，要说的话也只是遗憾。天性比我高又比我更懂自律的人，我想不计其数，但是尽管如此，这改变不了我的天赋，正如我不会因为想象别人有强壮的四肢与坚毅的精神，我的四肢与精神也就会强壮和坚毅了。

如果想象和盼望一种比我们更高尚的行为，就对自己的行为产生悔恨，那么我们还是对自己更平常的行为表示悔恨吧。尤其我们认为若天性更优秀，这些行为必然会更加完美、更加讲究尊严。我们也会恶意这样去做的。

当我的老年的眼光去审视我青年时的行为，我觉得依照我的能力一般还是做得规规矩矩的。我的生活能力也仅此而已。在这些情况下我不自我吹嘘，我会一如既往地这样做。这不是我身上的一块斑痕，而是涂遍全身的色彩。我不会有表面的、不痛不痒和装门面的悔恨。要我说悔恨，那是触动我身上每一部分，引起撕心裂肺般的痛苦，就像被上帝看在眼里，深刻，无一遗漏。

说到经商，由于缺乏有效的管理，我失去了不少好买卖。根据当时的情况，我的建议还是经过良好选择而定的；做法总是以简捷可靠为原则。我觉得在我过去所做的决断中，都是从人家给我提出的实际情况，按照自己的规则，去审慎地行事。即使一千年后处在相似的情境中我也是会这样做出决定。我不看现在的情况是怎么样的，就看我在考虑时的情况是怎么样的。

一切建议的力量取决于时间。时机稍纵即逝，事物不断变化。我一生中有过几次重大的失误，不是我的主意不对，而是时机不对，后果严重。我们接触的事物中都有其秘密的部分，尤其涉及人性时更深不可测，一些因素不声不响，深藏不露，有时即使本人也不明白其就里，遇到机会突然爆发了出来。如果小心翼翼还是没能看透和预见，我也不会过于懊恼，谨慎只是在其范围内发挥作用；我就会受事情的打击。事情若对我拒绝的一个方案有利，那也没有办法；我不怪自己；我责怪命运，不责怪我的工作；这就不叫作悔恨了。

福西昂绘雅典人出了个主意，未被采纳。事情进展顺利确跟他的意见大相径庭。有人对他说:"福西昂,事情那么顺利你很满意吧?"他回答说:"事情发展成这样我当然满意罗,但是我提那样的建议也不后悔。"

当我的朋友要我提什么建议时,我坦率明确地给予回答,不像其他许多人所做的那样,不敢尽言,担心事情吉凶难测,一旦事情与我的预测相悖,他们就会责备我出那样的主意。这点我不在乎。因为这是他们不对。他们要我帮忙我是不该拒绝的。

我不会把自己的过失或不幸去怪别人,而不怪自己。因为事实上,我很少采用别人的意见,除非出于礼节性表示,或者我需要请教科学知识或了解事实真相的时候。但是只是要求我做出判断的事情上,其他人提出的理由可以支持我的论点,但很少改变我的论点。他们说的我都会侧耳聆听;但是就我记得起的,迄今为止我还是只相信自己的意见。依我来说,这只是一些苍蝇与原子,来分散我的意志。

我不太赏识自己的意见,我同样不太赏识别人的意见。命运对我很宽厚。我不采纳人家的建议,我给人家的建议更少。请教我的人不多,相信我的人还要少;我也不知道哪件公众或个人事务是听了我的意见振兴和通过的。即使那些被命运拴在一起的人,也乐意让自己听从其他人的头脑指挥。像我这个对自己的休息权利和自主权利同样珍惜的人,更喜欢这样去做。他们按照我表达的信念对待我,决不要勉强。我的信念是一切都取决于自己。不卷入其他人的事务,摆脱它们的约束,这对我是一大快事。

对于一切已经过去的事,不论其结果如何,我很少抱憾。它们本来就应该这样发生的,这个想法使我免除烦恼;如今它们已经进入宇宙大循环,斯多葛的因果连锁反应。你用什么方法祈求和想象,都不能改变一丝一毫,事物的顺序不会颠倒,不论过去与未来。

　　此外,我讨厌随着老年而来的那种油然而生的悔恨。一位古人说他感谢年岁增长使他摆脱了情欲,这个意见可是跟我的不一样;阳痿给我带来怎么样的好处,我决不会表示感激。"上帝决不会那么仇恨他的创造物,竟把性无能看作一桩好事。"(昆体良)人到老年欲望衰退,此后又了无兴趣,这在我看来心灵不见得作如是想。忧愁与衰老强令我们遵守一种力不从心的美德。我们不应该让自然衰退带走一切,连判断力也拿不准了。青春与冶乐在从前并没有让我看不到肉欲中的罪恶面目同样此时此刻,年岁带来的厌世情绪也别让我看不到罪恶中的肉欲面目。

　　现在我对此已不沾边,还是像沾边时一样去判断事物。当我用力用心去撼动理智时,发现理智与我在寻欢作乐的年代是一样的,只是有时因年事已高而有所减弱和衰退;还发现理智虽因关心我的身体健康不让我沉湎于欢乐,但在精神健康上并不比从前有更多的限制。看到理智退出战局,我也不因而认为它是急流勇退。

　　诱惑对我已失去威胁,无能为力,不值得运用理智去抵抗,只需伸出双手便可驱散。要是让我的理智去面对早年的情欲,我只怕它已不像从前那样有力量去承受。我看不到它判断事物跟以前有什么两样,也没有新意。若有什么复原,也是向恶的复原。

　　若要健康先得生病,哪有这样可怜的药!这样做不应让我们陷入不幸,而是让我们判断力健全。伤害与打击除了逼得我咒骂以外做不了其他事。只是对鞭挞后清醒的人才可以这样做。我的理智在意气风发时运用自在,消化痛苦必然比消化欢乐更分心、更费力。风和日丽时我也看得更清楚。健康要比疾病更轻松,也更有效地提醒我。我还有健康可以享受时,也就尽快地保养强身。要是年迈衰老竟至胜过我精力充沛、思维敏捷的好时光,要是人家不以我曾经是的那个人,而以我已不是的那个人来尊重我,我会感到汗颜和嫉妒。

依我的看法,做人所以美妙是活得幸福,不是安提西尼说的死得幸福。我不曾想把一位哲学家的尾巴丑陋地续接在一个绝境中人的头和身体上;也不会让人生残局去否定和抹杀我大段的美好人生。我愿意让人把我通体融合统一来看。我若会重生,会照样再活一遍。我不埋怨过去,也不畏惧未来。我若不想欺骗自己,心里心外都一样表现。我对命运至为感激的一件事,就是我的身体状况跟岁月配合得恰到好处。我看到了人生的长苗、开花与结果;而今又看到枯萎。这也是件幸事,因为这顺乎自然。我较为平心静气地忍受着病痛,因为它们是按时来的,更有利于我去回忆从前的大好时光。

彼时与此时,我的智力可以说还是不相上下;但是从前更有建树,更见精彩、朝气、活泼、纯真,而今迟钝、多怨、辛苦。我也就放弃了进行效果难料、痛苦的改造。

必须由神来激励我们的勇气。必须通过理智的改造,而不是欲望的减弱,来促进我们的觉悟。肉欲本身决不像昏花老眼看到的那么苍白,那么暗淡。节制是上帝对我们的命令,为了尊重上帝,我们应该爱节制,还有贞洁。由了患上重感冒或者为了医治腹泻而不得已而为之,那就不算是贞洁和节制了。

人若看不到也不知道肉欲为何物,不体会它的风情、力量、极为迷人的魅力,那就不能吹嘘说自己轻视肉欲,战胜肉欲。我对两者都有体会,有资格来谈一谈。但是我觉得,我们到了老年后心灵沾上的毛病与缺点,还比青年时更不易改掉。我年轻时说过这样的话,他们嘲笑我嘴上无毛。如今须眉花白给了我威严,我还是说这样的话。

我们常把脾气执拗、不满现实称为"智慧"。但是事实上，我们没有抛弃罪恶，只是改变罪恶，按我的看法，还愈变愈坏。愚蠢老朽的傲慢，令人生厌的唠叨，难以相处的倔脾气，迷信，对于用不着的钱财锱铢必较的可笑心态，除了这些以外，我还觉得比从前更嫉妒、更不公正、更狡猾。岁月在我们精神上留下的皱纹比面孔上的还多。人到老年不变得更加尖酸刻薄，那是看不到或者很少看到的。人总是整个儿走向成长与衰退的。

看到苏格拉底的智慧以及几次对他判决的情境，我敢相信从某种程度上说他是有意渎职去迎合的，他年届七十古稀，敏捷丰富的思维到底迟钝了，素来明晰的头脑也糊涂了。

我天天在许多熟人身上，看到老年给他们带来多大的变化！这是一种势不可挡的疾病，在身上自然地、不可察觉地扩散。必须仔细观察、小心预防去避免它在我们身上造成的缺陷，或者至少延缓其势头。我觉得不论我们如何设防，它还是步步进逼。我竭力支撑。但是我不知道它何时把我逼入绝境。不管怎样，让人知道我在哪里跌倒的也就心满意足了。

# 第三章
# 论三种交往

　　人不应该按照自己的脾性与心意斤斤计较，我们的看家本领是懂得应付不同的局面。认定一种方式非此不可，这是存在，不是生活。最美丽的心灵是善于灵活适应的心灵。

　　有一句说大加图的名言可以为证："他的思维那么灵活，对一切都应付裕如，不论他做什么，人家都说他生来就是干这个的。"（李维）

　　若由我自己来培养自己，我不愿意在一件事上做得那么专注，以致放手不下。生活是一种不均匀、不规则、多形式的运动。一意孤行，囿于个人爱好固执不变，决不肯偏离和迁就，这不是在做自己的朋友，更不是主人，而是奴隶。我现在说这样的话，是由于自己不容易摆脱心头的骚扰，只有在强制之下思想才会集中，集中以后又全身紧张专注不会放松。就是遇上微不足道的题目，也会任意夸大，诚惶诚恐地全力以赴。也由于这个原因，无所事事对我是一件艰难的工作，损害我的健康。

　　大多数人的头脑都需要外来事物使它转动活跃。而我的头脑则需要外来事物使它稳定休息，"必须由工作驱除懒散的恶习。"（塞涅卡）因为最辛苦、最根本的工作是研究自己。对于我的头脑来说，读书属于从工作中分心的一种做法。凡有思想闪现，我的头脑便激动起来，向各个方向证明自己的活力，时而朝向力量，时而朝向条理与雅致，它自我整理、节制、加强。头脑自有激发内在天赋的机能。大自然给我的头脑像给其他人的头脑，自有足够的材料让它变得有用，自有足够的事件让它去创造，去判断。

对于懂得自省与努力奋发的人，思考是一种深刻全面的学习，我喜欢磨砺我的头脑，而不是装满我的头脑。根据各人的心灵保持思想活动，这比什么工作都费力，也都不费力。最伟大的心灵都把思考作为天职，"对于它们，生活即是思想。"（西塞罗）因而大自然赋予心灵这样的特权，没有一件事我们可以做得那么长久，要做又可以那么方便容易。亚里士多德说："这是神做的事，他们的幸福与我们的幸福都是从中产生的。"书籍中的各种内容主要是启迪我的思维，促进我的判断，不是推动我的记忆。

有些缺乏生气与活力的议论使我读不下去。文笔清新美丽使我满足与思考，确也至少不亚于内容深刻与有分量。对于其他的交流，我都昏昏欲睡，心不在焉。遇上这类无精打采的谈话与应酬，我经常会说出孩子才会说的可笑梦呓与蠢话，或者固执地沉默不言，更加僵硬无礼。我自有一种在一旁出神的傻样，还对许多日常事物的极端幼稚无知。靠了这两个优点，我承蒙别人给我编了五六则故事，哪一则都傻得可笑。

再接我的话往下说，我的这种怪脾气使我跟人来往很挑剔（必须由我精心选择），处理日常事务很笨拙。我们是跟老百姓一起生活打交道的。假若我们讨厌跟他们交谈，假若我们不屑跟市井小民混在一起，市井小民跟有识之士同样都有他们自己的规则（不能跟大众的愚昧打成一片的智慧是愚昧的智慧），那么我们对自己的事还是对人家的事都不应该去管了，因为不论公事与私事都必须跟这些人一起做。

让我们的心灵最放松与最自然的做法是最美的做法，最不勉强人的工作是最好的工作。我的上帝，智慧若使人能够量力去满足自己的欲望，那才是对人做了一件好事！没有比这更有用的哲理了。"量力而行"，这是苏格拉底最爱最常说的一句话，内涵丰富。应该把我们的欲望导向和定位在最近最易的事上。我的命运让我接触到的、我的生活中又不可或缺的千百件东西我都不乐意，偏偏要去追求一两件我鞭长莫及的东西，或者甚至是一个非我所能冀求的怪念头，我岂不是愚蠢到了家？

我天性软弱，厌恶任何粗鄙刻薄的事，因而也不难摆脱嫉妒与敌意的困扰。被人爱我不敢说，但是不被人恨，那是没有人有过更多的机会。但是我这人说话冷冰冰，理所当然辜负了不少人的好意，他们把我的话往坏处去想也情有可原。

那些珍贵的友谊我则很有能耐去获得和保持。尤其我对情投意合的友谊如饥似渴，我采取主动，慕名相交，自然流露出珍惜之情，给人留下印象。我经常有这样幸运的体验。对于泛泛之交，我就显得冷淡，找不到话说，因为若不能坦诚我的举止就不自然。何况从青年时代以来，命运使我有过一次完美的友谊，至今念念不忘，也使我说真的不思跟其他人结交，那位古人（普鲁塔克）说的话给我留下的影响太深：友谊是人与人相伴，不是兽与兽合群。再加上我天生不会语气婉转，说话只说一半，像人家嘱咐那样在没有深交的众人面前要心存戒备，开口谨慎。当前人家尤其关照我们：谈论世事就会有风险，就要说假话。

我还清楚看到，像我这样的人生活目的只是享受舒适（我说的是必要的舒适），就应该像避开瘟疫那样避开挑剔的坏脾气。我赞赏通权达度的人，张弛有度，能上能下，随遇而安，能与他的邻居谈房屋、打猎、跟谁吵架，也饶有兴趣地跟木匠和园丁聊天。我羡慕那些人，他们会跟最低层的人接近，还用他们的腔调说得很投机。

柏拉图的看法我并不喜欢，他说跟仆人说话，不论男的还是女的，都要用主人的语言，不随便亲近。因为，除了我上述的理由以外，用命运赐予的这么一个特权来摆威风这是不合人性和不公正的；尽量消除主仆之间差别的做法，我觉得最公平。

其他人竭力发挥和炫耀自己的思想，我则压低和收敛自己的思想。张扬是有害的。

你大谈埃阿科斯家族，
特洛伊城下的鏖战。
但是希俄斯岛的葡萄酒价钿多少？
由谁给我烧水？
何时在何家，我能栖身
躲过佩里涅的寒风？怎么就不说啦！

——贺拉斯

因而，斯巴达的崇武精神需要克制，在战时需要悠扬柔和的笛声来中和，不然只怕会发展成鲁莽与狂暴，而其他民族一般都用尖锐响亮的声章与呐喊，竭力鼓动士兵的勇气。同样我觉得——这跟一般的看法不一样——我们在许多情况下需要的是稳重的铅而不是会飞的翅翼，是冷静与休息，而不是热情与煽动。尤其，在两个合不来的人中间装得挺懂事，说话拿腔拿调，像意大利人说的"站在叉子尖上说话"，我才觉得是蠢到了家。应该跟你身边的人处于同一水平，有时还可以装傻。暂且收起你的力量与机智，日常交往中保持有条有理已是足够了。若有需要，还得爬地上呢。

有学问的人就是乐意撞上这块石头。他们总是炫耀自己满腹经纶，把他们的书撒得满地都是。到了现在，贵妇人的闺房里、耳膜里都是他们的叫嚣声，即使她们抓不住他们要说的内容是什么，至少要装得领会的样子。谈到无论什么再基本与通俗的题材，也摆出一副学究的派头，采用时髦的说话与书写方式。

> 害怕、发怒、高兴、难过、
> 泄露心头秘密，都有自己的一套。是为了什么？
> 是为了跟你风雅地睡觉……
>
> ——朱维纳利斯

她们对什么事都要引用柏拉图和圣托马斯，谁遇上都要他为此作证。这个学说没进入她们的心灵里，还是留在了她们的舌尖上。

大家闺秀要是相信我的话，我劝她们只需发挥自己的天生丽质就可以了。她们却用外来的美掩盖自身的美。还头脑简单地扑灭自身的光而借外界的光闪闪发亮。她们被矫揉造作葬送了。"个个都是从粉盒子里走出来的。"（塞涅卡）这是她们对自己认识不足；世上没有什么比她们更美了；应该由她们给艺术增光，给胭脂敷彩。

除了生活在爱慕与崇拜中，还应该让她们有什么呢？这方面她们拥有与理解的东西是太多了。她们只需稍稍开启与激发内心的天资。当我看到她们热衷于修辞学、星相学、逻辑学，以及这一类对她们毫无实际用处的毒药，我担心建议她们学这些玩意的人，这样做的目的是存心要她们就范。因为我还能找出什么别的

第三章　论三种交往

原因呢？她们其实不需要我们，只要美目一盼，包含快乐、庄严与温柔，再在说"不，不"时加一点严厉、疑虑与恩宠的表情，根本不用人家教她们道理来表达自己的意思。有了这门知识让她们手执教鞭，给那些学者传道解惑。

如果她们不高兴什么都屈从我们，怀着求知欲愿意分享书本知识，诗歌是适合她们需要的一种消遣。这是一种耍小聪明的搞笑艺术，说话躲躲闪闪，又收不住口，始终开开心心，搔首弄姿，像她们一样。她们也会从历史故事中得到不同的教益。在哲学方面——对人生有用的那部分——她们可以学习一些道理，帮助她们判断我们男人的脾气和性格，对我们的背叛有所提防，调节她们自己的欲望冲动，安排自己的自由，扩大生活乐趣，从人性观点去忍受亲信的变心、丈夫的粗鲁、年纪与皱纹的困扰；以及这一类的事。以上就是我给她们指定的学习大框架。

有些人天性与众不同，孤僻内向。我这人本质上还是适合交往与表达的。我感情外露，让人一望而知，旧雨新知都爱来往。我喜爱和鼓吹独处，主要只是集中自己的感情与思想，限制与减除自己的欲望与焦虑，而不是步伐。不操心外界的侵扰，死活也要躲开俗念杂务的羁绊，要回避的不是人群而是事务。

独处一地，说真的，使我心胸更宽阔，视野更远大；当我一个人时更加关注国家大事和世界风云。在卢浮宫或人群中，我低首下心，身子蜷缩。人群遏制着我在这些肃穆庄严的地方我的思想却出奇地疯狂与放肆。使我发笑的不是我们的疯狂，而是我们的智慧。

从性情来说，我并不仇视宫廷里的人事纷扰。我也曾在那里度过一部分岁月，我也习惯跟大家谈笑风生，但只是偶尔为之，要合乎我的心情。但是我上面提到的缺乏主见，逼得我甘心独处，即使在家里人多口杂、访客频繁，也如此。我在家遇到不少人，但是乐于交谈的实在不多。我为自己也为别人保留一份少见的自由。虚文浮礼、恭候伴送以及我们礼节中的这些辛苦规矩（唉，脱不开的烦人客套！）统统都免了。各人按自己的方式行事；谁爱怎么想就怎么想。我保持沉默，关在房里沉思默想，也不怠慢客人。

我要与之来往与深交的人，都是被大家称为正派和能干的人。目睹他们的仪态使我不思再与其他人相见。从他们的谈吐来说，也是我们中间的佼佼者，举手投足莫不自然大方。这类交往的目的，无非是亲密相处，常来常往，谈天说地，灵魂的切磋以外并无他意。在我们的谈话中一切题目对我都是无所谓的，我不在乎什么轻重深浅；总可谈得优雅得体；对每项事物都有一个成熟的见解，含有好意、坦诚、欢乐与友谊。我们的智慧并不只是在王位继承、宫廷大事上表现出美丽与力量，在私下谈话时也不见逊色。

我从他们的沉默与微笑也可以明白他们，有时在餐桌上还比在会议上更能发现他们。希波马库斯说他看人的走路姿态就可以知道他们是不是好角斗士。谈话就是扯到哲学题目那也无妨，不会把它拒之门外，也决不会像一般那样道学、不容置辩、令人讨厌，而是争论热烈，灵活有趣。

我们只是以此消磨时间而已；应该受教育与听教诲的时候，我们自会上哲学王国去朝觐，眼下委屈它下位来见我们了。因为不管它多么有用、受人欢迎，我认为没有必要还是可以不去求教于它，没有它照样做我们的事。一个有天赋、有过人际关系磨炼的心灵，必然各方面都讨人喜欢。艺术不是别的，只是这样的心灵的流露与呈现而已。

与正派的美女交往对我也是一大乐事:"因为我们也有一双慧眼。"(西塞罗)如果说心灵不像在第一种交往中那么满足,感官享受对第二种交往很起作用,虽然据我看还不能把这两种交往拉到相等地位,但也可是相近程度。但是这种交往还得留一点心眼儿,尤其我这样肉体很会受冲动的人。我在青春期突然钟情,受尽了诗人所说滥情男子身上产生的一切苦楚。这记鞭笞说实在的此后被我当作一个教训,

> 希腊船要避免在卡法雷触礁,
> 必须在优卑亚海面转舵。
>
> ——奥维德

在这件事上朝思暮想,热情贯注,爱得死去活来,也是疯狂。但是从另一方面来说,如果没有爱情,没有意愿,只像演戏似的凑在一起,因年龄与习俗的需要共同扮演一个角色,只是在嘴上说得好听,这样做万无一失,却是懦夫行为,就是害怕风险而甘愿放弃荣誉、利益或欢乐的人。

因为可以肯定的是,实行这种做法的人决不可能期望一颗高尚的心灵会感动,会满足。真心实意渴望得到的东西才会真心实意享受其带来的欢乐。我说这个话只是命运可能会不公正地垂顾她们的外貌,因为女人不管长得怎么丑,没有一个不觉得自己妩媚可爱,不会以青春年华或一颦一笑而显得楚楚动人。这也是常见的事。其实世上没有完全丑的女人,也没有完全美的女人。婆罗门种姓的姑娘,没有什么可以自我推荐的时候,会应群众高声怪叫走到广场上,露出自己的私处,光凭这点看看她们是不是该得到个丈夫。

因而,谁第一个起誓要侍候她,没有一个女人不是轻易相信

的。今日男人偷香窃玉已司空见惯,我们也必然看到这样的事实,她们自发聚会,彼此倾诉,就是为了躲开我们。或者按照我们给她们做出的榜样,抱成一团,玩她们自己的把戏,也跟人眉来眼去,没有激情,不动心,也谈不上爱。"不论自己与别人的激情,都体会不了。"(塔西陀)就像柏拉图笔下利齐娅的论点,认为我们愈是不爱她们,她们愈是对我们大开方便之门。

好比在舞台演戏时,观众得到的乐趣至少不亚于演员。

就我来说,我认为不存在丘比特就没有维纳斯,不生孩子就没有母爱。这两者在本质上是相互融合,相互依存的。这样骗人者反受自己骗。不费工夫的人也得不到有价值的东西。把维纳斯当作女神的人看到她本质的美不是出自肉体,而是出自精神。这些人寻求的美不完全是人间的,也不是野的。动物追求的美未必那么粗鄙庸俗!

我们看到想象与欲望经常使动物发热,在身体以前感到兴奋。我们看到不论雄性还是雌性,在群体中同样有所选择,有所钟情,相互保持长期的恩爱关系。那些年老而体力不济的动物,还会因爱情而发抖、嘶鸣、寒战。我们看到它们在交配前充满期望与欲念。当身体履行职能后,心里痒痒的还沉浸在回忆的甜蜜中;我们看到它们这时昂首阔步,非常神气,发出吼叫好似欢庆节日,高唱凯歌,表示疲劳与陶醉。谁只是满足肉体的天然需要,何必挖空心思施展奇招去麻烦别人呢。这又不是去填满欲壑的一块肉。

我这个人并不要求人家把我看得比本人好,我还要说一说自己青年时代的错误。我很少前去嫖娼狎妓。不单是因为对健康有危害(我还是不够谨慎,得过两次病,还好是轻的,初期症候),还由于看不起这样做。我愿意以困难、欲望和某种荣誉来提高快感。

我赞成提比略皇帝的做法和弗罗拉妓女的派头。皇帝在爱情上除了那种功夫以外，同样讲究谦恭高贵。而弗罗拉绝不委身于低于独裁者、执政官或监察官的男人，根据求爱者的地位来调情。①当然珍珠、罗缎、头衔与排场也是起作用的。

再说，我非常重视精神，然而肉身也不可马虎。两者的美若非缺一不可，说句心里话我会选择舍弃精神美。精神美可以用到更重要的事情上去。但是说到爱情，主要跟视觉与触觉有关，没有精神美可以做得有声有色，没有肉体美就味同嚼蜡。美实在是女性的真正优势。她们的美是女性特有的。我们的美要求五官的标准稍有不同，但是只是具备了她们少女无毛的特征，才臻于完美。有人说土耳其皇帝后宫，以美色侍候他的人不计其数，最多到了二十二岁就要退役。

男人更善于思考、更谨慎、更重友情，因而他们管理天下大事。

这两种交往都包含意外，依赖别人。前一种因少见而令人烦恼，后一种因年迈而徒呼奈何；这样它们满足不了我的一生需要。跟书籍打交道是第三种交往，更可靠，更取决于我们自己。它没有前两种的不少优点，但是自有其长处，就是长期方便的服务。那种交往伴我一生，处处给我帮助。是我晚年与孤独时的安慰。百无聊赖时使我不感到沉闷，什么时候都让我摆脱叫我生气的伙伴。只要它不是达到极点控制我的全身，总能减少我些许痛苦。我唯有拿起书本才能排遣挥之不去的念头，书本很容易吸引我，忘得一干二净。我在得不到其他更真实、活生生、天然的散心时

---

① 据勃朗托姆《名妓传》，弗拉在门前钉一块告示："国王、王爷、独裁者、执政、主教、财务大臣、大使们请进，其余人概不接待。"

去找它们，它们见了我也不会赌气，总是用同一副面孔接待我。

俗语说：有马代步的人不用走路。那不勒斯和西西里国王雅克，年轻、英俊、健康，坐在担架上巡游全国，头下垫一只干瘪的羽毛枕头，穿一件灰布长袍，戴一顶同样质地的便帽，随从在后面的则是华丽的王室卫队、形形色色的轿子和牵着走的马、贵族、军官，表现一种初期还不巩固的权势。有望治愈的病人不用可怜。这句警言说得很有道理，我从书本中得到的全部好处，全在于对这句话的体会与应用。事实上我利用书，比那些不懂书为何物的人多不了多少。我享受书，犹如守财奴享受财宝，只要知道高兴就可以享受就够了。有了这个占有权我就心满意足。

不论和平还是战争年代，我出门必带书籍。然而我会好几天、好几个月不翻一页。我说："等会儿看，或者明天，喜欢看时再看。"时间飞快过去，我也不难过。这些书在我身边可以随时给我乐趣，认识到它们对我的生活有多大帮助，想到这里我就很难说清我如何心安理得，坦然过日子。我觉得这是人生旅途中最好的储粮，那些缺乏储粮的聪明人使我无限惋惜。其他任何消遣不管如何幼稚我也可以接受，好在我是永远不会断粮的。

居家时，我常转悠到书房里去，在那里用目一扫整个庭园尽在眼前。我面对着入口，看到下面的花园、饲养场、院子、大部分房屋。在这里我一时翻阅这一部书，一时又翻阅另一部书，毫无次序，毫无目的，读的文章也不连贯；一会儿我沉思，一会儿我摘录和散步时口授我以下的种种遐想。

我的书房在塔楼的第三层，一层是我的礼拜堂，二层是一间卧室及其套间，我一人过时经常住在那里。这上面有一间大藏衣室。从前原是我家最无用处的地方。我一生中大部分日子，现在一天中大部分时间在那里度过。我从不在那里宿夜。在这后面是一间精致的小室，冬天可以生火，窗户采光很舒适。我若不怕辛苦和花钱（怕辛苦使我什么都不想翻修），可以在两边都接上一条长百步、宽十二步的长廊，平的不用台阶，墙头是现成的，高度也正符合我做其他用途的需要。任何隐蔽的地方都需要有个走廊。我若让思维坐下，思维就会睡着；我的两腿若不催动精神，精神就会不济。不用书本读书的人都会陷入这种状态。

我的书房是圆的，仅有的平面墙壁恰好放我的书桌和椅子。我的书分五排贴墙绕成一圈，其弧度可以让我把它们一览无遗。从三个方向可以看到远处宽阔的美景，房间的空地直径有十六步阔。冬天我不在那里长待；因为我的家筑在一座小丘上，就像我的姓氏原意是"山"，我这个房间也最通风。我喜欢这里地处偏僻，出入不便，这有利于我工做出效果和生活图清静。

这是我的地盘。我也竭力要独霸一方，不让这个小角落并入夫妻、父子、亲友共同的大集体。在其他地方我只有一种口头权威，实质上是含糊不清的。依我看，有的人很可怜，在家里没有自己的位子，没有自己的享乐，没有自己的藏身处。有野心必须偿付抛头露面的代价，像广场上的雕像："大富贵也是大锁链。"（塞涅卡）他们要退后面没有退路！我认为修士的清苦生活中，最难受的莫过于看到他们不论做什么事，纪律要求大家必须自始至终呆在一起，当着众人的面做。我觉得永远单独也比永远不能单独要好受得多。

假若有人对我说把艺术仅仅当作娱乐与消遣，这是对缪斯的亵渎，这是他不像我那么明白欢乐、游戏与消遣是多么有意思。我差点还要说其他一切目的都是可笑的。我有一天过一天；说句不中听的话，只是为我而生活；我的目标仅此而已。

青年时代我学习为了炫耀；后来有点儿为了明白事理；现

在为了自娱；倒从来不为了谋利。从前我到处搜集这类家具（图书），不是为了提高修养的需要——与此还差得很远——而是为了布置墙头装门面；很久以前也就放弃了。

对于善于选择的人来说，书籍有许多可爱的品质；但是没有不费工夫的好事。书的乐趣跟其他乐趣一样，不是明白的、纯的。它有它的困难，还是不小的困难。头脑随着书本的内容在转动，但是身体——我可没有忘了去照顾——则保持静止状态，变得萎靡不振。我知道过度沉湎对我最为有害，但不知道年老力衰之际如何避免。

以上就是我的三种喜爱与主要的交往。我因职责需要在外界的交往则不在此赘述了。

# 第四章
# 论分心移情

从前，我受托去劝慰一位真正伤心的夫人；因为她们大多数悲痛都是假装来应付场面的：

> 她身上总是储备大量泪水，
> 只等待她一声令下，
> 哗啦啦地流啊。
>
> ——朱维纳利斯

对待这种情欲，阻挠不是良策，因为阻挠反会刺激她们变得更加悲哀。真是劝得起劲，哭得伤心。我们看到平时谈话时，我不经意说了些什么，有人上来反驳我，我生气起来更会坚持；比我对之有兴趣的事还争得厉害。

还有，这样做的时候，你给你的工作制造一个艰难的开局，好比医生最初接待病人应该和蔼可亲，笑容可掬，虎着脸样子可憎的医生治病决不会有好效果。相反地应该一开始帮助和鼓励她们吐苦水，表示一些同情与谅解。有了这样心灵沟通，你获得信任才会走得更远；不知不觉顺水推舟，转入正题说些踏实的有利于治疗她们心病的道理。

我主要想做的是吸引那个眼睛盯着我看的人，趁机包扎她的伤处。然而我从实践发现自己拙于辞令，难以说服别人。我提出的理由不是太尖锐太干巴巴，就是方式太生硬或太大意。我专心听她诉苦诉了一段时间，并不试图振振有词地用大道理去治愈她，因为我没有这些道理，或者我在想着其他方式更能奏效。也没有选择哲学家开的五花八门的安慰方子，如克里昂特斯说："说出来的苦不是苦。"如逍遥派说："这是小苦。"如克里西波斯说："怨天尤人这种行为不对也不值得提倡。"也不用比较接近我的伊壁鸠鲁观点，把思想从不愉快事转移到愉快事上去；也不像西塞罗，遇上机会把积累的烦恼一次打发掉。

我慢悠悠地把我们的谈话一点点拉到相近的话题上，然后根据她听我说话的程度再往远处扯，这样不知不觉把她的痛苦思想偷走，让她换上好心情，只要我还待在她身边时保持平静。使用的是分心法。但是跟着我的方法这样做的人不觉得她的症状有任何改善，这是我没有把斧子砍到病根上。

有时我在其他场合谈到表现在公众大事件上的分心法。伯里克利在伯罗奔尼撒战争中的用兵法，以及其他千百个用此法把敌军驱出国门的例子，真是史不绝书。

这是一种巧妙的迂回战术，安贝库王爷在列日就用此法救了自己和别人。勃艮第公爵包围了列日城，要他进城去执行双方签订的投降书协议。市民夜里召集一起讨论这个问题，准备拒不接受已经通过的条款，有不少人奋起攻击已在他们掌握之中的谈判者。安贝库听到风声说那些人朝着他的住宅发起第一次袭击，突然派出两名市民（因为有一些人是跟他一起的）朝他们走去，带着两条更为温和的新建议提给市议会，那是他为了应付局面当时自编的。

  这两人挡住了第一场风暴，把这群激动的暴民带回到市政厅，听他们的新建议，进行讨论。第二次讨论为时不久，又掀起了第二场风暴，跟第一场同样猛烈。安贝库又派出四位新的调解人，声称这次提出更优待的建议，完全可以使他们称心满意；群众又被拦回到他们的会场里，总之依靠这种拖延搪塞的策略，引开他们的怒火，扑灭在无谓的协商中，最后使他们也迷糊了，昏昏沉沉到了天明，这是他的主要目标。

  还有一个故事也属于这一类。阿塔兰达是容貌出众、天资聪敏的姑娘，追着向她求婚的人不计其数，为了摆脱这些人的纠缠，给他们定下一条规则，谁能跑得跟她一样快，她就嫁给他，跑不过她的就要丧命。自有不少追求者认为这个奖品值得冒这样的风险，再难也要参加这场残酷的交易。

  希波梅纳轮到最后一个比赛，向主宰这场恋情的女神祈祷求助；女神满足他的愿望，给他三只金苹果，告诉他如何使用。比赛开始，希波梅纳感到他的意中人紧紧跟在后面，他好似失手把一只苹果掉落了。姑娘被美丽的苹果吸引，禁不住回头去捡了起来。

> 少女吃了一惊，被美丽的果子迷住，
> 转过身去捡那个滚动的金球。
>
>           ——奥维德

  这样他选择适当时机掉下第二只，掉下第三只，最后靠了这个诱敌分心的计谋，赛跑的桂冠非他莫属了。

  当医生不能消除卡他性炎症时，就把它转移到其他较不危险的部位。我发觉这也是医治心病最常用的药方。"有时要把心思引到其他情趣、其他操心、其他关注和其他工作上；总之，犹如对待恢复不了健康的病人，必须经常换个地方治疗。"（西塞罗）不要正面进攻病患，也不要把病痛强忍或强压下去，要让它慢慢消除或分散。

另一种方法要求太高太难。这只适用于第一流人物，要他们干脆面对这件事，予以审视与评判。只有举世无双地苏格拉底才能视死如归，面不改色，满不在乎。他决不抛开这件事另去寻找安慰；死亡对他好像是件顺乎自然、无关紧急的世事。他盯着它目不转睛，坚定走去。

赫格西亚斯的弟子在老师慷慨激昂的言辞鼓动下，都绝食而死，人员之多令托勒密国王下令禁止他在学校继续发表这类杀人言论。这些人决不考虑死亡本身，也不对此议论，他们的思想并不停留于此，而是匆匆往前，目标是朝向一个新的人生。

这些可怜的人就是在死刑架上，看来也是满腔虔诚的热情，全神贯注，耳朵在听别人对他们的训诫，双目和双手举向天空，高声念经祈祷，情绪持久激动，在这最后关头做这样的事很合适，值得赞扬。我们应该表扬他们的宗教性，但是不符合做人的坚定。他们在逃避斗争；他们不敢正视死亡，就像我们给孩子扎针时逗他们玩。我见过有些人，要是他们的视线偶尔落在四周骇人的死亡刑具，全身发僵，恨不得把思想岔开。我们也会告诉那些经过可怕深渊的人要闭上眼睛或者看别的地方。

苏布里乌斯·弗拉维乌斯被尼禄下令处死，由尼日执行。弗拉维乌斯与尼日都是将领，当他被押到将要执行判决的场地，看到尼日命人挖的那个让他待着的坑，乱糟糟的不平整，他转身朝在场的士兵说："连这个也不照军队规矩办事。"尼日要他把头摆准了，他对他说："只是你砍得也要准些。"他固然猜得不错，尼

第四章　论分心移情　49

日胳臂发抖，砍了好几刀才把他的头颅砍了下来。弗拉维乌斯看来倒像是心里早已有了主见，坚定不移。

手执武器在混战中死去的人，那时决不会研究死亡，也不感觉和考虑死亡，杀性盖过一切。我认识一个正派人，战斗时在场子上倒下了，躺在地上觉得被敌人捅上九刀十刀，周围的人都向他喊叫要想一想自己的良心。他后来跟我说，虽然这些话传到了他的耳朵里，但是一点儿也没触动他，他想的只是反扑报仇。他在这场战斗中杀死了那个人。

那个给 L. 西拉努斯宣布死刑的人是帮了他的大忙。西拉努斯当时说他早已视死如归，只是不愿死在小人手里，那人听了他这个话，率领士兵向他扑过去，逼他就范。他没有任何武器，赤手空拳拼命抵抗，在挣扎中被弄死了。原先他是注定要被慢慢折磨而死的，这样一来他的痛苦感情都在愤恨殴斗中迅速消失了。

我们总想到其外的事情上去。希望有一个更美好的人生，或者希望我们的孩子有出息，我们身后留名，复仇要去威胁那些造成我们死亡的人；这都使我们徘徊，这使我们坚定，

> 正义之神若握有权力，我希望
> 你在礁石之间受尽你的苦难，
> 呼喊狄多女神的名字求救……
> 我会听到的：声音会传至阴曹地府。
>
> ——维吉尔

色诺芬头戴花冠正在祭祀，这时有人过来向他报告他的儿子格里吕斯在芒蒂内战役中阵亡的消息。他听到后的第一反应是把花冠扔在地上；但是听说他死得非常壮烈，又把花冠捡起戴在头上。

就是伊壁鸠鲁生命将结束时,对自己的文章能够传世益人感到自慰。"一切光荣卓绝的工作都是会留传的。"(西塞罗)色诺芬说,同样的伤势、同样的操劳,对将军与对士兵不是同样沉重。伊巴密浓达获悉自己已经胜券在握,就非常轻松地对待死亡。"这是安慰,这是最大痛苦的油膏。"(西塞罗)还有其他情景,也可把我们的心思引开,不专注在某一事物上。

即使哲学论述对这个问题也仅浅尝辄止,谈到时只是轻描淡写提一提。雄踞哲学界第一学派的第一人,这位伟大的芝诺这样说到死亡:"痛苦都不是光荣的,死亡是光荣的,它就不是痛苦。"还说到醉酒:"没有人会把秘密告诉醉鬼,大家都会把秘密告诉贤人;贤人就不会是醉鬼。"这话说到点子上了吗?我是喜欢看到这些领袖人物对我们共同的命运避而不谈。不管这些人如何完美,总是俗世里的人。

复仇是一种大开人心的情欲,生来就很强烈。我看得很清楚,虽然我尚无亲身体验。最近,为了要一位年轻的亲王打消此意,我不跟他说有人打了你耳光你要把另一边脸伸给他,履行慈善的义务;也不跟他说诗歌中这种情欲引发的种种不幸事件。我不提复仇,而是饶有兴趣地要他体味相反去做会有多美的前景:他宽容与善良会带来的荣誉、恩惠和好意。结果就是这么做成了。

他们说:"爱的情欲如果太强烈,那就要把它分散。"这话说得对,因为我经常试了很有成效。把情欲切割成分散的欲望,使得它们每个都可以受你的控制和驾驭;但是,为了不让它们吞噬你,折磨你,用分治法、声东击西法来削弱它、拖垮它。

当你的阳具虎虎有生气……

——柏修斯

> 不妨把浓液注入任何体内。
>
> ——卢克莱修

> 最好及早解决，免得一旦被它逮住备受其苦，
>
> 用新伤来医治老伤，
> 露水姻缘也可把伤疤洗掉。
>
> ——卢克莱修

  以前我遭遇一次重大的不幸，这是依我坦然的天性来说的，其实比重大还重大；如果我只是依靠自己的力量，可能会一蹶不振。我需要一种强烈吸引我的事排遣我的心情，我有意也有心地坠入了爱河，这也靠年纪帮了我的大忙。爱情舒解了我的心，使我摆脱失去好友带来的痛苦。

  其他的事也一样，一个不愉快的念头留在心间，我觉得改变它比克服它更快见效。我不能让它从相反的方面去想，至少从较好的方面去想。变换着想法总能起一种减轻、化解和驱散的作用。我若打不倒它，我就躲开它；躲开时我走岔路，使诡计；转移地点，改换工作，找不同的朋友，溜出去找其他乐子，想其他事，让它失去我的踪影，找不到我。

  天生变化多端这是大自然的恩典；因为时间也是大自然赐给我们包治一切情欲的医生，主要也是靠下述的办法奏效的：第一次感受不论如何强烈，时间提供的其他事侵入我们的思想，总会把它层层叠叠遮盖与淹没。一位哲人回想起朋友临死的情景，二十五年后跟第一年差不多同样清晰。据伊壁鸠鲁的说法还丝毫

不差，因为他认为新愁与旧愁没有什么程度上的差别。而是其他许多杂念穿过脑海，使忧愁终于疲惫了，支撑不住。

  为了躲开流言蜚语的矛头所指，阿西皮亚德斯把他那条美犬的耳朵与尾巴都割掉，放到广场上，让老百姓拿这个题材说个不休，才让他清静地干别的事。我见过有的女人转移大家谈话与猜测的目标，有意用编造的恶情来掩盖自己真正的恋情。但是我还见过某个女人假戏真做动了感情，离开原先的真恋人，跟上了假恋人；我还听她说自以为爱情牢靠的男人，就是会被假面具蒙骗的傻瓜。既然公开的谈话机会与接待场合都留给了那位替身情人，那个人最后坐不上你的位子，不让你去坐他的位子，相信我他就算不上是个精明的人。真是一人做鞋另一个穿哪。

  一点点小事就可以让我们分心，转移视线，这是因为我们放在心里的也是一点点小事。我们很少注意事物的整体和本身；而是那些表面的、次要的情景引起我们的注意，还有就是毫无意义的鸡毛蒜皮内容，

    犹如看到知了在夏天
    蜕下圆圆的薄壳。

              ——卢克莱修

即使普鲁塔克想起女儿幼时的顽皮而愈加思念。一次告别、某个行动、特殊的恩惠、最后的嘱咐，都令人伤心。恺撒的血袍比他本人的死亡更加震撼全罗马。在我们耳边响起呼唤名字的声音："我可怜的主人！""我的好朋友！""我亲爱的父亲啊！"或者"我的好女儿！"这些老套令我揪心，当我仔细辨别时，我觉得这

第四章 论分心移情

只是一种包含语法与词语的呻吟声。词语与语调触动我（就像布道师的惊叹经常比他们的道理更加打动听众，就像用于祭祀的牲畜在宰杀时的哀叫使我们吃惊），用不着我再去揣摩或细察句子的真正含义；

> 悲痛是由这些刺激而来的。
>
> ——卢卡努

这是我们哀伤的基础。

我的结石顽症，在阴茎部位更加严重，使我有时三天甚至四天不能排尿，离死亡也不远了；希望逃过一关真是妄想，甚至由于这个病情带来的阵阵剧痛，还已不得一走了事呢。那位仁慈的皇帝下令把罪犯的阴茎扎住，让他们憋尿而死，真是精通酷刑的大师！

就我目前的状况来说，我认为还让我对人生有所留恋的只是一些想象中的微不足道的东西与原因。对于离开人世感到沉重与困难的也是心灵中一些芝麻绿豆小事，在这个重大的事件中我们却让多么无聊的事占据了我们的思想：一条狗、一匹马、一部书、一只玻璃杯，还有什么呢？都是我死后放心不下的东西。对于别人又是他们壮志未酬、他们的财产、他们的学问，据我看来不是得更加聪明。

从全局看待死亡时，我就会以超然的态度把它看作是生命的终结。我从总体上享受它，它又从细节上偷窃我。仆人的眼泪、旧物的分送、熟人的抚摸、普通的安慰，都使我心酸、动情。

因而悲情故事总能打动我们的心灵。维吉尔和卡图鲁斯书中狄多、阿里阿德涅的哀怨悱恻，即使不相信其人其事的人读了也受感动。对此无动于衷说明天生硬心肠，就像说到波莱蒙的传奇故事，他被一条疯狗咬去一块腿肚肉居然面不改色。不论有多大智慧，单凭判断不能理解一个人悲伤到了极点的原因。他只能在现场依靠眼睛与耳朵的参与才能完成，然而眼睛与耳朵又只会反映外界无谓的干扰。

是不是这个道理使艺术利用我们天性中的愚蠢与笨拙而大谋其利呢？修辞学说，那位演说家在辩论的闹剧中，被自己的声调与装腔作势感动，也会受到自己所表达的热情欺骗。他会让自己沉浸在真正的来自心田的哀悼，通过虚张声势让法官感染这份感情，但是法官就不是这么容易动感情的。就像丧礼上雇来增加悼念气氛的哭丧人，他们论斤计两出卖自己的眼泪与悲伤。虽然抢天呼地的样子都是装的，可以肯定的是要在这种场合应付裕如，有时必须全力以赴，内心也会感到真正的忧伤。

格拉蒙王爷在拉费尔围城中战死沙场，我同他的一些朋友护送他的尸体到苏瓦松。我们所到之处，我看到一路上遇到的老百姓，只要看到我们护送灵柩的排场，就唏嘘落泪；其实他们连死者姓甚名谁都不知道。

昆体良说他见过一些演员，演悲剧角色那么投入，回到家里还在哭；还说自己把别人的感情打动以后，自己也动了感情，发现自己不但流眼泪，还脸色苍白，实在是一副伤心欲绝的样子。

在我们山区附近，女人扮演自问自答的马丁神父[①]角色。她们失去了丈夫，回忆他生前的好人品、好事来加强对他的悼念，同时又搜集和公布他的种种缺点，仿佛自己内心得到了平衡，对他从怜悯转向轻视；这比我们的做法要亲近得多。我们见到谁过世

---

① 民间故事中的一位神父，在弥撒中常常自问自答。

了，忙着给他奉上几句不真实的赞词；我们看不见他了，就把他说得好像跟我们见着他时不一样；仿佛悼念是一堂教育课，我们的理解力经眼泪一洗，变得明晰了。从现在起我不接受人家不是因为我配得上，而是我死了要给我唱的赞美诗。

若问那个人说："你围攻这座城池有什么道理？"他说："起儆戒作用，要大家服从我们的大王。我不奢求什么好处；说到光荣，我知道我这么一个人只能分享极小一部分；我对此既无热情，也不思去争。"可是第二天看到他这人完全变了，站在进攻队伍里热血沸腾，满面怒容。这是刀光剑影、隆隆的炮声与鼓声使他血脉贲张，充满仇恨。

你会跟我说："这算什么大不了的原因！"为什么要原因？要使我们心灵激动根本不需要原因。平白无故的胡思乱想就可以搅得人神魂颠倒。搭起了空中楼阁，就会想象出各种玩儿与乐趣，闹得心里痒痒的，快活得不得了。多少次我们看到了什么，捕风捉影，心里迷糊糊的发火了，难过了，我们陷入荒唐的激情，弄得精神与身体都变了样。

痴心梦想会在我们的面孔上摆出多么惊奇、嬉笑和惶惑的怪模样！使我们的四肢与声音表现多大的冲动与激情！孤独的人，他不像是与对之打交道的人有了错误的看法，还是内心有魔鬼在折磨他？那就问一问自己这种变化的道理何在，在自然界除了我们以外还有什么是用虚无滋养的，是靠虚无支撑的。

冈比西梦见他的弟弟巴尔狄亚后来当了波斯国王，把他弄死；这还是他喜欢的和此前一直信任的弟弟！梅西尼亚国王阿里斯托德缪斯，听了他的群犬我不知怎样的吠叫，认为是不祥之兆就自杀了。米达斯国王做到了一场噩梦，心烦意乱，也寻了短见。为了一场梦而抛弃了生命，那是把生命看成了这个价值。

可是也要看到我们的心灵战胜肉体的可怜与软弱，那是后者受到各种各样的侵蚀和衰变；说真的，心灵是有理由去议论肉身的：

> 普罗米修斯是糟蹋泥身的元凶，
> 他创造人的时候粗心大意
> 给了身上，忘了精神。
> 先从灵魂开始才能把人做好！
>
> ——普罗佩提乌斯

# 第五章
# 论维吉尔的几首诗

有益的思想日趋充实与稳定的同时,也愈加成为羁绊与负担。罪恶、死亡、贫困和疾病都是重要的主题,令人感到沉重。必须让心灵接受教育,学习承受和战胜这些苦难的方法,学习好好生活与好好信仰的规则,经常还要在这种美好的学习中启发它,锻炼它。但是对于一个普通的心灵,还必须有条不紊地进行,如果操之过急,会使它急得发疯。

我年轻时需要敦促、激励,才会安于职守。有人说,性格活泼,身体健康,不适宜于进行这类严肃与隽智的思考。我现在处于另一种状态。迟暮之年对我屡敲警钟,也使我安分听话。我从轻举妄动陷入老成持重,反而更加有害。故而此刻有意稍稍放纵自己,有时让心灵停留在年轻人的虚无中想入非非。此后我只会是太沉着、太稳重、太成熟。年岁天天教育我要冷静,要节制。肉体对越轨行为又是躲又是怕。

现在轮到肉体带领着精神去进行改造了。轮到它更粗暴、更专横地管教。不论睡着或醒着,不让我有一小时不听到关于教育、死亡、耐性与悔罪的训诫。我防止自己克制就像从前防止自己冶乐。克制把我往后拉到了发呆的程度。我要在各种意义上做自己的主人。明智也有过分的时候,也像疯狂一样需要节制。因而,在病痛留给我的间歇时刻,只怕自己精神枯竭,思想断流,谨小慎微得不敢有所行动了,

怕只怕对病痛终日提心吊胆。

——奥维德

我轻轻转过身子,移开视线,不去看面前这片布满乌云、孕育暴风雨的天空。感谢上帝,我看着时并不恐惧,但是不能说不费力,不思索。回忆过去的青春年代不纯然是一件乐事。

心灵思念失去的东西,
完全潜入旧时情景的记忆。

——佩特罗尼乌斯

童年瞻前,而老年顾后,这是伊阿诺斯两面神的意义吗?岁月若愿意可以挟着我去,但是往回去吧!只要目光还能辨认出这段逝去的锦瑟年华,总会不时转过头去看它。虽然青春已从我的血与血管中消失,至少这个形象不会从我的记忆中根除,

回忆过去的日子,是把人生过上两次。

——马提雅尔

柏拉图要求老人去观看青年的体操、舞蹈和游戏,在他们身上去享受自己不再有份的肢体柔软和健美,去回忆这个青春年代的优雅与恩赐,还要他们在这些活动中把胜利的荣誉颁发给那个

第五章 论维吉尔的几首诗

生龙活虎、最逗人快乐的青年。

从前我把沉重阴郁的日子标为不平常日子，后来，这些日子反成了平常日子，而不平常的则是那些明朗美丽的日子。哪天没有不称心的事，我就像受到新的恩宠似地欢欣雀跃。后来就是强颜欢笑，这张老朽的脸上也不会添一丝可怜的笑容。只是在幻想与梦境中才心情开朗，用诡计转移老年的悲哀。

当然还需要在梦幻以外寻找另一种良药，跟自然对抗也仅是一种于事无补的办法。大家所做的延长或提前做人的种种不便，这是最简单不过的。而我宁可老而速去而不要未老先衰。我要紧紧抓住遇到的任何细微的欢乐机会。听人说起好些温和、快活和正派的消遣，但是我听了并没能引起兴趣。

我不要那些奢侈豪华、崇尚气派的游乐，我要的是温馨、简单易玩的游乐。"我们离大自然渐行渐远，像大家那样去做，他们可不是好向导。"（塞涅卡）

我的哲学在行动，遵循自然与现实的习惯，很少耽于幻想。就是玩上了掷榛子与转陀螺觉得有趣又怎么样呢！

不要把街谈巷议置于造福之上。

——埃尼厄斯

逸乐是一种不必兴师动众的品质。它不用虚名的掺入本身就丰富多彩，悄悄地进行还更有意思。年轻人若把时间消磨在对酒类与饮食的挑剔上，应该挨鞭子的抽打。这类事我最不擅长，也最不重视。现在我学了起来。为此很难为情，但是又能做什么呢？使我更难为情与更恼火的是促使我这样去做的情境。我们这些人空想和闲荡；年轻人安身立业，他们走向世界，寻找立足之地，我们则已从那里回来了。"给年轻人刀剑、马匹、标枪、狼牙棍，让他们去游泳，去奔跑；但是给我们老年人各种各样玩具以外，还有骰子和骨牌。"（西塞罗）

自然规律正在送我们回家。年老体弱，为了养生，我也只能像童年时代一样找玩具与戏耍。我们都返老还童了。智慧与愚笨有许多事要做，必须交替上班，帮助我们度过这段人生的灾难：

在明智中做点傻事。

——贺拉斯

就是最轻微的刺激我也避开。从前损伤不到肌肤的事，如今让我感到心如刀割，我已开始习惯凡事都往坏处上想！"病弱之躯受不起任何打击。"（西塞罗）

我遇事一向多愁善感，现在更加脆弱，处处又很大意，易受伤害，

有裂缝的罐子一碰就破。

——奥维德

自然责成我去承受的种种苦难，理智不让我去埋怨与抗拒，但并不阻止我去感受。我别无目的，只求生活与欢乐，会走遍天涯海角去寻找在哪儿过上一年平静愉悦的好日子。死气沉沉、了无生趣的宁静我并不缺乏，但这使我消沉与偏执；我不高兴这样。若有什么人，什么好伴，在乡下，在城里，在法国或他乡，居家中或旅途上，他与我、我与他同声相应，同气相求，只要用手一声呼哨，我就给他带去几篇有血有肉的随笔。

既然思想的特权是老来也可以活力不减当年，我就竭尽全力让我的思想做到这一点。让它返青，让它开花，能做到像一株枯树上的槲寄生。但是我担心它别是一个叛徒。思想与肉体密切相连，遇上事情总是抛下我而去满足肉体的需要。我在一旁向它献媚，再卖力气也是一场空。徒然想拆散它们的联盟，向它介绍塞涅卡、卡图鲁斯、贵夫人和宫廷舞蹈；要是它的同伴患了腹泻，它好像也会拉稀。即使是它的独家本领同样施展不起来，显然都予人一种颓唐的感觉。身体萎靡不振，精神的产品也不会表现兴高采烈。

我们的先师没有说对，他们在研讨精神十足、灵光闪现的原因，只是归之于灵感、爱情、战斗激烈、诗歌、酒，从不提到健康的功劳。想当初我青春年少，生活安定，从不感到不安的那种健康状态：热血沸腾、朝气蓬勃、精力饱满又优哉游哉。在我天生的禀赋之外，这种快乐的火苗使人精神激扬清明，既保持快活但又不发狂的热望。相反的肉体状态使我处于相反的精神状态，消沉颓唐，也是毫不奇怪的了。

> 跟肉体一起萎靡不振，不思干任何活儿。
> ——马克西米安

然而我心里还是要对它表示感谢，因为据它说，它约束我还比约束其他人宽松得多。至少当它与我停火的时候，没有给我们的交往添加麻烦，制造困难：

> 尽可能别让老年的忧愁上心头！
> ——贺拉斯

"不妨用嘻嘻哈哈打发忧愁。"(阿波里奈尔)我喜欢一种愉悦、合乎性情的智慧,避开刻板僵硬的世情,觉得面目可憎的人都别有用心:

沉着脸阴森森傲气十足。

——布加南

道貌岸然的人中间也有淫邪之徒。

——马提雅尔

柏拉图说,性情随和与乖戾对心灵的善良与邪恶有极大影响,这话我衷心赞成。苏格拉底的面容保持一致,恬静含笑,老克拉苏的面孔是另一种始终如一,他从来不笑。

美德是一种愉悦快活的品质。

我知道少数人会对我的思想自由皱眉头,但对他们自己的思想自由不见得会如此。我符合他们的勇气,但是冒犯了他们的眼睛。

停留在柏拉图的著作,而避开据说他与费多、狄翁、斯特拉、阿盖纳萨之间的交往,这也是一种为尊者讳的做法。"不怕难为情去想的东西也要不怕难为情去说。"(佚名)

我讨厌满腹牢骚、愁眉苦脸的人,他们对生活的乐趣视而不见,牢牢抱住苦难不放;犹如苍蝇,在平洁光滑的物体上站不住,专找粗糙崎岖的地面停下;犹如水蛭,专门吮吸脓血。

此外,我还要求自己敢做的事就要敢说,不能公之于众的事想了也不舒服。我最坏的行动与做法还不至于丑恶得连自己也不敢说。大家在忏悔时谨慎小心,其实应该在行动时谨慎小心。大

第五章 论维吉尔的几首诗　63

胆做坏事在一定程度上受到大胆忏悔的制衡与阻止。谁有义务把一切都说出来，也有义务不去做必须隐瞒的一切。但愿我这种毫无顾忌的言论，引导大家超越了自身缺点造成的那些怯懦有害的美德，而走向自由；凭我个人不加节制的想法，把大家带往理智的起点！

个人的罪恶应该看到，研究了以后再去否定它。对别人隐瞒罪恶的人，通常也是对自己隐瞒罪恶。他们看到了，只是想到没把它遮盖好；在良心上回避掩饰。"人怎么会不承认自己的罪恶？这是他依然在当罪恶的奴隶。梦都是在醒了以后才会去叙述的。"（塞涅卡）

肉体的病痛愈重愈明显。原以为是感冒与扭伤，其实是痛风。精神的病痛愈深愈隐蔽；病得愈重的愈不承认。这就需要经常用无情的手把病痛抖露在光天化日之下，把它们从心底挖出来进行剖析。对待好事与对待坏事都一样，有时唯有一吐为快。有什么丑事是我们不应该说出来的呢？

我这人不善于作假，因而避免代别人保守秘密，因为没有勇气矢口否认自己知道的事。我可以不说出来，但是予以否认，就会很为难，很不开心。会不会保守秘密，这是出于天性，不是出于义务。为君王效忠，不要求说谎，只要求不说，这还是容易做到的。有人问米利都学派的泰勒斯，他是不是应该郑重声明他没有通奸；他若问到我，我就会回答说他不应该这样写，因为在我看来撒谎比通奸还要不得。而泰勒斯给他另一种劝告，要他发誓，用较小的罪恶掩饰较大的罪恶。然而这样的劝告不是在选择罪恶，而是让罪恶增多。

说到这里，顺便说一句，向一个有心人提出做一件难事去抵消他的罪恶，这对他是一桩便宜的交易；但是要他在两桩罪恶之间选择，这就叫他左右为难，就像有人向奥利金说，要么他进行偶像崇拜，要么把他交给一个埃塞俄比亚大无赖当肉体玩物。他接受第一个条件，据说痛苦无比。那些改信新教的女人如今向我们抗议说，她们宁可在良心上压着十个男人，也胜过压着一场弥撒；按照她们信新教的错误戒律，她们这样说也不是没有道理的。

若不慎把一个人的错误公布了出来，也无须担心它会成为仿效对象；因为阿里斯顿说，最令人害怕的风是暴露人的风。必须把遮盖我们行为的这块愚蠢的破布往上拉。他们把良心送进了窑子里，表面上却道貌岸然。即使是叛徒与杀人犯也遵守礼仪，作为应尽的义务。也不必由不公正来指责不文明，狡诈来指责冒失。可惜的是坏人不全是傻子，用体面掩饰罪恶。这些镶嵌装饰只值得用在保存或翻新的精致墙壁上。

胡格诺振指责我们只是在私下用耳朵听忏悔，遵照他们的意见，我就公开地、虔诚地、专心地做忏悔。圣奥古斯丁、奥利金、希波克拉特把他们言论中的错误都发表了，我就把我行为中的错误也发表出来。我急于让世人了解我，不在乎多少，只在乎真实。或许说得更恰当一些是我不急于做什么，但是令我心惊肉跳的是，偶尔听到我名字的人把我错当成了另一个人。

一生以荣誉与名望为目的的人，若戴了一副面具混迹人间，不让大众见到他的真面目，那他想获得什么呢？夸奖一个驼背身材好，他听了必然认为是侮辱。你若是个懦夫，被人当作勇士，大家说的是你吗？那是把你当成另一个人了。我还觉得有趣的是那个人见到人家向他举帽致礼，以为自己是什么头儿，其实他只是个卑微的随从而已。

马其顿国王阿基劳乌斯走在街上，有人向他身上泼水，随从说他该罚，国王说："不过，他没有向我泼水，他是在向他认为我

第五章　论维吉尔的几首诗　　65

是的那个人泼水。"有人对苏格拉底说有人说了他坏话，他说："不会吧，我没有他们所说的缺点。"就我来说，谁若说我是好船员，谦逊有礼，不近女色，我是不会领情的。同样说我是叛徒、小偷或酒鬼，我也不感到冒犯。没有自知之明，才会被虚假的好话陶醉；而我不会，我对自己的心灵深处有深刻的了解，知道什么是自己有的。我喜欢人家对我少赞扬，只求对我多了解。人家会认为我在某种需要明智的情况下表现很明智，而我自己觉得那时很傻。

我的《随笔》成了贵妇名媛的一件常用家具，而且是放在客厅里作摆设，这让我很烦恼。我喜欢跟她们私下有一点交往。在大庭广众之前那就毫无情趣与情调可言。在跟要放弃的东西道别时，总不免表现出超过平时的矫情。我在跟人世间百事做最终告别，是我与它们的最后拥抱。但是还是回到本题吧。

生殖行为对于人是那么自然、必要、正当，但是怎么又会让大家不敢坦然议论，在严肃正经的谈论中从不提及呢？我们使用这些字眼时神气十足，如杀、偷、背叛；而那件事只敢在牙缝里嗫嗫嚅嚅说。这是不是说我们愈是不用言辞表达的东西，愈是有权利在思想里夸大吗？

因为这倒不错，愈是少用、少写、少说的词愈是让人知道得最清楚、最普遍。无论什么年龄、什么风俗的人没有不知道的，就像面包一样。不用表述、不用声音、不用形象，都深深印在每个人心中。这也不错，这个行为我们给予它沉默豁免权，即使为了批判它、审问它，也不可剥夺它的豁免权，不然就是犯罪。我们也只敢用隐语、用比喻来鞭笞它。

一名罪犯坏得连法律也认为无论怎么碰他和看他，正义都得不到伸张，这对他反是一件大好事，严厉的惩治倒使他沾光得到了自由。书籍难道不是这样吗，遭禁后往往更卖得动，更广为流传。我接着要借用亚里士多德的这句话，他说难为情对年轻人是一种表露，对老年人是一种指责。

这些诗句在古代学派中传诵，我对古代学派比对现代学派更景仰（那里我认为更讲究道德，更贬低罪恶）：

> 过分躲避爱神的人，其过错
> 不亚于过分追求爱神的人。
>
> ——普鲁塔克

> 女神啊，你独自支配着自然！
> 没有你，无物会升起在白日神圣的边缘，
> 没有你，无物是快乐的，无物是爱的！
>
> ——卢克莱修

我不知道是谁搅和了帕拉斯与缪斯女神跟维纳斯的关系，使他们对爱神很冷淡；但是我也看不到哪些神比他们更般配、更相宜。缪斯女神若失去了爱的遐想，这也夺走了她们的主心骨，她们的作品精华。爱情若失去了诗情的交流与眷顾，也使爱的武器不再锐利；然而，我们说神亲切慈爱，而把人类与正义的保护女神说成具有忘恩负义、不识好歹的罪恶。

我与这位神断绝来往还不算太久，不致对她的威力与价值有所误会，

> 我还认得出旧情的痕迹。
>
> ——维吉尔

狂热之后还留下余温与残情，

　　但愿在我生命的冬天还保留这团热火。
　　　　　　　　　　　　　　　　　　——西孔德斯

不管我如何干瘪蹒跚，还是感到一点旧时的朝气、昔日的温情：

　　如在爱琴海上，阿波罗和诺图斯
　　兴风作浪以后静了下来，
　　但尚有余波。好久时间
　　依然白浪滚滚，涛声不息。
　　　　　　　　　　　　　　　　　　——塔索

　　但是据我的理解，这位神的威力与价值在诗情描述中，要比她原有的实质更为活跃与强大，

　　诗自有妙手回春之技艺。
　　　　　　　　　　　　　　　　　　——朱维纳利斯

　　诗表现出比爱还缠绵的爱意。维纳斯一丝不挂也不如在维吉尔诗中那么美丽、娇媚、喘气：

　　女神不再说话，雪臂勾住他的脖子，
　　神在温柔的怀抱中不再犹豫。
　　他感到全身火烧，热流穿透骨髓，
　　骨架酥软无力。

> 这时，闪电划过天空，轰隆隆，
> 乌云中蹿出一条火龙。
>
> ——维吉尔

> ……说完这话，他按她的心愿拥抱她，
> 懒洋洋躺在她的酥胸上，
> 全身陷入宁静的睡乡。
>
> ——维吉尔

我觉得这首诗中有欠考虑的是，把一位早为人妇的维纳斯描述得过于冲动了一点。在这场心平气和的交易中，欲念已不是那么旺盛，而是深沉，较为衰退。爱情憎恶人们不是因它而联结在一起，其中掺入了其他名义的干预和维持就会无精打采，比如婚姻讲究门当户对，跟风度、美貌同样重要，或许还更加重要，也会这样。

不管怎么说，结婚不是为了自己；结婚是为了传宗接代，人丁兴旺。婚姻制度与利益远远影响到我们以后的家族。故而通过第三者而不是通过自己选择，按别人的心意而不是按自己的心意操办，我是同意这种做法的。这一切跟爱的本意完全背道而驰！因而，像我好似在什么场合说过的，在这么一种崇敬神圣的联姻中用上你情我爱时的轻佻放肆，简直是一种乱伦行为。

亚里士多德说，接触妻子时应该谨慎严肃，只怕过于猥亵的抚摸，使她兴奋得冲破理智的樊篱。他针对妇道说这番话，医生针对健康说同样的话。房事过于热烈、刺激、频繁会损害种子，妨碍受孕。他们此外还说，从自然规律来说，交媾过程是缓慢的，为了使它充满恰当与生殖的热力，这件事应该做得次数少，间隔长。

> 她迫不及待抓住，往体内深深插入！
>
> ——维吉尔

我也没见过哪种婚姻比建立在美貌与情欲上的婚姻更快产生裂缝，陷入混乱。婚姻应该有更坚实、更稳定的基础，必须小心对待。沸腾的激情于事无补。

那些人认为婚姻中加上了爱情使婚姻更加光彩，这使我觉得他们的做法跟另一种人一样，为了提倡美德就说贵族不外乎就是美德。这些事有相似之处，却有很大的不同。把姓氏与称号混淆毫无必要，把它们合在一起对两者都不利。贵族是一种良好的品质，引进也很有道理；但是这个品质是由别人给的，也会落在一个品德败坏、不学无术的人身上，它就远远不及美德那样受人尊敬；这若是一种美德的话，也是人为的与看得见的；取决于时间与运气；根据地域有不同形式；有生也有死；像尼罗河一样找不到发源地；世袭的和出自民间的；自上而下的和彼此相似的；有功受禄的和无功受禄的。学问、力量、善良、美貌、财富，还有其他品质，都进入社会交往与联系中，而贵族头衔只归个人拥有，对他人毫无用处。

有人向我们的一位国王推荐两个人，谋取同一职位，一位是贵族，另一位不是。国王下令说不论身份如何，选择最能干的那个，但是同样能干时，那就考虑贵族，这就是所谓让贵族身份沾了光。安提柯遇到一个陌生青年，向他要求让他继承父亲的职位，他父亲是位杰出人士，不久前逝世。安提柯对他说："我的朋友，在这类事情上我注意军人的是他的勇敢，而不是他的贵族身份。"

说实在的，不应该学斯巴达国王的官员那样，不论号手、乐师、厨师，都由他们的孩子顶替，不论是多么无知，也比精通技艺者优先录用。卡利卡特人把贵族视作高人一等。禁止结婚，不得担任军职以外的任何工作。妻妾要多少都可以，女人也有同样多的情夫，从不相互嫉妒，但是跟其他阶层的人姘居就是犯了不可饶恕的死罪。他们走在路上被人碰撞一下，就认为玷污了身子；于是贵族身份也必受到极大的污辱，谁只要过于靠近他们，就会遭到杀害。

因此贱民在行走时就像威尼斯船夫在水路转弯时，必须喊叫以免相互碰撞。贵族命令他们朝指定的方向绕道。这样贵族避开他们认为终生洗不掉的污迹；而贱民则可免于一死。时间不论多长，君王不论多恩宠，任何功勋、美德和财富，都不能使平民变成贵族。行业之间禁止通婚，更巩固了这种风俗。鞋匠的女儿不能嫁给木匠。父母有义务培训孩子继承父辈的职业，不能从事其他职业，这样维持他们的社会地位泾渭分明，长期不变。

若有什么好婚姻，也不让爱情作伴，以爱情为条件。它会竭力以友谊为条件。这是一种温和的终生交往，讲究稳定，充满信任，平时有数不清的有用可靠的相互帮助和义务。体验其中深意的女人，

婚礼的欢乐烛光使他们结合。

——卡图鲁斯

没有一个愿意当丈夫的情人与朋友。以妻子身份享受的感情，会使她感到更光荣更安全。当他在其他地方动心献殷勤，这时有人问他宁可让妻子还是让情妇忍受耻辱，谁的不幸会让他更难受，

他希望谁更体面风光。在美满的婚姻里,对这些问题的回答不用任何怀疑。

琴瑟和谐那么少见,正说明它的宝贵与价值。夫妻若圆满结合,彼此相敬,婚姻实在是组成我们社会的最好的构件。我们少了它不行,但又时时在损害它。这就像看到鸟笼的情况,笼外的鸟死命要往里钻,笼里的鸟又绝望要往外飞。

有人问娶妻与不娶妻哪样更好,苏格拉底说:"人不论做哪样,都会后悔。"有一句话完全适合用到这个契约上去:"人对人"既是"神"又是"狼"。必须有许多因素的汇合才造成这种情况。当今这个时代,婚姻更适合平民百姓,他们不会被享乐、好奇和闲散无事搅乱了心。像我这样生性放荡的人,憎恨任何形式的联系与义务,是不适宜结婚的,

> 脖子上不套个箍儿,活得更加自在。
>
> ——马克西米安

凭意愿,即使有贤惠女子要嫁我,我也会躲开不去娶她的。但是这话都是白说,男婚女嫁的社会习俗比我们都强。我的大部分行为都是出于仿效,不是出于选择。而且也不是自己要仿效,而是被人领着走,再加上各种巧合就上了钩。因为不要说是不适宜,就是再丑、再堕落、再不该沾边的事,都可以在某种条件和情急之下变得可以接受的:人的姿态都是徒劳的!如今我已有了这种体验,面对这种事自然更加无意和敌对。不管人家说我多么放浪,其实我遵守婚姻的法规远远比我口头说的、心里想的更为严格。

让自己入了彀,再尥蹶子也为时已晚矣。必须小心掌握自己

的自由；但是既然承担了义务，那就要受共同责任的约束，至少努力去做。有些人接受了婚约却又仇恨它、轻视它，这样的做法不公正也不利。我还看到娘儿们相互传授的那个民间金点子，简直是一条神谕，

> 对你的丈夫，像爷儿那样侍候他，
> 像叛徒那样提防他。
>
> ——民间谚语

这就是说，"你对他的敬意是被迫的、敌对的、怀疑的"，这种战争与挑衅的叫嚣同样也是有害的、难以接受的。

我这人太软弱，对付不了布满陷阱的用心。说实在的，我还没有这么完美的手段与心计，会不分理智与不正义，把一切不合我脾性的秩序与规则都看作笑柄。我不会因为憎恶迷信，而没头没脑去反宗教。人若尽不到自己的责任，至少要爱和承认责任之所在。既结了婚又不算夫妻，这是背叛。再深入谈一谈吧。

我们的诗人维吉尔描绘了一宗婚姻，两相情愿，门当户对，就是没有太多的忠诚。他是不是要说，努力得到爱情又对婚姻保持若干义务不是不可能的，婚姻会受伤害但又不完全破裂？犹如一个仆人偷了主人的东西但并不恨他。美貌、机缘、命运（因为命运也会插手），

> 人体器官也受命运的摆布，
> 被衣服遮住得不到星光青睐，
> 尺寸大大的藏在阴影里也是枉然。
>
> ——朱维纳利斯

第五章　论维吉尔的几首诗

使她恋上了一个外人，可以不是全心全意的，对丈夫在属于他的权利上还保持着一些情分。

这是两种意图，各有各的道路，不可以混淆。一个女人可以委身于某个自己绝对无意要嫁的男子。我不说这是财富的条件，而是男子本身的条件。很少有人娶了以前的情人而不后悔的。即使在另一世界也是如此。朱庇特起初对他的女人又爱又怜，结成夫妻后不是闹得不可开交吗？这就是俗语说的：在篮子里拉了屎，又把它扣在自己头上。

从前，我见到上等人家，用婚姻来可耻虚伪地治疗爱情。对事情的考虑是大不一样的。我们可以互不抵触地去爱上两件不同与相反的事。伊索克拉底说雅典城令人赏心悦目，就像风月场上的女人。大家都喜欢到雅典城内散步，消磨时光；但没有人爱她是为了娶她，在这里也就是说定居扎根。我看到有的丈夫自己对妻子有了不是，却对她们发狠，很不是滋味。自己有了错误至少不应该再去少爱她们。至少出于悔恨和同情，看她们更应该觉得亲热。

他①还说，目的各异，但在某种形式中又是互容的。婚姻这方面讲的是实际、合法、荣誉与稳定，乐趣是平淡的，但是包括全面。爱情仅建立在快活上，也确实叫人心里更痒痒，更兴奋刺激；因不容易得到而点燃的一种快乐，需要激情与煎熬。没有箭矢与烈火就不成为爱情。女人在婚后过于慷慨大方，反而浇灭了欲火与热情。让我们看看，为了弥补这个缺点，利库尔戈斯和柏拉图

---

① 据伽利玛出版社《七星文库·蒙田全集》法语原版的注释，"他"是指维吉尔。据唐纳德·M.弗拉姆与M.A.斯克里奇的两部英译本《蒙田随笔》，"他"是指伊索克拉底。

是如何为立法而操心的。

女人拒绝这些世上通行的生活规则并没有错,尤其是男人制订时没有和她们商量过。她们与我们之间自然会有摩擦和口角。我们跟她们订立最密切的协定也是是非不断,充满暴风骤雨。

据维吉尔的看法,我们在下列事件中对待她们过于轻率:我们发现她们在爱情上的能耐与奔放,高得使我们无法比拟,这也得到那个忽男忽女的古代祭师①的证实:

> 两种性别的维纳斯,他都不陌生。
> ——奥维德

此外,我们还从生于不同世纪的一位罗马皇帝和一位罗马帝后的嘴里得到这样的证据,两人都是行房事的至尊高手,他一夜间给十个萨尔梅舍被俘少女破瓜,而她也在一夜间二十五次颠鸾倒凤,根据自己的需要与兴趣轮换对手;

> 阴门洞开,还热得发烫,
> 她把男人撂倒,自己疲惫不堪,但是没有满足。
> ——奥维德

在加泰罗尼亚发生的一桩诉讼案里,来了一个女子,埋怨丈夫要求过于频繁,以我看来并不多得让她感到厌烦(因为我只在信仰中相信有奇迹),她只是利用这个借口在婚姻的基本行为上,去削

---

① 指提瑞西阿斯,希腊神话中底比斯盲人占卜者。因向死者揭示奥林匹斯山的秘密,七岁时便双目失明。

第五章 论维吉尔的几首诗

弱和控制丈夫对妻子的权威，表明她们的不满与恶意已经超越婚床范围，还把维纳斯的温文尔雅踩在脚下。丈夫是个十足变态的粗汉，对这样的控制提出自己的回答，说即使在斋日他也不能少于十次。

这时颁布了亚拉冈王后的著名法令。经过内阁深入讨论，这位善良的王后，为了在正当的婚姻中让节制与谦恭在任何时刻都有例可循，制定合法与必要的限额是每天六次。这对于女性的需要与欲望是远远不够和欠缺的，然而是为了建立——据她说——一种容易执行，因而也是长期不变的形式。

医生们对此表现得大惊小怪：既然她们通过理智、改良和贤德还得到了这个尺码，女性的胃口与荒淫又会达到怎样的程度呢？至于男性的胃口，经过多方面的审察，首席立法官梭伦为了夫妻尽性而玩，不致有名无实，定出每月三次的法令。我们对此是这样相信和宣扬的，这以后又去要求她们克制天性，不堪忍受极端的痛苦。

比此更迫切的欲念是不存在的，我们却要她独自去抵抗，不仅仅是一桩不容轻视的罪恶，还十恶不赦，该受诅咒，比不信教和弑父之罪更加要不得。我们做了则不会受到自责和咒骂。我们中间有人曾试图克服它，又承认这有多么困难，还几乎是不可能的，还使用上了药物让肉体抑制、平静和冷却不来。我们相反地要求女人健康，保养好，飒爽英姿，但又要保持贞洁，这就是说血要热、心要冷。因为我们说婚姻的职能是防止她们欲火中烧，按照我们的习俗，很难让她们解渴。如果她们觅到了一个血气方刚的男子，他把精力发泄在别的地方倒可以引以为荣：

不怕难为情，大家上法庭！

> 我付了一千埃居买你的玩意,
> 你既卖了,巴苏斯,这就是我的啦。
>
> ——马提雅尔

哲学家波莱蒙活该被妻子告上法庭,他把传宗接代的种子撒到了一块不长庄稼的土地上。如果她们嫁了个没用的家伙,那是比做处女与寡妇还惨。因为有个男人在她们身边,我们总以为她们心满意足了,像罗马人那样由于卡里古拉皇帝近过身,就认定贞女克洛蒂雅·莱塔被玷污了,而事后证实他只是走近她的身边而已。其实这反而刺激了她们的需要,有男性作伴、接触会撩动她们的欲念,独处时心情比较平静。由于在这种情况下有意保持贞节显得更加可贵,波兰国王博莱斯拉斯与王后金姬,双方同意立下誓愿,在新婚之夜同床共衾,既享有婚后的权利也保持童身。

我们培养她们从童年起就熟悉爱情:风度、穿着、知识、谈吐,对她们的这一切教育都是针对这个目标的。女教师不做别的,只是在她们的心目中留下爱情的印象,甚至说个不停弄得她们心烦为止。我的女儿(我唯一的孩子)时年十五,达到法律允许早熟少女的结婚年龄;她秉性迟钝,长得纤弱瘦小,被她母亲养在深闺里个别教育,以致她刚开始摆脱童年的稚气,情窦未开。她在我面前朗读一部法国书。遇到了 fouteau 这个词①,只是一种熟悉的树名;指导她行为的那个女士立刻有点粗鲁地打断她,要她跳过这个坏词。我由着她做,不去破坏她们的规矩,因为我从不干预这种教育;闺训自有其神秘的一面,这应该让她们去安排。

但是我若没有说错,她使唤二十个男仆六个月,也不会在心

---

① 因与一个脏词读音相近。

目中弄清这些可恶的音节意味着什么，怎么使用，其中包含的所有后果，而这个好心的老妇人一声断喝与责骂倒都教会了她。

> 婚龄少女就爱学习跳
> 爱奥尼亚舞，跳得腿都举不起来，
> 她从童年已经梦想
> 不纯洁的爱。
>
> ——贺拉斯

让她们摒除礼仪客套自由地发表意见，在这个学问上我们跟她们相比还是孩子。听她们说起我们的追求与谈话，你就会知道我们给她们的一切都早已明白与消化。难道正如柏拉图说的，女孩在前世都是荒淫的少年。

有一天，在一个女人说悄悄话而不用担心引人怀疑的地方，我的耳朵凑巧逮住了其中几句话，叫我怎么说呢？（我要说）："圣母哪！这个时刻我们去学些《阿玛迪》的词句，研究薄伽丘、阿雷蒂诺的故事集，才不至于落伍；我们真要好好利用自己的时间！怎么说，怎么示范，怎么进行，她们无不比我们书中写的还懂得多：这套学问生来就在她们的骨子里：

> 维纳斯都自学成才。
>
> ——维吉尔

自然、青春和健康，这些都是好教师，不断地向她们的灵魂灌输，她们不用去学，这本来就是她们创造的。"

> 几曾见过洁白的鸽子
> 或更淫荡的小鸟，赶得上
> 恋爱中的女人热情奔放，
> 频频要求去亲吻咬着的嘴唇。
>
> ——卡图鲁斯

这般天生的欲火烈焰，若不时时用畏惧与荣誉稍加节制，我们这些人都会身败名裂。世上的一切活动都可归结为男欢女爱。这个物质无处不在，是一切事物注视的中心。古老智慧的罗马为爱情服务所立的条例，苏格拉底教育娼妓的古训，依然还可看到：

> 这些斯多葛派的书籍，
> 散放在丝绸座垫上。
>
> ——贺拉斯

芝诺制订的法律中，同样规定了与处女交欢的开苞与入港规则。哲学家斯特拉多托的《论肉体结合》是什么意思？提奥弗拉斯特斯在他一部题名为《恋人》，另一部题名为《论爱情》的书内，谈的是什么呢？亚里斯提卜在他的《论古代乐趣》又谈些什么？柏拉图对他那个时代较为大胆的爱情作详尽生动的描写，要达到什么目的呢？还有德梅特利乌斯·法雷鲁斯的《论恋人》；赫拉克里利特·彭蒂古斯的《克丽尼亚斯》或《被迫的恋人》；安提西尼的《论生儿育女》或《婚礼》，另有《主人》或《情人》；阿里斯顿的《论爱的动作》；克里昂特斯的一部《论爱情》，另一部《爱的艺术》；斯弗吕斯的《爱情对话》。克里西波斯的《朱庇特与朱诺》那篇寓言，不堪入目，他的五十篇《诗体书简》满纸色情，又是

第五章 论维吉尔的几首诗

为什么呢？

还有追随伊壁鸠鲁学派的哲学家所写的文章，那就不提了。从前有五十位神专门为爱情服务。还有这么一个国家，为了满足朝圣者的肉欲，在教堂里养着一批少男少女服侍香客，也用于进入礼拜前的表演仪式。

"显然，禁欲必先纵欲，灭火也要火来灭。"（佚名）

在世上大部分地区，我们身体的这个部位是被神化了的。在同一个地区，有人剥下这上面的一层皮作为神圣的祭品，有人贡献出他们的精子。在另一个地区，青年男子当众在生殖器的皮肉之间刺几个洞，再穿上铁扦，铁扦的粗长以极度忍受为限。然后把这些铁扦放在火上灼烧后奉献给他们的神。他们若忍受不了这样剧烈的疼痛，就被认为不够坚强与贞洁。另外地方，从这些器官来认定和评审最受人推崇的官员，在许多仪式中，高举男性器官的图像隆重地向诸神献礼。

埃及妇女在酒神节上，脖子上挂一个木制男性生殖器，雕工精致，大小轻重根据各个妇女的体力而定。此外酒神的雕像也突出这个部位，在尺寸上超过身体其余部位。

我家附近的已婚妇女，在帽子上也有这个形状的头饰，放在额前，炫耀她们享受这份乐趣；当了寡妇，就把头饰放在脑后，埋在帽子底下。

罗马最贤淑的妇女接受荣誉向生殖神普里阿普斯献花与花冠；闺女在婚礼之日可以坐在他的不那么尊贵的部位。在我的时代是否还见过这一类的虔诚礼拜，不得而知了。我们父辈穿的裤子前襟那块可笑的东西，在今日的瑞士卫队服饰中还可看到，这算是什么东西呢？我们现时穿的宽松裤下露出那个东西的形状，更糟的是经常比真的要大，进行虚饰和欺骗，这又是为什么呢？

我不禁要想，这类衣饰是在世风淳朴敦厚的时代发明的，为了不要遮遮掩掩，大家都公开大方地展示自己的东西。较为原始的民族依然保持这种符合真实的习俗。那时还传授床笫之欢，犹如学习如何量手臂与脚的尺寸。

在我青年时代，那位大好人①为了不让有碍观瞻，在他的那座大城市里把那么多美丽的古雕像阉割了，这是根据另一位古代大好人的主张做的：

> 眼里看到裸体，诱人想到罪恶。
>
> ——埃尼厄斯

其实应该像《美哉女神》这出歌颂贞洁的神秘剧一样，要考虑不让出现任何男性象征；但是不把马、驴子，总之一切大自然都阉割了是无济于事的：

> 大地上一切生灵，人、野兽、
> 水族、牛羊群、彩色斑斓的飞禽，
> 都扑向爱的烈焰与怒火。
>
> ——维吉尔

柏拉图说，神给我们这么一个不听话与专横的器官，它就像一头猛兽，贪婪饕餮，企图把一切吞下肚里。女人也一样，这是一头贪嘴好吃的动物，发情时不给它食物，就会发狂，一刻也等不得，体内热力上升，血管不通，呼吸不畅，百病丛生，直至它

---

① 指保罗四世教皇（1554—1559）。

吮吸到共同饥渴的果汁，才感到浑身舒泰，子宫深处滋润滑溜。

我的立法官也应该想到，让她们及早见识实物，比按照自由热情的想象力胡思乱想更加贞洁和有效果。否则她们看不到真实的东西，出于欲念与希望凭空揣摩出大上三倍的怪物。我就认识一个人，他完蛋了，就因为他还不知道怎样正确掌握、严肃使用时，把他的玩意儿到处招摇。

那些孩子在王宫走廊与楼道上留下那么大的画像，造成的伤害真难说个清楚。看了这些后对我们的自然尺寸根本不屑一顾。柏拉图研究了其他制度健全的共和国以后，主张男女老幼在做体操时都要一丝不挂，彼此不回避，谁知道他是不是针对这一点而言的。

印第安女人看惯了男人赤身裸体，至少减弱了视觉冲击。（缅甸）勃固大王国的女人，腰部以下只遮一块小布，前面开缝，非常狭窄，不管她们做得如何端庄，每走一步让人一览无遗，这种设计的目的是勾引男人，也是把男人从全民族盛行的相公癖中拉回来。但也可以说，她们是得不偿失，颗粒不进毕竟要比眼福不浅难受得多。

所以李维娅说，赤裸裸的男人在正经女人眼里只是一幅画。斯巴达女人结了婚也比我们的少女还纯洁，天天看到城里的青年光着身子操练，自己也不在乎走在路上露出大腿，就像柏拉图说的，有了贞德也就不用衣衫遮羞。圣奥古斯丁则证实有些人认为裸体有一种神奇的诱惑力，他们猜疑女人在最后大审判后会重生当女人，不愿当男人，放弃用这种圣洁的状态来迷惑我们。

总之，我们千方百计引诱她们，挑逗她们；不断地煽动和刺激她们的想象力，然后我们又大喊："肚子！"让我们真情自白：我们中间哪个不是怕妻子的罪恶带来的耻辱更甚于怕自己的罪恶带来的耻辱；关注（真是一片善意）贤妻的良心，更甚于关注自己的良心；宁可自己当小偷，亵渎神圣，妻子做杀人犯，信邪教，也不愿她没有丈夫那样贞洁。

女人会高高兴兴上法庭去打赢官司，上战场扬名天下，然而却不愿意过着悠闲享乐的生活，那么艰难地去守贞操。她们难道没看到哪个商人、检察官、士兵不放下工作去追逐这另一项工作，就是脚夫、鞋匠，不管工作怎么累，肚子没吃饱，不也是如此么？

　　　　当丽西尼娅俯下粉颈接受热吻，
　　　　半嗔半娇拒绝你，
　　　　其实更要的事藏在心里，
　　　　挣脱身子走在你前面；

　　　　这时你难道不愿用阿基米纳斯的珍藏，
　　　　弗里吉亚国王米格东的金银珠宝，
　　　　阿拉伯王的百宝箱去换取
　　　　她的头发，一根头发？

　　　　　　　　　　　　　　——贺拉斯

对罪恶的评议极不公正！我们与她们都会干出千百种坏事，要比淫乱更有害更反常；但是我们归纳罪恶与衡量罪恶不是根据事物的性质，而是根据我们的利益，这方面的形式真是三六九等不一。我们的法令惩罚妇女这方面的罪恶过于严厉与恶劣，超过罪行本身，产生的后果也比原因还要坏。

一位美丽的少妇，在我们的教育下成长，接受和接触时代潮流与知识，受各种不同事例的影响，处在千百种连续强烈的诱惑中守身如玉，我不知道她这种决心，是否要比恺撒和亚历山大建立丰功伟绩时更加坚定。这种无所作为要比有所作为更多荆棘，更多生气。我认为一生披坚执锐要比守身做处女容易。保持童贞的誓愿由于最难遵守，也是最高贵的誓愿，圣哲罗姆说："魔鬼的力量在肾脏里。"

确实，我们把人类最艰苦卓绝的任务交给了女人，也让她们去独占光荣。这大约奇异地刺激她们更加坚定不移；这也成了向我们挑战的良好材料，把我们自称在价值与品德上超越她们的这种不符合实际的优越感踩在脚下。她们若加以注意，就会发现自己不但因此受到尊敬，还更加让人宠爱。风流男士遇到拒绝，只要不是被女人嫌弃，而是她洁身自好，那他就决不会放弃追求的。我们徒然发誓、威胁、埋怨，这都在撒谎，其实只会为此更加爱她们。明白事理，又不板着面孔皱眉头，这是再楚楚动人不过的了。面对憎恨与轻视还穷追不休，这是愚蠢与卑贱；但是对方只是执意保持美德与坚贞，还心存感激，那是一颗高尚慷慨的心灵大展身手的时候了。她们可能接受我们献殷勤到一定的程度，让我们真诚感到她们并不轻视我们。

谆谆教育女人因我们崇拜她们而嫌恶我们，因我们爱她们而恨我们，这样的法规毕竟太残忍，也很难实施。只要我们的提议与要求不越出谦逊的责任，她们为什么不能听一听呢？为什么要去猜疑这里面有没有不轨的心声？我们时代的一位王后说得好，拒绝爱的表白是软弱的证据，说明自己容易得手；一位没有受过诱惑的女人不能吹嘘自己贞洁。

声誉的界限并不是划一不二的，有回旋的余地，可以避开又不致犯规。沿着它的边缘总有一段无人管辖、自由中立的空间。谁非得把她赶了出去，逼入她的角落与要塞就不会满足自己的福分，这是个蠢夫。胜利的价值是以难与易来评估的。你的殷勤与长处在她的心里留下什么印象，你想知道吗？那要根据她的脾性来估计。有的人可以给得更多，但不给那么多。恩惠的赐予完全取决于赐予者的意愿。其他参与恩惠的客观条件都是无声的、死亡的、偶然的。她给你的一点点要比她给她的女伴的一切还珍贵。若有什么物以稀为贵，那用在这里正恰当。不要看这那么少，看得到的人也寥寥无几。钱币的价值是随造币所的模子与铸造而定的。

不管恼怒与冒失会使某些人在气过了头时说些什么，美德与真情总是会占上风的。我见过一些女人，她们的名誉长期受到辱骂，她们既不在乎，也不矫饰，保持坚贞，最后重新获得男人的普遍赞美，他们人人都后悔，否定以前相信的事。这些遭人怀疑的女人现在跻身于名媛贵妇之列。

有人对柏拉图说："人人都在说你的不是。"他说："让他们去说吧，我今后的生活会让他们改变说法的。"除了对上帝的恐惧和获得这种罕见的荣誉而叫女人保持贞节以外，这个世纪的世风堕落也逼得她们不得不如此。我若处在她们的地位，怎么也不愿意让自己的名声毁在这些危险者的手里。在我那个时代，只是对某个知己与唯一的朋友叙述自己的风流韵事（这种乐趣简直跟当时在做同样有滋有味）。现今聚会与餐桌上的普通话题，就是吹嘘自己的艳福和提及那些夫人私下的放浪。让温情女子被无情无义的花花公子傲慢地作弄、侮慢、贬低，感到人心实在太卑劣低下了。

我们对于淫乱的这种不合情理的痛恨，源于一种最虚妄、最暴虐的疾病，它戕害人类的心灵，那就是嫉妒。

是谁不让人借个火点燃火把呢？
火照样不停地烧，火焰也不会减小。

——奥维德

第五章 论维吉尔的几首诗　　85

嫉妒，还有它的姐妹羡慕，我觉得是最要不得的两种情感。关于羡慕，我无话可说，这种情欲被人家说得那么强烈，承蒙它的好意，没有找上我。至于另一种情欲，我知道，至少目睹过。连动物也有这种感情。牧羊人克拉提斯非常宠爱一头母羊，它的公羊趁他睡觉时，出于嫉妒冲过来用角撞得他头破血流。

我们曾提出某些野蛮民族的例子，描写这种情欲的过激。受文明约束的民族也会嫉妒，但有理智，还不致醋性大发失去控制：

> 虽有奸夫被丈夫的利剑刺破，
> 未见他的血染红了斯提克斯河。
>
> ——约翰·西孔德斯

卢库卢斯、恺撒、庞培、安东尼、加图和其他一些英雄好汉都戴过绿帽子，他们听到这件事并未非得拼个你死我活。那个时代只有一个叫李必达的蠢人，为此难过得死去。

> 啊，交了霉运的可怜虫，
> 被人家掰开两腿，后门大开，
> 硬生生地塞进了鲻鱼与辣根菜！
>
> ——卡图鲁斯

我们诗人书中的那位神，撞见妻子跟他的一个伙伴睡在一起，只是把他们羞辱一顿。

> 神也有不正经的，其中一位

还希望受这样的羞辱。

——奥维德

妻子温柔地抚摸他时,他禁不住心火吊起,怪她不要因此怀疑他对她是否热情依旧:

还去寻找什么?你对我的信任,
女神啊,用来做什么啦?

——维吉尔

她甚至还为她的一个私生子向他求情,

母亲为儿子请求武器。

——维吉尔

他的请求得到慨然应允。火神伏尔甘说到埃涅阿斯时大大方方,

我们应该给这么一位勇士提供武器。

——维吉尔

确实比人更有人情味!这种深情厚谊,我同意大家给神留着去用:

不公正地把人与神相提并论!

——卡图鲁斯

至于孩子的正出与庶出问题,最严肃的立法者在他们的共和国里

有规定并实施。这不涉及女人，在她们心中我不知怎么总是嫉妒长驻不去：

> 经常即使是朱诺，这位高高在上的天后，
> 也对丈夫每日欺骗怒火中烧。
>
> ——卡图鲁斯

当这些脆弱可怜、没有防御能力的灵魂一旦心生嫉妒，是怎样受它残酷地折磨与虐待，真是叫人可怜。嫉妒会以友谊的名义潜入心灵；但是心灵一旦落入它的掌握以后，原先该引起好意的事，都会转化成深仇大恨的原因。在精神病中，这个精神病诱发的养料极多，治愈的良药极少。丈夫的品德、健康、才能、声誉都可以是引燃妻子怒火、妒火的点火棒：

> 没有什么恨胜过爱之恨。
>
> ——普罗佩提乌斯

女人身上原有的美与善，都被这种妒火损害与腐蚀，一个嫉妒的女人不论多么贞洁与善于持家，行动中处处表现出刻薄与讨厌。这是一种疯狂的偏激心理，把她们推向与其动机完全相反的极端。

罗马有一个奥克塔维乌斯就是如此。他跟彭蒂娅·波斯图米亚睡过觉，快活以后对她更加入迷，立刻要求娶她，但没有能够说服她。这种极端的爱转而使他恨之入骨，起了杀心，把她弄死了。同样的，另一种爱情病的常见征候，是隐恨在心，使诡计，耍阴谋。

> 妒火中烧的女人会干出什么谁也不知道。
>
> ——维吉尔

这种妒火不得不以好意来辩白，就更加折磨人。

贞洁的义务是很广泛的。我们要她们克制的是意愿吗？意愿这东西灵活生动；它来势迅猛来不及制止。那怎么办呢？有时她们陷入梦幻太深，那就难以自拔。这不是她们自己，也不是贞洁本身（这也是个阴性名词）所能防止欲念和春心的。如果她们的意愿引动我们，我们会怎样呢？不妨想一想，有多少有幸长了羽毛、瞎了眼睛、没了舌头的人蜂拥而去，扑向每个愿意接待他的女人怀抱里去。

斯基泰女人把所有奴隶与战俘的眼睛挖掉，为了更加自由隐蔽地利用。

机缘是首要的有利因素！谁问我爱情中的第一要点，我的回答是知道掌握时机；第二要点也是，第三要点还是。做到这点就能做到一切。我经常缺乏运气，但有时也缺乏进取心，上帝让还能自嘲的人免受伤害呢！当今世界在这件事上必须更大胆，我们的年轻人可以热情作为借口而加以原谅。但是若进一步观察，他们会发现大胆更可以说是来源于轻蔑。我谨慎小心只怕冒犯人家，乐意对我的所爱表示尊重。还不说在这类交往中，谁缺乏尊重，也就使爱有所减色。

我喜欢在这方面多一点孩子气、腼腆和骑士精神。我不但做不到这一切，此外还有普鲁塔克所说的傻气和难为情，一生中为此受过不同的伤害与连累；这个缺点跟我总的性格是不相符合的；我们这样不就有了背离与分歧吗？我遭到拒绝与拒绝别人时都目光温柔。我在麻烦人家时不亚于在麻烦自己，因为遇上责任迫使

第五章 论维吉尔的几首诗

我去考验某人的意愿，去做一桩不明不白、令他为难的事，我总是敷衍了事，半心半意。倘若为了我个人的私事（虽然荷马确实说过穷人害羞是一项愚蠢的美德），我一般委托别人代我去难为情。别人要我去效劳，我又遇到同样的难题，我有时居然下了决心去回绝，然而又没有这样的力量去做。

试图遏制女人身上那么强烈而又自然的欲望，这是疯狂。听到她们吹嘘自己做到守身如玉，冷若冰霜，我就会嘲笑她们；她们退缩得太靠后了。要是个掉了牙的干瘪老太，骨瘦如柴的生痨病少女，说此话即使不可以完全相信，至少她们的外表是明摆着的。但是那些还会走动和呼吸的女子，这样说反而会坏事，这些没头没脑的谦逊会引起闲言闲语。就像我的一位邻居乡绅，被人怀疑是阳萎，

> 比萎蔫的甜菜还无精打采，
> 挂在裤裆里竖不起来。
>
> ——卡图鲁斯

婚礼后三四天，为了自我辩解，到处信誓旦旦地说前一天夜里干了二十次，这话后来被人用来证明他无知，说服他离了婚。在这件事上说什么都是无用的，若不对冲动有过抗拒，也就不存在禁欲与美德。

应该说的是："是这样的，但是我不准备投降。"即使圣人说的也不过如此。有些女人，她们真心诚意夸耀自己冷若冰霜，无动于衷，板着面孔要人相信她的话，就算是这样吧。可是有的人一脸矫揉造作的表情，眼神也在否定嘴里的话，满口职业行话都包含着反意，我倒觉得很不错。

我十分欣赏天真与自由，这已无可救药。如果不是真诚的单纯或孩子气，那就不适合女士，在交往中也是别别扭扭的；不久会变质成了不知廉耻。她们的伪装与表象只能蒙蔽傻瓜。说谎公然坐上了荣誉席，这也是一条歪路，让人走错一扇门却撞见了真相。

如果我们不能限制她们的想象，我们又要对她们做什么呢？限制她们的行为？玷污贞洁的行为逃过世人耳目也够多的了，

> 做这类事经常没有旁证。
>
> ——马提雅尔

我们最不用怕的人经常是我们最要防的人；他们不露声色犯的罪是真恶劣的罪：

> 真心真意的淫妇引起我的反感不大。
>
> ——马提雅尔

有的行为可以没有什么不贞洁，却使人丧失了贞洁，甚至还有并不自知的："有时接生婆用手去检查少女的处女膜，恶意地、笨拙地或不幸地把它弄破了。"（圣奥古斯丁）处女膜有人是在寻找时破坏的，有人是在嬉戏时丧失的。

我们不能够明确规定哪些行为是我们不许她们做的。法律只能用些笼络、不确定的语言。她们的贞洁由我们来界定，这个想法本身就可笑。因为在我知道的极端例子中，有一个法蒂娅，福努斯的妻子，她从婚礼以后再也不见任何别的男子；而伊埃隆的妻子不觉得自己丈夫口臭，以为男人都是这个样的。她们必须做

第五章　论维吉尔的几首诗　　91

到没感觉，不见人，才会使我们满意。

我们应该承认，评论这个责任的症结主要还是在于意愿。妻子有了外遇，有的丈夫不但不责备与侵犯她们，还奇怪地感谢与推崇她们的贤德。有一个女人爱荣誉胜过生命，为了让丈夫逃过一死，委身去满足一个死敌的淫欲，为丈夫做出了为自己也不肯做的事。这里不是多举这类例子的地方，都太高尚太丰富了，不宜从这个角度去看，应该留待更严肃的场合去讨论。

但是，也可举出并不那么光彩的例子，不是天天有女人为了丈夫的功名富贵，还由他们撮合安排，出外周旋的吗？从前阿尔戈斯人福里乌斯把妻子献给腓力国王谋取官职；还有那个加尔巴礼貌周全，他留米西纳斯吃晚饭，看到妻子与客人眉来眼去传情，有意斜靠在一只软垫上，假装撑不住瞌睡起来，成全他们的私情，表明自己极尽地主之谊。但是这个当口一名仆人冒冒失失闯进来取桌上的酒壶，他对他大喝："混蛋，你没看到我只是为了米西纳斯才睡的吗？"

有的女人生活放荡，却比表面一本正经的女人更有主见。就像我们见过有的女人抱怨自己在懂事年龄以前许愿守贞操，我也见过有的女人真正抱怨自己在懂事年龄以前就注定要放浪。造成这事的原因可能是父母的过失，或者是生计所迫，不想做也得做。在东印度，特别强调贞操观点，但是习俗又允许已婚女子可以委身给送她一头大象的男人；还对自己身价那么高多少感到荣耀。

哲学家费多是大家族出身，自从他的家乡伊利斯被占领以后，只要他青春尚在，有人愿意付钱，就以出卖色相为生。据说梭伦是希腊第一个人，以法律形式准许妇女自由出卖肉体维持生计，希罗多德说在他以前已在许多国家实行这样的做法。

这样忧愁多虑带来什么后果呢？不论这种嫉妒的情欲如何有

道理，还是应该看一看它是否有益地在推动我们。是不是有人相信自己有手段把她们锁住？

> 把她锁在屋里。那由谁来看住你的看守？
> 她自有聪明先向他们下手。
>
> ——朱维纳利斯

在这知识发展的时代，还有什么事是办不到的？

对什么事都要打听那是缺德，在这件事上好奇更是害人。这一种病没有药可治，用药只会使它加剧和恶化；嫉妒只会增加耻辱，闹得满城风雨；报复只会殃及孩子，而不会治愈我们自己；要查明这样一种病岂不是在做傻事吗？去打听这么一件弄不清楚的事会耗尽你的精力，断送你的性命。

我那个时代也有人调查得水落石出的，达到目的时多么狼狈不堪！告发者倘若不同时提供良药与援助，那么这种告发有害无益，撒谎否认还应该挨上一刀子。费力去弄清真相的人受到的嘲笑，不见得少于蒙在鼓里的人。戴绿帽子的污点是洗不掉的。一旦沾上，永远沾上；惩罚反使这件丑事更加热闹。把个人隐私从阴影和疑惑中揭露出来，放到悲剧的舞台上大声吆喝，这样很光彩么？这类不幸只会愈传愈伤人心。

因为妻子贤惠和婚姻美满不是说真正如此，而是没有闲言闲语。这类事实真相是讨厌无用的，应该巧妙地避开。古罗马人习惯上出门回家，先派人到屋前向女眷宣布他们正在过来，免得撞个正着。有的民族还有这样的习俗，婚礼那天由祭师给新娘开道，为了消除新郎的疑惑和好奇，免得春风初度时追究她嫁过来是处女还是被外来的情人破过身。

第五章　论维吉尔的几首诗

"但是人人都在说这件事。"我认识一百个正派人，当了乌龟依然作风正派，也没丢脸。有一位高雅人士得到同情，但不受轻视。要让你的美德化解你的不幸，让善良的人指责你的这种遭遇，让冒犯你的人想到此事心里颤抖。此外，从一介草民到达官贵人，谁不被人家这样说过？

> 是的，上至统领三军的元帅，
> 任何方面，比你这可怜虫都强。
>
> ——卢克莱修

你看这声谴责不就把许多老实人拉到了你面前来了吗？想一想人家在其他方面也不会饶了你的。"连太太们也在嘲笑！"在这个时代，还有什么比一场和平美满的婚姻更引起她们嘲笑呢？你们中间每个人都让某个男人戴绿帽子：大自然在有来有往、一报还一报、风水轮流转方面是一致的。这类事频繁发生，可能从此变得不再叫人耿耿于怀，以后会成为习俗也难说。

> 可怜的情欲，至今还是不能向人诉说，
>
> 命运不许耳朵去听这类抱怨。
>
> ——卡图鲁斯

因为你敢向哪个朋友去诉衷情，他就是不笑话，也会利用这些内情去接近，去通风报信，以求自己分到杯羹。

婚姻中的苦与甜，聪明人都不会对外说的。这里面自有许多麻烦事，对我这样一个爱唠叨的人来说，最主要的一个麻烦就是把自己知道与感觉的东西告诉别人，这在礼节上都是不妥当的，有害的。

用同样理由去劝说女人放弃嫉妒，这是浪费时间；她们的天性浸透了怀疑、虚妄与好奇，若要用正常方法治愈她们，千万别抱这个希望。她们经常经历了这番折腾有所改善，表面上恢复了健康，其实这比疾病还可怕。因为，就像有的魔法不会除病，只是把病转移到另一人身上，当她们自己消除了妒火，很乐意让妒火烧到她们的丈夫身上。

可是说实在的，我不知道她们身上还有什么比嫉妒更叫人受不了；这是她们性格特征中最危险的部分，就像头脑相对于其他肢体来说。皮塔库斯说每人都有苦衷，他的苦衷是妻子的那个坏头脑，除了这个以外，他认为自己处处幸福。这确是一个严重的缺陷，连这么一个公正、明智、勇敢的人觉得自己的全部生活因此受到破坏，我们这些凡夫俗子更不知该怎么办了？

有人为了摆脱妻子的暴虐，要求马赛元老院批准他自杀，元老院同意这个请求是有道理的；因为这一种痛苦只有随同根子一齐除去，其他有效的办法就是躲避或忍受，虽则这两者都是极难做到的。

那个人我觉得他深谙人生，他说老婆是瞎子，丈夫是聋子，婚姻才会美满。

还必须看到，我们强加于她们身上的这种极为粗暴严酷的义务，会产生两个与我们的目的相违背的结果，一是怂恿了追求者，二是使女人更容易依从。因为首先是抬高了要塞的价值，我们也抬高了征服的价值与欲望。即使是维纳斯也用法律来拉皮条，巧妙地提高了床头资，认识到不以新奇与高价相招徕，都只是一种平淡无奇的玩乐。

总之，正如款待弗拉米尼乌的主人说，都是一样的猪肉，只是沙司使它分出不同的味道。丘比特是个调皮捣蛋的神,他的拿手好戏是跟虔诚与法律作对;他的光荣就是用自己的力量来抗击其他力量,用自己的规则使其他规则让步。

他时时刻刻窥伺着犯错误的机会。

——奥维德

其次是根据女人的秉性,假若我们怕做乌龟就会少做乌龟吗?因为禁止更诱人跃跃欲试。

你要?她们不要。你不要?她们要。

——泰伦提乌斯

走一条通行无阻的路那多难为情。

——卢卡努

对梅萨丽娜的行为还能有更好的解释吗?起初她按照常规让丈夫偷偷戴绿帽子。但是偷情过于容易,丈夫又冥顽不灵,她突然看不起这样的做法。于是她公开做爱,承认那些情人,供养他们,恩宠他们,对谁都不隐瞒。她要丈夫有所不满。这个畜生丝毫没有感觉,反而不闻不问提供方便,好像这些奸情得到了他的承认与授权似的,使它们变得平淡无奇,毫无乐趣可言。

她怎么办呢?她是一个身体健康、尚在人世的皇帝的元配正宫,有一天趁丈夫克劳迪乌斯离开京城,在这座世界的中心舞台罗马,正午时刻,跟她长期的相好西利乌斯结婚,举行公开隆重的庆典仪式。这是不是像在说,她由于丈夫的冷淡而走向贞洁之路，或者是她找了另一位丈夫，引起他的醋心，来刺激他的肉欲？抗拒他是为了煽惑他？

然而她遇到的第一桩难事也是她最后一桩难事。这个畜生惊醒过来。这类麻木不仁的聋子经常更难对付，我有过经验，这种极端的痛苦面临释放时，会采取极其严酷的报复行为。因为怒火与愤恨累积成堆，一着了火，立即迸发出全部能量：

> 摆脱一切节制，让怒火狂烧。
>
> ——维吉尔

他把她处死，还杀了许多奸夫，甚至包括一个不愿做但被她鞭打着上床的男人。

维吉尔对爱神维纳斯与火神伏尔甘的描写，在卢克莱修作品中也有；他更适当地用在维纳斯与战神玛斯的偷情上：

> 玛斯，暴烈的神，武功的王子，
> 经常躲到你女神的怀抱里。
> 永恒的爱情创伤把他压倒；
> 他要爱的滋养，贪婪的目光
> 盯着你的目光，呼吸掺入你的呼吸。
> 他靠着你圣洁的躯体躺直了休息。
> 女神啊，搂着他，轻轻安慰吧。
>
> ——卢克莱修

当我反复咀嚼这首诗的遣词造句，美妙高雅，对于后世人琐碎小气的隐喻觉得不屑一顾。这些大师不需要夸张做作的堆砌，他们的语言丰满有力,清新自然。他们的文章不但结尾充满讽刺,头、腹、脚也都妙语连篇。不勉强,不拖沓,全文平稳和谐。"他们的文章充满阳刚之美,不玩弄华丽的辞藻。"(塞涅卡)

他们的辩才不软弱无力,而是不冒犯人。激情有力,不媚俗,但是让人充实动情,尤令具有独立思想的人动情。读到这些精彩文章,表述得那么生动深刻,我不说这话说得好,我说这思想的好。思想充满朝气,语言才会志远昂扬。"心使人能言善辩。"(昆体良)今人称判断为语言,美丽词藻为空洞概念。

这幅图画的完成不是那么有赖于手法娴熟,而是物体在头脑中留下生动的印象。加勒斯说话简洁,因为他思想简洁。贺拉斯不满足于肤浅的表述,那会词不达意。他对事物看得清楚深刻。为了表达自己的思想在整个修辞宝库里披沙搜金;因为他的观念新颖独特,他就需要新颖独特的修辞。普鲁塔克说他通过事物看拉丁语言;这里一样,语言是由感觉照亮和产生的,不再是如风吹过,而是有血有肉。语言的含义多于它的表达。即使鲁钝的人也能感觉到一些形象。因为在意大利,日常谈话中我可以随心所欲说;但是遇上正经场合,我不敢使用我不能掌握的词汇,也不越轨使用大众词语。这时,我就要能够用自己的词语来说话了。

由于才子的生花妙笔提高了语言的价值,他们不改头换面,也不生造硬套弄得繁琐复杂。他们不使用新词,但是丰富自己的用词,加强加深其意义与用法,产生意料不到的感人效果,但是始终做得谨慎巧妙。从这个世纪那么多法国作家身上就可看到,只有极少人有这样的天赋。他们大胆倨傲,不愿随波逐流,但是缺乏创意与谨慎而不得成功。只看到一种追求新奇的可怜做作,没有感情与荒谬的隐晦,不但不能使语言精练,反而流于庸俗。他们一意标新立异,反而收不到效果;为了造一个新词,却抛弃了常用词，其实常用词才更加生动有力。

我觉得我们的语言包容很大，但是表达方式不多；我们从不使用狩猎与战争的用语，其实这是语言的肥沃土壤。说话方式犹如花卉，移植时得到改良和加强。我觉得法语足够丰富，但是不够灵活有力。它往往无法表达一个强有力的想法。当你振奋时，常常会觉得这个语言软弱乏力，无奈之下使用拉丁语救急，其他时刻也用希腊语。

在上面筛选的词句中，有些很难看到它们的力量了，因为滥用而损害和糟蹋了原有的风雅。犹如日常交谈中不乏精彩的句子与隐喻，因年代久远而风采全失，因庸俗使用而色彩黯淡。但是有鉴赏力的人还是可以体味其中之妙处，也无损于这些古代作家的荣誉；就像是他们首先使这些词句闪闪发光的。

搞学问会把这些事玩得过于精深玄妙，矫揉造作，跟日常自然的说法有了差别。我的跟班谈情说爱很在行。把莱翁·埃布洛与费西诺关于爱情的书念给他听，书中说的就是他，他的想法与行动全在里面，而他一点也听不懂。我在亚里士多德的作品中也认不出我所做的大部分日常行动。为了供学派欣赏他给它们盖上了一件袍子。我若是干这一行的，会尽量让做作恢复自然，犹如他们尽量把自然变成做作。发表了爱的论文的作者邦波主教与埃基科拉就不谈了。

当我写作时，手边不放书，也不去回忆书；生怕书会破坏我的状态。说实在的，优秀作家使我自叹不如，挫落我的勇气。我还是借用那个画家的诡计，他自己画鸡画得很差，就不让他的学徒把活鸡放进画室里。

为了给自己增光，我采用乐师昂蒂诺尼代斯的好主意，当他要演奏时，在前与在后让其他拙劣歌手的演唱去灌满观众的耳朵。

第五章　论维吉尔的几首诗

但是我要摆脱普鲁塔克却不容易。他博大精深，任何时刻不论你谈到什么怪僻的论题，都可以加入你的工作，向你伸出慷慨之手，文采炳蔚，让人取之不尽，用之不竭。令我气恼的是人家在剽窃普鲁塔克时也很可能附带剽窃到我，我在转述他一点东西时也不免要偷上一只鸡腿或鸡翅。

出于这样的考虑，我选择在偏僻的家乡写作，那里没有人帮助我，指正我，那里我日常遇到的人看不懂《天主经》上的拉丁语，更不懂京城里说的法语。在别处我或许会写得更好，但是这样的作品就不完全是我写的了；我的主要目的和理想是做一番我自己。我会改正一个偶然的错误——这比比皆是——也写得不知所云；但是这些缺点也是我身上常有的，去掉这些缺点就不成其为我自己了。

当有人对我说，或者我自己说："你的修辞太暗涩。那是个加斯科涅土话。这个句子用得很悬（我一点不回避使用在法国街头听到的句子，招来用语法反对习惯用法的人的嘲笑）。这一个言论太无知。这一个言论太荒唐。那一个又太离谱。你经常爱打趣。人家会把你说着玩的话当真的。"我说，"是的，但是我改正应用不当的错误，但是不改正符合应用习惯的错误。我不就是这样说话的吗？这不是生活中的我吗？够了，我做了我要做的事；世人通过我的书了解我，又通过我了解我的书。"

我天生爱模仿学怪样。当我贸然写诗时（只写拉丁语诗），这些诗明显带有我不久前阅读的诗人的痕迹；在最初的随笔中，有几篇带有异国风情。我在巴黎说的语言也不同于在蒙田说的语言。我对谁仔细观察，他自然而然会影响我。我对什么看在眼里，就会留在身上：笨拙的姿势，难看的怪脸，可笑的说话方式。旧习惯尤其容易沾上，它们抓住我，抱紧我，我不甩开是摆脱不掉的。

人家常见我跟着说粗话，这倒不是天性使然。

这种学样会弄出人命来的，就像亚历山大国王在印度某地遇到体格力气都大得可怕的猿猴，它们看到什么模仿什么的天性，倒提供了制服它们的方法，不然要捕获它们还真难办。猎人深知它们的习性，有意在它们面前穿上有许多绳结的鞋子，在头上戴有活结的怪帽子，假装在眼睛上涂粘胶。这种模仿天性害苦了这些可怜的动物自己。它们把自己捆扎得动弹不得。

另一种本领是照样把别人的言语动作学得唯妙唯肖，经常带来欢乐与赞赏，这长在我身上也完全像长在树身上一样自然。要我按照自己的意思发誓只是说一声："上帝啊"，这是最直率的一种发誓。他们说苏格拉底是指狗发誓；芝诺用山羊发誓，意大利人至今仍用这同样的惊叹句；毕达哥拉斯则用水与空气发誓。

我这人很容易不加思索地接受这些表面印象，接连三天满口"陛下"或"殿下"，就是隔了一周以后，该称"阁下"与"王爷"时还会脱口而出。我在玩乐嬉笑时说的话，第二天会在严肃场合说出来。因此在写作时，极不乐意采用人云亦云的题材，生怕损害到别人的利益。一切题材对我来说都同样丰富。我可以拿一只苍蝇来借题发挥；但是上帝保证我眼前正在写的文章可不是信手拈来的！我一开始从喜欢的题材着手，因为一切题材都是相互贯通的。

但是我的心灵使我不悦的是，就是当我不经意时，会平白无故地，出其不意地产生最深邃、最疯狂、最令我喜欢的遐想，只因没有立即把它们拴住也就倏忽消逝了。在马背上，在餐桌上，在床上，但更多是在马背上我思路最广，浮想联翩。在不得不说话时，我有点儿过分要求人家注意与安静，谁打断我也就说不下去了。在旅途中，赶路的需要使谈话断断续续；除此以外，旅行

第五章　论维吉尔的几首诗

时经常没有适合长谈的旅伴，我也可以从容地跟自己谈话。

这样我就像陷在梦境里；梦中叮嘱自己要把这些梦记住（因为我乐意梦想我在梦中），但是到了第二天记得清楚的是梦的色彩，快活的，或悲伤的，或奇异的；但是其他又有些什么呢，愈寻找愈忘得彻底。因而这些偶尔在我遐想中出现的想法，倒头来留在记忆中的只是一片模糊的形象，徒然寻觅后让我无奈苦恼而已。

现在把书放在一边吧，具体与简单地来说，我最终认为爱情不是别的，只不过是跟钟情的对象共同欢乐的渴望，维纳斯也只是一种宣泄的乐趣，若不节制与谨慎是有害的。对于苏格拉底来说，爱情是由美撮合的繁殖欲望。多次看到这种乐趣引起可笑的挠痒，芝诺与克拉蒂普斯在激动时失魂落魄的荒谬动作，失态的狂怒，在爱情最甜蜜的时刻因兴奋与残暴而涨红的面孔，还有在疯狂中摆出这副庄重、严肃与出神的死样，这里面杂乱无章地并存着高尚与龌龊，人生至乐竟像痛苦那样既会全身僵硬，也会低声呻吟，我就想到了柏拉图说人是神的玩具这句话说得真对，

> 多么残酷的捉弄啊！
>
> ——克劳迪乌斯

这是大自然的嘲弄，给我们保留了这个最烦心又是最普遍的行为，在这方面平等对待，智者与愚者、人与兽都一视同仁。最爱沉思与最谨慎的人，当我想到他处于这个状态时还装出沉思与谨慎的样子，我会把他当作一个厚脸皮的人，要用孔雀的爪子压压他的傲气。

> 谁不让你笑着说出真理？
>
> ——贺拉斯

有人在游戏时不谈正经事，犹如某人说的，神像前面若没有遮蔽就不敢向他奉礼。

我们像动物那样吃喝，但是这些行为并不妨碍我们的精神活动，这是我们对动物占有的优势。但是那件事使其他思想都置于它的桎梏之下，专横独断，扰乱和打懵了柏拉图头脑中的全部神学和哲学。即使如此，他也毫不抱怨。你在其他地方都能够保持分寸；其他活动都要遵守老老实实的规则；唯有这件事在大家的想象中只能是淫荡或可笑的。你不妨找出一种明智与文雅的做法给大家看看？亚历山大常说，他主要通过这件事与睡眠认识到自己还是个凡人。睡眠窒息和停止我们的心灵功能，而这件事也同样使心灵功能荡然无存。当然，这不但标志我们的原罪，也标志我们的虚妄与邪念。

另一方面，大自然又把我们往那里推，既让这种欲望包含了最高尚、有用与愉悦的行为，又要我们把它看成是无礼与无耻的事加以谴责，远远躲开，为此脸红，又主张禁欲。

把我们赖以生存传种的行为称为禽兽行为，我们不正是蠢得像禽兽吗？

各族人民在宗教方面有许多不谋而合的做法，如祭祀、点灯、焚香、斋戒、上供，此外还有谴责性行为。各派意见在这点上取得了一致，包括在广大区域实行割礼，这也是对性行为的一种惩罚。可能我们有理由责备自己造出这么一件愚蠢的产品——人，称这种行为是耻行，完成这个任务的部位是耻部（此刻在下的这个耻部倒是实在耻为人知的了）。

第五章 论维吉尔的几首诗

大普林尼说到艾赛尼派教徒中好几个世纪没有乳母，没有襁褓婴儿，而是依靠外来者延续生嗣。外来者也赞赏这种美好的教规，不断加入他们的队伍。整个民族冒灭种的危险，也不承诺去拥抱女人，宁愿绝后也不去生产一个。他们说芝诺一生中只跟女人有过一次交欢，这还是出于礼貌，为了避免过于固执而有轻视女性之嫌。

人人都是见到生孩子就躲，见到死了人就看。毁灭一个人时，找个宽敞明亮的场所，分娩一个人时，要猫在阴暗狭窄的洞穴里。隐藏起来红着脸去造人，这是义务；懂得如何去杀人，这是光荣，还附带产生许多美德。前一种是侮辱，后一种是恩典。亚里士多德说杀了他就是恩赐他，这是他家乡的一个说法。

雅典人把生与死都同样看作坏事，为了净化提洛斯岛，到阿波罗面前表白自己，在岛内同时禁止生育与丧葬。

> 我们为自己难为情。
>
> ——泰伦提乌斯

我们认为自己的存在是罪恶。

有些民族躲起来吃东西。我认识一位极为尊贵的夫人，她也有同感，认为咀嚼极不雅观，大大有损于女人的风度与美姿，从不愿在人前表现好吃的样子。我认识一位男士，他受不了看人吃，也受不了让人看着吃，因而他进食比排泄更躲着别人。

在土耳其帝国，许多男人为了显得比别人优秀，用餐时从不让人看见；还一星期只进一餐；在面孔与四肢上进行自残；从不跟人说话；这些都是狂热分子，认为破坏天性就是尊重天性，轻视自己就是重视自己，糟蹋自己就是改善自己。

对自己穷凶投恶，视欢乐为罪过，身处不幸才安心，真是可怖的禽兽啊。

有的人一生过隐居生活，

> 抛下温暖的家，过流放生活，
>
> ——维吉尔

躲开世人的目光；他们视健康与逸乐为有害的大敌。不但许多部落，还有许多民族，诅咒自己的出生，祈求自己的死亡。有的地方还痛恨太阳，崇拜黑暗。

我们只是折磨自己时手段高明；是自己的精神暴力的猎物，精神错乱实在是个危险的工具！

> 不幸的人啊！他们把快乐当成了犯罪！
>
> ——马克西米安

"唉，可怜的人啊，你生来就有不少缺点，不要再动脑子去添加了；你的命运已经够惨，不要自作聪明去加剧了。你本质上的丑陋应有尽有，也就不必凭空臆造了。如果不在闲中生出些烦恼，你是不是觉得活着太闲？你是不是觉得大自然要你做的事做完后，若不让自己再做些什么，就是失职和游手好闲？你不怕违背不可置疑的普遍法则，自以为是地建立个人狭窄幻想的法则；那些法则愈是特殊、没把握和矛盾，你愈是竭力坚持。你自己制订铁定的法则占据你全部心灵，你教区的规则——上帝与世界的规则——则使你无动于衷。稍为浏览一下这方面的例子，就包含了你的全部生活。"

第五章　论维吉尔的几首诗　　105

维吉尔和卢克莱修这两位诗人关于维纳斯的诗句，谈到色情含蓄而谨慎，使我觉得反而得到更多的启发与说明。女士用蕾丝遮盖乳房，教士把许多圣物放在胸前；画家在作品中用阴影衬托光明；有人说阳光的折射与风的旋转都比走直线方向更强。有人问一个埃及人："你的长袍下藏了些什么？"埃及人聪明地回答："藏在长袍下就是为了让你不知道。"但是有些东西藏起来是为了让人看的。且听这个人说得更直白：

我搂着她赤裸的身子紧紧贴在我的身上。
——奥维德

我好像在被他阉割的感觉。马提雅尔把维纳斯的裙子撩得再高，也不会让她全身赤裸。谁把话说满了，使我撑，使我腻烦。谁怕把话都说出来，倒使我们想得更远。这类谦逊中有背叛的意味，其实是这些手法给想象力开拓了一条康庄大道。行为与行为描写都应该像是偷偷摸摸的。

西班牙人与意大利人的爱情，较为尊重与腼腆，婉转与含蓄，这叫我喜欢。我不知道是哪位古人希望头颈长得像鹭鸶，东西咽下去可以尝得时间长一些。这个愿望更适用于这个急躁快速的欲望，像我这样的急性子，成不了好事。为了防止速战速决，延长前奏，在他们之间安排一切有利与有效的花絮：一个眼神、一个鞠躬、一句话、一个暗示。一个人若把烤肉的香味当作正餐喂肚子，岂不是个良好的节约习惯？

这种情欲里实质的东西少，虚荣热烈的幻想多，那也要按照实际价值付款与食用。应该教会那些女士保持身价，讲究自尊，让我们开心，让我们发痴。我们一开始就猛冲猛撞，总是改不了法国人的急躁。她们若是让情意细水长流，那么每个人到了悲惨的晚年，还可以保存一份快乐，仔细玩味。

谁若在玩乐中享受玩乐，得到最高分才算赢，要狩猎就要有所捕获，这样的人不适合加入我们一伙。台阶与梯级愈多，顶上的宝座愈高愈光荣。我们应该乐于有人引导，就像参观美轮美奂的宫殿，通过不同的门和过道，悦目的长廊，数不清的弯道。这样千回百转增加我们的乐趣，流连徘徊时间更长。不抱希望，没有欲望，我们的追求也就索然无味。我们的绝对占有欲使她们无限害怕，她们的一切取决于我们的忠诚与坚定，其处境就岌岌可危了。这是罕见、困难的美德；一旦她们是我们的，我们就不再是她们的了：

贪婪的欲望带来的欢乐既已满足，
承诺与誓言也就不再放在心里！

——卡图鲁斯

希腊青年特拉索尼德太珍惜爱情了，他赢得情人的心以后，却不去占有她的身子，不愿因享乐而使他引以为荣和萦绕心头的这种不安的热情有所减弱、腻烦和松懈。

少吃才知肉滋味。且看有许多敬礼致意的方式，这也是我国的特点，苏格拉底说接吻刺激，危险，夺人魂魄，但由于日以为常失去了魅力，对于夫人来说，背后有三个跟班的哪个人无论多么讨厌，都要向他伸出樱唇，这对她们实在是一个不愉快、带侮辱性的习惯。

狗鼻子下面挂了一条灰色冰柱子，

> 胡子只是一撮粗硬的荆棘，
> 亲他还不如亲一百次大屁股。
>
> ——马提雅尔

我们也占不上什么便宜；因为世界就是这样组成的，要吻上三位美人，我们必须搭上吻五十位丑人；对于我这把年纪肠胃不好的男人，一个臭吻不是一个香吻所能抵消得了的。

在意大利，男人即使在卖笑女子面前也做得像个殷勤胆小的追求者。他们是这样辩解的："享乐有程度高低的区别，只有贴心相待才会换来她们全心全意的服侍。她们出卖的只是肉体；心可没有标价出售，它完全是自由的，属于她个人的。"他们这样说明他们要的是心，这话很有道理。

应该善待与交往的是心。给我一个没有热情的身体，我想到就害怕，我觉得这是迹近失去理智的行为，就像那个男孩；普拉克西特勒斯塑造了一尊美丽的维纳斯像，男孩爱上了却去把它玷污了。或者像那个疯狂的埃及人，正给一具女尸涂香料与裹尸布时竟冲动起来，做出奸尸的行为。这件事后来促使埃及颁布了一条法律，年轻美女与名门望族的妇女，死后其尸体必须在家保持三天后，才能交给执行殡葬仪式的人手里。科林斯暴君倍里安德更是人面兽心，他的妻子梅丽萨逝世，还在她的尸体上继续享受（合法合理的）夫妻情缘。

这不就像月亮女神的怪脾气，只因没法得到心上人恩底弥翁的温情，催眠使他睡上几个月，跟这位只会在梦幻中活动的俊少年恩恩爱爱。

我还要说的是，爱上一个不表同意、没有欲望的肉体，就像爱上一个没有灵魂和感情的肉体。并不是一切享乐都是一样的。

有的享乐合乎伦理道德,毫无趣味。除了好意以外还有千百种原因可以使我们得到女士的青睐。这不足以说明有热情。也可以像在别的方面弄虚作假,她们有时只是伸出半只屁股让你干,

> 她们是不是在上香与献酒?
> 这是个心不在焉的女人,还是大理石女人?
> 　　　　　　　　　　　　　　——马提雅尔

我还知道一些女人,宁可出借身体也不愿出借马车,也只是在这方面跟人有来往。这就必须观察她们喜欢跟你作伴是为了其他目的,还是仅此而已,就像对待马房里的大男孩。你在那里面占什么地位,有什么价值,

> 若委身于你一人,
> 这天她标上块白石头。
> 　　　　　　　　　　　　　——卡图鲁斯

她若吃着你的面包,蘸着想象中更好吃的沙司,那又怎么样呢?

> 搂着的是你,却为不在身边的情人叹气。
> 　　　　　　　　　　　　　——提布卢斯

怎么,我们难道没看到现今有人利用这种事进行可怕的报复,下毒药杀死了一个正派女人?

　　我不在其他地方寻找这个题材的例子,熟知意大利的人不会觉得奇怪,因为这个民族在这方面足以自称是世界的导师。他们

第五章　论维吉尔的几首诗

的美人一般比我们多，丑女比我们少；但是说到国色天香，我认为我们不相上下。在人才方面也是如此，平庸之辈他们远远超过；性格粗暴的人，相比之下那里显然少得多；旷世奇才与精英，我们不逊于他们。

若把这样的相似性继续往下做，我认为说到勇敢，我们比他们更普遍与自然，但是有时在他们身上表现出逼人的霸气，那要盖过了我们所能提出的最骁勇的事例。这个国家的婚姻制度有如下的缺陷：社会习俗给妇女订下非常严酷的法律要她们俯首帖耳，跟外人有任何交往不论最疏的还是最密的，对她们都是一桩十恶不赦的罪。这条法律使得任何形式的接近都属情节严重；既然一切皆导致同样的后果，她们的选择也就简单了。一旦冲破樊篱，索性一不做二不休，热情宣泄无遗："淫欲如同一头猛兽，上了链子后乱跳乱蹦，再后又被放了出来。"（李维）应该给她们松一松缰绳：

> 我亲眼见过一匹马桀骜不驯，
> 咬断缰绳，迅如雷电往外冲。
>
> ——奥维德

给它一点自由，发情反而缓和。

我们几乎遭遇同样的命运。他们过于约束；我们又过于放纵。我们国家有一个良好的做法，把孩子寄养在好人家，就像进了一所贵族学校接受当宫廷侍从一般的教育。据说，拒绝接受贵族学习是失礼的，是一种侮辱。我发现（因为不同的家庭有不同的家风和方式），对收留的女孩管教甚严的夫人并不取得更好的效果。必须适度；大部分行为必须让她们自己掌握。因为事实上没有一种纪律是对什么都能监控的。可以肯定的是，带了衣物从自由学校偷逃出来的女孩，比从门禁森严的学校走出来的清纯少女更多自信心。

我们父辈培育女儿懂廉耻，慎行事（好心与欲望是同样的）；培育我们要自信。我们并不理解。萨尔梅舍女人不曾在战争中亲手杀死过一个男人，就没有权利跟男人睡觉。而我呢，只有有耳朵听还有权利，若倚老卖老让她们听听我的忠告已够不错的了。我就要劝她们也劝我自己保持节制，但是如果这个世纪对此很敌对，至少保持谨慎与适度。亚里斯提卜就有这么一个故事，年轻人看到他走进一名妓女家，面孔红了起来，他对他们说："进去不是罪，不出来才是罪。"不愿保全良心的人要保全名声；肉质已坏，至少外观要好。

两情相悦，我主张循序渐进，过程缓慢。柏拉图指出不论哪种爱情，当事者不应该贪易图快。轻率鲁莽地全面投降，这是贪吃的表现，她们应该施展一切伎俩加以掩饰。施予恩惠有条不紊，更加刺激我们的欲望，也不流露自己的欲望。让她们永远在我们面前躲躲闪闪，即使那些有意要被逮住的女人也这样就，像斯基泰人，逃跑时打得我们更惨。

根据大自然给她们制订的规律，她们确实也不适合主动表达意愿与欲望；她们的任务是忍受、服从、同意；这说明为什么大自然赋予她们一种长久的能力，而赋予我们是时有时无、不确定的能力；她们常备不懈，可以随时随刻适应我们："天性被动。"（塞涅卡）大自然要我们雄起表示自己的欲望，要她们隐蔽内敛，不宜于张扬，只是用于防御。

以下的事例说明亚马孙人的放浪不羁。亚历山大大帝路过赫凯尼亚，亚马孙女王塔莱斯特里率领三百名全副武装、骑大马的

第五章　论维吉尔的几首诗　　111

女兵前来找他，大军的其他人马在邻近的山头后面跟随。女王对他当众高声宣说，久闻他战功赫赫，勇冠三军，使她前来瞻仰风采，愿为他的事业献上她的财力与物力；见他那么年轻美貌、英气勃勃，她自己也是个十全十美的女子，还向他建议同床共枕，好让世上最勇敢的女人和天下最英武的男人今后生个顶天立地的人物。亚历山大婉言谢绝，但是对于她的第二个要求给予时间满足，在当地住了十三天，值此之际他日夜宴乐，欢迎这么一位飒爽英姿的女王。

几乎在一切方面，我们都是女人行为的不公正的法官，女人对我们也是。我承认这是事实，不管它对我有利还是有害。这是一种恶劣的神经错乱，使她们经常动摇不定，不能把感情专注在任何一件事物上；从这位维纳斯女神身上就可看到，竟有那么多次变心与那么多个朋友；然而说来也是，爱情不暴烈就不符合爱情的本质，爱情若稳定就不符合暴烈的本质。

有人对此惊讶、怪叫，认为这是违背自然与不可思议的怪病，要在她们身上寻找这病的原因。他们经常看到自己身上得了这种病怎么就不大惊小怪了呢？还应该说身上没有这种病才更令人诧异。这是单纯的肉体上的情欲，既然吝啬与野心没有终止之日，淫欲也无了结之时。满足后还会存在，人不可能让它时时刻刻满足，也不可能让它满足后就此消失；它总是贪多务得；而她们的感情不专还比我们的感情不专更加情有可原呢。

她们首先可以像我们那样声辩，喜新厌旧是人之常情，大家彼此彼此；其次她们可以声辩，而我们不能，就是她们买的猫总是打着闷包（那不勒斯女王雅娜用亲手做的一根金丝绳，把她的第一任丈夫吊死在窗前栅栏上，因为她看到他的身材、美貌、青春与体魄想入非非，到了床上短兵相接时发现他的阳具与力量都不如人意，感到自己上了当，受了骗）。由于主动总比被动要做出更多的努力，因而她们至少可以满足需要，而我们就会发生意外。

柏拉图在这件事上明智地制订了他的法律，为了决定婚姻是否合适，法官要检查结婚双方，男的全身赤裸，女的裸至腰部。在检验我们时，她们会觉得我们不符合她们的选择，

> 尽管手搓得没有了力气，
> 腰下还是软若棉絮，
> 她气呼呼下了床不再尝试。
> ——马提雅尔

不是有了意愿便能使它挺立，软弱与无能可以合法地解除婚约；

> 必须寻找一个强壮的汉子，
> 解开她处女的腰带。
> ——卡图鲁斯

为什么不呢？根据她的标准，更风流更有生气的如意郎君，

> 要是他做不完这温情的劳作。
> ——维吉尔

在我们那么想取悦于人，博取欢心的事情上，把缺陷与弱点暴露无遗，这岂不是太不谨慎了？此刻我不愿意功亏一篑，

第五章 论维吉尔的几首诗

> 只一回合，
> 就坏了事。
>
> ——贺拉斯

去惹一个我尊敬、害怕的女人讨厌：

> 对一个可叹的
> 年过五旬的男人，
> 什么也不用害怕。
>
> ——贺拉斯

　　让这个年纪很可怜，而又不让这个年纪很可笑，大自然做到这点应该满足了。我讨厌看到这样的人，藏有一些残余的精力，一周要起动三次，气急败坏，穷凶极恶，仿佛腹中的欲火可以烧上一天，其实只是蓬蒿着火，瞬息即灭。我欣赏在人生黯淡的寒冬还亮起强烈摇曳的火光。这种欲望应该属于风华正茂的年轻人。你心中意气风发，精神抖擞，真以为可以实现这种妄想，你看着，它就会把你撂在半路上的！若把欲念鲁莽地发泄在某个稚嫩的少女身上，她惊讶，不懂事，在小棍子前发抖脸红，

> 一根带血色的印度象牙，
> 一朵在玫瑰映辉下发红的百合花。
>
> ——维吉尔

　　他可以等着第二天，即使自己不羞死，也会看到她这双美丽的眼睛中流露的轻蔑，他的卑鄙与无礼都落在她的眼里：

她无声的目光充满谴责。

——奥维德

那一夜殷勤又辛苦,翻江倒海,弄得对方两眼无光,眼圈发黑,但是感不到满足与自豪。当我看到某位女士对我讨厌了,我决不立即责怪她轻浮;而是想一想我是否应该去责骂老天爷使我这么不行。当然,它这样对待我有欠公正,很不客气,造成极大创伤。

如果我的东西不够长和粗。
婆娘们看了当然有理由
不高兴。

——《阳神普里阿普斯》

我和其他人同样都是由自身各个器官组成的。我要是成为男人则完全亏了这个玩意儿。我有责任向公众全面地展现自己。我学习的智慧完全存在于真理、自由、事物本质之中;不屑把虚饰、等因奉此、乡俗的生活小节列为真正的义务,而崇尚合乎天性、普遍长久的准则,礼貌与仪式虽与它们是姐妹,但是私生的姐妹。

当我们在本质上有了缺点,必然会呈现于表面。当我们克服了本质上的缺点,若还需要努力,再去克服其他的缺点。因为不然有这样的危险,为了原谅自己对天然责任的疏忽,凭空臆造一些新的责任,又把这两者混淆不清。这样的话就会看到以下情况,在错误是罪恶的地方,罪恶只是错误;在一些礼教较少、民风较松的民族,原始普遍的法则反而得到更好的遵守,数不尽的清规戒律窒息、减弱、分散了我们的注意力。对琐事的关注引得我们抛开了急事。哦，这些浅薄的人走的一条路，跟我们相比是多么轻松讨巧啊！这都是虚情假意，我们相互掩盖，相互奉承；但是没有付出，在伟大的法官面前欠下更多的罪愆，他会撩起我们围在腰际破烂的遮羞布，不用装得把我们看透，就是我们最隐蔽秘密的丑事也逃不过他的目光。我们处女的童贞若能不让他发现这个秘密，那倒也不失为一桩有益的体面事。

总之，谁若能使人摆脱幼稚，不那么迷信这种语言上的顾忌，对世界不会带来重大损失。我们的人生半是疯狂，半是谨慎。谁只是毕恭毕敬、循规蹈矩写到它，那是把一大半疏漏了。我不为自己作辩解，我若作辩解，那不是为了什么，而是更多地为我的辩解作辩解。我要向这样的人辩解，我认为他们在人数上要超过在我这一边的人。

想到他们，我还要说［因为我希望使谁都满意，这是很难办到的："由一个人去迎合那么多的习俗、理念与意志。"（西塞罗）］，他们不要责怪我，因为我引用了几世纪来得到认可与赞同的权威的话；也没有理由因为我写的不是韵文，就不让我说些当今教会人士和头面人物在说的话。这里就是他们写的两句诗：

　　她的缝儿若不细，还是让我死！
　　　　　　　　　　——泰奥多尔·德·贝萨

　　情人的鸡鸡使她舒舒服服，欢欢喜喜。
　　　　　　　　　　——圣-热莱①

---

① 贝萨是加尔文的接班人，改革教会的领袖。圣-热莱是弗朗索瓦一世和亨利二世国王的布道师。

还有许多别人写的，还要引用吗？但我喜欢谦逊，不说也罢。我选择这类引人反感的说法不是出于判断，而是大自然为我选择的。我不赞赏它，同样也不赞赏任何违背习俗的形式；但是我为它辩解，无论在特殊和普遍的情况下减轻人们对它的指责。

接着谈吧。同样，有些女人做出牺牲对你表示好感时，你就自认为对她们有至高无上的权威，这是怎么来的呢？

> 她若趁黑夜向你偷偷传情，
>
> ——卡图鲁斯

立即摆出夫权的私利、冷漠与专横？这是一种自由的契约，你既然要她们遵守，你自己怎么不遵守了呢？在两厢情愿的事情上是不讲法规的。

这是违反常规的，但是在我那个时期根据自然许可的范围，我处理这件事跟对待其他事那样认认真真，还带一点评理的神气。我还向她们提出我感受到的热情，向她们天真地袒露其中的消沉、兴奋、产生、投合与消失，并不总是一成不变的。我轻易不许诺，因为我想我做到的要比许诺的与积欠的多。她们感到我这人忠实得愿为她们的不忠实效劳。我说的不忠实是指承认的与反复多次的不忠实。我只要还揣着一丝一缕的感情，决不向她们断交；不论她们向我提供什么样的机会，我也不会跟她们绝情到轻蔑与憎恨的地步。因为这种亲昵，即使是在最羞惭的条件下得到的，也令我感到她们的好意。在她们耍诡计、找遁词、双方争执时偶尔也会让人看到我贸然发火与不耐烦。因为我这人天生会激动，尽管不严重，时间也不长，经常也损害我们的交往。

她们曾经要试一试我看问题是否自由开放，我也免不了给她们提出父辈的忠告，触到她们的痛处。我若任凭她们埋怨我，这是在我身上看到了一种爱，这从现代的习惯来说是又蠢又认真的。我信守诺言，即使在人家会轻易放过我的事情上也是如此。她们有时会为保全名节而投降，投降条款被征服者篡改了也不计较。从她们的名誉考虑，我不止一次在欢乐达到顶点时悬崖勒马，这时听从理智的驱使，甚至给她们编出理由来反对我，她们若坦然接受我的规则，并照此办理，要比凭自己的规则去行事更可靠更严格。

我总是尽量独自去承担幽会的风险，让她们轻装上阵。我总是给约会做出最曲折、最出人意料的安排，这样最不引人怀疑，而且在我看来也最容易撮成。约会地点愈隐蔽，其实是愈公开。最不让人担心的事是最不禁止和最少有人注意的事。没有人想到你竟敢会这样做的事，则最宜于放心大胆去做，这所谓难事不难做也。

男人在交往中总是遇到尴尬的性问题。这种爱的方式更多时候还要讲究纪律，但是我们这些人多么可笑，又那么缺少效率，有谁比我知道得更清楚呢？我若没有什么可后悔的，我也没有什么可失去的了。

> 在海神庙的墙上
> 我挂了一块许愿牌，
> 向众人昭示我献出了
> 海难后的湿衣衫。
>
> ——贺拉斯

现在是公开说出这话的时候了。但是就像我在跟另一个人说似的："我的朋友，你在做梦；在你这个时代，爱情跟信仰与正直没有多少关系。"

说什么用既定的规则约束爱情，
实在是愿意胡思乱想。

——泰伦提乌斯

所以，反过来说，若由我重新开始，肯定还是走同样的路，有同样的过程，不管它可能会多么无效。在一件不必赞扬的事情上，缺点与傻气还是值得赞扬的。这方面我离他们的脾性愈远，离自己的脾性则愈近。

此外，在这件事上，我不会全身心投入。我愉悦，但不会忘乎所以，大自然赋予我的这一点点理智与谨慎，还是完整保存的，为她们与自己效力；有一点感动，但是不存幻想。良知也会卷入，在荡检逾闲前为止；但是不会到忘恩负义、背叛、恶毒、残忍的程度。我不会不计代价去得到邪恶之乐，只肯按照它的原来值付款："一切罪都不止于其罪本身。"（塞涅卡）

我讨厌昏沉沉无所事事的游闲，差不多也同样讨厌艰难竭蹶的劳苦；前者使我无精打采，后者叫我身心交瘁。轻伤与重伤、一刀见血与不见血我都同样欢喜。在这件事上当我跃跃欲试时，不走极端而采取中庸之道。爱情是一种清醒、活泼和愉悦的激情，我不为之心烦意乱，愁眉苦脸，但是为之心热，还感到口渴。必须到此适可而止。爱情只对疯疯癫癫的人是有害的。

一个青年问哲学家珀尼西厄斯，圣贤恋爱是否适宜，他回答说："不谈圣贤，只谈不是圣贤的你与我，不要让我们卷入这种那么动感情、撩人心火的事，它使我们当别人的奴隶，也被自己瞧不起。"他说的话有道理。谁的心灵都不能承受爱情的冲击，不能反驳阿格西劳斯的名言：谨慎与爱情不能并存，那就不要去相信这种本质上是来去匆匆的事。这确是一桩无妄的工作，不正经，不好意思，不合法。但是以这种方式操纵它，我认为还是健康的，可使沉重的身心活跃起来，我作为医生向我这样性格状态的人推荐这个方法，完全如同推荐其他一切有益身心健康、延年益寿的方子一样。趁我们尚停留在老年的门槛，脉搏还在跳动时，

> 白发新添，人还老而弥坚，
> 命运女神拉刻西斯还有可纺的线，
> 两腿迈得动，手里拐杖不用。
>
> ——朱维纳利斯

我们就需要有爱情这个让人痒痒的东西来撩拨心火。你们看爱情使圣贤阿那克里翁恢复青春，朝气蓬勃！苏格拉底比我年纪还大的时候，谈到他的爱情对象，他说："我与她肩并肩，头靠头，共同在读一部书，我决不是乱说，就是在肩头突然感到一刺，像被动物咬了一口，此后五天内感觉有东西在我身上爬，一直不停地痒到心里。"一个年迈冷漠的老人因一次偶然的肩头接触，竟重新燃起热情，使人间最伟大的一颗灵魂焕然一新！为什么不可以呢？苏格拉底是人啊，他不愿意是、也不愿意像其他东西。

哲学不反对天然的肉欲，只要掌握分寸，主张节制不是逃避；竭力抵制的是怪诞不经的肉欲。哲学还说精神不应该加强肉体的欲望，巧妙地告诫我们切切不可以纵欲去引起饥饿，肚子只要填饱而不要塞满，避免去享受一切使我们难熬的乐趣，一切让我们

腹饥口渴的肉食与饮料；说到爱情服务，哲学关照我们只要取得满足肉体需要的东西就够了，不要惊动心灵，心灵也无须包揽成为自己的事，只要照着肉体的意思帮着做就可以了。

但是这些训诫有点儿苛刻，这只是涉及会完成任务的身子来说的。一个老朽的身子好比是一只功能衰退的胃，对于它不妨想办法温暖和强壮，通过想入非非去引起它已失去的欲望与轻松心情，我这样认为不是很有道理的么？

我们不是还可以说，当我们困在这个人间监狱里，身上没有什么东西纯然是肉体的或纯然是精神的，把活生生的人分裂为二是完全有害的；我们既然甘愿去忍受痛苦，不也至少有理由甘愿去追求快乐？圣徒通过苦赎忍受剧烈的痛苦（比如说）达到心灵的完美，肉体由于与精神是相连的，虽与这样做的原因很少沾边，必然也连累受这份苦，因而圣徒并不满足于肉体单纯跟随与参加心灵的受苦，还要让它也遭受残酷的折磨，以致肉体与精神两相竞争，让人沉浸在痛苦之中，愈吃苦愈有益于灵魂。

同样，追求肉体享受而冷落心灵并强制它如同去做一件必要而不得违背的义务，这是不是公正呢？其实支配的任务属于精神，更应是精神来酝酿和培育、参与和诱发肉体的快乐；同样按我的看法，也是在精神感觉本身快乐的同时，也把快乐传播和注入整个肉体，做到快乐对肉体与精神都是同样愉悦与有益的。因为这就像他们说的很有道理，肉体追求快乐不应有损于精神；但是精神追求快乐不应有损于肉体，为什么不是同样有道理呢？

没有其他情欲叫我充满期待。对其他像我一样没有特殊天职的人，由吝啬、野心、口角、诉讼引起要做的事，由爱情来做更为方便；爱情使我恢复机灵、节制、优雅，注重仪表，保持举止，不让老年的鬼脸、可怜兮兮的怪相有损风度；回到健康明智的学习，以此获得人们最多的爱戴与尊敬；在精神上摆脱自暴自弃，恢复思考；驱除因年老力衰、无所事事而产生的种种厌世思想、忧郁情绪；被大自然抛弃的这颗心，至少在幻想中重新温暖起来；这个可怜人正在大踏步走向毁灭，让他昂起脑袋，保持心灵活力，精神矍铄，延年益寿。

但是我很明白爱情这件好事是很难恢复的；由于体力弱与阅历深，我们的情趣变得更细腻精致；我们要求更多，而给予更少；我们愿意作最佳的选择，而我们只配被人最差的接受；我们认识自己，较前更为胆怯多疑；了解自己与她的状况，没有东西可以保证我们被人爱。置身于这群朝气蓬勃、热情洋溢的青年中间自惭形秽，

腹股沟下这个不屈的器官
比山上新种的小树还挺拔。

——贺拉斯

何苦在人家春风得意时出自己的丑呢？
让血气方刚的青年
不无揶揄地瞧着
我们的火棒一下子烧成灰。

——贺拉斯

他们自身有力量有理智；给他们让位，我们没有什么可以顶的了。

这束含苞欲放的花朵不会让一双粗糙的手去抚摩，也不会被纯粹的物质手段诱放。古代一位哲学家追求一名青春少女，未能得到她的青睐，有人嘲笑他，他回答说："我的朋友，鱼钩钓不住

这么鲜嫩的奶酪了。"

这种交往需要有相互应求的关系；我们得到的其他乐趣可以用不同性质的报酬予以接受；而这种乐趣只能用同一种货币来支付。事实上，做这件事得到的乐趣，使我的想象力痒痒的，比实际感觉的乐趣更甜美。只思得到乐趣而又不给人乐趣，这样的人决不是高尚的人；一切都是欠人家的，把负担都加在跟他维持关系的人身上，这个人的心灵就更卑鄙了。风流汉要以这个代价去满足欲望也就谈不上美、交情与亲密了。

如果她们只是出于怜悯才善待我们，我宁可去死也不愿靠施舍过日子。我在意大利看到人家这样募捐，我也要求有权利这样问他们："为了你自己给我做做好事。"或者像居鲁士鼓励他的士兵："自爱的人跟我来吧。"

有人对我说："你去找你这阶层的女子，命运相同的人作伴更容易。"——哦，多么愚蠢乏味的妥协！

我可不愿去拔死狮子的胡子。

——马提雅尔

色诺芬反对梅诺提出的责问，说自己要找青春不再的女人。看到一对金童玉女在一起真是天作之合，即使只是心里想一想，我也觉得比在极不般配的结合中当个配角有味道得多。我宁可让加尔巴大帝有这种匪夷所思的胃口，他专爱跟身子硬邦邦的老女人干；这个可怜虫，

愿神看到你对我这样，
在枯发上留下热吻，

第五章 论维吉尔的几首诗

把干瘦的身子紧紧搂住。

———奥维德

我认为人造的、装腔作势的美是最大的丑。希俄斯岛的少男埃莫内,想通过打扮去达到大自然没有给予他的美,到了哲学家阿凯西劳斯面前,问他一位贤人会不会恋爱,另一位回答说:"会的,只要不是像你这样装扮雕砌出来的美。"坦然承认的老与丑,在我看来,就没有浓妆艳抹的那么丑与老。

我这样说,会不会有人来掐我的脖子?我认为稚气未脱的少年时代,是顺乎自然的爱的当令季节,

若把他放在少女唱诗班,
柔发飘飘,五官尚未定型,
最眼尖的人也认不出
这孩子竟是个男儿!

———贺拉斯

美也是在这时刻。

荷马把美延长到下巴开始发乌的年龄,就是柏拉图也认为这已是稀世奇珍了。诡辩派狄翁把阿里斯托吉顿和阿莫狄乌斯[1]戏称为少年的绒毛,其原因也是众所周知的。壮年时代已经出位。更不用说到老年了:

---

[1] 为希腊两少年,合谋杀死暴君,解放雅典。在此比喻少年初生胡髭,也摆脱爱情的暴政。

爱情鸟不会停在秃树上。

——贺拉斯

　　那瓦尔王后玛格丽特作为女人，还让女人把自身的特长发挥更长的时间，下令到三十岁才把"美人"称号改为"善人"。

　　我们让爱情主宰生命的时间愈短，生命的价值就愈大。且看动情的人，这是个嘴上无毛的稚子。谁不知道在爱情学校里一切都杂乱无章？学习、操练、实验都显得无能，因为管事的都是些新手。"爱情不懂规则。"（圣哲罗姆）当然爱的行为就混乱不堪，也回味无穷；出现错误，事与愿违，也都很有趣美妙。只要刺激与渴望，谨慎不谨慎是小事。你看丘比特就是疯疯癫癫、跌跌撞撞。谁若用道理与明智去指导他，你这是给他戴上了镣铐；把他交到顽固的老人手里，也就限制了他神圣的自由。

　　此外，我经常听到她们描绘这种纯然精神的融合，完全忽视感官对此的享受。一切都是为此服务的。但是我可以说我经常看到我们并不在乎她们精神的软弱，而重视她们肉体的美；我还未曾见过她们为了精神的美——不管多么睿智和成熟——愿意伸出手去交给一个多少显出老态龙钟的身子。苏格拉底主张精神美，为什么在他高尚的门下就没有女弟子急着用大腿去建立哲学关系，生出一个智慧的后代——这样做岂不是能把大腿哄抬到最高价位吗？

　　柏拉图在他的《法律篇》中规定，在战争中立下丰功伟绩的人，不论多丑多老，出征时期他要得到意中人的亲吻和恩宠，都不能予以拒绝。他觉得对战功的褒奖那么公正，为什么在其他才华方面不能也给予同样的褒奖呢？怎么就没有女人抢在她的姐妹前面去享受这种贞洁爱情的光荣呢？我确是说的"贞洁"两字，

第五章　论维吉尔的几首诗　　125

因为：

> 他往前冲，很可能
> 只是茅草遇上烈火，
> 火焰一蹿，随即熄灭……
>
> ——维吉尔

罪恶在头脑里就夭逝，这不算太糟糕。

我的话一开闸就滔滔不绝，有时还造成危害，为了给这个长篇大论做个小结，

> 就像情人偷送的苹果，
> 跌落在少女贞洁的胸前。
> 可怜的姑娘忘了它藏在这里，
> 妈妈过来，她站起身，掉下，
> 滑到孩子脚边，滚出很远。
> 她的脸红了，泄露了她的过失。
>
> ——卡图鲁斯

我要说男人与女人都来自一个模子；除了教育与习惯，区别不是很大。

柏拉图在他的共和国中，毫不区分男性与女性，号召他们参加一切学习、操练、职责、战争与和平事宜，哲学家安提西尼一笔勾销她们与我们的品德的任何区别。

对异性指责比为同性开脱要容易得多。其实彼此彼此，真所谓：火钩子嘲笑煤铲子。

## 第六章

# 论马车

有一件事不难证实,大作家在描述事件原因时,不但使用他们认为真实的原因,也使用他们不信的原因,只要编得美丽动人;他们说得巧妙,就会让人当真,不会白说。我们对哪个是主要原因没有把握时,也会罗列出好几个,看看哪个碰巧说中了。

提出一个原因不够好。
举上好几个,总有一个对上号。

——卢克莱修

你问我向打喷嚏的人祝福,这个习惯是从哪里来的?我们身上排出三种气,从下面排出的气太脏;从嘴里呼出的气会被人责怪太贪吃;第三种气就是打喷嚏;因为它从头部发出,没什么可以责怪的,我们给它这个有礼貌的接待。你别嘲笑这样钻牛角尖,据说来自亚里士多德。

我好像在普鲁塔克的著作里(我认为所有的作家中,他最善于把艺术与自然、评断与科学结合一起来写),看到他谈起海上旅客翻胃的原因,是出自害怕,他还找到了一些理由证明害怕会产生这样一种后果的。我这人很容易犯恶心,深知我不是这个原因,这不是从理论上而是从切身经验知道的。还有人家对我说,牲畜尤其是猪经常发生这种情况,决不是害怕什么危险。一位朋友的经历也向我证明了这件事,他很会晕船,有两三次遇上大风暴吓得透不过气,倒没有想呕吐,像这位古人说的,"我难过得连危险也想不到了。"(塞涅卡)

我在水面上从来不怕,其他地方也不怕(要有死的话这样的机会也有好几次了),至少没有怕到惊慌失措的地步。害怕有时是缺乏判断,也是缺乏勇气所引起来的。我面临一切危险时,总能正视面对,眼界宽阔,清晰,完整。况且害怕也需要有点勇气。与其他相比,有一次是勇气帮助我井然有序地思索和安排逃离方法,逃离时不是不怕,而是不慌不忙;逃离是激动的,但不是晕头转向,气急败坏。

有伟大心灵的人做一切都出色,他们逃离时不但镇定自若,还表现出一身豪气。且看阿西皮亚德斯谈到他的战友苏格拉底的撤退。他说:"我们的军队溃退后,我在最后的撤退者中间看到了他,他和拉雪斯一起;我从容、不受干扰地观察他,因为我骑在一匹骏马上,而他步行,我们作战时也是这样。我首先注意到他跟拉雪斯相比显得多么有主意、果断。还有他昂首阔步跟平时没有什么两样,他目光坚定沉着,洞察周围一切,时而瞧着战友,时而瞧着敌人,对战友传达鼓励之意,对敌人则表示了谁敢夺去他的生命,必将付出惨重的代价,他也因此得以脱身,因为谁也不愿攻击这样的人,大家只是对惊慌失措的人穷追不休。"

以上是这位大将军的证词,告诉我们一个日常的道理,魂不附体地只想落荒而逃,反而会让我们陷入危险的境地。"愈不怕愈没有危险。"（李维）我们这里的人认为谁表示他梦见了死或者预见到死，这是他怕死；这样说是不对的。预见可以同样用于发生在我们身上的好事与坏事。对危险进行考虑与判断跟惊慌是完全不同的。

我觉得自己不够坚强，承受不了恐惧这种情欲以及其他激情的猛烈冲击。我若一下子被情欲征服，压倒地上，就再也不会完好无损地站起来。谁在精神上把我打垮，我就会一败涂地。我的灵魂会进行深刻的反省与探索，但是那个刺破的创伤永远不会愈合结疤。幸好至今它还没有被什么病弄垮。遇到任何冲击，我都全神贯注去对付。第一次冲击把我冲倒在地，使我一蹶不振。我做什么也没有第二次。洪水不论从什么地方冲破我的堤岸，我立即四面受包围，无可挽回地沉入水底。伊壁鸠鲁说智者保持一贯本色，不会出尔反尔。我则从这句名言的反面来表达一点意思：人一旦变傻，永远不会再聪明。

上帝根据蔽体衣物来规定天寒程度，根据我的承受能力而赋予我种种情欲。大自然一方面给我遮蔽，一方面又让我裸露；既让我天性懦弱，又让我感情麻木，悟性不高迟钝。

我不能长时间坐马车、轿子和船（年轻时更差）；不论在城里还是乡下，除了骑马以外讨厌一切车辆。轿子比马车还要叫我受不了，出于同样的原因，令人害怕的水上颠簸也比水平浪静时的移动更易忍受。船桨划动，船身轻轻晃动在我脚下滑过去，我不知怎么会感到脑袋和胃一阵搅动，我就是受不了坐在一张抖动的座位上。当帆船或水流带着我们平稳前进，或者我们坐在纤夫拉的船上，这种均匀的摆动并不使我难受；而断断续续的摇晃，尤其拖拖沓沓的摇晃，简直是在捉弄我。我也说不出多少到底是怎么一回事。医生嘱咐我在小腹下绑一条毛巾应付病情；这方法我没试过，我一向习惯让自己产生抗力来对付自身的缺点。

如果我还有足够的记忆力，我会不惜时间在这里谈一谈马车在战时的用途，根据民族、世纪皆有所不同，史书中的记载也不绝如缕。我觉得效率极高，还必不可少。奇怪的是我们对这方面的知识竟忘得精光。

我只说这么一件事，还不是很久以前，在我父辈那个时代，匈牙利人非常有效地利用马车去攻击土耳其人，每辆马车配置一名盾牌手，一名火枪手，许多排列整齐、上弓待发的火绳枪，整个本身都遮在一只大盾罩里，就像一艘荷兰渔船。他们打仗时三千辆车排成一条阵线，炮声一响，策车前进，先给敌军一个迎头痛击，然后再尝尝其他滋味，这时已经占了不小的上风。

不然就是派出战车冲他们的骑兵阵地，冲得他们七零八落，阵脚大乱。此外当队伍行军在平原上，可以在敏感薄弱地带保护他们的侧翼，或者掩护和巩固一个临时驻地。

在我那个时代，边境地区有一位乡绅，身体高大，没有一匹马载得动他这身重量，遇上冲突就乘了上述这样的马车到处跑，非常方便。但是且不谈这些战车。墨洛温时代的国王乘了由四头牛拉的大车到处巡游。

马克·安东尼是第一人乘了狮子拉的车子进罗马，还有一位少女乐师伴着他。后来埃利奥加伯勒斯也这样做，自称是众神之母库柏勒，模仿酒神巴克科斯用老虎拉车；他有时还在车上套两只鹿，有一次四条狗，还有一次让四个赤身裸体的少女拉车，他自己也赤身裸体仪式隆重。

腓米斯皇帝由奇大无比的驼鸟拉车，不像在跑简直是在飞。

这类标新立异的做法也使我头脑里产生这个怪念头，这是国王的一种虚弱表现，证明他们自己本身并不怎么了不起，必须借穷奢极欲的挥霍来显出气派。在国外这样做还情有可原；但是在臣民中间，他可以为所欲为，从他的地位可以得到他所能拥有的至高无上的荣誉。就像一位贵族，我觉得他在私生活中服饰华丽，实属多余；他的府邸、排场、膳食已经足够显示他的身份。

伊索克拉特向他的国王提出的劝谏，我觉得不是没有道理的："他可以添置华丽的家具与精致的器皿，因为这些东西使用长久，还可以传之子孙后代；但是应该避免一切在生活与记忆中迅速过去的奢华方面挥霍浪费。"

年轻时我没有什么可以炫耀的，就在衣着上讲究，觉得很好；漂亮衣服穿在有些人身上有一副哭相。我们有一些精彩的记载，说到我们的国王个人生活俭朴、馈赠简单；国王伟大在于威望、品德和机缘。雅典城有一条法律，规定公帑要用于盛大的欢庆活动，德摩斯梯尼竭力反对，他主张国家的强盛表现在大量装备精良的战船与给养充足、骁勇善战的军队上。

提奥弗拉斯特在《论财富》中提出相反的主张，认为这一类花费是财富的真正果实，有人反对他这种说法是有道理的。亚里士多德说，这种娱乐只涉及最底层的老百姓，一旦享受以后也就从记忆中云消烟散，任何贤达庄重之士都不会予以重视的。我觉得把钱花在建造海港、避风港、防御工事和城墙、雄伟建筑、教堂、医院、学校、修筑道路，这样更冠冕堂皇，同样更实用、正当和持久。在这方面格列高利十三世教皇在我青年时代留下值得称道的回忆，还有我们的卡特琳王后，她若拥有随心所欲支配的财富，当政那么多年必然会表现出她天性的慷慨豪情。我们大城市里那座新桥中断建造，这是命运对我的打击，使我无法在有生之年看到它投入使用。①

除此以外，我觉得对于观看这些凯旋庆典的臣民来说，是向他们炫耀他们自己的财富，用他们自己的钱玩乐。因为老百姓乐意国王做的，就像我们乐意仆从做的，是他们应该动脑筋去准备大量我们所需要的东西，但是他们自己可别想占到便宜。

加尔巴皇帝在宴席上听了一位乐师的演奏很高兴，命人把他的钱匣取来，从中抓了一把钱币给他，还说这几句话："这不是公家的钱，是我自己的。"不论什么事，大多数情况下老百姓是有道理的，钱应该用来饱肚子的，却给人用来饱眼福了。慷慨的美德在国王的手里也变了味，其实老百姓有更多的权利；因为明确来说，国王的一切都取之于别人，没有一样真正是他自己的。

审判机构不是为审判者设立的，是为被审判者设立的。任命一位上级官员，不是为了他的利益，而是为了下层的利益，请医生是为了病人，不是为了他自己。一切官职犹如一切艺术，其目的不在本身："没有一种艺术仅局限于自身范围。"（西塞罗）

因而王子童年的帝师都着重于要他们铭记慷慨的美德，谆谆教导他们不要暴殄天物，对东西的最好利用莫过于施惠于人（我那时盛行这样的教育）。其实是他们关心自己的利益更多于主子的利益，或者是不理解自己是在跟谁说话。要一个要什么有什么的人做事慷慨，这是太容易了，因为在他也是慷他人之慨。不应以礼物的轻重，而要以赠与者的能力大小来衡量价值，以他们的能力来说这个价值真是微不足道。他们在慷慨以前已经是败家的浪

---

① 指巴黎市塞纳河上的新桥始建于1578年，完成于1608年。

子。因而慷慨这种美德跟君王的其他美德相比，不值得隆重推荐；它在暴君狄奥尼修斯的嘴里，还是与暴政极为相配的唯一美德。我更愿意教他古代农民的这句话：

谁要好收成，必须用手不是用口袋撒种子。

——科里那

（种子必须撒的，不是倒的。）君王有那么多人要赏赐，或者更应该说有那么多给他效力的人要酬谢和偿还，他应该是个公正明智的论功行赏者。一位君王若慷慨无度，挥霍成性，我觉得他还是吝啬的好。

　　君王的美德最主要似乎在于公正；在公正方面，从慷慨的公正最能看出君王的为人。因为君王总是把慷慨的公正留给自己执行，而把其他的公正很乐意借他人之手执行。过分大方这办法并不有利于让人感恩颂德，因为引起反感的人要比笼络的人多："好事做多了以后就不能做少。长时期做得很开心的事竟让自己不能再做，还有比这更傻的么！"（西塞罗）若不是论功行赏，对受赏的人是羞惭，得到也不会是感激。在民众的仇恨中，暴君常死于受过他们不当恩赐的人之手，这些人无非想保住自己这份非义之财，显示自己也蔑视和憎恨给他们赏赐的人，在这点上与人民大众的看法与意见保持了一致。

　　赏赐无度的君王，也会使臣民贪得无厌。他们分赏时不以理性，而是以惯例为依据。当然我们经常也该为自己的厚颜无耻而脸红。当赏与功相抵时我们其实已经是被人过奖了，因为效劳君王原本不就是我们的天然义务吗？他承担我们的费用，这里他的好意。他适当帮助已够好的了，多余部分则称为恩惠，这是不能

第六章　论马车　　133

去讨的，因为慷慨这个词就含有"自由做主"的含义①。以我们这种方式，永远得不到效果，收下的不再放在心上，大家喜欢的是下次的赏赐，因而君王愈是竭力赏赐，朋友愈见减少。

欲望的满足与增长是相应的，有什么办法抑制呢？一心想得到的人，从不再想已经得到的东西。贪婪的特性就是忘恩负义。居鲁士大帝的例子用在这里倒是不错，可以作为当今君王的试金石，来检验他们的赏赐是否恰当，还可让他们看到这位皇帝远比他们善于赏赐。今日君王沦落到向陌生的臣民借债，经常还是向他曾伤害过的人，而不是向受过他恩惠的人借，得到的援助也只是在名义上是无偿的。

吕底亚国王克罗伊斯责备他大方，给他算账，他若手稍紧一紧，他的财富会达到多少。居鲁士要证明自己的做法是对的，向四处派人通知他帝国内受过他特殊恩惠的藩王，说他有急用请他们各人尽其财力帮助他，并给他送一份赠单。他的每位朋友认为仅把他赏赐给他们的那笔款子归还给他是不够的，另外又加上了自己的一笔巨款，当他收到这些赠单时，发现赠款的总数远远超过克里瑟斯所说的节约下来的钱。这下子居鲁士对他说："我爱财富不比其他君王差，我只是更会盘算。您看到我花钱不多却得到了那么多朋友的不可估量的财宝，他给我管理财务，不知要比那些不知感激、没有感情的雇用者忠诚多少倍，我的钱远比藏在钱柜里更可靠，钱柜只会给我招来其他君王的憎恨、嫉妒和轻视。"

罗马皇帝为他们铺张浪费的公众娱乐与庆典辩解说，说他们的权威（至少在表面上）取决于罗马人民的意志，罗马人民自古以来就喜欢看这类盛大热烈的演出。然而，隆重盛情接待同乡宾

---

① 法语中自由（Liberté）与慷慨（Libéralité）是同根词。

客，这是民间形成的习俗，由个人自己掏腰包，而君王模仿他们这样做，这里面的意思就完全不一样了。"从合法主人那里取钱交给不相干的人，这不应该称为慷慨。"（西塞罗）腓力由于儿子试图送礼赢得马其顿人的好感，给他写了这么一封信责备他："怎么？你想要你的臣民把你看作他们的财神爷，还是一国之主？你要争取他们？那就发挥你美德的作用，不是钱库的作用。"

把大量棵棵都是根深叶茂的大树，担到竞技场上，种在四边，形成一座葱葱郁郁的大森林，整齐有序，非常美丽。第一天在里面投入一千只鸵鸟、一千头斑鹿、一千头野猪、一千只黄鹿，任百姓狩猎；第二天，在他们面前杀戮了一百头大狮子、一百头非洲豹、三百头熊；第三天，像普罗伯斯皇帝那样，下令让三百对角斗士对杀直至死亡为止，这诚然是极为壮观的；还有极为壮观的是这些美轮美奂的圆形剧场，外墙镶嵌大理石，上有雕刻与塑像，墙里装饰稀世珍宝，熠熠生辉，

> 门楼上金光闪闪，四周宝石耀眼。
> ——卡尔普尼厄斯

巨大的空间四周从高到低是满满六十到八十排也是大理石的环形阶梯，并铺上座垫，

> 让他走吧，他说，不付钱，
> 那就离开骑士专座，真不害臊！
> ——朱维纳利斯

那里可让十万人坐得舒舒服服；首先角斗场深处是表演的场所，

巧妙地凿出一些往下凹陷的洞口，类似兽穴，表演的野兽从那里冲出来。再后可以灌满水造出一个深海，海上怪兽浮沉其中，还有战船，准备表现海战。第三场把地填平，把水抽干，开始角斗士的厮杀；第四场在地面上铺朱砂与苏合香脂，把角斗场改成宴乐场，隆重设宴招待这群数不清的客人。这是一天中的最后一幕；

> 多少次我们看见
> 角斗场的一角下陷，
> 从中冲出猛兽，
> 在深渊遮住的森林里
> 长出深红色树皮的黄金果树。
> 我不但看到林中怪兽，
> 还有海豹跟狗熊恶斗，
> 还有丑陋的海马群。
>
> ——卡尔普尼厄斯

有时看到一座高山拔地而起，长满郁郁葱葱的果树，从山顶流下一股溪流，仿佛来自一口清泉。有时看到一艘大船，船身会自行打开，从中放出四五百头斗兽，自行合拢，消失不见。从前在这地方下面会钻出水管，朝天喷出水柱，高达苍穹，洒落在众人身上香喷喷的。为了防止日晒雨淋，他们在这广大的剧场上张开针缝的紫色天幕，或是彩色丝绸，全凭他们高兴可以伸缩自在：

> 骄阳虽似火，使剧场燃烧，
> 埃莫琴出场，还是把天棚收了起来。
>
> ——马提雅尔

观众面前防止野兽袭击的防护网,也是用金丝编的:

> 金丝网闪闪发光。
>
> ——卡尔普尼厄斯

这类穷奢极欲若有什么可以原谅的话,那决不是一掷千金的豪举,而是创意与新奇令人赞叹。

即使在这些虚荣的排场上,也可发现在那些世纪里他们丰富的精神面貌也与我们不同。这类丰富性也表现在对大自然的其他一切创造中。这不是说大自然在那时已用尽了它最后的力量。我们不思前进,左右徘徊,原地不动。我担心我们的知识在一切方面都很薄弱;我们前瞻不远,后顾又不够;视野狭隘看得少,在时间的延伸与事件的涵盖上都是又短又窄。

> 阿伽门农之前有过多少英雄好汉,
> 但是对他们已无人流泪,
> 长夜漫漫已难觅踪迹。
>
> ——贺拉斯

> 特洛伊战争以前,特洛伊沦亡以前,
> 许多轰轰烈烈的事件都有自己的诗人。
>
> ——卢克莱修

梭伦从埃及祭司那里他们国家的漫长历史,以及他们获知与保存其他国家历史的方法。我觉得不应对这个证词视而不见。"假使我们能够看到空间与时间的无垠,心灵在其中八方遨游、上下探索,沿途遇不到一个极限,我们在这块太空之中将会发现无穷无尽的事物形态。"(西塞罗)

即使留传到我们这一代的历史遗存全部是真实的,还被人知道,那跟我们不知道的事物相比依然是微乎其微的。就是我们所处时代的世界面貌,就是最好奇的人拥有的知识又是多么贫乏与浅陋!不但命运要我们引以为戒的重大事件,就连那些大国的重大决策的内容,我们遗漏的也远比知晓的多上一百倍。我们对自己发明了大炮与印刷术,大惊小怪称为奇迹,其他民族,远在地球另一端的中国,早在千年以前就在使用了。假使我们看到的世界跟我们看不到的世界一样大,可以相信我们发现形态永远在繁衍变化之中。

对自然界来说没有东西是唯一的或极少的,而对我们的认识来说又是这样的,我们的认识是我们规则的脆弱基础,也就给我们提供了非常错误的事物形象。这就像从我们自身固有的弱点与衰落得出的推论,荒谬断言说当今世界正在走向分崩离析,

    时代在腐朽,大地也如此。

            ——卢克莱修

同样荒谬断言的是那位诗人,他看到他的时代的英才意气风发,在各门艺术中充满活力和创新,认为世界处于蒸蒸日上、气象万千的时期。

    宇宙万物欣欣向荣。
    世界是新的,刚诞生不久。

无怪有的艺术精益求精；
今日航船上
增添了那么多的索具。

——卢克莱修

我们的世界不久前发现了另一个世界（谁向我们保证这是它最后的兄弟，既然精灵、占卜娘娘和我们在此以前都不知道这一位的存在？），个儿一样大，内脏四肢一应俱全，然而么稚嫩，还需要教他ABC。不过五十年前，他不识文字、不用度量衡，不穿衣服，不种麦子和葡萄。他躺在怀中赤裸裸的，靠大自然母亲的乳汁成长。如果我们下结论说我们已濒临末日是对的，那么这位诗人说他的世界正欣欣向荣也是对的。我们的世界日落西山，这另一个世界正喷落而出。宇宙将处于瘫痪，一条肢体不能动弹了，另一条充满精力。

我只怕由于我们的传染，会加速那个世界的衰落与毁灭，我们会强制向那里输出我们的思想与技术。这是一个处于童年的世界；我们没有利用天然价值与力量的优势去鞭挞他们，逼他们就范，我们就不是在用我们的正义与善意去吸引他们，用我们的慷慨去征服他们。从这些民族的答复以及跟他们的谈判来看，大多数都证明他们在思维清晰与做事合理方面丝毫不比我们逊色。

库斯科与墨西哥城富丽堂皇，令人叹为观止，尤其这位国王的御花园里，树木花草都按原型大小，用黄金制成布置在花园里；在陈列馆里的也是用黄金仿制王国及领海内的一切动物。那些用宝石、羽毛、棉花、绘画制成的工艺品精美绝伦，表明他们在工艺制作上也不输于我们。但是说到虔诚、奉公守法、善良、慷慨、忠诚与坦白，我们不及他们还真是帮了我们的大忙，因为正是这

第六章 论马车

些优良品德断送了他们，被人出卖，被人背叛。

至于大胆与勇敢，至于坚定、守信、面对痛苦、饥饿和死亡的斗志，我不怕提出我在他们那里找到的事例，跟我们这个世界载入史册的古代最著名的事例做比较。那些把他们征服的人，施展阴谋诡计进行欺骗，利用这些民族的正常的敬畏之情。他们突然看到冒出这些长大胡子的大汉，操不同的语言，信不同的宗教，外表与举止也不一样，来自他们从没想到会有什么人居住的一个遥远的世界，骑了他们闻所未闻的大怪兽。而他们不但从未见过马，也从未见过任何用来驮人或驮物的动物。

这些人身上披一层发光的硬甲，拿一件锐利闪光的武器；而他们见到镜子或刀子闪闪发光觉得神奇，会用一大堆珍珠黄金去交换。他们不掌握任何知识与器材，怎么也不知道如何刺穿我们的铁甲；再加上我们火枪与土炮会打出闪电霹雳；即使恺撒在他那个时代，从没见过这场面，遇上了也会心慌意乱；而他们都是赤身裸体的土著，除了某些地区有什么发明也只是一些棉织品，武器最多只是些弓箭、石头、棍棒与木头盾牌；这些民族被友谊与善意的外衣蒙骗，由于好奇而要看一看从未见过的奇珍异物而上了当。我要说，除去这些差异，这些征服者没有机会赢得那么多的胜仗。

为了保卫自己的神与自由，成千上万的男女老幼怀着不可征服的热诚，奋不顾身地去面对那么多不可避免的危险；宁可被逼入绝境，忍受一切困难，慷慨就义，也不愿接受厚颜无耻戏弄他们的人的统治；有的人被捕以后，甘心挨饿绝食也不肯从敌人——卑鄙的胜利者——手里接受食物。当我看到他们这些悲壮不屈的情境，我会预言谁若与他们对等地战斗，武器、经验与人数都相同，那些人的处境就会像在其他战争中同样，甚至更加岌岌可危。

这么一场波澜壮阔的征服战竟没有发生亚历山大或其他古希腊与古罗马时代！这么多帝国和民族的重大变化和命运逆转，怎么不落入这样的人手里，由他们温柔地开发和整治那里的蛮荒，改良和提高大自然撒播在那里的良好种子，不但把这里的艺术移植到当地竭尽其用，丰富土地生产与城市装饰，还可以把希腊与罗马的美德与当地土著的美德相结合！

这对于我们这个地球会是多么好的补救与改进，让我们在那里用行为做出最初的榜样，号召这些民族崇尚和仿效美德，在他们与我们之间建立一个友爱融洽的社会！这些人的心灵涉世未深，渴望学习，大多数情况也确有这样良好自然的开端，开发这样的心灵多么轻而易举啊！

然而事与愿违，我们利用他们的无知与缺乏经验，以我们的习俗为指导与榜样，挟持他们轻易地走向背叛、奢华、贪婪，做出各种各样不人道与残酷的行为。谁曾为了开拓商埠付出那么大的代价？那么多的城市夷为平地，那么多的民族灭绝，那么多的平民百姓遭到杀戮！地球上最富饶美丽的部分竟为了买卖珍珠与胡椒搅得天翻地覆！野蛮的胜利！有史以来，即使野心与民族仇隙也从未驱使人与人这么相互残杀，造成这么可悲的灾难。

西班牙人沿着海岸寻找他们所说的矿藏，一路上攻城略地，占领了出产丰富、风景优美、人口众多的地区，向当地人做出惯用的说教："他们是些温和的人，受卡斯蒂利亚国王的派遣，远涉重洋来到这里，他是有生灵居住的地方最伟大的君主；上帝在尘世的代表人物教皇把全印度[①]的领地划归他管辖。他们如果愿意当

---

[①] 当时还是把美洲误认为印度。对于当地的土著用 Indian 一词，从以后来说该译为"印第安人"。

他的附庸国,将受到非常友善的对待;向他们要粮食要黄金,换给他们一些必要的药物;还向他们宣传信仰唯一的神,我们宗教的真谛,同时用哄吓逼他们就范。"

对此应该做出这样的回答:"要说他们是温和的人,就算是可是样子也不像;要说他们的国王,既然向人讨东西,可见他是个穷光蛋,缺衣少食;把这块土地交给他的人是唯恐天下不乱,把根本不属于自己的东西交给第三者,引发这个人与从前占有者的纠纷;粮食,他们会供应的;金子他们没有很多,这东西他们根本不看在眼里,因为它在生活中毫无用处,他们唯一关心的是日子过得幸福与快活。可是他们能够找到的金子,除了用来祭神的一部分以外,其余尽管拿走;关于唯一的上帝,这番话说来很中听,但是他们自古以来敬奉自己的宗教非常灵验也不思改变了,他们只听朋友与熟人提出的忠告;至于威胁,对于对方的性格与能力毫不了解就加以威胁,这是缺乏判断力的表现;奉劝他们还不如赶快撤离这里的土地,因为一帮外国武装分子的态度与训诫不会被人往好里去想。否则我们将对他们照此办理。"说着指给他们看城墙四周挂着遭处决的人的首级。

以上是这个孩子奶声奶气的诉说。但是不管在这里还是其他许多地方,西班牙人没有找到他们要寻找的东西;不论得到了其他什么好处,他们决不善罢甘休,我的那篇《论食人部落》[1]就是明证。

在新大陆有两位最强大的国王,堪称为王中王,被他们最后驱逐。那位秘鲁王在一次战役中被俘,要支付一笔谁都难以相信的巨额赎金。赎金如数付清,他发表谈话表明他勇敢磊落,大度坚定,

---

[1] 见第一卷,第三十一章。

做事通情达理；那些征服者从他身上勒索到一百三十二万五千五百盎司黄金，还有与此价值相当的白银和其他财物，以致他们的马掌都用金子打的；还不甘心，不在乎用什么卑劣的手段也要看一看这位国王的宝库里还剩下什么，供自己任意享用。

他们给他编织了一条假罪状，说他企图煽动各省谋反来使他恢复自由。还由那些陷害他叛逆的人据此做出判决，当众处以绞刑。这刑罚还是他处决前接受了洗礼换来的，不然他要被活活烧死。国王承受了闻所未闻的可怕酷刑，神态自若，说话得体，完全一副王者风采。后来，为了安抚被这类怪事惊呆的民众，征服者假装对他的死亡表示沉痛哀悼，下令举行盛大的葬礼。

另一位是墨西哥国王，长期保卫他的被围困的都城，在围城时期表现了国王与民众的最大坚韧耐苦的精神，他的不幸是被敌人生擒，以国王之礼相待后投降（他在监狱中也没被人看到有任何辱没这个头衔的表现）；他的敌人获胜以后，把每寸土地搜了个遍，也没找到他们自许的黄金宝藏，于是在关押的俘虏身上打主意，凡能想得出的酷刑都用来提取口供。但是这一招也没有得逞，对方的勇气比酷刑还厉害，他们怒不可遏，竟至违背自己的信仰与一切人权，判处国王本人和他朝中一名大臣面对面接受苦刑。

这位大臣的四周是烧红的炭火，疼痛难当，最后可怜地把目光转向他的主子，仿佛求他宽恕他实在受不了了。国王骄傲威严地注视着他；是对他的怯懦贪生的责备，对他说出这几句话，声音严厉坚定："我是在浴池中吗？我也没有比你更舒服啊？"不一会儿那个人吃不住痛苦，倒地死去。国王烧得半焦，便带走了，不是出于怜悯（由于偶然听到有个什么金瓶子可以偷盗，就会把一个人——并不一定要是个德才兼备的大国王——活活烧死，这样的人会动恻隐之心吗？），而是他的坚定不移愈来愈使他们为自己的残酷感到可耻。后来他还是被吊死了,因为他曾试图夺取武器逃出长期监禁他的牢狱。他的结局完全无愧于一位英武的国王。

有一次,他们把四百六十个汉子在同一把火中活活烧死,四百人是平民,六十人是一个省里的贵胄,都只是战俘而已。这些事我们都是从征服者那里得知的,因为他们不但承认,而且还吹嘘与宣扬。这是证明他们的公义?或者对宗教的热忱?这些行径跟一个这么神圣的目的相去实在太远太相悖了。

如果他们真要传播我们的信仰,他们应该思考这不是占有土地就会传播的,应该占有的是人。出于战争的需要带来的死亡已经够多了,不要在炮火能够打到的地方,不分青红皂白地像对待野兽似的再进行一次大屠杀,仅仅是有目的地留下一些人,为他们的工作和矿区充当悲惨的奴隶。如果说有不少头领被卡斯蒂利亚国王下令就在他们征服的地方处死,这是因为他们的行为实在令人发指,差不多都是些不齿于人类的渣滓。上帝公正地让大肆掠夺而来的赃物被海水冲走沉入了海底,或者在他们相互残杀中丧失殆尽。他们中间大多数人也埋葬在当地,带不去任何胜利果实。

至于那些掠获的东西,到了那位节俭谨慎的国王[1]手里,远远不及他的前任国王所期望的数量,也不及刚踏上新大陆时看到的第一批财富那么多(因为虽然他们从中掠夺到不少,跟欲望相比总是微不足道),因为那里完全不懂使用货币,因而他们聚敛黄金,除了展示与炫耀以外不作他用,就像不少有势力的王族中世世代代相传的一件家具。他们总是挖掘矿藏,为了铸造大量金碗、金瓶、金雕像,装饰他们的宫殿和神庙,而不像我们的黄金是用

---

[1] 指西班牙国王菲列普二世(1527—1598)。

于贸易买卖的。我们把金子分割，做成千百种形状，让它流通交换。要是我们以国王几世纪来把黄金全部聚集，留着不动，不妨想想是怎样情景。

墨西哥王国的君主要比那里其他国家的君主更开明更爱好艺术。他们跟我们一样认为宇宙已接近末日，把我们给他们造成的灾难看作是末日的象征。他们相信宇宙的存在已经历五个时期，也就是连续五个太阳的生命，前四个太阳已经完成了他们的时代，在他们头上照耀的太阳是第五个太阳。

第一个太阳在一场全球性洪水中跟其他生物一起消灭。第二个太阳从天上向我们掉下来，把一切生灵都闷死。他们认为巨人出在那个时代，还让西班牙人看其遗骸，从其比例推算，男人的身高可达二十个手掌长度。第三个太阳是在一场大火中烧光的。第四个太阳是在风与空气震荡中消失的，巨风吹走了好几座大山；人没有灭绝，但是变成了猴（人性软弱真是什么都会信！）。第四个太阳死亡以后，世界经历了二十五年的黑暗时期；在第十五个黑暗年一个男人和一个女人出世了，他们重造了人类；十年后的某一天，一个刚生的太阳出现了，此后从这天开始计算他们的年份。

新太阳诞生后第三天，那些老神都离去。新神陆续出世。他们认为现在这个太阳将以怎样的方法消亡，《印第安通史》的作者[1]还什么也没听说。但是第四次太阳巨变出现在许多星辰大冲撞之时，根据星相学家的推算，在八百多年以前，在世界上出现了好几次巨变与怪事。

谈到我在本文开头的气派与富丽堂皇，希腊、罗马、埃及哪

---

[1] 指蒙田同时代的西班牙历史学家洛佩兹·德·戈玛拉。

一项工程不论在实用性、难度与雄伟来说，都无法与秘鲁境内的大路相比，那是历代君王建设的，从基多到库斯科，全长三百里，宽二十五步，平整笔直，石条铺面，两边砌起美丽的高墙，高墙内侧有两条水渠，渠边种上他们称为"魔草"的美丽树木。他们遇到山与岩石就破碎削平，遇到坑穴就用石头与石灰填满。日近黄昏，不论旅客与过路军队，总可以找到美丽的客舍供应粮食、衣服与武器。在这样的地形上建筑这样的工程，我估计难度非同寻常。小于十尺平方的石头他们弃而不用；运输全靠人力拉着走。他们不懂搭脚手架的技术，也只知道在建筑物边上垒起土堆，跟着一起升高，用过之后又再撤去。

再回头谈我们的马车吧。他们不用马车和其他任何车辆代步，他们由人抬在肩上。最后一位秘鲁国王，在被擒的那天，就是坐在一把金椅子上，由一副金担架抬着，那时正在剧烈交战。因为敌人要把他生擒活捉，不管杀了多少轿夫要把他摔下轿子，就有多少人争先恐后接替他们给他担轿，因而对这些人怎么杀，国王就是不下轿，直到有一名骑士上前一把挟住他的身体，拽了他滚倒在地。

# 第七章
# 论身居高位的难处

既然我们不可能身居高位，不妨说说身居高位的坏话来出口气。（指出一件事的缺点也不完全算是说坏话；况且事情不管如何美好和令人向往，总是有缺点的。）

一般来说，身居高位有进退自在的明显优点，也几乎掌握两者权衡的选择。因为他不会自上而下直摔下来，更多的人能够做到退出而不摔倒。我觉得我们把这一点过分渲染，也过分渲染我们看到或听到厌倦仕途而主动引退那些人的决心。

这件事的本质不是表面那么易于处理，但也不是非要发生奇迹才能加以拒绝。我觉得忍受不幸需要做出艰苦的努力；但是安贫乐道、不求闻达并不怎么了不起。这是一种美德，我觉得像我这样的小人物，不用多费心思也能做到。有些人更在考虑退位后带来的荣誉，对退位还比身居高位时的冀望怀着更多的野心，这样的人什么事做不出来？尤其谋求野心走歪门邪道总是更为有效。

我磨砺心志，要多忍耐，少欲望。我跟别人有同样多的期望，也任凭这些期望有同样多的自由与不切实际的想法。但是决不敢妄想拥有一座帝国或王朝，登峰造极，无出其右。这不是我的目标，我太自爱了。当我想到有所作为，也是缩手缩脚的，胆小谨慎，不论在决心、处世、健康、仪表、甚至财富方面，都只是适合自己而言的。

位高权大只会窒息我的想象力。跟那一位①不一样，我宁可在佩里格当老二或老三，不愿在巴黎当老大。至少，不说假话，宁愿在巴黎当老三，也不做全权在握的老大。我既不要做个可怜虫跟小门官恳求商量，也不想吆喝着让群众恭恭敬敬让道。我甘居中游，命运安排成这样，志趣也养成了这样。从我的生活起居与平生作为也可显出，上帝在我出生时给我安排的运程，我更多是躲开而不是跨越。一切自然的遭遇都是同样合理和自在的。

我这人生来窝囊，认为运道好不是飞黄腾达，而是过得安逸。

若说我心气不高，可是心地坦诚，使我大胆地暴露自己的缺点。也可让我比较这两位人物的生平。一位是 L. 托利乌斯·巴尔布斯，文质彬彬的美男子，博学多才，品行端正，善解人意，懂得享受各种乐趣，安静过着自己的生活，对于死亡、迷信、人世间不可避免的痛苦与艰难早有精神准备，最后手执武器为了保卫祖国战死在疆场。另一位是马尔库斯·勒古鲁斯，人人都知道他的一生伟大显赫，死得也有声有色。

前一位默默无闻，没有显职；后一位集荣耀于一身的楷模。我若像西塞罗那样善于比较这两人，我也会像他一样评论。但是如果要把他们的生平用在我身上，我要说第一位的人生是我符合自己能力与志趣所能达到的人生，而第二位的人生则使我望尘莫及，我对它只能肃然起敬，对另一位则可以身体力行。

再回到我开头谈的人世权势问题吧。

---

① 据普鲁塔克记载恺撒曾说过这样的话："我宁可在小村里当老大，而不愿在罗马当第二人。"

我憎恨一切的控制，不论对人控制还是被人控制。奥塔内斯是有权利继承波斯王位的七人之一，他做出一个决定是我也会这样做的。他把依靠选举或依靠命运掌权的权利让给了他的同伴，只要让他与他的家中生活在帝国内，除了古代法律以外不受任何限制与约束，享受不损害帝国利益的一切自由，既不控制他人也不受制于人。

　　依我看来，世上最棘手与困难的工作是当个胜任工作的国王。由于他们肩负令我吃惊的可怕的沉重责任，我比一般人更容易原谅他们的错误。手握大权而又有分寸地使用这是很难的。即使天资平庸的人，安排到了这样的位子，也是对他的德操的一个奇怪的激励。因为那时你做的任何好事坏事都将记录在案，最小的决策将涉及那么多人的福利，你的才能犹如传教士那样，直接面对老百姓，他们可不是秉公清明的法官，容易受骗，也容易满足。

　　世上很少事情我们能够给予一个诚心诚意的判断，因为世上很少事我们不多多少少掺有个人利益。地位的优势与劣势，控制与受制，都必然挑起天性的嫉妒与抗争；它们永远在你死我活地争夺。我不相信这两者谁对谁更有权利；让理智来说话吧；当我们无法定案时，理智是铁面无私的。不到一个月以前，我读了两部苏格兰人写的书，在这个问题展开辩论。民权派把国王的地位贬得比赶大车的还差；君主派则把国王的权势与统治捧得比上帝还高。

　　恰是这件事引起我注意到在本文中所要说的身居高位的弊端。人际交往中最有趣的或许莫过于我们彼此为了争权夺利而较劲，有的体现在体力上，有的体现在智力上，这一切跟王权是无关的。事实上我经常觉得，对待君王过分尊敬，反而是对他们的怠慢与侮辱。因为在我的童年，有人跟我比武有意留一手，觉得

第七章　论身居高位的难处

若用全力我就不能做他们的对手，我就感到无比恼火。因为每个人都觉得自己不值得努力跟他们较量，这类事我们天天看到发生。如果谁见到他们对胜利多少有点追求，没有一个人不是设法让他们满足，宁可有损于自己的荣誉也不愿冒犯他们的尊严；大家都尽力去增添他们的光彩。每个人都捧着他们，他们在比武中又能做什么？

我好像看到这些古代游侠，在身上和武器上施展魔法后冲过去角力格斗。布里松跟亚历山大比赛跑马，假装用了全力，亚历山大训斥他，但是他更应该用鞭子抽他一顿。有鉴于此，卡涅阿德斯说王爷的儿子除了马术以外学不到其他真本领，因为在其他训练中每个人低首下心让他们赢；但是马不懂得奉承讨好，会把脚夫的儿子，照样也会把国王的儿子撂在地上。

就是荷马也不得不同意让维纳斯这么一个娇嫩的圣女，在特洛伊战争中受点了伤，为了给她增添一点勇气与英武精神，不处在险境中的人是学不到这点的。他也让神发脾气，害怕，逃跑，相互嫉妒，伤害和动情而获得美德；我们之间的美德都是依靠这些缺陷的衬托而建立的。

谁不亲身经历艰难辛苦，就不会真正体验艰辛苦难带来的荣誉与欢乐。掌握的权势大得什么都必须向他让步，这是一件不幸。你的鸿运把与你交往的人远远隔开，使你成为孤家寡人。凡事唾手可得，众人逢迎，其实是一切乐趣的大敌；这是在坐轿子，不是迈动两腿走路；这是在睡觉，不是在生活。让一个人一切不劳而获，你是在毁他。必须给他施舍一些难题与阻挠，这是人的本质与天性中缺少的东西。

他们的好品质早已死亡与消失，因为好品质只是在比较中才会显露。大家都不让它们进行比较；只是众口一辞地不停赞扬，他们听得连真正的赞扬也分辨不清了。他们跟最蠢的臣民打交道，也没有办法胜过他，他只要说一声："他是国王我还能不比他蠢吗？"这就足够说明他留了一手才输的。

这个品质窒息和损耗了包含在王权内的其他真正主要的品质，让他们只重视直接跟王权有关、有利于应付日常朝政的行动。最后只要坐在位上就是在当国王了。这种来自外界的光环包围他，笼罩他，使大家看不见他。我们的视线被这道强烈的光照得茫茫然，看不清东西。元老院下令给提比略颁发雄辩奖；提比略拒绝接受，他不认为这是经过自由讨论后的决定，即使此奖名副其实，也不会为此感激。

把一切荣耀都加于国王头上，不但表现在口头的赞扬上，也在行为的模仿上，这也是在加强和容忍他们身上的一切缺点与罪过。亚历山大的随从都像他一样头向一边微侧，狄奥尼修斯的阿谀者在他面前会走路相撞，把脚下碰到的东西乱踢乱碰，表现他们跟他一样近视眼。甚至疝气病有时也被用来作为邀宠的敲门砖。我也见过装聋子的。普鲁塔克见过有些大臣因为国王恨自己的妻子，他们也把自己爱的老婆休了。

更有甚者，荒淫也可以受人尊敬，一切腐败亦复如此。其他还有不忠诚、亵渎神明、残酷；还有异端邪说、迷信、不信教、软弱；要说到糟糕中还有更糟的，那是马屁精的例子，比米特里达悌眼红当名医的荣誉，他的马屁精投其所好，竟把自己的肢体让他开刀烧灼。比此例更为危险的是，还有其他人允许人家烧灼他们更娇嫩与宝贵的部位——灵魂。

且把我开始的话题说完，哈德良皇帝就某个词的词义跟哲学家法沃利努斯辩论，法沃利努斯不一会就让他赢了。他的朋友向他埋怨，他说："你们说得好轻松，他统率三十个军团，你们怎么要他学问不比我大呢?"奥古斯都写诗攻击阿西尼乌斯·波利奥。波利奥说:"我么还是闭嘴吧,跟一个有权放逐的人比谁写得过谁,这可不是聪明之举。"

他们都有道理。因为狄奥尼修斯,在诗情上不及菲洛克塞努斯,在文才上不及柏拉图,但把一个人送采石场服苦役,把另一个卖到埃吉纳岛当奴隶。

# 第八章
# 论交谈艺术

我们的司法中有一条做法是杀一儆百。

人做错了事就定罪,柏拉图说这是愚蠢。因为做过的事已无法挽回;但是可以让他们不再犯同样错误,或者别人不重蹈覆辙。

绞死的人无法改正,通过绞死的人来改正别人。我也如此。正直的人做出示范的榜样让人受益,而我不让人学我的样而对别人有益:

> 看到了么,阿比乌斯的儿子生活苦?
> 巴路斯又多么穷?让浪荡子
> 记住教训……
>
> ——贺拉斯

把我的缺点公之于众,有人见了就会害怕。最叫我自鸣得意的,自责比自吹还感到光荣。这说明我为什么常常乐此不疲。当一切都昭然若揭,再谈论自己也不会损失什么。说自己差,人家就会信你;说自己好人家就不会信你。

有人可能跟我的气质相同,从反例中比从范例中,从回避中比从追随中学到更多东西。这类教益来自大加图,他说贤人得益于愚人,更多于愚人得益于贤人。波萨尼亚斯说到那位古代里拉琴师,老是强迫他的弟子去听他家对面的一位拙劣的乐师演奏,学会听到荒腔走调就发恨。我讨厌凶狠,也就使我偏向于宽大,甚至比宽大为怀的范例还走得远。一名优秀骑师要纠正我的骑马姿势,还不如坐在马背上的检察官或者威尼斯人有效。一个错误的说法比一个正确的说法更能改正我的说法。

我天天都把别人的愚蠢举止看在眼里,记在心里。难过的事比开心的事更容易触动我、惊醒我。时间只有回头来看才能改进我们,冲突比协调,差异比相似更有效。我得益于好事不多,于是就从坏事中去汲取一般的教训。我看到别人讨厌,就努力让自己讨人喜欢;看到别人软弱,让自己坚强;看到别人态度僵硬,让自己和气。我还给自己制订不做到誓不罢休的措施。

依我看,训练思想最有效与最自然的方法是与人交谈。我觉得这是我们生活中比什么行为都要温和的做法。所以我若被逼做出选择,我相信就是失去视力也不要失去听力与说话能力。雅典人,还有罗马人,在他们的学院中这种训练居于光荣的主课地位。在我们这个时代,意大利人还保留了古代遗韵,这对他们大有裨益,这从他们与我们的理解力比较上就可以看出。

书籍阅读,这个行动迟缓,叫人冲动不起来。而讨论让人学到东西,同时又锻炼口才。我若跟一位有主见的人和强手讨论问题,他就会不断出手,令我左右难以招架;他的想象力会刺激我的想象力,嫉妒心、荣誉感、凝神专志会催促我,推动我超越自己。在讨论中你唱我和意见一致,那是最没劲的。

由于我们的思想在跟俊彦人士切磋中得到磨炼提高,决不能说很凡夫俗子日常不断的交往会使我们变得迟钝与衰退。这方面不存在传染与扩散。我从切身经验知道是怎么一回事。我喜欢思想交锋与讨论，但是这是跟少数人，是为了我自己。在权贵面前拿腔作势，唯恐不能卖弄自己的才学与三寸不烂之舌，我觉得一位有识之士是不屑这样去做的。

愚蠢是一种坏品质；但是像我这样不能忍受，为之气恼与心烦，这也是另一种病，绝不比愚蠢少叫人讨厌。这是我现在愿意自责的地方。

我这人非常自由随意地就会与人交谈与争论，尤其是在一种意见难以在我心中扎根的时候。什么建议都不会叫我吃惊，什么信仰都不会叫我生气，不管它们与我多么格格不入。我认为不论如何荒谬离奇，毕竟都是符合人类精神成长过程的产物。我们这些人，不让判断力拥有决定的权利，对不同意的看法就会软弱无力；我们若不做出判断，也可轻松地伸出耳朵。如果天平的一个秤盘上空无一物，我就让另一秤盘在老妇人的梦想下摇晃。我若更喜欢的是单教而不是双教，星期四而不是星期五；在宴席上第十二或十四座位而不是第十三座位，在旅途中更愿看到一只兔子沿着而不是横穿我的路走；穿鞋子时先穿左脚再穿右脚，我觉得这些都是可以原谅的。

所有这些怪念头在我们周围很流行，至少值得大家去听听。对我来说，它们总还聊胜于无，但也只是聊胜于无。同样民众偶发的看法还是要比实际的虚无更有分量。人若为了避免迷信之嫌什么都听不进去，则会犯上顽固之症。

意见相左不会冒犯我，也不会损害我；只会惊醒我，磨砺我。我们躲避改正，其实应该挺身而出，迎头而上，尤其当改正以讨论的方式而不是训斥的方式提出来的时候。每次遇到相反的意见，我们不去注意这是不是正确，而是千方百计为自己开脱。我们不是伸开双臂,而是张开爪子。我可以忍受朋友对我粗声粗气说:"你是个蠢人,你在做梦吧。"我喜欢文人学士之间说话要有勇气,想到什么就说什么。应该增强听话能力,善于辨别语言中的虚情假意。我喜欢豪爽随便的交往,友情深重,直来直去,不怕得罪对方,就像爱情,难免会咬一口抓一把弄出血来。

友谊若不发生口角,若讲究文明与客套,若害怕冲突与缩手缩脚,就不够豪爽跌宕。

因为不争吵是争论不起来的。

——西塞罗

有人违忤我的意思,会引起我的注意,而不是怒火;我会过去向那个说反话的人请教。寻求真理应该是双方共同的事。他会做出怎样的回答呢?激动的情绪已经影响到他的判断。理智未发挥作用以前,思维已陷于混乱。或许用物质的损失作为依据,来回顾我们的决定还是有用的,以致我们可以这样总结,我的仆人也能够跟我说:"就因为无知与顽固,去年一年有二十次每次让您损失了一百埃居。"

无论从谁的手里学到真理,我都会额手称庆,欣然迎上前去,远远向它缴械投降。只要他不是太盛气凌人,横加指责,我决不拒绝人们对我作品的批评;我也经常改动,有时进行修饰更多看在情面;因为人家看见我容易采纳意见,更会好心自由地开导我;有时也使我弄巧成拙。

然而要吸引当代人做这件事很不容易。他们没有勇气去修改,因为他们没有勇气被人修改,在人前总是文过饰非。我是那么高兴被人评判,被人认识,因而无论修改别人或被别人修改我都一样高兴。我的想法经常自我矛盾和自我否定，于是人做或者我做没有什么不同，主要还是我对他的批评愿意予以同样的权威性。但是我绝不跟过于专横的人打交道，我就认识一个人，他的意见不被采纳就怨气冲天，人家不照他的话做便破口大骂。

苏格拉底遇到有人对他的言论有不同意见，总是含笑接受，我们可以说这源自于他的自信力，最终优势总是在他那一边，他接受它们更增添一份他的光荣。但是从另一方面我们看到自视甚高与轻视对方最使我们的感情变得脆弱，按理来说，弱者更愿意接受对方有利于他提高与改进的意见。

实际上，我有意多接近对我严厉的人，而少接近对我害怕的人。跟崇拜我们的人，礼让我们的人打交道，谈不上乐趣，而且还是有害的。安提西尼告诫他的子女决不要感谢和宽恕对他们唱赞歌的人。在激烈的论战中，我被对方有力的道理所折服，也从而战胜了自己，我对这样的胜利非常自豪，远远超过我利用对方的弱点而把他战胜的喜悦。

总之，向我直截了当提出各种各样的责难，不管如何无关紧要，我都采纳与承认，但是对于那些无中生有的责难则缺乏耐性。我不在乎内容是什么，我对意见总是一视同仁，哪个说法赢了也差不多无所谓。如果辩论进行有条有理，我会整天平心静气地提出看法。我对力量与缜密就不及对条理那么有要求。牧羊人、小店员天天吵架中见到的条理，在我们之间从不存在。他们若有出轨之处，那是缺少礼貌；我们也这样。但是他们大声嚷嚷、心急气躁，从不脱离吵架主题，他们的语言循着思路前进。他们打断对方说话，抢在前面先说，至少他们彼此理解。对我来说，回答得体就是最好的回答。但是当大家争得不可开交时，我会离题，一气之下贸然纠缠在形式问题上不放、顽固、蛮横地进行狡辩，事后叫我不得不为之脸红。

跟蠢人是无法推诚相见的。在一位暴君手下，不但是我的判断力，还有我的良心也会受到腐蚀。

我们的争论应该像其他口头罪行那样列为违法，受到惩罚。争论总是受怒气的掌控与操纵，会引起和积攒多大的罪恶！我们首先针对理性，其次针对人抱敌视的态度。在争论中学到的只是反驳，每个人都在反驳，又在被别人反驳，于是争论的果实就是失去真理和毁灭真理。因而柏拉图在他的《理想国》一书中禁止头脑不健全和出身低微的人参加争论。

你要追求的是事物本质，跟一个既无才学也无见识的人能够探讨出什么呢？离开主题去探究对待主题的方法，这并不损害主题。我说的不是学院式、矫揉造作的方法，而是自然、思维清晰的方法。结果会怎么样呢？一个往东，一个往西；他们失去了谈论的要旨，对事情东扯西拉之际也把它扔到一边去了。暴风雨刮了一小时后，他们都不知道自己要说的是什么。一个偏高，一个偏低，另一个更远离靶心。

有人抱住一句话、一个比喻不放；有人只沉浸在自己的思路中，再也感不到人家反对他的是什么，他想到的是自己的想法，不是你的想法。有人感到自己底气不足，害怕一切、拒绝一切，一开始就语无伦次，或者争到激烈时赌气一声不出；虽然无知得可怜，还要装出高傲的蔑视或者傻乎乎的谦逊来逃避交锋。

这个人只顾到攻击，没有料想自己是多么暴露。那个人字斟句酌，满口都是道理。还有人发挥嗓音与肺活量的优势。这里有人做出自我否定的结论，那里有人用毫无意义的开场白与废话说得你晕头转向！有人纯然以辱骂为武器，平白无故找岔子吵架，来摆脱别人对他的紧逼，不敢与之来往。最后还有不讲道理的，但是用他一套教条与花言巧语把你困在辩证法的围墙内。

谁不开始对学问失去信任,谁不在怀疑从学问中是否可以学到有益于生活的实际知识,在考虑我们常说的这句话:"毫无用处的学问。"(塞涅卡)谁学逻辑学提高了理解?它的美好的诺言又实现在哪里?"并不活得更好,思维也不更健全。"(西塞罗)谁都看到搞这一行的人当众吵架时,要比长舌妇的唠叨还聒噪。我宁可儿子去小旅店里学说话,也不让他上专门学校学口才。

找一位艺术教师谈谈,欣赏到他推理严密、条理清楚,怎么不让我们折服于他的架势,不叫女人和我们这样的无知之徒不着迷呢?他怎么能不凌驾于我们之上,一切都听他的呢?这么一位出类拔萃的人物为什么在出手时口出脏言、举止不雅,大发其怒呢?让他脱下礼帽长袍、不要满口拉丁语;让他别在我们耳边唠唠叨叨他生搬硬套的亚里士多德,你就以为他是我们一类的人,或者更糟。他们把语言颠三倒四,说得我们如坠云雾,使我觉得他们好比是耍把戏的艺人;他们巧舌如簧可以冲击我们的感官,但动摇不了我们的信仰。除了能说会道以外,他们做的事无一不庸俗低下。虽是知识多了一点;人则没有更加聪明。

我喜爱与敬重学问,不亚于喜爱与敬重有学问的人;使用得法,学问是人类最高尚和强有力的收获。但是有些人(这类人不计其数),他们把学问作为自负与价值的基础,以记忆力代替了智力,"躲在他人的庇荫下"(塞涅卡),除了照本宣读以外什么都不会,他们身上的这种知识我讨厌,若敢大胆说,还比愚蠢更讨厌。

在我的国家,在我的时代,知识经常改善的是钱包,很少是心灵。知识若遇见软弱的心灵,成了一堆难消化的硬块,阻滞和窒息心灵；若遇见飞扬的心灵，它必然使它清澄净明，直至精纯到苍白为止。知识这东西本身无所谓好与坏，对天资高的人是非常有用的点缀，若不是这样的人反而有害，造成损伤。也可以说是使用讲究的东西，不出高价是得不到的；在某人手里是权杖，在另一人手里是丑物。但是让我们接着往下说。

让你的敌人知道他不可能打败你时，你还等待比这更伟大的胜利吗？当你的建议占上风时，这是真理的胜利。当你的规矩与行为占上风时，这是你的胜利。在柏拉图和色诺芬的作品里，我的看法是苏格拉底在辩论中更注重提出论点的人而不是论点本身，为了教育欧提德莫斯和普罗塔哥拉，要他们认识自身的不当，更多于他们辩术的不当。不论遇到什么题目，他树立一个更有用的目标，不是把它的内容说明白，而是要人的思想弄明白，这即是弄明白思想他才能进行塑造与锻炼。

要狩猎必然有惊动与奔跑。我们做得不得当是不可原谅的；一无所获则是另一回事。因为我们生来是追求真理的，真理的掌握属于更高超的力量。犹如德谟克利特说的，它不是藏于深渊之底，而是置于九天之上，属于神的认知范围。人间只是一所探索学校。这不是谁进入里面，而是谁跑得最快。说什么是真的人与说什么是假的人可以是同样在装疯卖傻，因为我们计较的是说话方式，而不是说话内容。我这人把形式与内容、道理与原因看得一样重要，像阿西皮亚德要求别人做的那样。

我每天读书消遣，不分学科，研究的不是内容，而是作者对待主题的方式。这样我与某位大家保持联系，不是为了他教我什么，而是为了我认识他。

人人可以说得很真诚；但是要说得有条理、有分寸和恰到好处，那只有少数人能够做到。因而，使我生气的不是由于无知说错话，而是由于愚蠢说错话。我中断过好几次对我有利的买卖，是由于跟我做交易的人无理取闹。听命于我的人犯错误，我一年中也不会生气一次，但是有人要是愚蠢强辩，提出的理由与借口荒诞不经，那我们会天天闹得面红耳赤。他们既没听明白说的是什么，也不知道为什么，还是照样回答，这真是让人要命。

我只有自己的头碰上了另一人的头才觉得撞得很凶，手下人有罪过我可以妥协，他们冒失、讨厌与愚蠢我决不放过。只要他们有一技之长，可以让他们干得少些，对他们的奋发抱着希望；但是对一根枯木不要妄想它会开什么花。

要是我换一种态度对待事物呢？我可以这样做，不过我要责怪的是我缺乏耐心，首先认为它对于对的人与错的人同样是有害的（因为还是那种暴君式的专横，不能容忍与己不同的想法）。其次，说实在的，对世人的荒谬激动与恼火，那是最大、最常见和最要不得的荒谬事。因为这主要是在跟我们自己过不去。古代那位哲学家[①]一想到自己的处境，从来不会放过机会大哭一场。七贤之一米松[②]兼有蒂蒙和德谟克利特的性格，被人问到为什么独自在笑，回答说："就因为我独自在笑也就笑了。"

就我自己来说，每天要说和回答多少蠢话，从别人看来更不知还要多多少！我若能咬紧牙关不说话，别人又会做什么呢？总而言之，我们必须生活在活人中间，让河水在桥下流过，不用我们操心，至少不用我们去改变。毕竟，我们遇见身体畸形的人不激动，为什么遇见精神有障碍的人就不能忍受，要大光其火呢？这种暴虐的态度来自人的判断而不是那人的缺陷。让我们永远念

---

[①] 指希腊哲学家赫拉克利特。常与德谟克利特并提，因一见世事荒谬而哭，一见世事荒谬而笑。
[②] 希腊七贤中无其人，不知这里何指。

第八章　论交谈艺术　　161

念不忘柏拉图的这句话："我觉得什么不正常，岂非是我自己不正常？"不是我自己有错吗？我的责怪不会是针对我自己的吧？智慧神圣的老话鞭挞的是众人共同普遍的错误。不但我们相互的指责，即使我们在争执中提出的理由与论证一般反弹到我们自己身上。我们会被自己的武器刺穿身子，古代给我们留下不少意义重大的例子。

这句话实在是说得太巧妙太合适了：

人人都觉得自己的大便也是香的！

——伊拉斯谟

我们的眼睛看不到身后，一天中上百次，我们在邻居身上嘲笑的是我们自己，讨厌他人的缺点，其实这些缺点表现在我们身上还要明显，自己则恬然不以为怪，反而欣赏不已。就在昨天，我还见到一位明白事理的好好先生，嘲笑另一人的愚蠢做法，说得既风趣又实在。那个人拿了他的大半是伪造的家谱与联姻关系跟谁都干仗（这些身份愈是可疑与不确切的人对这类蠢话愈是说得起劲）；他若再回过头看自己，他到处散播与吹捧妻子的光耀门第也同样夸夸其谈，令人生厌。而老婆被丈夫这么一捧居然也神气活现起来！他们若懂拉丁语，应该对他们说：

来吧，她若不够疯，催她再疯些。

——泰伦提乌斯

我的意思不是说自己不清白就不要批评别人，那样的话就没有人可以批评了。也不是说他自己必须没有同样的错误。我的意思是说，当我们针对别人做出判决，不能让自己在内心不受审讯。一个人不能够在自己身上清除罪恶，却忙着在别人身上清除一个还不那么有害和根深蒂固的罪恶，这可算是在做好事。

有人提醒我的过失，而我说这个过失他也有，我觉得这也不是适当的回答。这一切算什么？提醒总是实在和有益的。我们要是鼻子灵敏，自己的粪便应该更加容易闻到臭。

苏格拉底认为，任何哪个人看到儿子和一个外人动粗对骂，他觉得自己有罪，应该首先上法庭去受处分，为了赎罪要求刽子手帮助惩罚自己，然后惩罚儿子，最后才是外人。如果这样认识问题的调子太高了，至少他应该首先在良心上谴责自己。

感觉是我们固有的第一批法官，通过外部反应观测事物。在我们社会的各个服务部门，浮现于表面的仪式永远是普遍配合的，以致最佳与最有益的政策也体现在这里，也就不足为奇。我们什么事都是以人为本，而人的条件又是奇妙地以外形为主。

前几年，有人要给我们创造一种完全是无形的沉思静修方式；要是在我们中间，除这种方式以外不树立标志、名称与派别之类的属性，就会让人觉得这会从他们的指缝间溶化与消失，这也不用惊讶。就像在会议中，讲话人的端庄、长袍、地位经常使他一些平淡无奇的废话也有了分量。大家不会去想，这么一位受人追捧、令人敬畏的人物肚子里没有一点超出常人的本领，一个头衔众多、趾高气扬、不可一世的人并不比远远向他行礼、无官无职的人更能干。

这些人不光是说的话，还有装出来的怪相，也非同一般，自有人挖空心思去给它们寻找根据，美化一番。倘若他们大驾光临，参加大众的讨论，你若向他们说几句不够恭敬和逆耳之语，他们便会倚老卖老来吓唬你：这是他们听到过的，看到过的，做过的。

于是例子便会没头没脑压过来。

我会跟他说一位外科大夫有了经验,并不一定会把医术说得头头是道;他只记得治过四个瘟疫病人、三个痛风患者,如果不能从他的实践中,归纳经验,还是不能让我们觉得他通过行医变得更加聪明了。

犹如在一场音乐会,听的不是单一的诗琴、斯频耐琴和长笛,而是整体的和谐声,所有这些乐器的交响乐。如果旅行和工作增进他们的见闻,这是通过他们的领会表现出来的。经验累积是不够的,还必须融会贯通,琢磨其中的道理,从中得出结论。

如今历史学家何其多!因为他们博闻强记,满腹经纶,听他们说话总是有用的。这对于生活当然大有裨益;我们此刻追求的不是这个,我们要弄明白的是史料叙述者与搜集者是不是值得称道。

我憎恨一切形式的暴政,口头的与行动的。我乐意倾全力反对这些通过感官模糊判断的荒谬状况。对这些大人物作了一番观察的同时,发现这些人充其量跟其他人没有什么两样。

　　一般说来,贵人缺乏常识。
　　　　　　　　　　　　——朱维纳利斯

也可能这些人还及不上表面那么好呢,尤其因为他们承担的事多,暴露自己的机会也多,他们担当不起他们的重任。挑夫的力量与能耐应该超过挑担的需要。一个人没有用尽全力,会让你猜测他的力量还绰绰有余,还是已经达到了极限;一个人挑不起他的担子,就暴露了他的能耐与肩膀的弱点。

这说明为什么在有学问人中间看到那么多的蠢人,比其他地方还多。他们可以做个优秀的管家、精明的商人、能干的工匠，他们的天资也仅限于做这类的事。学问是庞然大物，他们在底下会被压垮。他们没有足够的胸怀，足够的智谋来吸纳其中的精华，然后推广于人，造福大众。这需要气度恢宏，而气度恢宏的人是很少的。苏格拉底说："心地窄的人摆弄哲学会损害哲学的尊严。"哲学放在一只破盒子里，显得无用与有害。从中看出这些人如何自欺欺人的，

> 就像猢狲学人样，
> 顽童用丝巾遮头上，
> 屁股背脊露在外，
> 满桌客人笑开怀。
>
> ——克劳迪乌斯

同样，那些治国安民、统治我们的人，把世界掌握在手的人，只具备一般人的智力，只能做我们能做的事，那是不够的。他们若不能远远超越我们，这说明他们远远低于我们。他们承诺愈多，欠债也愈多；因而沉默对于他们来说，不但显得举止庄重，经常还有藏拙的好处。

墨伽波斯到阿佩尔的画室去看他，好长时间不出声，后来开始议论他的画，为此遭到严厉的呵责："当你不声不响时，看到你的项链与排场很像个人物；现在人家一听到你开口说话，连我画店里的伙计也看不起你了。"这身华丽的装束、这种高贵的气派，不允许他像平民百姓那样无知，说得绘画满口都是外行话。他应该默默地保持这种自命不凡的外表。在我这个时代，脸无表情，沉默不言，装得聪明能干的样子，帮了多少蠢材的忙！

第八章 论交谈艺术　　165

爵位与官职必须依靠才干，更多还是依靠运道获得的；经常有人错怪君王。反过来说，他们那么昏庸，却那么幸福，真是妙不可言：

君王要善于识人。

——马提雅尔

因为大自然没有赐给他们慧眼，不可能看到芸芸众生，识别他们的长处，洞悉他们的内心，从那里才会了解一个人的意志与才华。现在他们必须通过猜测、摸索、家族、财富、学派、百姓呼声来挑选我们，这些都不是充分的根据。谁能提出办法，凭正义评判事情，凭理智选择人才，以此就能制订出一套完美的制度。

"是的，他还是把这件大事做好了。"这当然也是个成就，但是还不够。因为正好还有这句格言：不应以事态发展来判断建议。在迦太基，凡有将官提出坏主意，虽然结果很幸运得到了改正，还是要受到惩罚。罗马人民经常拒绝给为国造福的辉煌胜利举行凯旋仪式，因为主帅的指挥不及他的运气好。

我们平时也可以从世界大事中发现，幸运之神告诉我们她在一切事务中举足轻重，就要以此打击我们的自负心理，还是没有能够使无能的人更聪明；她使他们幸运，好像是在跟道德之神较劲。命运之神还乐意操纵事态的进行，这时候其脉络让人一目了然。从而我们天天看到最平庸的人会做成一件件非常重大的事情，包括公事与私事。

波斯人西拉内斯说话头头是道，经营的事屡屡遭到失败，大家都觉得奇怪，他对他们说，他说话可以自己个人做主，事业成

功则要靠机会运气。那些人也可做同样的回答，但是从相反的角度。世间事大多数自行完成，

> 命运寻找自己的路。
>
> ——维吉尔

这条路往往让愚蠢通行无阻。我们的引荐只是一桩例行公事，考虑更多的是为人处世，而不是思维。有一件大事使我吃惊，我通过执行的人了解到他们的动机与做法，听到的尽是一些世俗之见，而最平庸的世俗之见虽然见不得人，却是最肯定和最容易会得到采纳的。

为什么最平常的道理最有根有据呢？为什么最一般、最不高明、最因循守旧的做法用在事务处理上最合适呢？为了维护国王枢密院的权威，不需要让外人参与其间，把目光越过第一道障碍。我们若要它声誉保持不坠，就只要对他们全体毕恭毕敬。问到我时，我对事情勾勒出个大概，然后对开头的步骤浅浅一谈；至于重头戏，我皆交给老天爷安排：

> 其余皆由诸神定夺。
>
> ——贺拉斯

幸运与厄运依我看来是两大主宰力量。认为人的谨慎可以担当命运的角色，这种看法实在有欠谨慎。谁预测自己能够把握原因与结果，一手掌握事情的进展，这人的做法是徒劳的，在审议战争进展时更加徒劳。在军事上考虑问题审慎小心，远远超过我们平时的做事态度。他们害怕正中途迷路，保存力量去迎接这场

游戏的最后灾难，不是这样想的吗？

　　我还要进一步说，我们的智慧与思考大部分情况下是受机会摆布的。我的意志与见解时而这个调子，时而另一个调子，这些变动中又有许多次是不受我自己掌控的呢。我的理智每天都会有突如其来的冲动与骚扰：

　　　　情绪变化无常；心思时而这样，
　　　　时而那样，犹如云朵
　　　　随着风转向……

　　　　　　　　　　　　　　　　——维吉尔

　　不妨看谁是城里最有权势的人，谁又干得最好。一般看到的是往往是最不精明的人。也有过女人、孩童和疯子管理大国，干得很贤明的国王一样好。修昔底德说，坐在王位上的粗人要比细人多。我们把他们的好运归之于他们的智慧。

　　　　命运使他坐上了头把交椅，
　　　　在大家眼里也就成了人中豪杰。

　　　　　　　　　　　　　　　　——普洛图斯

　　因而不管怎样我要说，遭遇不足以说明我们的价值与能力。
　　现在我正说到了这一点，只要看一眼那些飞黄腾达的人。三天前我们还认识他是个无足轻重的人，不知不觉间我们的印象会改变，他有了个高大威风的形象，随着他的气派与权势增加，相信他必然有所贡献。我们评论他不是根据他的价值，而是像筹码的面值一样根据他的地位与特权。一旦交上霉运，沦为平民百姓，每人又会兴冲冲去打听他当初怎么会爬得那么高。大家说："真是他吗？他在台上时也这么昏庸？君王真那么好骗的吗？我们的领导真够英明的了。"这类事在我的时代见得多了。

即使舞台上大人物的面具，也是有意要打动我们，欺骗我们。我个人最欣赏国王的地方，就是他们有一大群朝拜者。尽管什么都会向他们卑躬屈膝，智慧却不会；而我，该向他们弯曲的不是我的理智，而是膝盖。

有人问梅朗提乌斯，他觉得狄奥尼修斯的悲剧怎么样，他说："我没有看过，里面那么多的话把剧本都堵死了。"所以大多数人听过君王说话的人，也可以这样说："我没有听到他说什么，庄严肃穆把话都堵死了。"

有一天，安提西尼敦促雅典人，要他们下令让他们的驴子也像马那样下地耕田，他得到的答复是这个动物生来不是干这个活的，他反驳说："这都一样，这要看你怎么带领。你指挥战事时使用最无知最无能的人，就是因为你用了他们，很快就变得非常胜任了。"

这跟许多民族的习俗有关，他们从自己人中间选出国王，加以神化，若不崇拜他就认为对他不够敬重。墨西哥人在国王加冕授圣以后，再也不敢正视他的面孔。但是，人民授以王权使他成为神，同时也要他起各种誓言，其中有保持他们的宗教、他们的法律、他们的自由，要勇敢、正义和仁慈，他还要起誓让太阳沿着历来的轨道旋转发光，在适当季节使乌云变成雨，河水长流不改道，给大地带来老百姓的一切必需品。

我这人跟大众的看法还有所不同，看到精明能干的人，还伴有大量财富和得到百姓爱戴，会更加起疑。我们必须注意到这有多么重要，就是说话要及时，内容要恰当，架子十足地打断话头，或者改变话题,摇一摇头,笑一笑或者不说话就把别人的异议挡了回去,周围的人无不诚惶诚恐,毕恭毕敬。

当大家正在宴席上谈笑风生之间,一位平地青云的家伙发表自己的意见,他这样开头:"只可能是个骗子或无知者才会不这样认为……"那时你就抓起匕首跟着去搞哲学斗争吧。

下面还有一个注意事项使我得益匪浅:在争论与商谈中,我们觉得正确的话并不一定立即被人接受。大多数人都是拾人牙慧,而装得很有学问。某人可能会说上一句俏皮话、一句妙对和一句格言,在人前用时又不知其分量。借来的东西并不一定好使,有时还得自己核实。不论这包含什么真与美的东西,不应该总是退让。我们必须有意识地进行抵制,或借口没有听明白往后退一步,四下揣摩作者到底是什么用意。也可能我们撞在他的剑头上,反而被他刺得更加深。

从前我在争得难分难解时突然出其不意反击,取得意外的效果。我反击时以数量让他们感到分量。就像我跟一位强者辩论,我喜欢先声夺人,不让他有充分表达的机会,把他刚冒出来尚不完整的想法抢先说了出来(他的思维一旦形成条理则会给我警告,远远构成威胁)。对其他人我采取相反的办法,一切按他们说的去理解,不要预测什么。如果他们泛泛评论:"这个好,这个不好,"居然又说中了,那就要看是不是命运替他们说中的。

让他们对自己的评语说得更具体更集中一点:为什么好?哪里好?这些到处可用的评语我认为是太平常了,完全言之无物。这就像面对一个民族集体致敬。对他们真正有认识的人向他们致敬,就会指名道姓个别对待。但是这样做有风险。我无日不看到那些根基浅薄的人要附庸风雅,阅读中要发现某部作品的精华,却对糟粕唱起了赞歌,不但没有向我们介绍作者的长处,而暴露了自己的无知。

当你看完维吉尔的一页，可以放心地喝彩："这才是美！"机灵的人借这句话躲过去了。但是要一步步深入阅读，得出精辟的见解，看到一位好作家在哪些方面擅长，又如何字斟句酌、新意迭出，提高了自己，那就得扩大研究！"不但要研究每人说了什么，还要研究他的看法，甚至看法的根据。"（西塞罗）

我天天听到有些蠢人说的话并不蠢。他们说的是一件好事，让我们看他们了解了多少，是从哪儿得到的。我们帮助他们使用他们还不完全掌握的这句好话与好道理。他们只是使用着，或者还是偶然与摸索着创造的。我们使它发扬光大。

你帮他们一把。这是为了什么？他们丝毫不会感激你，还会变得更别扭。不必协助他们，任其自然。他们处理这类事，缩手缩脚像个害怕被火烫的人，不敢对其本义有任何不同看法和深化。你稍有触动，他们就掌握不住。不管它多么强和美，他们就是把它留给你了。这是些优良的武器，但是没有好好装配。这类的事我见过的还少么！

如果你对他们的话加以阐明和触讫，他们立即把你的演绎中的精彩部分据以己有："这就是我要说的，那恰是我的理念；我若没有表达清楚，那只是我词不达意。"瞎吹！对付这种自负的愚蠢要耍点儿心眼。赫格西亚斯的信条是不要恨、不要责怪，但要教育，这话用在别处是有道理的，但是在这里去帮助和纠正一个对此毫不在乎、还一无是处的人，那就不公正和不人道了。我喜欢让他们陷在泥淖里烂得更深，这样还有可能最后幡然醒悟。

愚蠢与神志昏乱决不是提醒一声就能改正的。至于如何弥补正好可以用上居鲁士的那句话，有人在开战时刻要求居鲁士去激励他的士兵，他回答说："不会因为在战场上听了一次慷慨激昂的动员令就变得勇敢杀敌，就像不会听了一首美妙的曲子立即成了音乐家。"这是必须及早进行长期不懈的训练才能学成的功夫。

坚持反省与培育，这样的工作只有依靠自己的家庭。但是逢人说教，看到谁冥顽不灵就好为人师，这种事我是绝对不做的。即使与人讨论时我也很少这样做，说什么也不会去加入这种落后的学究式教育方式。我的脾性不适合对初学者讲话和写文章。但是对于在众人面前或者相互之间在说的话题，不论我认为多么虚伪与荒谬，决不会说话和示意去横加阻拦。总之，令我愤懑的莫过于没有任何理由就不胜自喜的蠢人。

明白事理使你无法自满和自豪，还总是使你不高兴和战战兢兢，而顽固与鲁莽的人则喜气洋洋，充满信心；这是很不幸的。那些最笨拙的人挺着肩膀傲视别人，从战场回来风光十足。更有甚者，这种夸大其辞的语言和脸上洋溢的喜悦，在群众的眼里赢得了胜利，群众一般不善于明辨是非，不知道什么是真正的优势。顽固与看法过激都是愚蠢最可靠的证明。有什么比得上驴子那么肯定、坚决、傲慢、若有所思、凝重、严肃呢？

我们可不可以不把朋友之间轻松愉快相互打趣时所说的尖刻机智的妙语，包括在讨论与交谈之中？我的快乐天性就适合这样说说笑笑。这虽没有我刚才提到的那种说话高尚严肃，在敏锐与风趣方面并不稍逊，依然有益于人，就像利库尔戈斯那样。

就我来说，我带来的自由不拘氛围多于隽智，语言恰当于多创意，但是我忍受能力无懈可击，因为经得住反击，不论尖刻还是不讲道理的话，听了都不会心烦。针对他人对我的进攻，我若仓促间不能马上予以还击，也不会随随便便顺着他的话锋，进行有气无力、烦闷的争论，显得顽固不化，我不纠缠不清，高高兴兴认输，时机来时再理论。天下没有只赚不亏的生意人。

大多数人理屈词穷时，都会变脸和拔高声音，恼羞成怒，不但不能报复，反而暴露自己的弱点与急躁。趁着兴致好的时候，我们有时揶揄自己的缺点，拨动几根秘密的心弦，对彼此的缺陷可以好意暗示一下，这类事在敛容正色时谈到不免有点冒失。

还有其他动手动脚的游戏，粗鲁无礼，在法国人之间才有，使我恨之入骨。对于这类事我这人特别敏感与软弱。我一生中已知道到有王室血统的两位亲王死于非命①。比武中真打是很丑恶的。

此外，我要评判别人时，我问他对自己有多少满足，对他的谈吐与工作又有多少喜欢的。我不想提到这样美丽的借口："那是我做着玩玩的；

活儿才干一半就撂下了砧板；

——奥维德

我待了没一个钟点；以后也再没见过。"那时我会说："那么把这些文章暂先放下。给我举出一篇文章可以代表你的整体，你也喜欢人家用这篇文章来评论你。"然后又说："你觉得你这部作品里什么地方最美？这段还是那段？是文字优美，还是内容扎实？是有新意，还是见解独到，还是学识丰富？"

因为我一般总发现对自己的作品也像对人家的作品同样缺乏判断力；不但掺有个人感情，而且还不具备认识与辨别的能力。作品依靠自身的力量与机缘，帮助作者超越自己的创意与认识，

---

① 指亨利二世国王1559年在比武中，恩格希姆公爵1546年在赌博中死亡。

也能走在作者前面。而我评论人家的作品价值不比评论自己的作品价值更少糊涂；我把《随笔》看得时而低，时而高，既不稳定，也狐疑重重。

有很多书由于其主题而成为有用的书，而作者本人并不见推重，有些好书像好工程倒叫作者蒙受耻辱。我以后会写我的宴庆和服装，写得很不乐意；我也会发表当代诏书，流入民间的亲王信札；我给一部好书做节写（对好书的任何节写都是愚蠢的节写），这样的书以后会消失，以及诸如此类的事。后代就从这类文章中汲取奇特的用途。对我虽不是好运，也是莫大的光荣。大部分名著都是这种遭遇。

几年前我阅读菲列普·德·科明，他当然是位非常优秀的作家，我觉得这句话说得不俗；服侍主人千万别太殷勤，免得他不知道如何赏你。我应该称赞他这句话有新意，不是称赞他本人。不久前我在塔西佗的作品里又读到这样的意思："看来能够偿还的好事令人愉快，若超出这个限度很多，我们不但不感激，还会以冤报德。"塞涅卡说得更激烈："因以不报答而感羞耻的人，愿意再也见不着那个要报答的人。"西塞罗则婉转温和："觉得自己无法报答你的人，怎么也不愿意做你的朋友。"

根据书的主题，可以看出作者是个有学问的人还是博闻强记的人。但是要评论他身上哪些是他自己最有价值的部分，他的心灵的力量与美，那就需要了解什么是他的，什么不是他的，不属于他的部分里考虑到他的选材、布局、表现和语言，有多少是他的功劳。为什么？因为借用材料而加以糟蹋，这样的事比比皆是。

我们这些人读书不够，就会处于这类的困境，在一位新诗人身上发现美妙的创意，在一位传道士口里听到有力的论据，只有向某位学者请教这是他本人的创作还是人云亦云以后才敢赞扬。

在这以前我决不会贸然表态的。

我不久前一口气读完了塔西佗的《历史》一书（我已不常有这样的事，二十年来我还没有次连续读上一小时的书），我是听了一位贵族的推荐才这样做的，他以本人的勇敢以及一贯的处事能力与善意很受法国人器重，两点也表现在他的几位兄弟身上[①]。我不知道还有哪位作者会像他在《编年史》中那么重视个人生活描述和个人见解。我觉得这与他看到的东西是相反的。他专注于同时代帝王的宫阙生活，这些生活穷奢极侈，绚丽多彩，以及他们残酷迫害臣民的一些人所共知的大事，他有丰富的资料，若要写的话会写得比那些各国大战与人间骚乱更为惊心动魄。然而我发现他文思干枯，对于那些壮烈的死亡只是一笔掠过，仿佛害怕内容重复冗长会叫我们生厌似的。

这类历史描述其实是最有用的。国家大事更多取决于命运的指引，而个人私事取决于我们自己的指引。更可说是评历史而不是写历史，里面教诲多于故事。这不是一部供阅读的书，是一部供研究与学习的书。到处是警句，其中有对的也有错的。这是一部伦理与政治理念大全，可作为操纵世界大势者的案头书目。他遵循他那个时代矫饰的文笔，措辞尖锐，振振有词地进行申辩。

那些人喜欢慷慨激昂，当事情平淡无奇时，他们也会借用这部书里的文章。塔西伦文风跟塞涅卡十分相似，我觉得他更厚实，塞涅卡更尖锐。他的书更有益于一个战乱频仍的病态国家，就像我们目前的处境。你还可以常说他描述的就是我们，他针砭的就是我们。

对他的真诚表示怀疑的人却正好说明自己对他抱有偏见。他

---

[①] 指蒙田的朋友，特朗一家三兄弟，在同一天内惨遭死亡。

第八章　论交谈艺术　　175

的意见是正确的,在罗马事务中站在正义的一方。然而我责怪他的是他对庞培的评价要比与庞培同时生活与来往的正直人更为激烈,认为他跟马略与苏拉是一丘之貉,除了他更加不露声色。大家也没有排除庞培掌握政权怀有野心与报复心,他的朋友甚至害怕他一旦胜利会失去理智的控制,虽还不至于像其他两位那样胡作非为。然而他的一生中并没有事例让我们感到威胁,认为他会明目张胆地实施残酷的暴政。

还有不应该用怀疑来代替事实,从而这使我难以信服。他的叙述朴实而平直,恰从这件事也可以证明事实并不总是确切符合他所下的结论;他的判断经常不顾他自己向我们提出的史实,而根据他的个人倾向做出。至于史实他倒不会篡改一点的。他无须为自己赞成当时的宗教,否定真正的宗教而道歉,这是遵照法律规定而做的。这不是他的缺点,而是他的不幸。

我重点研究他的评论部分,并不是什么都弄得明白的。比如提比略年老体弱时写给元老院的信中这几句话:"诸位大人,当此时刻我给你们写什么,或者给你们怎么写,或者该不该给你们写呢?我若知道这件事,但愿男女诸神让我死得比我每天感觉在死的还惨。"我看不出他为什么把这些话那么肯定地用在折磨着提比略良心的无尽悔恨上。至少我念到这个章节时还看不出其所以然来。

还有一件事我也觉得有点儿委屈他,当他必须说出自己在罗马担任过高官职位,他接着抱歉他这样说决不是卖弄。这种做法我觉得对他这样的人物显得猥琐。不敢坦然谈论自己是有了某种心病。具有光明磊落判断力的人,判断事件明察秋毫,在任何时候都可以援用自己和他人的例子,给自己就像给第三者一样坦然作证。

世俗的礼仪规则应该突破，有利于真理与自由。我不但敢于说自己，还敢于只说自己。我在写其他事时会离题跑辙。我没有自爱到了不知分寸的程度，也不会自恋到了不像看清邻居与树木那样看清自己。这样的错误也不亚于看不到自己有多少分量，或者说的总比人家看到的多。我们欠上帝的爱比欠自己的爱多。我们对上帝知道不多，若要多，我们必须多谈。

塔西佗的作品还是说出了他的一些情况，这是一位大人物，正直勇敢，他的德操不是基于迷信，而是基于哲学与旷达。他的某些史料使人觉得可以商榷。比如说一名士兵抱了一根木架，双手冻僵粘在木架上，从手臂断落以后直到坏死为止一直没有脱开。在这类事情上，我习惯屈服于那位大证人的权威。

他还说韦斯巴芗皇帝得到萨拉匹斯神的神力，在亚历山大城用他的口水治愈了一个盲妇的眼疾，还有什么其他我不知道的神迹，他遵循一切优秀历史学家的例子与职责这样写。他们记录重大事件；社会大事中间也夹杂民间的流言蜚语。他们的任务是复述而不是调整大众信仰。后一部分工作是由神学家和指导良心的哲学家做的。

可是，他的一位同道，跟他一样的大人物，说得非常聪明："事实上，我追述的事比我相信的事多，因为我既无法肯定我怀疑的事，也不能删除传统教给我的事。"（昆图斯·库蒂乌斯·卢弗）另一位又说："世上有些事情不必费心去肯定或否定……人云亦云就是了。"（李维）在这个神迹信仰愈来愈淡薄的时代，他写作时还是愿意在他的编年史上不遗漏这些记载，不让自古以来备受那么多的善良人尊敬的事情失去立足之地。

这话说得太好了。让他们更多根据他们接受的史料而不是根据他们取舍的史料来保存历史。我写的材料我做主，不需要听命

第八章　论交谈艺术　　177

于他人，但并不相信自己写的全是真的。我经常也会写上内心冒出的几句赌气话——我自己也表示怀疑；还说几句俏皮话——我自己听了也摇耳朵。但是我让它们去闯天下。我看到有人做这事得到了荣誉。这不是我一人能够评判的。我让人家看到我的站姿和卧姿，我的前身和后身，我的右侧和左侧，我的一切天然习惯。各人的精神即使在力量上一样，在使用与情趣上也不尽相同。

以上是据我的记忆所提供的大致情况，颇不确定。一切大致的评论都是疏漏和不严密的。

# 第九章
# 论虚空

可能没有什么比虚空地写《论虚空》更虚空的事了。神已经对我们做了那么神性的解释①,应该让有识之士仔细地、不断地深思。

谁没看到我走上了这一条道路,只要世界上尚有墨水与纸张,我会不停顿地、不辞劳苦地继续下去?我不能记述我的生平事迹,因为命运使我毫无作为,我就记述我的想法。我认识一位乡绅,他通过他的肠胃活动来报道他的生活,你在他的家里看到当众一排可用七八天的便桶;这是他的研究、他的论述,其他一切话题对他都臭不可闻。

这里要文明一些,是一位老学究的粪便,时软时硬,总是消化不良。我的思想遇到任何题材都会转个不停,变化无穷,既然狄奥梅德对一部语法书就写了六千册书②,我真不知道自己什么时候才能写完?语言结巴者开了口,就可连篇累牍压得地球透不过气来,饶舌者更不知道会产生什么呢?光是说话就说了那么多

---

① 指《圣经·传道书》中的一句话:"虚空的虚空。凡事都是虚空。"
② 据《七星文库·蒙田全集》,应为狄狄默斯;据塞涅卡说他写了四千册语法书,据博丹,他写了六千册。

话！毕达哥拉斯啊,你怎么不压制这场风暴①!

有人指责古代加尔巴皇帝游手好闲,他回答说每人应该说明自己的行动,不用说明自己的休闲。他错了:因为法律对不工作的人也有审理与惩罚的权力。

既然对流浪汉与懒人皆要法办,那么对无能无用的作家也应该有制裁。我和其他百位作家的书也就可从老百姓的手中夺下来。这不是在说笑。粗制滥造的书籍好像是乱世的一个症状。什么时候我们比动乱开始以后写得那么多呢?什么时候罗马人像沉沦时那么爱做文章呢?除了表示思想精明并不意味社会跟着文明了。这类无事忙所以产生,是由于每个人不必认真工作,时间也就挪作他用了。对于本世纪的堕落,我们个个都做出了贡献,有人奉上背叛,有人带来不公义、不信教、暴政、贪财、残酷,取决于谁更有权势;弱者,其中包括我,敬赠的是愚蠢、虚荣、懒散。

眼看灾祸临头时,我觉得也是虚空之事兴隆的季节。当今到处都在做坏事,只是做些无用的事也像值得称道的了。叫我自慰的是他们要逮我也是最后一批的了。趁他们应付当务之急的大事,我还有时间改正。因为当大恶弄得我们焦头烂额时去追究小恶,我觉得这毕竟有悖情理。菲洛提莫斯大夫从一位要包扎手指的人的脸色和哈气,看出他的肺里有溃疡,对他说:"朋友,这个时刻可不是你玩手指甲的时候。"

说到这里,我想起几年前有一位极受我尊敬的人物,在民生涂炭时期,没有法律,没有正义,也没有官吏履行职责,跟现在一个样,他居然发表了一部关于服饰、烹饪和司法程序的莫明其妙的改革著作。这是对苦难老百姓进行安抚的噱头,目的是说大

---

① 毕达哥拉斯要学生沉默不言两年,对问题多思多想。

家没有被当局遗忘。还有人的做法如出一辙，他们对陷于水深火热之中的老百姓自上而下颁布法令，禁止语言粗鲁、跳舞和赌博。当一个人发高烧时，不是忙着给他洗去身上污垢的时候。只有斯巴达人出发去冒极端的生命危险以前还要梳理头发。

而我还有另外这个坏习惯，若有一只鞋穿歪了，索性把衬衣和披风也都穿歪了。我不屑进行半拉子的改正。我心境不好时，我就会恶做，灰心绝望，自暴自弃，像俗语说的破罐子破摔。做坏了也不回头，好也罢，坏也罢。认为不必再为自己操心。

国运凋敝恰与我年老体弱凑在一起，对我也是大幸。我更愿意接受我的病痛为此增加，而不愿我的境况被它打乱。我在不幸中所说的话是出于气愤；勇气没有丧失反而陡增。我不同于别人，在运顺时比运背时更加虔诚，这不是遵循色诺芬的理智，也是遵循他的教诲；更愿意感谢上帝而不是询求上帝时才仰视苍天。我更在乎无病无痛时增进体质，而不是健康弃我而去时才奋起追赶。而我需要万事顺利才会接受纪律与教育，而别人需要逆境与鞭挞才这样做。仿佛好运与好心不能并存，人也只有在厄运中才会成为好人。幸福对我是个奇异的激励，使我节制与谦虚。恳求使我心软，威胁令我反感，好意叫我让步，恫吓让我不妥协。

人性中这点颇为普遍，外来的事比自己的事更引起我们兴趣，喜欢流动与变化。

> 时间在奔驰中更换马匹，
> 才让白日叫我们喜欢。
>
> ——佩特罗尼乌斯

我也有此意。有人走另一个极端，自得其乐，认为自己有的东西比什么都好，自己见到的东西比什么都美丽，他们若不比我们更有见识，实际上也比我们更幸福。我不羡慕他们的聪明，但眼红他们的好运。

这种贪恋新奇的脾性养成我爱好旅行的愿望，但是也要有其他情景促成此事。我心甘情愿地不管家务。即使在一间谷仓里颐指气使，家里人唯唯诺诺，自然感到气爽，但是这种乐趣毕竟太呆板，令人生厌。还有难免招来许多闲气：一会儿你的佃户贫穷受压迫，一会儿跟邻居吵架，一会儿他们蛮不讲理，欺侮你；

> 有时葡萄遭到冰雹，
> 收成不符合期望，
> 果树雨水多了或又少了，
> 有时冬天实在太寒冷！
> ——贺拉斯

六个月中难得有一次天老爷风调雨顺，叫收获者完全满意；对葡萄园是个大年，没让牧场遭灾：

> 被骄阳的烈焰晒死，
> 被暴雨冰雹打坏，
> 被巨风刮走。
> ——卢克莱修

再以那位古人讲究的新鞋子为例①，它穿了伤脚；但是外人不知道

---

① 取自普鲁塔克《埃米利乌斯·波勒斯传》中的一则故事。意指凡事好与不好，唯有当事者知道，犹如各人穿在脚上的鞋。

这要你付出多大的代价，又如何努力维持家庭里表面的和谐，这可能是你花了大钱买下来的。

　　我成家较晚，大自然使之在我以前出世的那些人，代我操心了很多时间。我也早就按照自己的天性养成了另一种嗜好。然而就我见过的来说，管家这项工作不太难但很累人；能做其他事的人一般也很容易胜任。我若要发财，这条道路我觉得太长；我若为国王效劳，这行当比其他油水要足。我这人既不适合做好事，也不适合做坏事，鉴于在有生之年只想博取个既没捞取也没挥霍什么的美名，既然只求得过且过，也就——感谢上帝——三心二意地这样过吧。

　　再糟糕在变成劣人以前紧缩开支。这是我所提防的，没到不得已时先改造自己。我目前在心里安排了一个个步骤走入比现在更穷的日子；我说的是高高兴兴走入。"不是按照每人的收入，而是按照你的生活开支来衡量你的财富。"（西塞罗）我的真正需要并不占去我的全部财产，因而命运要咬我也不会咬到我的肉里。

　　我参加管理，不管如何无知与马虎，还是对家族事务大有裨益；我参与其中，但心怀不满。此外，这一切都是家务事，蜡烛的这头由我控制着烧，蜡烛的那头不见得少烧一点。

　　旅行使我感到拮据的是那笔花费，这大得超过我的能力；由于习惯于携带一些必需还要像样的行装，我就不得不缩短日期和减少次数；只有使用积蓄多余的钱，那就要根据这笔款子什么时候凑齐才安排或推迟日程。我不愿意旅游的乐趣影响到闲居的乐趣；相反，我还要两者相辅相成，都能做到尽兴为止。

　　命运在这点上成全了我，我在此生的主要任务是懒懒散散过日子，不必过于劳碌，也就不需要积攒财产分赠给一大群继承人。

第九章　论虚空

我的那位①，让我过得舒舒服服的家产她若认为不够，那她只有自认倒霉！她大手大脚也就不值得我给她更多。根据福西昂的例子，人人都能抚养自己的孩子，只要他们不用抚养得跟他不一样。

我当然不会同意克拉底的做法。他把钱留在一家银行，附带一个条件：如果他的孩子是笨人，他就把钱留给他们；如果他们是能人，他就把钱分给最单纯的老百姓。仿佛笨人没钱花时是无能的，有钱花时不是无能的了。

只要我忍受得起，我不管理时遭受的损失，也不足以让我拒绝逃避这种苦差使的机会。凡事总会有不顺心的地方。房屋买卖，一会儿这幢，一会儿另一幢，拉扯着你。你对每件事都要深入了解。明察秋毫在别处会坏事，在这里对你也有伤害。我避开会生气的场合，有意不过问进展艰难的事。再怎么做还是免不了有时在家里遇到不称心的事。人家最严实瞒着我的耍滑行为，其实我知道得最清楚。有时为了减少损失，我们还得帮着一起隐瞒。无谓的惹气，有时是无谓，但惹气总是不假。

最薄最细的刀口割肉最快，就像小字体最伤眼睛，因而鸡毛蒜皮带来的气最容易放在心里。大伤害不管怎么大，也都不及日积月累的小伤害那么令人记恨。这些家庭荆棘愈长、愈密、愈硬，不动声色地、冷不防地会轻易刺上我们，扎在肉里很深。

我非圣贤；我伤害愈重愈沮丧，有形式的重，也有内容的重，有时还更重。我比一般人更了解痛苦，所以更有耐性。总之，它们不使我受伤，也给我打击。人生是脆弱的，容易飘摇凋零。自从我面孔转向忧伤以来，"当人开始受到外界的推动，再也由不得自己"（塞涅卡），不管使我生气的原因多么愚蠢，我的脾气就会

---

① 蒙田指他的女儿埃莱奥诺。

向这个方向发展，此后自行滋生与激化，新冤旧恨愈积愈深，盘踞在心头不得释怀。

　　滴水能穿石。

　　　　　　　　　　　　　　　　　　——卢克莱修

　　这类日常滴滴答答漏水会把我淹死。日常的疙瘩决不是小事。它们无休无止，无法补救，尤其来自一生一世、永不分离的家庭成员之间。

　　当我站在远处对自己的事务粗略观察以后，我觉得——也可能我的记忆不够确切——直到目前为止还算兴旺发达，超出预计与期望。我觉得我的收益比投入多。这里的好景象误导了我。我若进入事务内部，看到各部门的运转，

　　那时挂心的事千头万绪。

　　　　　　　　　　　　　　　　　　——维吉尔

什么事都觉得需要改进与害怕。放弃一切不干那是易如反掌；要参与而不操心谈何容易。当你身处一个地方，眼前所见的一切都要你忙碌，都跟你有关，这实在太可怜了。我觉得住在一幢陌生的房屋里，带去质朴的生活情趣，那种享受要快乐得多。有人问第欧根尼他认为哪种酒最美，第欧根尼也像我这样回答："没喝过的。"

　　我的父亲喜爱扩建蒙田山庄，他是生在那里的。在家务管理方针方面，我喜欢效法他的事例规则，还尽量要我的继承人也沿用旧制。我若能做得胜过他，也在所不辞。我感到荣耀的是他的

第九章　论虚空

意愿通过我而得以实施和发挥作用。这也算是我在给慈父恢复生前的形象,祈祷上帝不要让这工程毁于我的手中。旧墙头有待补全,歪斜的房间需要扶正,我参与其间是贯彻他的意图,而不是满足自己的要求。

我责怪自己生性懒散,父亲在自己的田庄开了个好头,而我没有做出努力去继续完成。尤其从族谱来说我会是最后一位业主,也最后进行修缮。人家都说建造房舍是一大乐事,但是从我个人志趣来说,盖房子、狩猎、筑园、退隐生活中的其他乐趣,都不怎么吸引我。这些事我是讨厌的,就像其他一切我听了不舒服的看法。我不在乎意见如何有根有据有道理,然而我在乎这些道理在生活中运用方便。它们如果有用,令人愉快,这就是真知灼见。

有人听我说在管家方面一无所长,走来在我耳边悄悄说,这是高傲,我不屑于了解农具、农时、农序,不打听怎样酿制我田庄的酒,如何嫁接树枝,不明白花木与水果的名称与形状,我赖以生活的肉食怎样准备,我穿的衣料叫什么名称与市价如何,这是我一心钻研高深的学问,这样的人真是在要我的命。这不是光荣,这是愚蠢和傻笨。我宁可做优秀的马夫,也不做优秀的逻辑学家。

> 你怎么不忙些有用的活儿,
> 用柳条和软灯芯草编篮子?
>
> ——维吉尔

我们把思想停留在天下大事、宇宙起源与运行上,这些没有我们照样运转不误,却把我们自己的事和我这个米歇尔抛在了后面,其实米歇尔反比一般人与我们更加利益攸关。我平时都留在自己的家里,但是我多么愿意在这里比在别处过得开心。

> 但愿我安度晚年，
> 结束颠簸的海上旅程，
> 南征北战的戎马生涯！
>
> ——贺拉斯

我不知道能否达到目的。我更愿意父亲留给我不是他的一部分庄园，而是他晚年贯注在家庭上的热爱。他很幸福，根据财富实现欲望，知道用已有的东西自娱自乐。我若像他那样对这事表示出兴趣，立即为当今的政治哲学所不容，指责说我的工作庸俗无益。我同意这样的看法，最光荣的天职是为大众服务，对许多人做有益的事。"精神、美德和一切高尚的果实，只有做到与邻人分享，才获得最大程度的乐趣。"（西塞罗）

至于我与此不配，一则从良心来说（我看到这样的天职所承载的分量，我遇到问题鲜有对策；柏拉图是研究政治体制的能工巧匠，也不涉足其间），二则是怯懦。我只求从从容容享受人世，过上一种不招人骂的生活，对己对人都不形成负担。

我若有人代为理家，没有人会像我那样让他处理，自己缩起身子来对一切不闻不问。此刻我有一个愿望，就是找到一名女婿让我晚年过得舒适，无忧无愁，我把财产交给他全权支配和运作，做到我做的事，赚到我赚的钱，只要他对这一切显出勇气，抱有一种真正亲切与感激之情。这没什么吧？但是我们生长的世界里，亲生孩子也不识什么是亲情。

旅途中，谁管我的钱包，他就可以不管监督地任意花费。他也可以在结账时欺骗我。要不是个魔鬼，我总是会毫无保留信任他做事老老实实。"不少人害怕受骗而教人去骗，由于怀疑而同意

第九章 论虚空

去做坏事。"(塞涅卡)

要信任手下人,我最常用的做法是对他们一无所知。我只有亲眼看见了罪行才承认是罪行,认为青年较少受腐蚀也最信任他们。我更愿意两个月后听说我花掉了四百埃居,也不要天天晚上耳边聒噪着说只花了三埃居、五埃居、七埃居的。这样骗去的钱也不比别人多。是的,我是借助于无知。我有意对自己的经济状况抱一知半解的态度。在一定程度上保持疑惑也就很高兴了。

应该留出一些空间容忍你的仆人耍滑头和做事失手。只要我们的占有大体上可以办成我们自己的事,那么多余的财富也可放任让它去自生自灭:这也像让拾穗者去捡收割后留在田里的庄稼。总而言之,我对仆人的忠诚既不十分重视,也不把他们的过失放在心上。财迷心窍,把钱数过来又数过去;喜不自胜,这是小人与蠢人的作为!吝啬也是从这里起步的。

我治理家产已有十八年,还不知道亲自处理地契和庄务上的事情,这都需要我具备一定知识与付出心血。这不是对这类琐碎的俗务有一种哲学的轻视。我并不那么清高,也至少明白这些事的价值。这实在是懒惰与大意,叫人不可原谅,充满孩子气。我什么都愿做,只要不看契约,不去做生意的奴隶,翻动这些盖满灰尘的文书就行!更糟的是还有许多人为了钱去给别人做奴隶!操心与辛苦以外,什么都对我代价不大,我追求的只是平平庸庸,随随便便。

我相信我这人,若不用承担义务也不被奴役的话,还更适合靠别人的财富过日子。这样的话仔细观察一下,我不知道以我的脾性与运道来说,我从事务处理、手下人和仆人那里受到的作弄、烦恼与发恨的事,不会少于我给一位身份比我高、待我宽厚的贵人当差。"卑琐软弱的人不是自己意志的主人,受人奴役成了他的本分。"(西塞罗)

克拉底做得更过分，为了摆脱家庭的杂务与操心事，毅然出走过上无拘无束的贫困生活。这事我是不会去做的（贫穷与痛苦叫我同样憎恨），但是会改变这样的生活，去过另一种不那么需要勇气和不那么忙碌的生活。

离家时，我就摆脱了所有这些思虑；就是一座塔楼坍塌，我也不会像在家时看到一片泥瓦掉下那么激动。身处异地心灵容易清静，在现场则像葡萄农那样多愁。马缰绳装歪了，马镫皮带夹我的腿，会叫我一整天不高兴。面对不顺心的事我可以鼓起勇气，但是不敢睁开眼睛。

　　感觉啊，上帝，感觉！
　　　　　　　　　　　　——佚名

在家时，一切差错我都要负责。很少主人——我是说像我这样的中等家庭的主人，若有的话也更为幸福——可以把事情交付给一位管家，让他担当大部分事务。这样在款待客人方面必然不能完全按照我的心意去做（我有时也能留住某位客人，那是靠了我的菜肴而不是我的好客，让我像那些难以相处的人一样），使我失去不少从高朋满座中得到的乐趣。

绅士在家待客最愚蠢的表现，就是让人看到他忙于招呼，在仆人耳边悄声说话，瞪眼睛威胁另一个仆人。主人的态度应该做到让一切都在不知不觉间顺利过去。口口声声对客人说起他的待客，不论是谦称不周或感到自满，都叫我看不顺眼。我喜欢干干净净，有条有理，

　　……瓷盘和玻璃杯

第九章　论虚空

都反映我的形象，

——贺拉斯

不必要丰富；我在家准备的东西恰够需要之用，不讲排场。假若一个仆人在别人家打架，打翻了一只盆子，你就一笑了之。你睡你的，那位先生自会和总管商量第二天怎样向你交代。

　　我只是根据自己的想法说这些事，一般也不会不知道对于某些人来说，家庭和平昌盛，治理有方是多么甜蜜温馨，不愿把我本人的错误与不利往这方面附和，也不否认柏拉图的话，他认为正正当当作自己的事对每个人都是最幸福的工作。

　　当我在旅途中，我要想到的只是自己和如何花钱，一句话就可解决。但是攒钱却要许多学问，我对此一窍不通。至于花钱，我略知一二的是给我的花费上账，这是看它的主要用途。但是我对这样做的期望过高，使前后花费相差悬殊，不成比例，尤其在下列两种情况下都不知节制。如果花得值和有用，我就冒冒失失继续花下去；如果花得冤和窝囊，就冒冒失失收紧钱包。

　　无论这是人为的还是天然的，让我们根据与他人的关系确定自己的生活环境，这对我们是弊多利少。我们不顾自己的方便，迁就大众的看法来做表面文章。我们自身的实际情况如何，决不像人家是怎样想的那么引起我们的注意。即使是精神与智慧的财富，如果只由我们自己享用，不受到外人的注意与赏识，我们就觉得这些没有结果开花。

　　有些人的黄金在地底下沸腾流淌，无人察觉；有些人把黄金'打成金箔金条招摇过市；因而有人的铜钱可当埃居使用，有人的埃居只当铜钱使用，世界是根据表面来估量价值的。对财富的过分关心意味着贪婪，当花费与轻财过分呆板与做作时也是如此。

财事不值得劳心劳力。谁要花费适度，就花得拘谨吝惜，储钱与花钱本身并无差别，根据我们的意愿如何才涂上了好与坏的色彩。

另一个促使我外出旅行的原因，是跟我们国家当前的社会风气格格不入。与公众利益相比而言，我对这种堕落的心情还是容易缓解，

> 比铁器时代还要糟糕的世纪，
> 存在多少罪恶，
> 其名称超过大自然中存在的金属！
> ——朱维纳利斯

相对我的个人利益而言则不。我尤其对此受苦甚深。因为周围长期内战，我们都在兵荒马乱中很快老去，国家则百疮千孔的，

> 正义与非正义混淆不清。
> ——维吉尔

说实在的，国家能够维持也算是奇迹。

> 他们全身武装在耕地。
> 脑子里想到再去抢，都靠掠夺为生。
> ——维吉尔

最后，从我们的例子可以看出，人的社会不计什么代价都会自行凝聚与联结。不论将他们放在什么地盘上，他们推推搡搡，挤来挤去，最后排得整齐有序，就像把互不相连的物体胡乱放进一只

口袋里，它们自会相互衔接组合，经常还比精心安排的还要妥帖。

马其顿腓力国王从各处搜罗来了一批无赖恶棍，让他们住进专为他们建造、还以他的名字命名的一座城市里。我认为他们可用恶行作为手段建立彼此接受的政治结构，形成有法可依的社会。

我看到的不是一个行为，或者三个行为，或者一百个行为，而是根深蒂固的习惯势力，在非人道和无诚信方面（在我看来这是最大的罪恶）表现得如此邪恶，以致我无法想到而不毛骨悚然；叫我既憎恶也赞叹。这些臭名昭著的丑事的发生标志着心灵具有的威力，也说明心灵陷入的混乱。

人因彼此需要而和解，而聚合。这种偶然的结合后经过法律而固定下来。可是有的法律非常严酷，实非出自人性的主张，然而它们的实质内容，却与柏拉图和亚里士多德所能制订的法律同样有生命力与长寿。

其实，所有这些政策的细则都经精心虚设，荒谬可笑，难以付诸实施。关于最佳形式的社会、最具约束力的规章制度的这些大争论，旷日持久，只是适合我们锻炼头脑的争论。就像在艺术中也有许多主题，其要旨也是在于引起激情与争论，没有这些就没有了生命。这类政体的阐述可能适用于一个新世界，我们接触的人早已是按照一定的风俗习惯培育的，并对此承担了义务。我们不创造人，像皮拉①或像卡德摩斯②无论我们怎样有权力用什么方法去纠正和改造他们，我们决不可能把他们从习俗中扳过来而不折断他们。有人问梭伦他是否竭其所尽给雅典人制订了最好的

---

① 据希腊神话，宙斯用洪水淹没人类时，只有皮拉和丈夫丢卡利翁（普罗米修斯之子）得到普罗米修斯的警告，乘船得以幸免，后遵神的指点，重新创造人类。
② 腓尼基神话中底比斯王，奉阿波罗神谕建底比斯城，后首创字母。

法律，他回答说："是的，从他们会接受的程度来说是最好的了。"

瓦罗也做过类似的辩解：他若能把宗教从头重写，他会去说他相信的事，但是由于宗教已经成型并被大众接受，他也只是根据传统而不是根据事实来写。

不从理论而从实际来说，对于每个国家最好的政体是那个国家赖以生存的政体。它的主要形式与适应性取决于如何实施。我们对目前的状态自然不满意。但是我要坚持的是在一个平民国家里希望建立寡头政治，在王朝制下建立另一种政体，这是罪恶，这是疯狂。

> 什么样的国家你就爱它什么样，
> 是君主国家，你就爱君主，
> 是少数人统治或集体做主，
> 也照样爱它，因为上帝让你在那里生长。

这就是善良的德·庇布拉克说的话。他性格温和、见解清晰，作风纯朴，不久前离开了我们。同时离开我们的还有德·弗瓦先生。这两位去世是我们王国的重大损失。我不知道在法国是否还有另外两个人，能像这两位加斯科涅人这样忠心耿耿向国王进谏。他们的高尚心灵也互不相同，按照我们的时代来说两人都出类拔萃，各具异彩。但是又是谁让他们生不逢辰在这个时代，与我们的腐败与战乱格格不入，互不相容？

一个国家受革新的逼迫，仓促改变会促生不正义与暴政。当某个零件松了，我们可以上紧。我们可以不让事物的自然变质与销蚀去破坏最初的原则。但是试图把事情一锅端，改换一幢大厦的地基，这无异于让清洗的人把事情兜底翻，让改良个别弊端的

第九章　论虚空

人掀起社会大乱,用死亡来治疗疾病,"只是希望改革政府而不是摧毁政府。"(西塞罗)

世界要治好是很难的,它被催得那么急而失去了耐性,不顾付出什么代价只想连根拔起。成千个例子让我们看到治标不治本反害了自己;消除眼前的弊病若没有广泛的条件改善,那也不是痊愈。

外科大夫的目的不是切除烂肉,这只是治疗的过程。他的视野更远,要让新肉长成,达到应有的状态。谁只是建议清除他受腐蚀的那个部分,那是他的短见,因为坏事之后并不一定是好事。有另一种坏事接踵而来,还更坏,比如恺撒的凶手所做的事,他们阴谋策划把国家大事搞成这样,确实需要为参与而后悔。此后直至我们这些世纪,许多人也有相同遭遇。我同时代的法国就可说说这些事。一切大变都会动摇国家造成大乱。

无论是谁,其目的是直接为国除弊的话,那就要三思而行,动手以前先冷静下来。帕库维乌斯·卡拉维乌斯纠正这种错误的做法,堪称为范例。他的同胞反对他们的官员起来造反。他是卡普亚城的权势人物,一天设法把元老院议员关在宫里,召集城里的市民对他们说,这个日子终于到了,他们可以充分利用自由向长期压迫他们的暴君复仇,他已把他们隔离并解除了武装,听任他们的处理。大家同意抽签让他们一个个走出来,对每人都做出个别判决,当场立即执行,只是同时他们要选出一个好人接过罪人的职位,以免出现空缺。

一位议员的名字刚报了出来,群众就发出一片不满的叫声反对他。帕库维乌斯说:"我看得很清楚,这是个坏人,应该把他撤职,让我们换上一个好人。"接着是一片沉默,每个人都感到难以选择,哪个人大胆提出一个名字立即响起更大的不满声加以拒绝,自有一百个缺陷和正当理由把他除名。这些反对的情绪急剧上升，提到第二位议员情况更糟糕，第三位亦复如此，选人的意见不一致与撤人的意见一致恰成对照。闹了一阵子毫无结果以后人都累了，他们纷纷各自溜出会场，心中都得出了这个结论：熟悉的老毛病还是比没体验过的新毛病更容易忍受。

看我们激动得那么可怜样，这是我们什么都没做过吧？

> 我们打架，我们犯罪，
> 我们骨肉相残，多大的耻辱！
> 我们这代人的残酷在什么面前
> 曾经却步？为了尊重什么
> 曾停止过杀戮？对上帝的畏惧
> 可曾使青年受约束？
> 哪里的祭台没有被他们亵渎？
> ——贺拉斯

我不会立即做出结论：

> 即使健康女神萨罗斯愿意，
> 也拯救不了这个家庭。
> ——泰伦迪乌斯

可是，我们可能还没有末日来临。安邦定国这件事好像超过我们的智力。像柏拉图说的，民治政府是难以瓦解的强大实体。它抵抗体内的致命痼疾、不公平法律的危害、暴政、官僚的滥用职权与无知、群众的胡作非为与叛乱后经常还能存在。

不论在什么情境下，我们总是跟比好的去攀比，眼睛朝上面看。我们应该跟差的比，哪一个倒霉蛋也能找到千百个例子可以聊以自慰。我们总是看不得人家超过自己，而喜欢人家落在后面，这是一个恶行。梭伦说，"若有人把坏事都堆一起，人人都会过来把他自己的坏事取走，不会跟其他人合情合理探讨这些坏事，担当自己的责任。"我们的政府境况不妙，可是以前也有病得更重而没有死的。诸神在跟我们玩网球戏，打得我们晕头转向：

> 诸神真的是把人当成了球。
>
> ——普洛图斯

按照星运图，罗马国可悲地被命定为其他各国这方面的范例。罗马历史上包括了一个国家所具有的一切形态和遭遇，治乱祸福应有尽有。看到它历经动荡，风雨飘摇，谁该会为它的命运担忧呢？如果说统治疆域广大就是国家的健康，（我不赞同此种说法，伊索克拉底教育尼科克莱斯的话我听了高兴，他说不要羡慕统治疆域广的君王，要羡慕继承国土统治长久的君王），那么罗马帝国只是病最重时最安宁。最衰败时却是最昌盛。

罗马最初几位皇帝的政体是模糊不清的，混乱可怕令人无法想象。然而帝国还是在这个局面中挺了过来，不但在本土保持了一个组织严密的专制政体，还控制了那么多远方不同政体、民心不稳、治理不当和不法占领的国家：

> 命运之神不让任何国家
> 向统治海陆的霸主复仇。
>
> ——卢卡努

并非摇摇欲坠的东西都会坍塌。这么一个庞然大物不是系在一枚钉子上的。甚至还靠历史悠久而支撑着。就像那些老房子，年头多了地基下沉，墙面剥落开裂，还是可以靠自身的重量活着，屹然不倒。

> 它不再依靠粗大的根须，
> 而以本身的重量竖在地上。
> ——卢卡努

此外，单是观察侧墙与壕沟算不了万全的办法，要评断一个阵地的安全，必须看哪里可能成为突破口，攻击者的情况怎样。战舰不受到外来的冲击，很少是由于船身重量而自沉的。让我们环顾四周，一切都在我们身边崩溃。不论是基督教世界或者其他地方，我们知道的那些大国，处处受到明显的变动与沉沦的威胁；

> 它们有自己的不幸，同样的风暴
> 横扫一切……
> ——维吉尔

星相学家正可以像惯常一样大显身手，警告我们不久世局必有大变；他们预言的灾难近在眼前，伸手可及，不用问苍天也可以知道。

在这乱象丛生、危机四伏的世局中，我们不但要寻求安慰，还要对国家的生存寄予希望。因为一切虽都在坍塌，天是不会坍塌的。全世界有病也是各人健康状况造成的。保持一致是防止瓦

解的克星。就我来说决不陷入绝望,我觉得总看到几条出路:

> 可能有一位神给我们指出
> 返璞归真的道路。
>
> ——贺拉斯

谁知道上帝是不是要让世途像身体那样,长期重病以后体内毒素排净,体质得到改善,反比生病前更加健康,精神抖擞?

最心忧的是在观测我们疾病的症状时,我发现大自然与天老爷让我们长在身上固有的和人类自己胡作非为形成的一样多。即使星座好像也在想方设法让我们超过寿限还照样活着。这事也使我心事重重,迫在眉睫威胁着我们的痛苦,不是整个强壮的身子整个消失,而是慢慢销蚀腐败——这叫我不寒而栗。

还有,我也怕想入非非时遭到记忆的背叛,不经意时把同一件事写上两遍。我讨厌对着自己细细观察,一旦落笔以后万不得已再也不去重阅。在这里我也没有新东西可说。都是一般的想法。反复思考了一百次,我怕早已写了下来。老调重弹令人生厌,即使荷马作品里也是如此,对于浮光掠影的见解更是毁灭性的打击。就是说到有用的东西我也不喜欢像塞涅卡反复强调。他那种斯多葛派的做法,对每个问题都大谈一般的原则与前提,又总是重新提到放之四海而皆准的大道理。我的记忆残酷地一天比一天坏,

> 仿佛我口渴难熬,
> 喝下了勒忒河这条忘川之水。
>
> ——贺拉斯

（叨天之幸，至今还没有出过这样的纰漏）。然而从今以后，当别人期望有时间与机会去思考自己要说的话，我逃避去做这种准备，害怕一旦承担义务就摆脱不开了。有了束缚会把我引入歧途，唯一依靠的工具是我脆弱的记忆。

我阅读这部历史书[1]，没有一次不是愤懑之气油然而生，感到受了冒犯。林塞斯特被控阴谋反对亚历山大，那天按照惯例把他带到军队面前进行申辩，他已记住一篇精心准备的演说辞，但是结结巴巴口吃只说了其中几句话。他愈来愈慌张，拼命动脑子去记，苦苦思索，身边的士兵以为他已认罪，冲过去用长矛扎他。他们把他的惊愕与沉默看成了忏悔。关在监狱里有那么多时准备申诉，在他们看来不是记忆不好，而是良心封住了他的嘴，剥夺了他的力量。这真说得有道理！即使一心只是想要说清楚地点、人群和期望也会叫人惊慌的。当一番话关系到你生死存亡时又能怎么办呢？

而我，若说了什么就有什么约束，那我就会什么都不说。当我完全凭记忆来传讯与拷问自己，我对它的依赖太重，会把它压垮。记忆也会吓得不敢担当此任。我对它有多大程度的依赖，我对自己也有多大程度难以自制，以致失去常态。有一天我发现自己勉力隐瞒我所受的束缚，我有意说得漫不经心，随随便便，仿佛是临时才产生了这样的想法。既喜欢说些无足轻重的话，又事先准备做得极有口才的样子，这种做法对我这样行径的人是不合适的，对无法实现诺言的人是太重的负担；让人产生过高的期望。有人往往愚蠢地穿上紧身衣束缚自己，其实还不如穿披风跳得远。

---

[1] 指一世纪历史学家昆图斯·库提乌斯《亚历山大传》，内容基于想象多于史实。

"要讨好而让人期望过高,这样的事最不讨好。"(西塞罗)据雄辩家库利奥的文字记载,当他宣布说他的演说分为三个或四个部分,或者包括几个论点和论据,他经常会忘记一个或者多加一两个。我讨厌许诺和规定,总是小心翼翼地不要陷入这个困境。不但由于我对自己的记忆缺乏信任,还因为这方法过于做作。"军人不讲究排场。"(昆体良)

这就够让我决定从今以后不再在正式场合演讲。因为照本宣读,除了这件事本身难看以外,还对善于临场发挥的人也很不利。而要我临时边想边说则更加糟糕。我的思想迟钝混乱,不会即兴应对重大的场面。

读者们,让这部随笔的第三部分由着我信笔一篇篇写下去。我会增添,但不修改①。首先,谁把他的作品抵押给了世界,我认为他显然没有权利这样做了。他有能耐再在别处说得更精彩,已经卖出去的东西不容许他糟蹋。不然那种人的东西只有在他们死后才能买了。让他们在出版以前想想好。谁催着他们啦?

我的这部书始终如一。除非为了购书者不致空手而归加印时,我就擅自添加一个额外的象征(其实只是刺眼的贴片)。这只是锦上添花,丝毫不是对初版书的否定,只是试图精益求精以后几版增加一点特殊价值。这样有时不免给年表做些调整,我的故事不再总是按照年代,而是按照时机而叙述的。

其次,就我来说害怕修改后反而有所失。我对事物的理解并不总是向前的,它也是向后的。我对第二或第三版不比对第一版更加放心,对现在的思想不比对过去的思想更加信仰。我们改别

---

① 据《七星文库·蒙田全集》,话虽如此,蒙田在1588年后还是进行了不少修改。

人的东西很笨，改自己的东西往常也同样笨。我的第一版书发表于一五八〇年。从那以后已过了很多日子，我老了，但是聪明并未增长一寸。此时的我与刚才的我，是两个人，但是哪个时候更好？我说不出来。若愈往前走愈改善，年老自然是桩好事了。其实这是醉汉走路，跌跌撞撞，脚步趔趄，或者像随风摇摆的白藤。

阿什克伦的安条克写文章竭力支持他的老师柏拉图的学园。到了晚年他有了另一个主意。我跟随其中哪一个，算是在跟随安条克呢？对大家的意见表示怀疑以后，愿意表示肯定，但是这种不表示怀疑也不就是肯定可以说就是给他再活一个人生，他也总是处在新的摇摆中，不比另一个人生更好。

群众的好评增加我的胆量，有点儿超过我的预期。但是我最怕的是引起他们厌食。就像我这个时代的一位学者所做的，我宁愿向他们挑衅，而不愿使他们讨厌。恭维总是讨人喜欢的，不论是谁和为什么恭维。然而为了充分享受恭维，就要打听恭维的道理。即使缺点也可以有办法说得挺动听。庸俗平凡的评价不会受人欢迎。在我的时代，若不是最烂的作品专受群众最大的吹捧，那就算是我错了。

当然，我感谢那些正直的人，他们愿用好意对待我的绵薄之力。这部书的撰写形式不当，题材本身又不值得推荐，印刷车间的错误在别处也没那么多。读者，由于别人的怪想与疏忽而出现在这里的错误，那请不要怪我；每只手、每位工人都来凑上一份。我不管语音拼写，只要求他们按照传统写法，我也不管标点①；这两点我都不是专家。他们在哪里弄乱了意思，我也不大惊小怪，

---

① 十六世纪，传统拼写与语音拼写有差别，孰优孰劣，争执很大。蒙田虽已采纳按语音拼写，但在波尔多版本的样稿上注明用传统拼写。

第九章 论虚空

至少他们让我推卸了责任。如果他们换上一个错字，像通常那样，把我的意思缠到他们的意思，这是毁了我。然而当句子不及我的那么铿锵有力，一位正直的人应当拒绝当作我的句子而接受。谁知道我是多么不勤奋，多么我行我素，便不难相信我宁可重新把那么多随笔口授一遍，也不会为了这种幼稚的改动而俯首下心用那些文章。

刚才我说过，我处在这个新金属时代的最深层矿脉里①，不但被剥夺了与我不同风俗、不同意见的人密切来往，因为他们抱成一团，而排斥其他人与他们抱团，而且我生活在他们中间不是没有风险的；对他们可说一切可以为所欲为，其中大多数人与我们的法律关系坏得不能再坏，这样也就无恶不作了。考虑跟我有关的种种特殊环境，我找不出我们中间有谁比我更努力去维护法律——用公证人的话说，收益已断，损失常来。有的人声嘶力竭充好汉，平心而言，远远没有我出的力气多。

由于我的家什么时候都可出入自由，对人殷勤周到（因为我决不听从别人劝告把它变成一个战争工具，离战争愈远的事我都是乐意参加的）很受乡邻们的爱戴，要在我的领地上跟我干仗是不容易取胜的。还有令我认为堪为典范的精致杰作，那就是附近地区风云变幻，而我的家在长期暴风雨中依然未遭洗劫，沾上血污。

因为，说实在的，像我这样脾性的人有可能逃过一种持续不断、不管怎样紧张的局势，但是在我周围双方轮番入侵与骚扰，命运变幻莫测，没有使乡亲们温和克己，反而群情汹汹，这使我

---

① 古希腊诗人赫西俄德提出人类经过四个时代：黄金、白银、青铜、黑铁。在此作者认为要有一个新金属时代表示当时沉沦的深度。

感到难以消弭的危险与困难。我在躲避，但是令我不快的是更多依靠的是运道，甚至是我的谨慎，而不是我们的法律；令我不快的是处于法律保障之外，受惠于非法律的保护。事实就是如此，我大半还是受别人之赐，这欠了一份难还的人情。我既不愿意自己的安全有赖于大人物的仁慈与宽容，由他们批准我的合法权利与自由；也不愿有赖于我的祖辈和我自己的人缘好。

因为，我要是另一种人，又怎么样呢？如果说我的举止与谈吐坦率使我的乡亲觉得欠了我什么，他们让我活下来就是在还情，他们这样说："周围的教堂都被我们搬空了或者毁坏了，我们就让他在自家的小教堂里继续自由地做礼拜。他在患难时帮过我们的妻子和牛，我们也让他使用自己的财产，留下一条命。"这样的话岂不是残酷。长期来在我们家乡，我们也有雅典人利库尔戈斯的美名，他是他的同胞的司库大臣。

我主张人要靠权利与威信活着，不是靠犒赏与恩赐活着。多少雅士就是失去生命也不放弃职责！我逃避不去俯就一切约束，尤其以光荣履责强加的约束。我觉得受人之赐，强使自己的意志对此恩情念念不忘，这个我担待不起，我宁愿接受有代价的服务。我是这样想的。对这些我给的只是钱，对其他我要给的是自己了。

老老实实做人对我的束缚，我觉得比民法限制对我的束缚更紧更严格。一位公证人管住我还比我管住自己更仁慈些。这不是说明我的良心要比人家单纯的信任更有约束力吗？我的信仰不欠别人什么，因为别人没有给它什么。但愿他们在我以外取得的信任与信心用于相互帮助。我不惜撞破监狱与法律的高墙，也不会撕毁我的诺言。我遵守承诺战战兢兢直至迷信的程度，而在其他事情上则乐意拿不定主意，讲条件。

对于毫无分量的承诺，我出于对自己的原则一丝不苟地遵守，也会给予重视；鉴于原则本身的利益，我感到它给我的折磨与责任。是的，即使在那些完全由我做主的事情上，我若说我计划要做，我觉得我在对自己这样说；如果告诉了别人，那就给自己下了命令；我觉得说出来的事情就是答应要做的事情。因而我很少泄露自己的计划。

我对自己的判决比法官对我的判决更严厉，他们只是从在一般职责方面来处理我，而我的良心则有更严格强烈的要求。我若不愿意的话，他们逼我去履行的职责也可抱马马虎虎的态度去做。"心甘情愿做的事才会做得最合适。"（西塞罗）行动若没有自由的光辉，也就既不美也无荣誉。

> 我受法律所逼时也就谈不上意愿。
>
> ——泰伦迪乌斯

万不得已所做的事，我往往提不起兴致，"对于强制之下做出来的事情，更多受到感激的是那个发号施令的人，不是服从命令的人。"（弗勒利乌斯·马克西默斯）我还知道有些人唱这个调子到了不公义的程度，他们花费但是不还，他们出借但是不付，对于有惠于他们的人锱铢必较。我还没有落到这一步，但也不远了。

我那么想要解除羁绊一身轻，以致有时候利用别人对我的忘恩负义、冒犯与侮慢，那些人从亲缘或命运安排来说我还欠他们一点人情，趁他们犯错误的机会也可了却我的债。虽然我继续对他们尽到人情世故所要求的表面礼节，我觉得按照公事公办，还是比平时从情谊出发来做省心省力，也可使郁结紧张的心绪得到些许舒解。"控制急躁冲动的真情，就像驾驭狂奔的马车，都需要智慧。"（西塞罗）

当我用心这样做时，总是有点过于着急匆忙，至少对一个不愿受催促的人来说如此。这种节制对我也是有用的，抵消跟我们有接触的人的缺点。我很遗憾他们被我贬低，但是我总可以对他们的承诺与义务少担待一些。

我认为一个人可以由于孩子是癞子或驼背而少爱他；还因为他调皮，还有他遭遇不幸或有先天缺陷（即使上帝也在损害他的天然价值与尊敬），只是他这种冷淡的态度要收敛和有分寸。对我来说，亲近不会冲淡反而会加强缺点。

慈善与感激是一门微妙的普遍实用的学问；总之，根据我对它们的认识，我还没有见过谁直到此刻比我更加自由和更少欠情的。我若欠情，也欠在大众天然的情上。也没有人比我还得更加干净，

> 我从不收受贵人的礼物。
>
> ——维吉尔

那些亲王不剥夺我什么，已算是对我的重赏了；不伤害我，已算是对我的开恩了。这就是我对他们的全部要求。哦，我是多么感激上帝，蒙他的恩宠我接受了我已有的一切，我只是对他欠了不少恩情。我多么诚心恳请他神圣慈悲，让我永远不用向谁说一句出自心底的感谢！受到祝福的自由引导我走了这么长的路。但愿让我走到底！

我努力做到谁都不需要。

"我的全部希望都寄托于自己身上。"（泰伦迪乌斯）这件事谁都能自己做得的，受上帝庇护而对生活无愁无虑的人尤其容易。依赖别人很可怜，也很不安稳。就说我们自己吧，谁是最正确、

第九章 论虚空

最可靠的靠山，我们何尝有足够的把握呢。我除了自己以外没有什么是自己的，即使如此，其中还有一部分是缺失和借来的。我培养勇气，这最重要，还储存财物，当一切弃我而去时找个自保的机会。

伊利斯的希庇亚斯不仅潜心学习，投入缪斯的怀抱里无人作伴时也可愉快过日子；不仅加强哲学阅读，让心灵得到满足，当命运不济时勇敢地摒弃一切外来的舒适；他还十分好奇地去学习做饭、剃毛发、做长袍、鞋子、戒指，尽量做到自力更生，不用外界的供应。

享受而不用承担义务，也不为环境所迫，在意志与财力上还有力量和手段放弃不用，这样的享受当然更自由、更愉快。

我深深了解自己。不论谁的慷慨如何无私，谁的效劳如何坦诚与不图回报，只要是让我出于无奈而接受的，很难不把它们想象成鄙视的、专横的与带责备意义的。赠予的本质包含野心与特权，而受赠的本质则包含顺从。帖木儿给巴耶塞特一世送去礼物，巴耶塞特一世破口大骂予以拒绝就是一例。

苏莱曼皇帝差人给卡利卡特的皇帝送礼，使他怒不可遏，不但粗暴地拒绝，声称他与他的前任皇帝都没有接受的习惯，只有赐予的做法，还把护送礼物的使者关进了地牢。

亚里士多德说，当忒提斯讨好朱庇特时，当斯巴达人巴结雅典人时，他们并不提起他们曾向对方做过的好事——这是讨人嫌的——，而是说他们从对方得到的好处。我看到有些人随随便便使唤别人，做出许诺，如果他们像一位智者那样知道欠情的分量，就不会这样做了。它有时是可以还的，但是永远还不清的。一个人喜欢在广阔天地施展手脚的人，这是残酷的桎梏。

我的熟人，有地位超过我或不及我的人，从没见过谁比我更少有求于别人的。我若在这点有别于现代人的做法，这也不足为奇，这有性格各方面的原因促成的；天生有点傲气，受不了被人拒绝，欲望与计划相对有限，做什么事都无能，还有我特别喜欢的品质是懒懒散散，不担负责任。由于这些原因，我痛恨受别人制约，以及除我以外的其他人来制约我。不论出现什么情况，严重的或不严重的，在用得上别人的好意以前，我就急急忙忙先用上自己的全力。

更叫我讨厌的是朋友为第三者要我帮助。一个人利用他欠了我的情但并不受束缚，而我却为了朋友的缘故让一个不用欠我情的人来束缚自己，这并不减少我付出的代价。除了这个条件，还有另一个，就是他们别要求我去做费口舌与操心的事（因为我已宣称要对一切劳役展开殊死的战斗），我对大家总是有求必应的。但是我逃避接受还是多于没法给予；据亚里士多德，这样做还是较为容易。

我的命运允许我给别人做的好事有限，它允许我做的这点有限好事落实得又很差。假若命运让我生来跻身于大人物之列，我的心志是让人家爱我，而不是让人家怕我或崇拜我。是不是还要我说得更露骨一点呢？我就会同样想到赐惠于人也是笼络人心。居鲁士非常聪明，通过一位大将还是更优秀哲学家[①]之口，认为他的仁慈与恩德远远居于他的英勇与武功之上。大西庇阿在他要出风头的地方，把他的宽厚与人道看得比他的勇猛与胜仗更重，嘴里老是挂着这句引以为荣的话：他已让敌人像朋友那么爱他。

我的意思是说，若有必要欠什么，欠上这笔债也要比我说的那笔债更有道理一点——后一种债是这场可悲的战争的法则逼着

--------

① 指色诺芬。

我欠下的，不是大得要求我全心全意去偿还，但是它压在我的心头。我在自己的家里躺下时，曾千百次在想象这天夜里有人会背叛我，会击毙我，不要害怕，不要拖沓跟命运商量。我在念过主祷经后大叫：

　　一位不信神的军人将占有这片美丽的田野！
——维吉尔

有什么办法呢？这是我大部分祖先与我的出生之地；他们在这块乡土上付出了爱，用上了自己的姓氏。我们对自己的习惯不会改变了。处在我们这样不幸的局面，习惯成了大自然馈赠的实用礼物，麻痹我们历经苦难时的痛苦感觉。内战在这点上比其他战争更糟糕，使我们每个人都在自家的塔楼上放哨。

　　靠门与墙头保护自己，可怜，啊！
　　房屋也难叫人相信它的坚固！
——奥维德

家室的安宁都被逼入了绝境。我住的地方总是第一个也是最后一个受战乱的波及，和平的面目永远残缺不全。

　　即使在和平时期，也在害怕战争。
——奥维德

　　每次和平失去了机缘，这里是
　　战争必经之路。哦，命运之神，

> 应该让我居无定所，
> 漂泊在东方日出之乡
> 或冰川熊星座下。
>
> ——卢卡努

我疏懒胆小，有时用这种方法面对这些事情的思考，而使自己坚强起来，也引导我下了决心。有时还饶有兴趣地去想象致命的危险，等着它们到来。我愚蠢地低下身一头扎进了死亡，既无考虑也不认识，一下子给卷进了无声的黑洞，顷刻间被它吞掉，无痛无感觉的深眠。遇上这类短促的暴死，其后果都在预料之中，给我的安慰反而多于慌张。他们说，长寿不算最好，速死才是大幸。我对死亡一事有了默契，并不因而离开死亡更远了。我卷在这场暴风雨里坐以待毙，使我睁不开眼睛，掀起一阵狂风把我吹得不知去向。

这就像某些园丁说的，玫瑰与紫罗兰种在大蒜和洋葱旁边会长得更香，因为大蒜和洋葱吸走了地里的臭气；这也像那些道德沦丧的人吸走了我四周空气里毒汁，由于与他们为邻而使我更好、更洁净，在我也是有失也有得。事情不是这样。但是也可能会有这样的事，善良由于少见而更美更诱人，善事受到冲突与分歧的阻碍而收缩，也会引起对方的嫉妒以及对荣誉的追求而盛行。

盗贼非常客气，并不特别怨恨我。我对他们不也这样吗？否则我恨的人太多了。在不同的命运形式下存在着相同的良心意识，相同的残酷、不忠、偷窃，在法律的阴影下更卑劣、更猖狂和更隐蔽。阴险、表面若无其事的侮辱，比明目张胆、吵吵嚷嚷的侮辱更叫我痛恨。脾气发过以后不会损伤到身体：着了火，火焰蹿了起来，声音愈大，受害愈小。

第九章　论虚空

有人问我外出旅行的原因，我一般这样回答，我知道我在逃避什么，但是不知道我在寻找什么。如果有人跟我说外国人中间也有同样的毛病，他们的风俗不见得比我们的更好，我回答：首先，这不容易，

　　罪恶真是花样百出！
　　　　　　　　　　　　　　　——维吉尔

其次，离开一个恶劣的地方去一个不肯定的地方，这总是会有所得吧，别人的苦难不像自己的苦难那么令我们揪心。

我不愿意忘记这点，我决不会对法国那么反感，以致对巴黎也怒目相视。从童年以来我的心就向往巴黎。巴黎对我代表许多美好事物；后来我见到其他美丽的城市愈多，在我的感情中愈见巴黎的美丽。我爱巴黎这个样，爱上它原有的风貌胜过它添加了外来的浮华。我温情地爱它，包括它的瑕疵与缺陷。

我由于这座大城市才认自己是法国人，人民伟大，地理位置优越，生活丰富多彩，尤其了不起和不可比拟的是，它是法国的光荣，全世界最绚丽的美都之一。上帝让法国人的分歧远离巴黎吧①！巴黎团结完整，我发觉它把任何暴力拒之于城外。我提醒它，最坏的主意就是在巴黎内部制造分裂的主意。我担心它的是它自己。当然我担心它，同样也担心这个国家的其他地区。只要巴黎存在下去，我就不会有后顾之虑，无葬身之地，这就足够让我不为失去其他退路而遗憾了。

---

① 蒙田这句话写于1576年法国天主教"神圣联盟"成立之前。后来宗教战争愈演愈烈，在巴黎城内爆发冲突。

并不因为苏格拉底说过这句话①,也因为我实际上也是这样想的,可能还更激烈些,我认为所有的人都是我的同胞,拥抱一个波兰人就像拥抱一个法国人,把民族之谊置于世界各民族之谊之后。我并不对乡情与乡亲特别亲切。自己选择的新朋友,我觉得比邻里间偶然遇到的泛泛之交更可贵。我们建立的纯粹友谊,一般也胜过由地域或血缘关系而使我们结合的友谊。

大自然把我们送到世界上,自由自在,无牵无挂;我们把自己囚禁在某些地区;像波斯国王,他们规定自己决不喝恰阿斯拜河以外的河水,愚蠢地放弃他们同样饮用其他河水的权利,在他们的眼里世界其余部分是一片沙漠。

苏格拉底在晚年认为,对他来说判流放比判死刑还坏,而我决不会那么消沉,也不会那么留意家乡说出这样的话。这些天神似的人生精彩纷呈,我接受它们出于尊敬多过出于感情。还有人高山景行,那么卓越,我即使怀着尊敬也不能接受,因为我无法把他们想象于万一。这种脾性对于视天下为家乡的人是很亲切的。确实,他看不起到处跋涉,也几乎没有走出阿蒂卡土地。

怎么说呢?他舍不得用朋友的金钱来救自己的生命,他为了不违反法律拒绝靠别人斡旋而出狱,其实那时法律已经很腐败了。这些例子对我来说属于第一类。其他第二类的例子我也可以在同一个人身上找到。这类罕见的例子有许多超过我行动的能力,还有的甚至超过我判断的能力。

除了这些理由以外,旅行我觉得还是一种有益的锻炼。见到陌生新奇的事物,心灵会处于不断的活跃状态。我常说培养一个人,要向他持之以恒地介绍其他五花八门的人生、观念和习俗,

---

① 有人问苏格拉底从哪里来。他不说自己来自雅典,而是来自世界。

让他欣赏自然界各种形态的不停演变，我不知道除此以外还有什么更好的学校。旅途中身体既不偷闲也不劳累，这种有节制的活动使人精神焕发。尽管有腹泻，我骑在马上八个到十个小时也不厌倦，

　　　　超过老年的状态与能力。
　　　　　　　　　　　　　　　　　　——维吉尔

除了火辣辣的大太阳，什么季节都吓不倒我。因为从罗马时代就在意大利使用的遮阳伞，减轻脑袋的负担小，增加手臂的负担大。色诺芬说在古代波斯奢华生活刚开始时，可以随心所欲制造凉风和阴影，我真想知道这是个什么样的玩意儿。我像鸭子一样喜欢雨水和泥泞。空气与气候的变化对我毫无影响；对我来说天空只有一块。只有内心的风云变幻才会使我垂头丧气，旅途中这很少发生在我身上。

　　我很难心动，但是一旦出了门，就会走到底。行装大的小的我都不喜欢，也不喜欢准备了东西仅仅做一日之游，探望一位邻居。我学会了像西班牙人那么赶路，一口气走完大白天适当的行程；大热天就走夜路，从日落到日出。另一种方式是在路上匆忙胡乱吃上一顿当中饭，尤其白天短的时候很不舒服。

　　我的马匹干得很棒。跟我走完第一天的路程后，没有一匹马误过我的事。我走到哪里都给它们饮水，注意要让它们饮够了走完下一段路程的水。我懒于早起，也让跟我的人有充裕时间从容吃完中饭再上路。我从来不吃得很晚。胃口吃着就来了，不然不行，我只有坐上桌子才会开始饿。

　　有人抱怨我有家室的人这么老，还对这类跋山涉水的事乐此

不疲。他们错了。当家里已经安排妥当，不用你也能遵照原有状况继续生存，这才是离开的好辰光。没有一个忠诚的人当家做主，他也不会尽心尽力满足你的要求，这样离家远游才有欠谨慎。

女人最实用、最光荣的知识与工作是处理家务。我见过贪婪的女人，首先追求的是亡夫的遗产，这可以弄垮或拯救我们的家庭。请别跟我谈这样的事，根据我自身的经验，我要求一位已婚女子具备的美德，首先是善于持家。我一切让她做主，不在时手头事务都交给她去做。许多家庭内，先生被千头万绪的事务弄得很气，可怜巴巴回到家已近中午，而妻子还在小室内梳妆打扮。我看到这种情况也很烦。王后才这样做，而且我还不敢肯定。

我们女人的悠闲是靠我们的汗水和辛劳维持的，这既可笑又不公平。我决不会让谁比我自己更加心安理得地享用我的财产。要是说丈夫提供物质，大自然就要妻子提供形式。①

有人认为丈夫出门会影响到夫妻间的感情义务，我不这样想。恰恰相反，夫妇的融洽反会因日常过于密切的接触而冷淡，而受损。陌生女人在我们看来都很动人。每个人都有经验，朝夕相处及不上相互想念后相聚那么快乐。这些小别使我对家人充满一种新的情意，住在家里后也感觉更新更温馨。世道变迁鼓动我时而这样做时而那样做的热情。

我知道，友谊的纽带长得可以绕地球一周，把我们串联一起。尤其是这种友谊有来有往交流不断，使人义务与记忆常新。斯多葛派说得好，贤人之间关系如此密切，在法国吃饭的人也可以向在埃及的朋友敬菜；谁只要伸出手指不论指向哪方，地球居地上的贤人都觉得受了帮助。

---

① 根据亚里士多德一句格言：女人需要男人，犹如物质需要形式。

快乐与占有主要是属于想象的。要得到的东西比摸在手里的东西使我们想象更热烈,更持久不断。算一算每天的开心事,会看到你的朋友在你身边时你最不在乎他,他的在场使你的注意力放松,思想自由,也就一有机会随时随刻会溜号。

身在罗马时,我依然心头操持着我留在这里的房屋与起居设施,我看到家里的墙、家里的树、收益增长还是降低,都近在咫尺,仿佛我就在那里:

> 在我眼前掠过我的房屋与四周的景物。
> ——奥维德

如果我们只能享受摸得着的东西,那么我们藏在宝箱里的金钱,我们外出狩猎的儿女,都要告别啦!我们要他们更近些。在花园里,这远吗?半天路程呢?怎么,十里地,远还是近?若是近了,十一、十二、十三里呢?这样一步步走。说实在的,哪个女人给丈夫规定多少步算是近,又是多少步算是远的开始,我主张她让他停在远与近之间:

> 让他最后定个数字!
> 若不就像对付马身上的鬃毛,
> 我拔了一根又一根,直至他
> 被逐一提出的理论驳得哑口无言。
> ——贺拉斯

让他们大胆向哲学求救,有人可能会指责这种哲学,因为它看不出多与少、长与短、轻与重、近与远的交接点的两头,因为它认

不出开头与结尾,也对中央的判断很不明确。"大自然不允许我们认识事物的结局。"(西塞罗)

死者不是在这个世界的终点,而是在另一个世界,她们就不是死者的妻子与朋友了吗?我们不仅拥抱不在的人,也拥抱曾经存在过和还不曾存在的人。我们在结婚时到底没有做成交易,要彼此永久地系在一起,好像我们见过的不知什么小动物,或者像中了魔邪的卡伦提人,像狗似的寸步不离。女人不应该过于贪婪地注视丈夫的前身,必要时就会看不见他的后身。

但是这位那么擅长于描写女性心态的作家,说到她们怨艾的原因时却没有说到点子上:

你回家晚了?妻子说:"他爱上了谁!
或者谁爱上了他!他喝酒找乐子,
独自游玩而我则在这里独自怨叹。"

——泰伦迪乌斯

或者是不是找矛盾与闹别扭,在滋养着她们过日子,她们只要能让你过得不舒服,自己就过得很舒服吗?

我完全知道什么是真正的友谊,我给朋友做的多,从他那里取的少。我不但喜欢给他做事,而不要他给我做事,而且还要他给自己做,不要给我做。他给自己做得好,也就是给我做得更好。如果分别对他来说愉快或有好处,那对我来说也比相聚更美好;当我们有办法心声交流时这不是真正的离别。

从前,拉博埃西与我的离别也让我得到了益处与便利。我们天各一方,对人生的掌握却更充实和扩展。他生活,他享受,他为我看世界,我为他看世界,他若与我一起也不过如此丰富。当我们在一起时,身上的一部分功能就会闲着,我们融合一起。分处两地则使我们的意志结合得更丰满。永不餍足地渴望形体的出现多少说明心灵的享受不足。

　　人家说这是我老了,其实相反恰是青年才屈从大众的意见,受制于他人。青年可以照应两方面:别人和自己;而我们只照应自己也顾不过来。随着天然功能丧失,我们依靠人工功能补救。青年追求快乐可以原谅,老年寻找快乐却要禁止,这很不公平。我年轻时行为谨慎,掩盖爱玩乐的欲望,年老了我常发少年狂来化解愁思。不错,柏拉图的《法律篇》禁止四五十岁以前去旅行,这里为了让旅行更有收获和教益;我更乐于同意同一部法律书里的第二条,禁止六十岁后去旅行。

　　"这个年纪走这么长的路,回不来了呢?"这关我什么事?我去旅行并未想什么回来和走完旅程这事,我高兴动身就动身了,如此而已。我为了闲游而闲游。在名利和野兔后面跑的人不是跑,为竞技和锻炼跑的人才是跑。

　　我的计划是到处可以分解的;不是建立在宏大目标上;每天有一个终点即可。我的人生旅程也是这样进行的。我还是到过不少遥远的地方,真希望能够留在那里。既然克里西波斯、克里昂特斯、第欧根尼、芝诺、安提帕特,这个阴沉学派里那么多的哲人,毫无埋怨的理由,只是为了享受另一种空气就抛弃了自己的家园,那我又为什么不可以呢?当然,旅程中最使我不乐的事,就是到了一个喜爱的地方下不了决心在那里安家,总是跟自己说应该回家了,按照共同老习惯过日子。

　　若害怕客死异乡,若想到远离家人死得不安逸,我就不大会走出围门;连走出教区也不会不害怕。我觉得死神不停地在掐我的喉咙与刺我的两腰。但是我生来不一样,对我来说死在哪儿都是相同的。若要我来选择，我相信我会要死在马上不是床上，要远离家庭与亲人。向朋友告别伤心多于安慰。我乐意忘掉人际中的这个义务，因为友谊中这个义务是最不令人愉快的，宁可逃避去做这番沉重的永诀。这样的礼仪若有一利，却有百弊。

我看到许多临终者面前挡着一排人，在包围下，神色可怜地透不过气来。让你平静中死去这是违背义务的，也证明人家不够热情、不够关心。一个人折磨你的眼睛，一个人折磨你的耳朵，第三人折磨你的嘴巴；对你的五官四肢没有一样放过骚扰的。听到朋友的呜咽使你难过心酸，听到其他假情假意的叹息使你气愤。多愁善感的人身体衰弱时更加多愁善感。在这最后关头他需要的是一只温柔体贴的手，抚摸他心头的痛处，否则还是不去碰它的好。如果我们需要一位聪明的收生婆接到这个世界来，我们需要一位更聪明的男人送出这个世界去。要应付这个局面，必须竭力找到这么一个人，是朋友，还要有深厚的交情。

蔑视一切，自强不息，不需要外界的帮助，也不受外界的侵扰，我还没有达到这样的魄力。我自叹不如。我没法不用害怕而用花招来躲过这一关。我的意思是不必在临死前去显示和证明我的一贯作风。是为了谁？那时我对名声的权利与利益都已终止了。在宁静孤寂的沉思中离开人世，就我自己，符合我的退隐独居的生活，这样我就满足了。

这跟罗马人的迷信是相反的，他们认为临死没有人说话，没有近亲来结他合上眼睛是不幸的。我安慰自己也够忙的了，哪里还能安慰别人；头脑里想法也够多的了，外界也不会给我带来新想法；考虑的事也够烦了，不要再去拉扯别人。死亡不是社会活动，而是个人行为。让我们生活与欢笑在朋友中间，让死亡与厌恶上陌生地方去。你花了钱，可以找人扶正你的脑袋，按摩你的

第九章 论虚空 217

两脚，你要他不来讨厌你多久就多久，向你摆出一张冷冷的脸，随你高兴怎样唠叨呻吟都可以。

我每天跟自己讲道理，逐渐摆脱这种幼稚与非人性的做法，要我们希望用自己的痛苦去博取朋友的同情与怜悯。我们夸大自己的不幸去赚取他们的眼泪。我们赞扬别人遭逢厄运时表现坚定，但是我们遭逢厄运时，责怪亲友无动于衷。他们听了我们的不幸感到难过，我们对此不满足，还要他们伤心苦恼。开心的事应该与人共享，伤心的事尽量抹掉。没有理由要人可怜的人，有了理由也没有人可怜。就因为无人可怜，就总是要人可怜，也经常可怜巴巴的，以致谁都不认为他可怜了。谁在活着时装死人，也易于在死去时被人看成活人。

我还见过有些人因为人家说他们容光焕发、气闲神定而勃然大怒，强制自己不笑是因为害怕暴露他们病体已愈，恨身体健康因为这样就没人怜惜了。更有甚者，他们还不是女人。

自己病成怎么样，我最多说成怎么样，不去做不利的预测和发出故作惊人的哀叹。探望一位哲人，虽不能高高兴兴，至少保持稳重克制才合适。让他看到自己处于相反的情景下，决不会跟健康过不去；他也喜欢在别人身上看到健康安然无恙，至少很享受健康与他作伴。由于感觉下肢逐渐软弱无力，他不会摒弃人生思考，不躲避共同交谈。我愿意在健康时探讨疾病；健康在的时候，给我的印象颇为真实，不会胡思乱想去夸大。我与它一起事前商量要去的旅行，对此很坚定。一旦骑上了马背，把健康问题留给同去的人，由他们去做出有利于它的处理了。

我的生活轶事发表以后，使我感到这个意外的好处，它从某种意义成为我的处世准则。我偶尔也考虑到不要泄露自己的经历。这次公开声明使我不得不在我这条路上走下去，不否定我的景况，今日病态和恶意的评论都把它说得更否定更不像样。我的人生态度单纯，始终如一，很容易说出它的全貌，只是因为这种方式较新也不同凡俗，也给诽谤带来有乘之机。因此，对于愿意光明正大攻击我的人，我觉得我直言不讳和众所周知的缺点已足够他们咬住不放，不用穷出极恶就可恣意中伤。如果他认为我抢先自我谴责与揭露，这无异于敲掉他的牙齿去咬人，自然让他有权利夸大其事（要得罪人，自有超越法律的权利），我向他指出我的罪恶的根苗，他把根苗夸张成了树，他为此目的不但利用我确有的罪恶，还利用只是威胁着我的罪恶。从数量和质量上都是不可饶恕的罪恶，他就用这个攻击我吧。

我坦然地遵奉哲学家皮翁的例子。安提柯要以他的出身来讽刺他，他打断安提柯的话，说："我的父亲是奴隶、屠夫、身上有烙印，母亲是妓女，父亲因为没有财产而娶了她。他们两人都因做过坏事而判过刑。一位演说家见我讨人喜欢，从小把我买了去，临死把他的全部财产留给了我，我带了财产移居到这座雅典城，从事哲学研究。让历史学家别忙着打听我的消息；我自己会给他们说是怎么一回事。"自由大方的坦白可以使谴责减弱，使诽谤无计可施。

综观来说，我觉得人家捧我与贬我都做得太过。同样自从童年以来，在地位与荣誉方面，人家把我说得比我该有的高而不是低。

我更适合生活在秩序等级已经定局或不很计较的地方。在男人之间，起坐行止的特权起了争论，超过三句对白就是不文明行为了。为了避免这类幼稚的争执，即使极不公平我也不怕让人先做或自己先让；有人想要跟我争优先的权利，我总是让给他的。

第九章 论虚空

我写自己除了这个好处以外，还希望得到另一个好处，要是我的行为举止在我谢世以前获得哪个正直人的好意和共鸣，他可以来找我，我要向他介绍许多我的许多生活经验，因为若由他自己去认识与熟悉，那要长达好几年工夫，在这部书里只花他三天时间，还更可靠，更真实。有趣的怪念头，有许多事我连谁都不愿意说的，却告诉了大家，让我最忠心的朋友到一家书店去搜集我最隐蔽的内心思想。

　　我让他们观察我曲折的内心世界。

——柏修斯

假使我得到可靠消息，知道有人跟我非常投缘，我会不远千里去找他。因为跟情投意合的人相聚的乐趣，在我从来不是很多的。哦，一位朋友！这句老话说得多么正确，交朋友比水与火这些元素更需要、更甜蜜！

　　再回到我的题目。客死异乡其实并没有多大痛苦。事实上有些自然原因还不及死亡那么不幸和可恶，我们也认为有责任为此退出生活。再说，有人已经病病歪歪还要拖上一大段生命时，可能不应该指望让自己的苦难去连累一个大家庭。在印度某个邦里，认为杀掉陷入这个大限的人是天经地义的。而在另一个邦，他们不顾他，让他自生自灭。他们到了最后叫谁不讨厌，叫谁受得了？公众的服务不会做到那个地步。

　　你要强迫你的好友学习残酷，长期训练你的妻儿变得心硬，对你的痛苦不再体恤与哀怜。我腹泻时的呻吟不会引起别人惊慌。即使听他们谈话感到开心（这也不是常有的，因为情况不同，很容易对不论是谁会产生轻视或嫉妒）长时期这样要求不是太滥用了吗？我愈是看到他们高高兴兴为了我而约束自己，我愈是为他们的良苦用心感到歉意。

我们有理由相互支持，但不是这样沉重地压在他人身上，缠得他们也一起毁灭。像那个人，他下令掐死儿童喝他们的血来治自己的病①；或者另一个人②，要人派几名少女给他夜里窝暖他衰老的四肢，用她们清新的呼吸来驱散他发臭的气味。我宁愿建议自己去威尼斯去安度风烛残年吧。

老朽宜于独处。我则与人来往过密；从今以后不要让自己的丑态丢人现眼，要加以掩盖，缩成一团躲在壳里默想，像乌龟一样，这不是很有道理吗？我学习观察人，而不依赖他们。老态龙钟是对生命的不敬，该是跟你的同伴转过背去的时候了。

"这样一次长途旅行，您会滞留在一个小地方，束手无策，要什么没什么！"——大部分的必需品，我都随身带着。命运若要袭击我们，怎么也是躲不过的。我生病时，不需要特殊的东西，大自然在我身上发挥不了作用，我何必祈求东方神药来解围呢。我发烧，被病摆倒的初期，全身还是接近健康的，做最后几次基督教礼拜跟上帝和解，觉得自己更自由更轻松，也像会战胜病魔。相比公证人和顾问，我更需要医生。我在健康时都没处理的事务，别指望我在生病时会处理。我愿为死亡效劳的事则未尝稍停，决不敢耽误一天。若说到什么还没有做成，这就是说明：怀疑拖延了我的选择（因为有时不选择就是好选择），或者完全是我不想做什么。

我的书是写给少数人看的，也没几年可写了。倘使题材是持

---

① 据说路易十一为了恢复健康，喝儿童的血。
② 似指大卫王与童女亚比萨的故事，见《圣经·列王传》。

第九章 论虚空

久的，那就更使用一种更严谨的语言①。由于我们的语言直到此时一直不断地在演变，谁能指望现在的语言在此后五十年内还在使用呢？它天天在我们手中流逝而去，自从我出生后已有一半起了变化。我们说此刻已很完美。每个世纪都是这样说自己的语言的。只要老是这样消逝和变化，我就无意说它是完美的。语言在优秀有益的作品里得到固定，它的权威随着国家的命运而升降。

我还是不怕在这里收入不少篇关于个人的文章，今日在世的人中还是有人看的，这涉及眼光更远大的那些人的内心世界。我经常看到有人拿着回忆死人做文章，我怎么也不愿有人去争论："他这样看问题的，他这样活着的；他要这个；他若晚年开口说话，他会说的，他会做的。我比谁都理解他。"只要不有违于礼仪准则，我在这里让人感到我的倾向与爱好；但是谁愿意了解，我向他当面交谈还会更自由更乐意。不管怎样，在这些回忆中，若仔细阅读还是可以发现我已什么都说到和暗示了。我没法表明的就用指头指出来：

> 对于明眼人简单的符号就够，
> 其余的意义由你自己补充。
>
> ——卢克莱修

我不留下什么让人嫌不足或引起猜疑。若要议论我，我愿意又真实又公正。有人对我的看法不符合我本人实际，即使在表扬我，我也乐意从另一世界回来驳斥他。就是对那些尚在人世的人，我觉得有人也说得不总符合事实。我若不竭力维护一位失去的朋友，

---

① 蒙田在此指拉丁语。

人家就会把他任意糟蹋成千百个不同面貌的人。

　　为了把我懦弱的性格和盘托出，我承认每次旅途中到了一个地方安顿下，很少不在头脑中闪过这个念头，我是否能够称心地生病与死去。我要住的地方是专门为我而设的，没有噪声，不肮脏，没有烟，通风。我要用这些无足轻重的条件向死神讨好，或者说得好听些，排除一切障碍，可以让我专注于对付死亡，死亡不带任何附加物已经压得我够重了。我希望死亡分享我生活中的轻松舒适。这实在占了人生中的一大块，重要的一大块，但愿以后不要对过去误解。

　　死亡的方式有难也有易，根据各人的想法而有不同的实质。在自然死亡中，人从衰弱到昏迷我觉得压抑平和。在暴力死亡中，跳下悬崖就比破墙压死，利剑刺中比火枪击毙叫我更难想象。宁可喝下苏格拉底的毒汁，也不愿像卡图那么自戕。虽然这原是一回事，在我的想象中跳进一座旺烧的大火炉和投入一条平坦的运河，犹如生和死那样不同。从这看出我们就是愚蠢害怕方式更多于害怕结果。这只是瞬间的事，却是这么严重，我宁愿献出好几天的生命要求这一瞬间按照我的方式度过。

　　既然在各人的想象中死亡多少都是痛苦的事，既然各人都还可以选择死亡的方式，让我们更深入试一试，找出一种摆脱一切不愉快的死亡方式。还可像安东尼与克娄巴特拉两个同命鸳鸯那么缠绵动人？我不谈哲学与宗教所提到艰辛、堪为楷模的努力。但是还是到普通民众中间去找例子，如罗马的一个佩特罗尼乌斯和一个提吉里努斯，奉命自杀，舒舒服服准备就像上床安寝似的。他们有姑娘与朋友作伴，在平时悠闲的消遣中，让死亡悄悄到来。没有一句安慰，不提什么遗言，毫无慷慨激昂的应时感情，谈都不谈未来的情景。但是玩游戏、宴饮、戏谑、家长里短闲聊、玩

第九章　论虚空　　223

音乐和写情诗。我们不能抱着更为真诚的态度去模仿这样的决心吗？既然有的死法对愚者是好的，有的死法对智者是好的，就让我们找出对于处在智者与愚者之间的人的好方法。

既然死亡是必然的，我想象出一种我容易接受还向往的方法。罗马暴君认为让罪犯选择自己的死亡就是给他生命。但是提奥弗拉斯特那么一位智慧的谦谦君子、哲学家，也在理性逼迫下敢于说出这句被西塞罗译成拉丁语的诗：

支配我们人生的是命运，不是智慧。

——西塞罗

命运又如何帮助我这个人生挥洒自在，以致从此以后不需要别人，也不妨碍别人。这个条件我在生命的任何阶段都会接受的。但是值此收拾东西打行李之际，令我格外喜悦的是离开时并没使人高兴、也没使人不高兴。死亡权衡得失的手段非常高明，自认在我过世后可以得到物质利益的人，同时也会遭受物质损失。死亡给别人造成的负担经常也重重压在我们心中，让我们关心自身的利益那样去关心他们的利益，有时候还有过之而无不及。

我寻求的住地舒适方面，就不包括——还可说讨厌——排场与宽敞；只要简朴素雅，经常很少装饰，然有得天独厚的自然条件。"饮食不丰盛，但精致。"（利普修斯）……"雅致而不是花费。"（科内利乌斯·尼浦斯）

此外，只有隆冬季节被逼走进格里松斯冰天雪地的生意人，才会困在路上，陷入绝境。而我经常是去旅游的，不会自我向导得这么差。右边风景不佳，就走左边；不宜骑马，就不赶路。我这样做的同时，实际上看到哪个地方都像自己的家那么愉快方便。

是的，多余的东西总是多余的，讲究奢华总令我反感。

  我若错过什么东西没看着呢？那就回头走。这总是在我的路线上。因为我不画出一条固定的路线，既不直，也不弯。人家的地方我去了找不着呢？（有时候别人的估计与我的估计不合拍，我常常会发现他们的看法是错的），我花了力气也不怨；至少明白了人家说的东西不在那里。

  我有地球人这样适应环境的体质和普通爱好的情趣。各国人情世故多种多样，就是由于其不同而使我感动。每种习惯都有它的道理。锡盘、木盘或陶盘，煮的或烤的，黄油、果仁油或橄榄油，热的或冷的，对我都一样；只是到了老年不一样，我责怪这个来者不拒的天赋，反而需要挑肥拣瘦控制口腹之欲，以减轻胃部的负担。当我不在法国境内时，有人为了表示礼貌问我是不是要吃法国菜，我报以讪笑，总是冲向外国人最多的桌子。

  我的同胞陶醉于这种愚蠢的心态，对不同于自己的风俗习惯大惊小怪，叫我见了难为情。他们一走出自己的村子，就像离开了生存环境。不论到哪里都抱着自己的习惯不放，憎恨一切外来的东西。他们在匈牙利遇到一个同胞，就是吃吃唱唱来庆祝这次奇遇，他们又结帮成群，大骂他们看到那么多的野蛮风俗。不是法国的怎么会不野蛮呢？说得出坏话的人还是最有见识的人，他们毕竟把不同之处认了出来。大多数人都只是来了赶着又走了。他们旅行时裹得严严实实，谨小慎微不出声不交流，避免受异地空气的传染。

  我对这些人的看法，使我想起有时在青年朝臣身上看到类似的东西。他们只关注同类的人，带着轻视或者可怜的神情把我们看成另一世界的人。他们除了宫阙秘闻这类谈话以外，也就没辙了，在我们看来也像他们看我们一样无能无经验。俗语说得好，有教养的人是兼收并蓄的人。

第九章　论虚空

相反，我对自己的生活方式已经腻烦才出外旅行，不会再去西西里岛上寻找加斯科涅人（留在家里的已经够多了）。我找得多的还是希腊人和波斯人。我结交他们，观察他们。这是我内心向往愿做的事。更有一点，我觉得我在旅途中见到的各地风情，哪个都不比我们国内的差。我深入险地其实不远，因为家乡的风信旗还隐约看得见呢。①

然而，旅途上遇见的临时旅伴大多数情况下带来的不便要多于欢愉。我并不关注他们，尤其现在年老跟大家的行动也有所区别，更远离一点。你为别人受苦，别人为你受苦，这两者的苦恼都让人烦，而我觉得后者更加难受。遇到一位有教养的人，善解人意，生活习惯与你相符，又爱跟你同路，这种机缘非常罕见，给人的欣悦不可言喻。我在历次旅行中永远遇不到这样的好事。但是这样的旅伴要在离家以前选择和约定。

对我来说，没有交流就没有任何乐趣。每次心里产生一个高兴的想法，若是一个人独自琢磨，找不到人共享，我就会闷闷不乐。"若有人给我智慧，又提出条件只许我一人独有，不可使别人得知，这样我会拒绝接受。"（塞涅卡）另一人说这话的调子更高。"假定一位智者生活在这样的环境，物质上应有尽有，可以自由自在沉思，从从容容学习一切值得了解的东西；即使有这样的条件，他若注定孤身独居，永远见不到别人，他宁可离开这样的生活。"（西塞罗）我同意阿契塔的看法，就是在天上没有人作伴，独自在巨大神圣的天体上散步，这也是很无趣的。

但是独自一人还是比有个讨厌无味的人在身边要好些。亚里斯提卜喜欢独自到处走。

---

① 蒙田一生基本上没有离开过西欧，甚至未曾去过希腊和波斯。

如果命运允许我随心所欲地生活……

——维吉尔

我选择骑在马背上过日子：

急忙忙去看
骄阳如火的地方
或者云雾缭绕的山谷！

——贺拉斯

"您难道没有有趣的消遣吗？您还缺少什么？您的家不是在风景优美、空气清洌的地区吗？物产供应丰富，面积宽敞有余。国王陛下也不止一次驻跸在您的府上，场面浩大。比府上更加井井有条的不多，富丽堂皇不及的却不少。是不是地方上有什么难以容忍的说法，叫您心结难解？

是什么钻入你的心，在消耗你，在啃咬你？

——埃尼厄斯

您以为有什么地方可以生活得无忧无虑么？'运道从来不是纯粹的。'（昆图斯·库提乌斯）您看只有您跟自己才过不去，到处走动，对什么都发牢骚。因为世上只有野兽与神的心灵才会满足。①

---

① 根据那个时代的说法，生物链中神的心灵最高，野兽的心灵最低，而人的心灵处于两者之间。

第九章　论虚空　　227

一个人逢上这么一个好时机不能满意，他认为上哪里会满意吗？有多少千人把您的生活条件确定为他们期望的目标？您要改造自己，因为这是您能做到的，那时您对命运要做的就是耐性。'理智平和了，一切才完全平和。'（塞涅卡）"

我领会这个提示表现的理智，而且领会透彻；但是用一个短句跟我说或许更好更妥当："要明智。"我这个决心已超越明智：这是明智的产物与体现。这就像一位医生在一个可怜的有气无力的病人后面喊叫："要快活"；这要比跟他说"要健康"更适当一些。我只是个一般命运的人。下面这句箴言有益实用、明白易懂："对你自己满意，也就是对理智满意。"要做到不是靠聪明人而是靠你自己。这是一句民间俗语，含义极深。什么没有包括？一切事物都会遇到鉴别和改变。

我知道从字面来说，旅行之乐也包含不安与三心二意。这也是我们的主要和占支配地位的品质。是的，我承认，即使在梦中和心里，我也看不到使我留恋不舍的东西。对我来说景物不同就值，要是说至少有一件事值，那是我见到的多姿多彩。

在旅行中，我可以毫无理由停留，有个地方任意转悠，这就维持我的兴致不减。我喜欢私下生活，因为这是我自己选择的我喜欢，不是与公众生活不合拍，公众生活有时也很适合我的。我很高兴为我的亲王服务，因为这不存在特殊的义务，乃是出于我的判断与理智的自由选择，也不是另外一派没有收留我而无奈地去投靠了他。诸如此类的事。我讨厌迫于需要而干零星的事。一切要我对之依赖的事都在掐我的喉咙：

一片木桨划水里，一片木桨插岸上。

——普罗佩提乌斯

一根绳子拴不住我。你会说:"这些玩乐是虚妄的。"但哪里不是呢?这些美丽的箴言是虚妄的,一切智慧是虚妄的。"主知道智慧人的意念是虚妄的。"(《新的保罗达哥林多人前书》)这些微言大义只适用于布道。这些道理都把我们当傻子送上另一个世界。生命是个物质与形体的运动,其行动在本质上是不完美的、不规则的;我努力按其本性为它服务。

我们每人都受自身之苦。

——维吉尔

"做事应该不违反大自然普遍原则;但是原则得到遵守以后,我们必须按照自己的天性生活。"(西塞罗)

那些无人能够遵守的哲学高调,那些超越我们习惯与力量的规则,有什么用呢?我经常看到有人向我们建议生活模式,不论提出的人与聆听的人都不希望、还不愿意过的。法官刚刚写好一份通奸犯判决书,从同一张纸上撕下一张角,给他的同事老婆写情书。那个女人刚刚跟你关系暧昧,立刻就在你面前,大骂她的朋友同样跟人勾搭,叫得比波西娅波[1]还响。有人就以他本人也不认为是错的事作为罪行把别人判了死罪。我年轻时看到一位乡绅,一手向群众递过去看艳的色情诗,同时另一手散发几年来在全世界闹了好久的宗教改革文章。

人就是这样。让法律与箴言走它们的路,我们又走另一条路,不是因为世风不古,而是看法与评论经常不能统一。就像听人念

---

[1] 波西娅是加图的女儿,布鲁图斯的妻子,听说丈夫的死讯,自杀而亡。

一份哲学论文；创意、雄辩和中肯立即触动你的思想，激起你的感情；良心却未见挠到痒处或受到压抑，因为这不是对良心而言的，不是吗？因而阿里斯顿说，浴室与文章若不能除垢去污，就没有达到效果。大家可以停留在表面，但是先要吸取其中精髓，就像喝了好杯子里的好酒，我们才会去注意杯子的刻花与工艺。

在古代哲学学派还存在这样的情况，同一位作者发表清心寡欲的做法，同时又出版纵情声色的文章。色诺芬钻在克丽尼娅斯的裙子下，撰文攻击亚里斯提卜的色情观。这不是什么神奇的信仰改变使他们一阵阵冲动。而是像梭伦一会儿代表本人，一会儿代表立法者，此时为群众发言，彼时又自言自语；为了保证自己身体健康无恙，就采取自由自然的做法。

> 重病才找大医师。
> ——朱维纳利斯

按提西尼允许贤人按照自己的方式爱和做自己认为合适的事，不用拘泥于法律；因为他们比法律更高明，对德行更有见解。他的弟子第欧根尼说以理智对付骚乱，以信任对付偶然，以自然对付法律。

胃弱的人需要人为地节制饮食。胃好的人只需按照自己的天然胃口进食。我们的医生就是这样做的，他们自己吃瓜喝凉酒，要病人喝药水和面包汤。

希腊名妓拉依斯说，"我不懂他们的书、他们的智慧、他们的哲学，但是这些人跟其他人一样常来敲我的门"。因为人一放纵往往会越出合法与容忍的范围，我们也就经常把生活中的箴言与法律订得比大众的理智要严格。

> 谁都不相信自己的罪越过了
> 法律的界限。
>
> ——朱维纳利斯

或许应该希望扩大命令与服从之间的空间，因为好高骛远的目标似乎是不公正的。世上还没有一个好人，若把他的全部行为和想法对照法律来衡量，不会在一生中十次被送上绞刑架；惩罚和失去这样的人也是非常可惜、非常不公正的。

> 他与她怎样利用自己的身子，
> 关你奥吕斯什么事？……
>
> ——马提雅尔

配不上有德者称号、很有理由受哲学家鞭挞的人，倒是不大会触犯法律的。这里面不相等的关系真是说不清道不明。我们不想听从上帝做好人，我们听从自己也成不了好人。人的智慧永远让人达不到智慧所规定的种种义务；人若达到了，智慧又会提出其他更进一层的义务，它总是在想、在出主意，因为人的天性仇视一致性。人一安排自己就必然出错，他不会精明得按照不同于自己的理性去给自己确定义务。这个不要指望有人会去做的义务，他在给谁规定呢？不去做他不可能做到的事，他就不对了吗？这些因我们没做到要定罪的法律，本身就在谴责我们是没有能力做到的。

最糟的是行动是一回事，说话是另一回事，这种言行不一致的畸形自由对于只是以事论事的人是两可的，但是对于像我这样扪心自问的人就不是两可的了。我应该用笔像用双脚，人生道路走到那里写到那里。在社会上生活跟其他人的生活是有关联的。

加图德行高超，超过同时代标准。这样一个人参与治国安民的工作，可以说他正义凛然虽然不是没有必要，至少是徒劳的和不合群的。即使我这些行为，跟时下的行为相差无几，也使我被同时代人看来不近人情，难以交往。我不知道我是否对我的社交圈子毫无道理地感到厌恶，但是我知道我若埋怨他们厌恶我更多于我厌恶他们，这是没有道理的。

处理社会事务的品德，是一种包容各层面曲曲折折观点的品德，在实施时要考虑到人性的弱点，它复杂和做作，不直率、明白和恒定，也不完全纯洁无辜。今日的史料中还在责备我们的一位国王①，过于轻信他的那位忏悔神父一本正经的劝说。管理国家大事还有更刻薄的箴言：

> 要做聪明人，
> 远离宫廷事。
>
> ——卢卡努

从前我试图使用生活信念和准则来处理公务。那些都是在我家祖传的，或从教育中照搬的，生硬，新颖，未经琢磨或未曾玷污，我在私生活中使用得虽不顺手，但信心十足。这实在是一种书生气、稚儿小子的品德，要用在社会上我发现它们既不合适危害也大。

人走进人群中央，应该迂回前进，夹紧胳膊，有时后退有时

---

① 指查理八世（1470—1498），在忏悔神父马依亚劝说下，把鲁西荣归还给卡斯提尔国王。

前进，根据遇到的事甚至还要离开正道；他必须更多按他人而不是按自己的意志生活；不是按自己的建议，而是按人家的建议按时间、按各人、按事情而处世。

柏拉图说谁清清白白逃出世事的操纵，真是靠神迹才会脱身。他还说，当他主张用他的哲学家来充当政府首脑，他说的不是像雅典政府这样腐败的政府，更不是我们的政府，在那里智慧毫无用武之地。犹如把一种草移植到完全不符合条件的土壤里，能做到的是草适应土壤，不是土壤适应草。

我觉得，若要培养自己完全适应这类工作，必须改弦易辙。我即使靠自己能够做到（花上时间与心血我怎么会办不到呢？），我也不愿意。以前在这类职务上稍作尝试以后，已感到无聊之至。我觉得有时在心中也受到野心的诱惑；但是我全身绷紧，偏偏向着相反方向走去：

你，卡图鲁斯，还顽固不化。

——卡图鲁斯

无人向我讨教，我也无意去钻营。自由与悠闲，这是我的主要品质，这些品质跟这个行当的要求是根本对立的。

我们不懂得如何赏识别人的种种才能；这些才能分门别类，精细复杂。看到一个人处理私事能干，就认为他处理公务也能干，这是妄下断言。善于引导自己的人不见得会引导别人，能做"试验"①的人未必会产生效果；善于解围的人不会布阵；私下能说会

---

① 法语 Essai 一词，原为"试验"，蒙田把自己的文章称为 Essai，自后这词也包含一种文体的意思，汉译遂为"随笔"。蒙田在此自我解嘲。

道，在群众或亲王面前会口讷说不出话。这或许更可证明能做此事者真不会做那事。我发现大才做不好小事，就像小才做不好大事，都一样笨拙。据说苏格拉底不会计算他的部落的选票，向议会提出报告，被雅典人作为笑柄，看来还是可以相信的吧？我对这位人物的完美人格崇拜之至，也就以他的命运作为范例来原谅我自己的主要缺点。

我们的才能是零七八碎的。我的那份片儿又薄，数量也少。萨图宁对那些授予他指挥大权的人说："同志们，你们失去了一位好将军，让他当上了烂司令。"在我们这么一个病态的时代，谁吹嘘用一种朴实真诚的品德去为世人服务，要么他不明白什么是品德，因为我们的看法随着行为一起在腐败（不是么，听听他们如何解释品德，听听大多数人标榜自己的所作所为，并制定自己的准则，他们宣扬的不是品德，而是赤裸裸的不公义和罪恶，还用它改头换面去教育君王），要么他明白什么是品德，但歪曲宣扬，不管嘴里怎么说，干的事件件都是要受良心谴责的事。

我还是乐意相信塞涅卡在相似情况下所得到的经验，只要他愿意跟我推心置腹说出来。在紧急关头最光荣的善意表示，就是坦然承认自己的错误和指出他人的错误，用自己的力量压制和推迟恶的倾向，违心也走上这条斜坡，盼望和希望更好的时光。

当前法国分崩离析、我们陷入四分五裂的时代，我看到每个人都在努力保卫自己的事业，但是即使最优秀人士也借助于伪装与撒谎。谁要写得全面，就要写得大胆写得恶。即使最正义的一方，依然不外是千孔百疮的躯体的一个肢体。但是在这样一个躯体上病状较轻的肢体就是健康的了；这也没错，因为我们的品质都是在比较中才有了名分的。民间的清白无辜也是以时间与地点来评定的。

我喜欢读色诺芬在书中对阿格西劳斯的这段赞语。有一位邻近地区的亲王，曾与斯巴达国王阿格西劳斯交战过，要求他让他经过他的领地，阿格西劳斯同意他借道通过伯罗奔尼撒半岛。他不但没有任意摆布他，把他监禁或毒死，还周全有礼地款待他，决不加以冒犯。以这些人的心胸来看，这并没什么了不起；在其他地方或另一时代，把这样一种做法看成是正直和宽宏大量了。在我们学校里这些穿披风的小猴子①更会报以耻笑，斯巴达人的天真与法国人的天真不可同日而语。

我们不缺少有德之人，但是这是以我们的标准而言的。谁高风亮节超越他的时代，他应该改动和缓和他的为人准则，或者——如我劝他做的——闭门谢客，不和我们来往。他会得到什么呢？

> 我见过高尚的精英，真是个神人！
> 这不啻是双身连体的孩儿，
> 干地上的鱼，会产仔的骡。
>
> ——朱维纳利斯

大家可以怀念美好的时光，但是不要躲避当前的时代；大家可以盼望换上个新官，但是还是应该归现官管。服从坏官很难说不比服从好官得到的油水更多。

这个王朝沿用的旧法在哪个地方明灯高照，我就会迁到哪个地方去住。要是不幸这些旧法自相矛盾和否定，分裂成两个令人起疑、难以选择的两派，我的选择就会是逃避、躲开这场暴风雨；

---

① 蒙田指当时学校教育出来的学生，在校都披短披风，故这样称呼。

第九章 论虚空　235

由大自然决定向我伸出援手还是我遭遇战火。在恺撒与庞培之间我会明确表态。在这随后出现的三名盗贼①之间,要么隐姓埋名,要么见风使舵。当理智不作指导的时候,我认为也只能这样做了。

离开此地去哪里?

——维吉尔

这段插话有点偏离我的主题。我信马由缰,更多的是放任,不是疏忽。我的思绪绵绵不断,但是偶尔离远了两处相望,但是角度是斜的。

我浏览了柏拉图的一篇对话,包含两部分的奇文,前半篇谈爱情,后半篇谈修辞。古人写文章不怕笔意纵横,在人看来有一种天马行空的气势。我每篇文章的内容并不总是切题。他们经常也只沾点儿边,如这些篇名:《安德利亚娜》《太监》②,或另一些名字:苏拉、西塞罗、托尔夸杜斯③。我喜欢诗的跌宕有姿。这是一种艺术,像柏拉图说的,轻盈飘逸,得之于神鬼。普鲁塔克的作品中有几篇他写时竟忘了主题,论据东扯西拉,口气局促完全不知所云,且看他的《苏格拉底的魔鬼》,可知他的文笔。

上帝啊,这些充满朝气、写无定法的即兴工作有多美,愈随意愈多神来之笔!

看不出我文章主题的不是我,而是不细心的读者,总是在某个角落里有个什么字,不管如何挤压,不会不说出个意思来的。

---

① 指古罗马后三头同盟的屋大维、安东尼和雷必达。
② 泰伦提乌斯的两部喜剧。
③ 都是普鲁塔克《名人传》中的人物。罗马人爱起绰号,这些人的姓字带来的绰号都不太符合各人性格。蒙田故有此话。

我急于求变，过于唐突鲁莽。我的风格与想法也飘忽无定。"谁若不要一直蠢，那就要带点儿疯"，我们先师的箴言，尤其是他们的行为榜样是这样说的。

　　成千上万的诗人写得像散文那样拖沓；但是古人写的散文名作（在我读来无异于诗篇）处处闪烁诗的力量与异彩，声势浩荡，大气磅礴。诗应该被我们认为是最高最精诚的语言。柏拉图说，诗人坐在缪斯女神的三足椅上，口中吐出郁结于心的哀情，犹如喷泉上的怪兽檐槽，不咀嚼不迟疑，倾泻如注。所言各物也神采各异，题材相殊，皆有其独到之处。柏拉图本人完全是个诗人。学者们都说，古代神话就是诗，就是最初的哲学。

　　这是诸神使用的原始语言。

　　我要做到内容脉络分明。它清楚指出哪里变化，哪里终结，哪里开始，哪里又转合，不用在中间插入连接缀合的词句去迁就耳朵不灵或心思不专的人，也不用我自拉自唱。谁不是宁可自己的书没人读，也不愿别人读的时候打瞌睡或一翻而过吗？

　　"没有一件东西是拿来要用就能用的。"（塞涅卡）如果说拿书就算学习了，过目就算看在眼里了，浏览就算领会了，那么我这人还像我说的那么无知真是太没治了。

　　由于我不能以作品的分量得到读者的注意，能以我的糊涂来达到这个目的，"那也不算差啦"。（意大利俗语）——"是么，但是他这么浪费时间以后会后悔莫及。"这是我的看法，但是他还会在这方面浪费时间。此外有些人的脾气就是这样，明明白白才叫他们看不起，愈是弄不清我说的是什么愈是佩服我，他们看到晦涩难懂认定我意义深奥；说句实在话，我对晦涩难懂深恶痛绝，能够避免尽量避免。亚里士多德在什么地方自负地说到自己有意这样做；有害的装腔作势。

第九章　论虚空　　237

我在本书开头部分，章节屡有删减，使我觉得读者注意力尚未引起就被打断和分散，不屑对于小文章看上一眼，多加思索，我就着手把章节写得长些，那就需要一定的命题与空闲。做这样的工作，你若不给他一小时时间那就是什么也没给。你只是让他做什么事时顺便做，那也是什么事都不会让他做成。再说，我有时也迫于个人义务说话只能说一半，吞吞吐吐，前言不搭后语。

我要说的是我不愿意用这个理由扫大家的兴，这些支配我们生活的荒谬计划，这些即使包含若干真理的精妙看法，我觉得过于费人心思和不方便。相反，即使无用与傻气十足的事，只要给我带来乐趣，不用我对自己的天性严加管束，只要顺着就行，我也会不遗余力去提倡。

我在其他地方看到房屋的废墟、天神与凡人的雕像，其实都是出自人之手。这一切都是真实的，然而巍峨雄伟的罗马城这座坟墓，我再看也不免赞叹和崇拜。我们受到嘱咐要怀念死者。我从童年起就得到罗马人的培养。我熟悉罗马的历史，远远在熟悉自己的家史以前。我知道卢浮宫以前就知道卡皮托利山及其朱庇特神殿，知道塞纳河以前就知道台伯河。卢库卢斯、麦特鲁斯、西庇阿的身世与命运，在我的头脑里比我们自己的历史人物还记得深刻。他们都已作古。我的父亲也是，跟他们一样了无影踪，他离开我和生命十八年，跟他们离开一千六百年毫无不同；可是我依然深深怀念他，记得他的音容笑貌、亲情交流，如同生前一样亲密无间。

从脾气来说，我对作古的人更为亲切；他们彼此已无能为力；我就觉得他们会要求我为他们做点什么。这时感激才发出它原有的光彩。做好事要求回报和酬谢就不算圆满完成。阿凯西劳斯去探望病中的泰西庇乌斯，发现他家境贫困，把他给他的钱偷偷塞到他的枕头底下；这样瞒着他做了，也就不让他觉得欠了情感激不尽。那些得到我的友谊与感激的人过世以后，也决不会失去我的友谊与感激。他们不在了，无知无觉了，我会更好更体贴地报答他们。在我的朋友无法知道的情况下我谈到他们反而会更加亲昵。

现在我为庞培的辩护和布鲁图斯的事业打了一百次笔仗。在罗马人与我之间还存在这种交往。而当前的时事，我们也只是把它们存在于想象之中。我觉得自己对这个世纪一无用处，也就投身到那个世纪，那么迷恋这个古老的罗马，自由、正直、兴隆昌盛（因为我不喜欢它的诞生与衰老），叫我兴奋，叫我热情澎湃。因此我永远看不够罗马人的街道与房屋，以及罗马直至对蹠地的遗址废墟，每次都兴意盎然。看到这些古迹，知道曾是那些常听人提起的历史名人生活起居的地方，使我们感动不已，要超过听说他们的事迹和阅读他们的记述，不知这是天性还是幻想的差异？

"历史的召唤力在这些地方无比巨大！这座城市拥有说不完的记忆，因为谁走在街上，处处踩到古迹！"（西塞罗）我很喜欢揣摩他们的面孔、举止和穿着，我反复低诵这些伟大的名字，让它们在我的耳边回响。"我崇拜这些伟人，听到他们的名字总是肃然起立。"（塞涅卡）不要说他们可歌可泣的大事，就是日常生活中的琐事我也欣赏。我喜欢看他们争论、散步、就餐！这么多正直的勇士，我看到他们生活与死亡，他们的事迹若善于遵循可以给我们多少教益，看了他们的遗物和形象要是无动于衷，那就是忘恩负义的行为了。

我们看到的这座罗马城，值得大家去爱，自古以来以各种名义与我们的王朝结盟，也是唯一为普天下万众景仰的城市。城里的教宗同样得到其他地方的承认，这是全世界基督教国家的京都；

西班牙人与法国人,到了那里也是回家。要成为这个国家的君侯,不管来自哪儿,只要是基督徒就行。天下还没有一个地方受到天庭这么坚定不移的厚爱。即使废墟也辉煌灿烂:

>废墟令人叹为观止,弥足珍贵。
>
>——阿波利奈尔

它在坟墓里也保持帝国皇家的气象。"显然大自然也高兴在这独一无二的地方表现它的神工鬼斧。"(普林尼)任何人受这么一种虚妄快乐的挑逗,或许会在内心自怨自艾。我们的心情只要是快乐的就不是太虚妄。不管心情怎样,能不断使一个思维正常的人满足,我就不忍心去怜悯他。

我受命运之赐甚多,直到目前为止至少没有叫我忍受我不能忍受的屈辱。这或许也是命运让不给它添麻烦的人过太平日子的方式吧?

>我们愈多节制,神愈多赏赐。
>我没有家当,也就没有欲望,
>东西要得多的人,东西也就缺得多。
>
>——贺拉斯

再这样下去,它就会把我心满意足地送走。

>我也就不再向诸神
>要求什么了……
>
>——贺拉斯

但是小心冲撞！成千上万船只都在港口沉没的。

我不在以后会发生什么，我不在乎。眼前的事已够我忙碌了，

此后一切我都托付给了命运。

——奥维德

有人说人与未来的纽带是通过孩子联结的，他们继承了姓氏，抱有家族的荣誉感；而我没有这样强烈的联系，如果他们那么让人寄予厚望，我还是更应该不要对之期望过高。我自己对世界、对人生已依恋过多。我只是在绝对必要的生存条件下跟命运打交道就可以了，不想让它在我身上延长司法权。我也从不认为膝下无儿是一种缺陷，使人生因而不圆满不快乐。绝嗣也有它的好处。子女算不得人生中令人想望的对象，尤其在当前时代要使他们做好人是难上加难。"胚芽已都腐烂，还能长出什么好东西来？"（德尔图良）有过孩子的人又失去孩子，倒是真正让他伤心。

把我的家交给我管的人，看到我在家那么待不住，预言说我会把家毁了。他错了；我在这里像我来时一样，即使不见好，也不欠官役，也没有盈余。

目前，命运没有对我有任何强烈意外的伤害，也没有对我有过任何恩宠。对我们的家庭若有赠礼那也是在我之前一百多年的事了。我没有什么主要和实在的财物受惠于命运的慷慨。它给过我一些过眼烟云的荣誉头衔，不是物质性东西，事实上还不是授予，而是赏赐，上帝知道！而我是个彻头彻尾的俗人，一切事情讲究实际，还是非常实际，我若敢于坦白的话，我不觉得吝啬比野心更不可原谅，痛苦比耻辱更不可避开，健康比学说或者财

第九章　论虚空　241

富比爵位更不可期望。

在这些虚妄的恩赐中，最能叫我这颗痴愚的心感到欢乐的，是那张正式的罗马公民资格证书，那是我最近在那里时颁发给我的，证书上金字紫玺非常豪华，授予时亲切大方。

证书都是用不同风格的文体写成，精彩程度也不一；从前我看见过一份，那是我竭力要人家取出给我阅览的，如果有谁跟我一样有好奇的毛病，我乐意满足他的要求，在此全文转录如下：

根据光明之城罗马行政长官奥拉奇奥·马西米、马尔估·赛西奥、亚历山德罗·穆蒂提交元老院，关于授予圣米歇尔骑士团骑士、非常虔诚基督徒国王内宫日常侍从米歇尔·德·蒙田罗马公民权的报告，罗马元老院与平民会议颁布命令如下：

按自古以来的习俗与法律，凡出身高贵的有德之士，曾经或者将来给我们的共和国增光和做出有益贡献的人，都会得到我们热忱殷勤的接待，加入我们的行列中。先祖的遗训与权威使我们深受感动，应该模仿和保存这个高尚的习俗。而今声名卓著的米歇尔·德·蒙田，圣米歇尔骑士团骑士、非常虔诚的基督徒国王内宫日常侍从，热烈向往成为罗马人，鉴于他的家族光荣显赫，他个人品行高尚，经罗马元老院和平民会议最终审定和投票，认为他非常有资格被授予罗马城居住权，因而罗马元老院和平民会议欣然宣布，声名卓著的米歇尔·德·蒙田，德高望重，与这个伟大的人民相亲相爱，从今此后他与他的后代皆入册成为罗马公民，允许享受出生为罗马公民和贵族的人以贡献而成为罗马公民和贵族的人的一切特权与优待。罗马元老院和平民会议还认为授予公民权不是一个恩赐，而是接受了别人给予的好意；别人接受公民权是使本城增添光彩。

行政长官已责成罗马元老院和平民会议的秘书，把这份议会—法院批准书记录在册，存放于朱庇特圣殿档案馆，他们还制成这份证书，盖上罗马城事务公章。时年罗马城建城二千三百三十一年，耶稣·基督诞生一千五百八十一年三月十三日。

神圣的罗马元老院和平民会议秘书<br>
奥拉奇奥·福斯科<br>
神圣的罗马元老院和平民会议秘书<br>
文森特·马尔托利

我不是任何哪个城市的市民，而今却成为空前绝后高贵的城市的市民十分高兴。别人要是像我一样仔细审视自己，也会像我一样觉得自己平凡无奇。我要是舍弃了这点，也就不能不舍弃了自己。我们都是这个状态，谁也不比谁更好或更差。但是感觉到这点的人还更强一些，虽然我也说不清。

看别人而不看自己，这种普遍的看法与做法倒成全了我们好办事。人是个让人处处看不顺眼的东西；我们看到他身上的只是卑微与虚妄。为了不让我们垂头丧气，大自然很有道理地转动我们的目光朝外看。我们顺着水势往前淌，但是转过身逆水而行，这个行动很艰难。海水回流时就混浊汹涌。

每个人都会说："看天空怎么变的，看看大家，这个人在吵架，那个人脉搏怎么样，另一个遗嘱写些什么，总之，总是上下去看，左右去看，前后去看。"

第九章 论虚空

从前，德尔斐神庙的神给我们留下这条有悖常理的告诫[1]："你要扪心自问，认清自己，专注自己；心思与意志若用在别处，把它们拉回来；你的时光在流失，你的精力在分散，你要聚精会神，你要挺起身子。人家在背叛你，在消耗你，在偷窃你。这个世界垂下眼睛是看自己的内心，张开眼睛是凝视自己的外表，你没看到吗？对你来说，里与外都是虚妄，但是虚妄愈少扩大，也就愈少虚妄。"——神还说："人啊，除了你天下万物都是首先审视自己，然后根据自身的需要界定它的工作与欲望。没有一物像你那么空虚与渴求，要去拥抱整个宇宙；你是个无知的暗探，没有司法权的法官，闹剧的小丑。"

---

[1] 指希腊德尔斐阿波罗神庙圆额上的这条箴言："认识你自己。"

## 第十章
# 论意志的掌控

跟一般人相比，让我感动的事——或者说得更确切——使我留恋的事不多。事物只要不控制我们，而只是感动我们，那还是理智的。我通过学习与思考，花了很大心思去提高无知无觉的这份特权——这在我的天性中原本已很突出了。

我常做的事不多，因而热心的事也不多。我目光清晰，但专注在少数事物上；感觉细腻不敏锐。理解与处事能力则鲁钝迂拙，进入状态缓慢。我对自己的事全力以赴；可是在这个题目上，我要克制一下感情，乐意不让它陷入太深，因为这个题材可由我控制但也受制于人，命运对此比我更有权利。从而，就是我十分珍视的健康，我对它也不要过于祈求，竭费苦心注意，让我觉得生了病就非同小可。人应该在怕疼痛与爱淫乐之间保持克制。柏拉图主张生活中要走两者的中间道路。

但是对于那些使我不顾自己、分心他事的感情，我当然不遗余力地抵制。我的意见是为别人应该效劳，为自己才应该献身。如果说我有意愿乐于仗义执言，一言为定，但是我坚持不了，我的天性与为人都太软弱，

见事就躲，生来是享清福

　　　　　　　　　　　　　　——奥维德

　　经过一场激烈持久的辩论以对手胜利而告终，热烈追求后得到令我面红耳赤的结局，这都会叫我痛心疾首似的难受。我若像别人一样坚持，我的心灵没有力量忍受这些死抱不放的人的号叫与激动。内心一骚乱必然土崩瓦解。

　　有时有人把我推出去执行外界事务，我答应接受，但不会呕心沥血；我负责，但不会如同身受；我可以做到事必躬亲，但不热情洋溢；我会照看，但不会时刻在琢磨。

　　需要我处理与安排的紧急家务已经够多，让我终日牵肠挂肚的，那里还能定下心来接受外人的委托。自己本家日常维持生计的事与我利益攸关，也就不包揽别人的事了。那些知道欠了自己什么的人，那些知道该为自己尽多少义务的人，就会发现大自然已经给了他们这份订单，满满的，决不会让他们闲着。家务有的是，不用出门去。

　　人总是出租自己。他们的天赋不是为自己，而是为奴役他们的人用的。这样住在家里的不是自己而是房客。我不喜欢这种普遍心理。心灵的自由应该爱惜，只有在正当时机才可以把自由暂时抵押，我们若懂得明辨的话，这样的时机是很少的。且看那些只学会冲动与仓促做主的人，他们到处抵押心灵的自由，不管大事还是小事，跟他们相干还是不相干的事；只要那里有事有义务，他们不加区别都参与进击，只要他们不手忙脚乱，就好像不是在活着。"他们为忙而忙着。"（塞涅卡）他们为了找事做而找事做。

　　他们并非要这么做，其实是他们停不下来，恰如一块石头下坠，不落到地面上是决不会静止的。工作对某种类型的人是能力与尊严的标志。他们的精神在行动中寻找休息，犹如婴儿在摇篮中能够入睡。他们可以称为对朋友很讲义气，对自己充满怨气。没有人会把钱分给别人，但人人会把时间与生命分给别人，我们拿什么也没拿这两样东西那么挥霍，其实只有在这上面吝啬才是有益和值得提倡的。

我采取的态度完全不同。我立足于自己，一般来说对想望的东西想望得并不强烈，也想望得不多。忙工作干活儿也如此，次数不多，不慌不忙。他们要的事，他们管的事，让他们全心全意、满怀热忱去要去管。世上处处是陷阱，若要万无一失就要浅尝辄止。应该在表面上滑过，不要陷入太深。声色犬马之事，沉湎太深也会乐极生悲。

你走在一堆火上
会被灰烬欺骗……

——贺拉斯

波尔多的先生们选我当他们城市的市长，我那时远离法国，更远离这个想法。我请辞，但是有人跟我说我错了，国王也下旨敦促。这个职位除了其职责的荣誉以外没有薪俸也没有津贴，就显得格外崇高。任期两年，通过第二次选举可以连任，但这个情况极为罕见。这出现在我的身上，从前还有过两次，几年前德·朗萨克先生做过，最近又有德·庇隆先生，法国元帅，我是接他的位子；我初次任职的位子留给了德·马蒂尼翁先生，也是法国元帅，我有这样显赫的同僚而感到风光十足，

两人都是出将入相的栋梁。

——维吉尔

第十章 论意志的掌控 247

命运造成了这个特殊的局势，又送我走上了仕途。这不完全算是虚妄；因为亚历山大对科林斯使臣要颁发给他科林斯居民资格时，不当一回事，后来听使臣说酒神巴克科斯和大力神赫拉克勒斯也在名册上，才向他们再三道谢。

到任后，我认认真真如实介绍自己，我觉得我是这么一个人：没有记忆，没有警觉性，没有经验，没有魄力；也没有仇恨、没有野心、不吝啬、不粗暴；告诉他们在我任上可以期待做到什么，让他们了解清楚。因为他们认识先父，以及对他的怀念，使他们做出了这个决定，我还向他们清楚说明，他们召我来工作的就是当年父亲任职的地点，假若市政工作让我感到重负不身，就像当年父亲一样，我会非常不安。

我记得童年时看到他日见苍老，公务缠身戕害他的心灵得不到片刻安宁，忘记了他多年因体弱而格外留恋的家庭温馨，不顾家务、健康，为公事进行长期艰苦的旅行，不重视安全，也几乎失去生命。他是这样一个人；他天生宽厚仁爱，很少有人像他那么慈善与受人爱戴。

别人身上这样的人生态度我赞赏，却不思模仿，这里面有我的原因。他听人说我们应该为他人忘掉自己，个人与大众相比是毫不重要的。

世上大多数规则与箴言都借这样的人生态度，把我们赶到了门外，进入广场论坛，为大众谋利益。他们想到做出极大努力让我们脱离自己，放弃自己，并称我们过分依恋自己是出于一种天然的束缚，不惜说什么也要达到这个目的。贤人不按事物的实际，而按事物的实用来说教，这不是什么新鲜事儿。

真理对我们自有妨碍、不便和格格不入的地方。经常需要受骗才使我们不自骗，需要蒙住我们的眼睛、塞住我们的耳朵才能锻炼和改进视力与听力。"无知者当法官，就需要经常上当才不会判决荒唐。"（昆体良）当他们要求我们去爱我们前面三、四、五十度的东西，他们提出了弓箭手的技艺，弓箭手要射中目的，要瞄准靶子的上方。木材也是矫枉过正才会平直。

我看到在帕拉斯神庙里，也如在其他宗教的寺庙里，有一些公开的圣物向大众开放，其他更神秘更宝贵的圣物，只是向门内人展示。看来在这些人身上存在着彼此友爱的真正交集点。这不是一种虚假的友谊，让我们一心毫无节制地去追求光荣、知识、财富和诸如此类的事，仿佛是我们的肢体一样不可或缺；也不是甜丝丝、占有欲强的友谊，就像我们看到常春藤，它抱住的那块墙壁都会被它损毁；而是一种有益身心、有原则的友谊，同样也相互帮助和愉悦。

谁明白了友谊的义务，并实施这些义务，谁是真正站在缪斯的殿堂里；他达到了人类智慧与幸福的顶峰。这样的人完全知道自己该做什么，认识到对自己实施其他人与世界的做法，也应该是自己的任务，这样做的同时对公众社会贡献出他的一份义务与效力。谁活着不为他人，也就不为自己活着。"要知道，谁跟自己做朋友，也跟大家做朋友。"（塞涅卡）

我们最主要的职责，是各人管好自己的行为。我们在世上要做好这点。谁若忘了洁身自好，认为管理别人学好也算是自己尽了义务，他就是个蠢人。同样，谁抛弃自己健康愉快的生活去为别人劳累，这在我看来也是个违背自然的馊主意。

我不赞成一个人在接受公职以后，拒绝在工作时心勤、腿勤、口勤，需要时不付出血与汗：

> 随时准备牺牲,
> 为了亲爱的朋友或我的祖国。
>
> ——贺拉斯

精神始终处于休息和健全的状态,这不是没有活动,而是没有烦扰、没有激动,这是外界因素促成的,偶然的。单纯的精神活动危害不大,即使在睡梦中也在进行。但是启动时要谨慎小心。因为身体是人家给它多少压力,它也承受多少压力,而精神随自己的心意给压力加码,往往压得身体不堪重负。我们用不同的力气和不同程度的意志做同样的事。力气与意志两者脱节也可以不错的。多少人在与我们毫无相干的战争中天天冒生命危险,在其成败决不影响第二天睡眠的战斗中出生入死?

那个人待在家里,远离他不敢正视的危险,对这场战争的结果却比打仗中流血卖命的士兵更为起劲更动脑筋。我可以做到处理公务而丝毫不改变自己的本色,为人效劳而不亏待自己。

这种誓不罢休的欲望对于意图的贯彻妨碍多于方便,使我们对不顺利或迟迟不发生的事焦躁不安,对跟我们商量对策的人尖酸刻薄。我们受事情左右摆布,就永远做不好事情:

> 情欲引人走入岐道。
>
> ——斯塔蒂乌斯

运用判断与机智的人,做得比较利落;他装假,退让,搪塞,根据情况需要应付裕如。他达不到目标,不烦恼,不丧气,准备一切从头开始,往前走缰绳从不脱手。一心采用暴虐手段的人,其行为必然很不谨慎，很不公正；欲望急躁会不顾一切，行动鲁莽，命运若不伸以援手，不会有多少效果。当我们受侮辱，从哲学上来说，我们予以惩罚时必须制怒。这不是为了复仇时下手轻，相反是要下手重，打得准与狠。急躁在它看来只会碍事。愤怒不但扰乱思想，还使惩罚者的手臂容易疲劳。怒火使力量用不到一处。就像心急时"求速反而慢"（昆图斯·库提乌斯）。匆忙会失足，会绊交，会停下来。"速度会受速度之累。"（塞涅卡）

比如说，根据我平时做人的经验，吝啬最大的麻烦来自吝啬本身。吝啬愈苛刻，其收效也愈小。一般来说，当吝啬戴上慷慨的面目时，才能更迅速地敛财。

有一位乡绅，极好的人，我的朋友，对他的亲王主子的事务过于关切，忠心耿耿，把自己的头脑也几乎弄糊涂了。他的主子亲口向我这样描述自己：他对待大事跟常人一样，但是对于无可挽回的事他果断地下决心忍受；他命令做好必要的粮食储备后——他思维敏捷，可以很快办成——就安静地等待事情的发生。说真的，我看见过他做事，处理重大棘手的事情时行为举止与脸部表情都满不在乎，非常洒脱。我觉得他在逆境中比在好运中还更有气魄、更干练。对他来说失败比胜利、死亡比凯旋更光荣。

不妨想一想，即使在那些娱乐消遣性的活动中，如下象棋、打网球这类事，急功求成，求胜心切，使思想与肢体陷入混乱；他眼花缭乱，手足无措，屡屡出昏招。对于胜负成败不那么计较的人始终处之泰然；他在比赛时不慌不忙不冲动，也就更占优势，更有把握。

总之，我们要心灵掌握的东西太多，反而不能使它集中与牢记。有些事只需知道，有些事要记住，有些事要刻骨铭心。一切事物心灵都是可以看见与感觉的，但是都要由心灵自己去汲取养料。真正触动它的东西，真正融入和组成它的实质的东西，才使它得到教育。

大自然的规律使我们学到我们必须学习的东西。贤哲告诉我们，按照自然的规律没有人是贫困的，按照人的意见人人都是贫困的，他们还细致区分从自然而来的欲望和因我们胡思乱想而来的欲望。大家看得到底的欲望来自自然的，在我们面前躲闪、让我们追赶不上的欲望是来自我们的。钱财的贫乏易治，而心灵的贫乏则不可治。

若说满足生活就是够，
那我是够了。但是不！那又是什么样的财富，
可以多得满足我的欲望呢？

——卢西里乌斯

苏格拉底看到有人担了大量钱财、珠宝和珍贵家具，大摇大摆穿过他的城市，说："我不要的东西怎么这样多！"梅特罗道吕斯每天吃十二盎司粮食过日子。伊壁鸠鲁更少。梅特罗克勒斯冬天跟羊群一起睡，夏天宿在教堂的回廊里。"自然的需要自然皆可以供应。"（塞涅卡）克里昂特斯靠双手生活，还夸口说，他愿意的话还可以养活另一个克里昂特斯。

为了保护我们的生存，大自然原本对我们的要求确实是非常小的（究竟多么小，究竟生命只需靠什么就可以活下来，再也没有比下面这句话说得更清楚了：小得连命运怎么捕捉与冲撞都逮不住它），还允许我们自己再增添一点；这就是把我们每个人的习惯与条件也称作是自然需要吧；让我们根据这个尺度来犒赏自己，款待自己，我们的从属物与打算也可以扩大到这个程度为止。

因为在到达这个程度以前，我觉得我们总还有个借口。习惯是第二天性，但不比第一天性弱。我的习惯中缺少的东西，我认为也是我生命中缺少的东西。我在目前这个状态中生活了那么久，若有人要我紧缩和放弃，这不啻是让我盼着他们夺走我的生命。

我再也不是承受大变动、投入陌生新生活的年龄了。即使从高处走也不行。没有时间脱胎换骨了。我无奈有的大事当我还能享受时不来而现在才落到我的手中，

　　来了好运不能享受，不也是无用？

——贺拉斯

我自叹腹中枉有些许经纶。做正直人太晚了还不如不做，生命已没有了还说什么明白地生活。我是个来日无多的人，乐意把处世谨慎的经验传给后来者。那也等于餐后才送上了芥末。对于我已没用的财富我也不知拿来做什么。对于一个头脑不清的人学问有什么用？让我们看到礼物，却引起心中正常的哀叹，该来的时候没有来，这正是命运之神对我们的侮慢与不再宠爱。

不用再引导我，我再也去不了哪儿。令人满足的事各种各样，对我们唯有耐性便可。你去给双肺已腐烂的歌手一条响彻云霄的好嗓子，让深居阿拉伯沙漠里的隐士能言善辩吧！没落毋须技巧，每件工作最后总是结束。我的世界已走到了头，我的形式是空了；我完全属于过去，必须承认这一点，相应走上这条出路。

我要说的是这个：教皇[①]最近在日历上抹去了十天，这使我

---

[①] 格列高利十三世教皇改革儒略历，实际减去十一天，后世称格列历，法国在1582年实施。

情绪非常低落，让我无法适应。我生长在不以这样计算日期的年代里。这样一个悠久古老的习惯在向我招手，向我召唤。我无法接受这个仅仅是稍作改动的新事物，不得不在此当上了异端分子。尽管我年事已高，我的想象还总是跑在时间前面十天或后面十天，在我耳边嘀嘀咕咕。

这个规则涉及要活下去的人。即使健康不管多么甜蜜，断断续续找上门来，给我带来的也是遗憾多于享受，我已不再有地方可以容纳它了。时间正在离我而去；没有时间什么都无从占有。我看到世上有多少选择产生的高位，只是留给正要离去的人们，我对这一切都付之一笑！没有人关心他履职时能尽多少心，能做多么久：他一进门就要找边门出去了。

总之，我正在准备了结这个人，不是重新塑造一个人。年深日久，形式在我身上变成了实质，习惯也变成了天性。

所以我说我们每一个脆弱的生灵，认为在这个范围内的东西都是自己的，这情有可原，但是同样一出了这个范围都只是一片混乱。这是我们能够给予自己权利的最大空间了。我们愈是扩大自己的需要与占有物，我们愈是会受到命运的冲击与灾星的降临。我们欲望的路程应该予以设立禁区，限制在得到最近最直接的方便上，此外这条路程不应该设计在向外畅通无阻的直线上，而是按圆圈而行，路程的两端经过一个简单的转弯，汇集在我们自己身上。这番曲折也可说是接近实质的反思，没有曲折的行动就像吝啬者、野心家和其他直奔目标的人的行动，他们可以冲在别人前面奔跑，但这是错误和病态的行动。

我们的工作大部分都是闹剧。"人间就是一出戏"（佩特罗尼乌斯），我们应该尽心尽责扮演自己的角色，但只是一个特定人物的角色。不应该把面具与外形作为精神实质，把别人作为自己。

我们不善于辨别人皮与外衣。在面孔上涂脂抹粉已经足够，不用再在良心上涂脂抹粉了。我见过有的人担任过多少个职务，变脸和变心就变了多少回，脑满肠肥大模大样全身彻头彻尾官气十足，甚至在私室里也一身官气。

我教不了他们如何区别称赞他们本人的高帽子与称赞他们的差使、随员还是骡子的高帽子。"他们那么陶醉于自己的好运，竟至忘了自己的本性。"（昆图斯·库提乌斯）他们的官职高，把自己的心灵与思考能力也吹嘘得那么高。

波尔多市长与蒙田从前总是两个人，泾渭分明。作为律师与财政官员，不能不认清这类工作中的欺诈行为。正直的人跟他的职业中的罪恶或愚蠢是不相容的，可是不应该拒绝于这门行业；这是国家大事，有益于大众。人要靠世界过日子，尽量往最好的方面去做。但是一位皇帝要超越自己的帝国，不掺私心杂念高瞻远瞩；而本人应该知道如何独自作乐，还像个普通人那样心地坦白，至少对他自己如此。

我不会让自己全身陷得那么深。当我决心站到哪一方，决不至于偏激得不问是非。当此国家处于乱世时期，我没有因利益攸关而看不到我们对手值得赞扬的优点，我追随的这些人身上应该谴责的缺点。他们对自己一方的事都表扬，而我看到我方的大部分事都不能原谅。

一部优秀的作品并不因为它跟我的事业作对而失去它的精彩。除了争论的焦点以外，我让自己保持公平和完全置身事外的态度。"除战争的需要以外，我不怀任何深仇大恨。"（佚名）这点我对自己很满意，因为我常看到别人陷入相反的境地。"让不会利用理智的人去利用感情吧！"（西塞罗）

有人愤怒与仇恨超过了事件本身，大多数是说明这来自其

第十章　论意志的掌控　　255

他特殊原因，就像某人溃疡病治愈了，但烧还是不退，这说明他还有另一种隐病。事实是他们的愤怒与仇恨决不是为了公众事业，为了公众事业损害了大家与国家的利益；他们决不会恨；只是因为它损及了私利他们才痛恨之至。这就是为什么他们大动肝火，到了不顾正义与公理的程度。"他们谴责整体事业并不一心一意，但是谴责涉及个人的小事则步调一致。"（李维）我希望我方占优势，占不了优势我也不会发疯。我坚定站在更磊落的一方，但是我不愿别人有意强调我超过一般情理与其他人为敌。这种恶劣的风言风语令我特别反感："他是神圣联盟的人，因为他欣赏德·吉斯王爷的风雅。""那瓦尔国王的活动叫他吃惊，他是个胡格诺。""他对国王的为人说三道四，准是怀有异心。"

我对那位大臣也不让步，虽然他有理由把一部书列为禁书，因为书中把一位异端评入本世纪最优秀诗人行列。① 我们就不敢说有一个小偷长了一双好腿脚？女人当了妓女就一定品格下贱？在那些更智慧的年代，马库斯·曼利乌斯作为宗教与民众自由的保卫者，被授予卡皮托利人的最高荣誉后，又曾追回过他这个头衔吗？因为他后来热望建立君主制，有违于自己国家的法律，从而对他高风亮节的奖赏、彪炳史册的战功都一笔抹杀了吗？

他们若恨上了一名律师，第二天就会把他说成才疏口拙。我在其他地方也说到狂热驱使某些正直的人犯同样错误。我会如实地说："他坏心做这件事，他好心做那件事。"

同样，当事情的预测与前景看来黯淡不利时，他们都愿意自己一派的人个个是瞎子和笨蛋，他们的劝说与判断不是为真理服

---

① 事指宗教裁判所1580—1581年在罗马谴责蒙田赞扬加尔文的继承者泰奥多尔·德·贝萨。

务，而是为实现我们的愿望服务。我只怕自己会受愿望的控制，以致纠偏后会朝向另一个极端走去。此外我对向往的事稍带怀疑的感情。在我那个时代，看到那些老百姓真是出奇地好糊弄，不问情由就让人摆布自己的信念与希望，去取悦和效力他们的头领，错误再多也视而不见，幻想与迷梦再破灭也不在乎。

我不再奇怪那些人中了阿珀洛尼厄斯和穆罕默德的花招，给他们牵了鼻子走。他们的感觉与理解全被狂热窒息。他们的辨别能力只限于选择叫他们乐开怀和让事业得益的事。在第一个狂热宗派①出现时，我已经注意到这占了显著地位。接着成立的另一个组织②，模仿它还有过之而无不及。

以此我看出这类事与群众的错误是密不可分的。第一个错误出现后，群众就同声附和，像随波逐流。你若另有看法，若不随大流，你就不算是同一派。当然若用骗子去帮助这些正确的派别，那是在害它们。我对此始终持不同意见。这种做法只对病态的人有用，对于正常的人还有更可靠也更诚实的做法，就是保持他们的勇气与原谅事情的挫败。

天下还没有见过恺撒与庞培这样严重的对立，今后也不会见到。然而我觉得在这些高尚的心灵还是可以辨认出惺惺相惜的感情。这是一种争夺荣誉与指挥权的嫉妒，并不使他们产生不共戴天的仇恨，没有恶毒用心与诽谤。在你死我活的激战中，我发现他们流露出对彼此的尊敬与好意，因而我认为若能做到的话，他们中的哪位都希望成就自己的大业，更愿意不因此引起对方的毁灭。马略与苏拉的争雄完全不一样，这要小心提防。

---

① 指主张宗教改革的新教徒。
② 指天主教神圣联盟，成立于1576年。

做人不应该疯狂追求情欲与利益。我年轻时爱情来得太快我就抵制，有意安排得不太愉快，以免我沉湎其中，最后完全听从爱情的摆布；其他场合遇上心愿过于亢奋时我也如法炮制。感到内心像喝了酒似的跃跃欲试以求一醉时，我偏偏违反心意去做。我赶快逃避，不让自己过于纵情欢乐，以免要收回心时头破血流。

人的心灵糊里糊涂，看不透事情，坏事没有把他们害个够，就认为交上好运了。这也是一种精神麻风病，气色健康，即使哲学对这种健康也一点不小看它。但是这也不是理由要把这个称为智慧，像我们常做的那样。有位古人以此嘲笑第欧根尼，要在严冬之寒天，赤身裸体去拥抱一个雪人，考验自己的耐力。那个人遇到他时正处于这个状态。于是问："这个时候你冷得很吧？"第欧根尼回答说："一点不冷。"那人又说："那你这样抱着怎么算是高难度的示范动作呢？"为了检验恒心，必须要会吃苦头。

但是，心灵要受到命运千辛万苦、艰苦卓绝的折磨，要依然人生中原有的严酷与沉重来衡量和体验，那它们就要利用人生艺术不去深究其原因，避开其锋芒。柯蒂斯国王就是这样做的；有人向他献上一套华美贵重的餐具，他给予厚赏；但是这套餐具实在脆薄易碎，他立即自行把它们打破，趁早别让自己动辄为此事跟仆人发脾气。

同样，我有意避免让自己的事务关系不清，也不想把我的财产跟我的亲戚与有深交的朋友沾上边，疏远与纠纷一般都是从这里产生的。从前我喜欢玩牌和掷骰子这类靠运气的游戏，也在很久以前戒除了，只是因为输了不管脸部表情怎么样，心里总不免有点疙瘩。一个自尊的人遇到撒谎和冒犯会想不开，也不会把这看作一件蠢事而心中释然，这样的人应该避开暧昧和易起争执的事找上门来。

愁眉苦脸的人，易发脾气的人，我躲之唯恐不及，像见了瘟疫病人一样；对于不能无私和坦然对待的言论，若不为职责所逼，我也不参与。"开始就不做比中途停下不做要省心得多。"（塞涅卡）最可靠的方式是未雨绸缪，事前防备。

我自然知道有的贤哲去另一条道路，他们不怕同时遇到许多事去面对和解决其中的要害问题。这些人自信有力量，依靠它抵挡一切来犯之敌，以毅力与耐性跟逆运搏斗：

> 犹如大海中的一块巨石，
> 面对狂风怒涛，
> 不怕白浪滔天，风吹雨打，
> 宛自屹然不动……
>
> ——维吉尔

我们不要搬弄这些例子，我们永远望尘莫及。他们执意要看个究竟，决不会为国家的毁灭而心烦意乱，因为这掌握和控制着他们的整个意志。我们这些普通人，承受不了这样的力量与严酷。小加图为此放弃了他无比高尚的一生。对于我们这些小人物，暴风雨应该远远躲开。我们必须敏感，而不是忍耐，避开我们不知抵御的打击。

芝诺看到他喜爱的青年克莱莫尼代斯走近来，在他身边坐下，突然站起身。克里昂特斯问他原因，他说："我听医生再三叮嘱要休息，不让任何部位激动。"苏格拉底不说：不要向美色的诱惑投降，要抗拒它，要反击它。而说：赶快逃离它，跑出它的视线范围，不要跟它相逢，犹如躲开从远处抛过来打人的剧毒药。

他的一位好学生，编造或是叙述（我的意见是叙述多于编造）

那位大居鲁士罕见的美德,说他提防自己没有力量去抵挡他的女奴、著名的绝代美人庞蒂娅的诱惑,就让另一位没他那么自由自在的人去探望和看管她。《圣经》也这么说:"不叫我们遇见试探。"我们在祈祷中不说,让我们的理智不要被美色打倒和征服,而是说我们的理智连试探也不要试探,不要让我们落到这个地步,由着罪恶接近、挑逗和诱惑而叫苦连天,祈求我们的主让我们的心保持宁静,彻底完全摆脱恶的骚扰。

有人说他们战胜了复仇的情欲,或者其他难以克服的类似情欲,说的是目前的实情,不是以前的实情。他们对我们说起时,他们错误的原因都是他们自己造成和夸大的。但是回溯以前,再从根源上去探讨原因,那时你就会看到他们不是无可指摘的。他们是否要说从前犯的错误在现在看来也就小了,从一个错误的开始会产生一个正确的结果?

谁像我一样希望国家兴旺,而又不为之生溃疡病和消瘦,看到国家遭到破坏或经历一个破坏力并不稍减的时期,会不开心,但不会发抖。

> 这艘可怜的船,波涛、海风
> 与领航都对它另有所图!
>
> ——布坎南

谁不张口结舌对君王的恩宠有所求,看作生命中不可或缺的东西,那么看到他们面貌冷淡,接待怠慢,心思变化无常,也就不会太介意。谁不甘心为人奴似的溺爱儿女和追求名利,那么失去后也不会生活不自在。谁做好事主要为了自我满足,那么看到人家诋毁他的行为,攻击他的善举也就不会困扰。有点儿耐性,这些烦恼都是可以消除的。

我用这个药方效果就很好，烦恼一冒头就把它轻易化解，从而觉得避过了许多劳苦与困难。激情初起时只费一点力就可予以制止，问题开始感到棘手还未折腾我以前便抛下不顾。起跑止不住，奔跑也就停不下。不知道把它们拒之门外，以后也难把它们赶到门外。不能赢在开头也就不能赢在最后。控制不了晃动也止住不了坠落。"人一脱离理智，情欲就自由漂流；人性的弱点自以为是，鲁莽地进入大海深处，再也找不到避风港栖身。"（西塞罗）我及时感到微风吹入心中进行试探，发出声响——这是暴风雨的征兆："心灵早在征服以前便已动摇。"（佚名）

> 如同微风吹起，
> 树木索索发抖，咆哮渐渐声响，
> 向水手预报暴风雨即将来临。
>
> ——维吉尔

一个世纪以来，世事纷扰，阴谋诡计不断，我天性对此深恶痛绝，超过切身受到严刑和火烤；多少次我对待自己明显不公，为了避免风险从法官那里遭受更大的不公？"为了避免诉讼，应该不遗余力、甚至要超出能力去做一切。因为放弃一些自己的权利不但是件好事，有时还是件有利的事。"（西塞罗）

我们要是聪明的话，就应该高兴和夸奖，如同有一天我听到一位大家族子弟天真地逢人便庆贺他的妈刚打输了一场官司，就像摆脱了咳嗽、发烧或其他久治不愈的病。命运之神赐给我的这些恩宠，若有赖于有权柄者的情谊和交情，我努力根据良心有意回避，不去利用来伤害别人，也不在正当的范围外实施自己的

第十章　论意志的掌控

权利。

总之，我白天有那么多的工作要做（幸好我还能这么说），至少还没有上过一次公堂，也没有发生过一场口角。尽管我若愿意的话，好几次我可以师出有名，为自己的好处打几场官司的。我不久就要过完长长的一生，没有遇到过或给过人家严重的伤害，除了自己的名字以外也没有其他恶名：上天少有的恩泽。

引起我们最大纷争的动机与原因都很可笑。我们最后一位勃艮第公爵就为了一车子羊皮跟人吵架，造成了多少废墟？① 这颗地球遭受的最可怕的灾难，其最初的主要起因不就是为了一枚纹章上的图案么？② 而庞培与恺撒只是前两位的后辈与效法者而已。我在自己那个时代见过国王议院中最智慧的人物，花费公帑大摆场面签订条约与协议，其实真正的决策取决于具有至高权威的夫人内阁的闲谈和几位小女人的爱好。诗人们深解其中深意，因而说为了一只苹果把希腊和亚洲陷于血泊火海之中。③ 且看那个人为什么提了宝剑，揣了匕首，拿自己的荣誉与生命去碰运气；让他给你们说说这场争论是怎么引起的，他告诉你不会不脸红，因为原因实在太无聊了。

一开始，只需要有点见识便可消弭争端；但是一旦上了船，各种缆绳都在拉扯。这时需要有大气魄，那要困难和严重多了。真是上船容易下船何其难！应该从反面去学习芦苇生长之道，芦苇第一节很长很直；但是接着好像疲倦喘不过气来，节子短而密，

---

① 影射勃艮第公爵查理（大胆者）对瑞士人的战争，起因是一个瑞士人经过罗蒙大人的领地，被他抢去了一车羊皮。
② 苏拉战胜努米底亚国王朱古达，要在纹章上刻图案纪念这次凯旋，此举引起马略嫉妒，遂成嫌隙。
③ 指希腊神话中，帕里斯评判金苹果属于谁的故事，引起特洛伊战争。

仿佛停顿，已没有最初的活力与坚韧。应该在开始时仔细冷静，把耐力与冲动留到工作关键与完成的阶段。事件初起时可由我们指导，随我们的心意发展。但是后来当它们发动后，是它们指导我们、控制我们，我们只有跟在它们后面去。

然而这不是说这个忠告给我解除了一切困难，我经常不用费多少力气就可降服和控制我的情欲。它们并不总是按照时机场合进行调节，有时一来还很冲动暴烈。无论如何还是可以从这个做法中节制了感情，取得了效果，除非是有些人，他们做什么好事若不沾上名声就对任何效果都不满意。

因为事实上，这样的事有没有价值全看每个人自己。如果你在加入行列和事态已经明显以前就已经改宗了，你为此更快乐，但不为此更受人重视，此外，不单是在这件事上，而且在人生的其他一切责任上，追求荣誉的人所走的道路确实与讲究秩序与理智的人所走的道路是不同的。

我见过有些人没头没脑地、奋勇地进入竞技场，奔跑中慢了下来。如普鲁塔克所说的，有人由于做了见不得人的坏事，心虚，不论人家要什么，有求必应，事后又随便食言，赖个干净；同样的，轻易加入争吵的人也会轻易退出争吵。同样一件难事，会让我望而却步，当我激动和发热时又会挑动我去干。这是一种坏习惯，因为一旦你沾上手，你必须干到底或者自己垮掉。贝亚斯说："接手时随随便便，但是干起来风风火火。"缺乏谨慎会变得缺乏勇气，后者更不可忍受。

今日我们解决纷争的办法大多数很不光彩，充满谎言；我们寻求的是保全面子，于是背叛和掩饰我们真正的意图。我们掩盖真相；我们知道我们是怎么说过的，是什么用意，在场的人也都知道，我们要我们的朋友感到我们的优势。我们隐瞒自己的想法，为了达成协议靠虚伪去拣便宜，这损害了我们的坦诚和光明磊的名声。为了挽回我们做出的否定，我们又一次否定自己。这不应该光看你的行动或你的言辞有没有另外解释；此后不管要你付出多大代价应该维持你的真正诚意的解释。人家在对着你的品德、对着你的良心说话，这两样东西是戴不上假面具的。让那些卑劣手段和权宜之计应用在法庭诉讼中吧。

我看到为了弥补不当行为天天有人道歉与谢罪，而我觉得这些道歉与谢罪比不当行为本身还要丑恶。宁可再羞辱对手一次，也比向他做出这样的弥补来羞辱自己好。你在火头上顶撞了他，恢复冷静与理智后又去安抚他、讨好他，这样你后退得比前进的还多。我认为一位贵族不论说什么坏话，也不及他在强权的逼迫下否定前言那么可耻。一位贵族固执己见要比胆小怕死更可原谅。

情欲要我节制容易，要我避免则难。"从心灵中剔除要比克制容易得多。"（佚名）谁不能达到斯多葛派的那种高贵的无动于衷，那让他求助于我这种黎民的愚钝。那些人做这个靠的是品德，我做这个靠的是性情调养。中心地带酝酿风暴，两端则是哲人与俗人，一心想着过的是太平安逸日子。

> 谁知道事情的原委，
> 蔑视恐惧与宿命，
> 和阿刻戎①索船资的吆喝，他就是福人！
> 谁认识乡村的诸神，
> 牧神、老分神和仙女姐妹，他也是福人！
> ——维吉尔

---

① 据希腊神话，此人为渡亡灵过冥河的船夫。

一切事物诞生时都是柔弱的。可是应该睁大眼睛看着初始之时。因为小时没发现它的危害性，大时就会找不到医治之药。我抱有野心时，每天遇到千万个难题不容易解决，还不如在内心油然产生这个想法时，毅然把它抑止，这要容易得多：

我有理由害怕
抬起头被人远远看在眼里。

——贺拉斯

一切公开活动都会招来不确定与莫衷一是的看法，因为评判的脑袋太多了。有人提到我担任这个城市的职位（我也很高兴能对此说上一句，不是这工作值得一谈，而是表示我在这类事情上的做法），说我在工作上缺少魄力，做事慢条斯理；他们倒离开表面现象不远。

我试图让自己的心灵与思想保持平静。"天性本来就爱静，今日年老更是如此。"（西塞罗）有时我的思想一放肆给人留下粗鲁激烈的印象，这实在不是我的初衷。至于我天性慢条斯理，不要从中得出这是我无能的证据（因为不着急与不关注是两回事），更不要认为这是我对波尔多市民的漠视和忘恩负义。他们在认识我的前后，利用手中掌握的一切大大小小的方法来拥戴我，第二次推选我时比第一次还踊跃。

我愿他们一切都称心如意，当然任何时刻我会尽心尽力为他们效劳。我为他们就像为我自己竭尽忠诚。这是善良的人民，慷慨好义，也能服从与守纪律，若善于诱导必成大事。人们还说我在职时一切既不突出也无痕迹。这是好事，当大家都在兢兢业业

第十章 论意志的掌控

工作时自然会嫌我没事做了。

我受意志驱使时做事雷厉风行。这却是坚韧不拔的大敌。谁根据我的特长使用我，给我分派的工作需要活力与自由，做法直率，但不能历时太久，可以含风险，这样的事我可以有所作为。如果时间长，繁琐，辛苦，需要装模作样，转弯抹角，那不如另请高明了。

并不是一发重要的差使都是艰难的。事情如果确实需要，我会做出吃苦耐劳的准备。因为我还是有能力多做和做我不喜欢的事。我自己知道，凡是我有责任去做的事我不曾半途而废过。那些职责与野心不分的事，以职责的名义来掩盖野心的事，我很容易忘记。但往往是这些事情听在耳里，看在眼里，人人皆大欢喜。可以出彩的不是事情本身，而是表面文章。他们若听不到声音，还以为大家都睡着了。

我跟爱喧闹的人完全是两个性子。我能够制乱而自己不乱，惩罚破坏秩序者而心情不变。我要不要发怒和大光其火？偶尔用来装装样子。我的脾气温和，失之于软，不急躁。一位官员闲着我不怪他，只要他手下人也闲着，法律也闲着。我赞赏生活顺溜低调，不喧声，"不卑不亢不堕落。"（西塞罗）命运也要求我如此。我出身的家庭，过得平平淡淡，不事声张，历代讲究门风敦厚。

我们这个时代的人养成了浮躁、爱出风头的性格，以致不再注意善良、节制、平等、恒心，以及宁静无为的品质。丑事到处可见，好事了无影踪，病态满目皆是，健康则很罕见。令人高兴的事也就无法与令人伤心的相比。把只能放在会议室做的事放在大庭广众面前做，把前一夜能做的事放到第二天中午做，同事可以做好的事恨不得自己来做，这样做是为了沽名钓誉和个人利益，不是为了对工作有利。就像希腊某些外科大夫，用木板搭台，在行人众目睽睽之下表演他们的开刀手术，目的是熟练技术招揽顾客。他们认为大吹大擂才能让人听到事情得到良好解决。

野心不是小人物的一种罪行，也不是我们花力气所能实现的。有人对亚历山大说："令尊给您留下了一大片和平和易于治理的疆土。"但是这个孩子羡慕父亲的武功与他的政策的正义性。但是他不甘心懒洋洋太平无事地管理世界帝国。在柏拉图的著作中，亚西比得宁可在年轻英俊、富有高贵、极有学问时死去，不愿在这个阶段停滞不前。

在有这样胸襟气魄的人身上，这样的毛病可能是可以原谅的。但是那些侏儒、鼠辈小人也要沐猴而冠，以为判对了一桩案子或者维持了城门前的秩序，就可以名扬天下，真是要想出头反而露出了屁股。这种微不足道的好事既无分量也无生命力，一说出口最多传到下一条街口就烟消云散了。跟你的儿子与仆人去侃这号事吧。就像那位古人，见没有人听他的吹嘘，承认他的勇敢，就对着他的女仆大叫："佩莱特啊，你的主人真正个儒雅的人哪！"

连这个也办不到的话，那就跟你自己去说吧，就像我认识的一位参政员，他聚精会神又蠢到极点地照本宣读一连串段落后，抽身离开议事厅到了宫里的小便池，只听到他认真地念念有词在说："主啊，荣耀不要归与我们，不要归于我们，要因你的慈爱和诚实归在你的名下。"（《旧约·诗篇》）谁若不能从别处得到，就只能自掏腰包了。

好名声可不是贱价出售的。它来自难能可贵的表率行为，决不允许日常数不清的琐碎小事来凑热闹。草草修好一堵墙或者挖通路旁的沟，仅可把名字刻在大理石上对你歌功颂德一番，但是人是有感觉的，他们不会这样做。好事并不是做了以后都有反应的，这要求它有难度和非同一般。据斯多葛派的看法，任何出自美德的行为根本不要求得到人家注意。有个人清心寡欲，拒绝一个满目眼屎的老太婆，他们认为对这样的人有什么可以感慨的呢。有人承认阿非利加西庇阿的高尚品质，但是拒绝珀尼西厄斯要给予他荣誉，称赞他谢绝重赏的做法，因为这样的荣誉感不是他一人独有的，而是他的时代共有的。

我们享有的福乐跟我们的命运是一致的。不要妄想大人物的福乐。我们的福乐更自然，因而也比他们的更稳固更可靠。即使不是从良心至少也要从野心出发去拒绝野心。要蔑视对虚名浮誉的贪图，这些是要我们低声下气向各式各样人物讨好。不择手段，不计代价，"在市场能买到的光荣是什么玩意儿？"（西塞罗）

这样得来的荣誉是不荣誉。我们要学会没有能力赢得光荣也就不要贪图光荣。做了一件有用无善的事神气活现，这是对这类事大惊小怪的人才会这样。这让他们付出代价，于是要提高它的身价。一件好事愈是叫得响，我愈是贬低其中的好意，会怀疑这是做了扬名而不是行善。抖落到大众面前已算是一半被出卖了。这类行为若由做的人不经意间悄悄泄漏出来，然后有好事者核实后露出了水面，让它们自行不胫而走，这才更有意思。"我认为，不事声张、不忌讳人家怎么说的情景下做的事最值得赞扬。"（西塞罗）那位世上最神气的人是这么说的。

我只求事物的维持与存在，这都是无声无息、悄然进行的。革新引人注目，但是目前迫于形势，抗拒新兴事物，革新也就遭到了禁止。悠着做有时跟做一样高尚，但是悠着做就较少公开。我能贡献的绵薄之力也差不多在这方面。总之，选我上任的时机符合我的性情作风，我为此非常感激。

有谁为了看医生治病而希望自己生病的呢？若有医生为了表

现他的医术而让我们得上瘟疫，不是应该挨鞭子抽吗？我决没有这种不健康但颇为普遍的心理，希望这座城市动荡不安、百业凋敝，来显示我施政高明。我踏实地为市民安居乐业贡献力量。我工作时按部就班、冷清清、静悄悄，有人对此不以为然，但是他无法改变我有幸担任此职位属于我的工作作风。

  我生来是这样的人，我喜欢自己既幸运又聪明，有所成就既归功于上帝的恩宠，也有赖于自己工作的参与。我也曾苦口婆心向大众说到我才疏学浅难以担任这项公职。比才疏学浅更糟的是我并不嫌弃才疏学浅，也不思改变才疏学浅，由于我已习惯于这样的生活。我对自己的政绩也不满意，但是当初对自己定下要做的事差不多都做了，对别人许愿要做的事还大大超过；因为我愿意答应的事要少于我能做的和希望完成的事。我要肯定自己没有留下冒犯和憎恨。至于留下对我的遗憾和希望，我至少知道我并不十分在乎：

    我能信任这奇妙的宁静吗？
    我能忘记风平浪静的海水下
    隐藏的是什么吗？

——维吉尔

# 第十一章
# 论跛子

两三年前，法国一年少了十天。随着这个改革带来了多少变化？实实在在的惊天动地。然而一切都在原地不动：我的乡邻按原时播种、收庄稼，适当时机做买卖，哪天吉利不吉利都跟他们自古以来规定的一模一样。在生活习惯上不出差错，也不觉得有所改进。一切事物还是有那么多的不确定，我们的认识还是那么粗浅暧昧。

据说新历的纠正可以减少不方便处；按奥古斯都的儒略历的做法，若干年内取消闰日——这原本是个令人无所适从的日子——直到我们把这个误差补全（这样的纠正补足不了所欠的日子，还是缺少几天时间）。如果有同样的方法在将来做到并宣布经过若干年的周期，这个多余的日子会永远消失，那样我们的计算误差从此不会超过二十四小时。

计算时间除了用年以外没有其他方法，多少世纪来全世界都是这样做的。这种测算方法至今还没有确定完成，那么我们就会天天猜疑其他国家采用什么不同的方法，这种方法又是怎样进行的。有人还说什么，天体变老时向着我们在收缩，使我们对天数、甚至对小时数都拿不准。至于月份，普鲁塔克在他的时代不就说，星相学还不能确定月球的运行吗？

我们对过去事件的记载就是这么翔实可靠！

近来，我像经常一样在胡思乱想，人的理智到底是怎么一个自由与模糊的工具。我平时看到人对于别人向他们提出的事，更有兴趣要问的是什么道理，而不是有没有这回事。他们抛下事情真相，却琢磨着探讨原因。难怪谈锋那么健！

对原因的认识只属于掌握万物运转的上帝，不属于我们；我们只是去遭遇这些事情，根据我们的天性去充分享受它们，而深入不到它们的根源与本质。酒也是这样，对于了解其主要品质的人并不更可口好喝。相反地，身体和心灵若自以为是，会中止和搅乱它们享受世界的权利。决定、知情和给予都属于命运的安排与主宰，享用与接受则属于听命于命运使唤的人。

再回头来谈我们相识成习的做法。他们忽视事实，却好奇地观察后果。他们一般都是这样说的："这怎么一回事？"——应该说："是这么一回事吗？"我们的推理会凭空想象出一百个世界，找出其中的原理与结构。它不需要事实也不需要基础，神游天地，虚虚实实似有似无地创造万物。

> 可以称出烟的重量。
> ——柏修斯

我觉得差不多到处都可以说："根本没有那回事。"我会常用这句话回答；但是我不敢，因为他们会嚷嚷说这是弱智与无知造成的失败，我必须虚与委蛇，跟大家一起讨论一些我完全不相信的无聊事。不过，干脆否认一件事实，那确实不好办，会引起纷争。很少人，特别在那些很难令人信服的事情中，不会不说这是他们亲眼目睹的，还拉出几位证人，用他们的权威来制止我们有相反说法。

出于这样的习惯，我们知道千百件从不存在的事的由来与原因，全世界也为这千百件事大动干戈，其实这些事的是与非都是虚的。"真与假是那么接近，贤人不应该冒险进入这块是非之地。"（西塞罗）

真情与谎言的面目是相同的，它们的穿着、爱好与举止也是相似的；我们也用同样的目光看它们。我觉得我们不但在防止自己欺骗上表现怯懦，而且还鼓励和有心反复这样去做。我们就是爱纠缠在虚妄的感情中，好像这才符合人的本质。

我见过当代不少神迹的出现。虽然它们即生即灭，我们还是从中可以预见它们若能过完天年会有怎样的历程。因为只要抓住了线头，就可一直放线。世上的事就是这样，从无到最小事的距离，要超从最小事到最大事的距离。

最动听信神迹雏形的人，到处去宣扬他们的故事，遇到抵制，意识到哪部分要说服人会有困难，于是在这部分弄虚作假虚构一些事。此外，"人天生就爱传播谣言"（李维），我们不把自己听到的事兴致勃勃地添枝加叶，就必然觉得过意不去。个人的错误首先形成大众的错误，大众的错误反过来又形成个人的错误。整个事件就是这样辗转相传形成的，充实的，流传的；以致最远的见证人比最近的见证人听到的消息更多，最后听到的人比最早听到的人更深信不疑。

这是个自然进程。因为对此有点信仰的人认为对别人相信是件善事，一点不忌讳自己加了点什么，还将这看作他分内必须做的事，打消他认为别人想法中或有的疑惑和迷茫。

我说了谎会非常过意不去，很少自己说了话非要人家深信不疑其权威性。可是我发觉，我掌握在手的话题若遇到别人诘问或自己说得起劲，我会兴奋激动，于是通过声音与动作，凭借语言的气势与力量来强调和突出主题，有时还东拉西扯，不免要损害原始的真实性。于是我给自己定下条件，谁第一个碰到我，问我不加虚饰的赤裸裸真相，我立即不受拘谨，把事情告诉他，不夸张，不添油加酱。我平时说话语调急促，很容易提高嗓门夸大其词。

一般来说，人在传播自己的意见时聚精会神，当普通的做法不奏效时，就会使用命令、力量、铁与火。真理的最佳试金石竟是信徒的人数，这里面庸人远远超过贤人；到了这种局面可不是幸事。"仿佛什么都没有不明是非那么普遍。"（西塞罗）"一群庸人成了评判贤人的大权威！"（圣奥古斯丁）不顾大众意见做出自己的判断是困难的。从事情本身出发，首先说服那些头脑简单的人；从那时借着数量的权威与证据的年份扩大影响到能干的人身上。对我来说，一件我不相信的事一人说了我不信，一百零一人说了我也不信，也不根据年份来做判断。

不久以前，我们的一位亲王，因痛风病而失去了天然的仪表与快活的性格；有人向他报告说一位教士有特异功能，用语言和手势可以治愈一切病症，他听了后深信不疑，长途跋涉找到了他，靠了他的信念居然做到双腿不感觉疼痛和麻木了几个小时，它们长期失去的功能也恢复过来。如果命运可以积累五六件这样的神迹，神迹就可成为自然的一部分。后来大家发现，编造这些故事的人思想简单，也无恶意，也就免于惩罚了。如果追踪到他们的巢穴，就可发现大部分这样的事。"远处发生的事可以骗到我们的赞赏。"（塞涅卡）在我们的眼里，远处的景物都很奇异，走近了奇象就会消失。"名声从来不必靠证明。"（昆图斯·库提乌斯）

妙的是那些难以磨灭的印象都来自开头那么平凡、原因那么不足道的事。正因为这样也就打听不到什么消息。因为原因与目的大家总是要找重大的、有分量的、赫赫有名的，这样反而不去寻找真正的了。那些真正的也就因为微小逃过了我们的目光。说实在的，进行这样的追索需要的是谨慎、认真、善于辨别的调查员，没有私心与先入之见。

直到此刻为止，这些神迹与异象从未在我面前显现过。我看到世上跟我最接近的妖魔神怪就是我自己。人通过习惯与时间对一切怪事都会安之若素。但是我愈自思自虑，愈认识自己，愈对自己的怪异感到吃惊，也愈看不透自己。

这类意外事的发生与传播，命运还是保持主要的权力。前天我经过离家两里地的一个村子，还对一件神迹说得沸沸扬扬，广场上依然群情汹涌。邻村已经为此闹了好几个月，邻近的省份也开始闹腾起来，各种人成群结队奔往那里。当地一个青年一天黑夜在自己家里玩着装鬼叫，并无其他用意，只是一时的恶作剧而已。没想到效果出人意料，为了闹得更凶更扩大，他还串通了一个又蠢又幼稚的小村姑；最后发展成三人，同样年龄，也差不多愚笨，从家里布道发展到公开布道，躲在教堂的祭台下，只在黑夜里说话，不许带进去一点灯光。说的是普世教化和末日审判（这类题目令人肃然起敬，威力无边，也就更容易行骗），又搞了些可笑幼稚的装神弄鬼，就是儿童游戏也没那么拙劣。

如果命运略加青睐，谁知道这场闹剧会闹成怎样？这些可怜虫今日身陷囹圄，高高兴兴为一起干的蠢行受罪吧，我不知道是否有哪位法官为自己的愚蠢在他们身上出口恶气。这件事暴露出来了大家都看得清楚；但是许多相同性质的事超出我们的认识能力，我主张不予以判断，既不否定也不接受。

世上许多弊端，或者说得更大胆，世上所有弊端的产生都在于我们害怕暴露自己的无知,我们被迫接受自己无法驳斥的事。我们谈到一切事物都对照教条和禁令。在罗马法庭的文件里,就是证人亲眼目睹的事情,法官根据确凿无疑的案情做出的判决,也是以这样的形式拟文:"我认为"。有人非要把可能的事说成确定的事,就会使我对可能的事也不想听。我喜欢这些字眼:"也许""在某种情况下""据说""我认为",诸如此类缓和语气、减轻唐突的话。

我若教育孩子,就会让他们养成这样回答的习惯,不是决定式的,而是询问式的:"这什么意思?我不明白。可能是这样。真有这回事吗?"宁可他们六十岁时还保持学徒的模样,不要十岁时装出博学之士的派头,像他们现在这样。谁要治愈无知,先要承认无知。彩虹女神伊里斯是奇术师陶玛斯的女儿。惊异是一切哲学的根本,探索是进步的基础,无知则是死胡同。但从此也可看出,有一种强烈探索愿望的无知,在荣誉与勇气方面决不输于追求学问,理解这样的无知并不比理解学问更少学问。

我童年时见过为一桩怪事而打的官司,图卢兹法院推事科拉斯叫人把它印了出来,说两个男人相互冒名顶替。我记得(仅记得这个)他好像把那个被他判处有罪的人的诈骗行为描写得那么神奇,远远超过我的理解,也超过他这个法官的理解,因而我觉得他判处绞刑未免过于仓促。应该让我们收到这样的判决书:"法庭不懂案情无法审理"。这也不比雅典法庭法官说得更自由更坦诚,他们接到一桩案件感到束手无策时,命令原被告两方一百年以后再来。[①]

---

① 据史载,希腊一个妇女杀害了她的第二任丈夫,因为后者串通自己的儿子把妇女的前夫的孩子杀死。雅典法庭感到这在伦理上难以定案,这案件后为西方古代难断的案例之一。

我邻村的女巫，每次有陌生人来求她们解梦，都要冒生命的危险。《圣经》给我们提供了例子，非常肯定和无可驳斥的例子。由于我们不知道其中原因与过程，援引这些例子并把它们用于现代发生的事件上，就需要具有超出我们的智慧。或许这是由那个唯一万能的证人来跟我们说："这是神迹，那也是，另一个则不是。"这些事上应该相信上帝，这才是道理；不是我们中间哪个人，对自己的叙述表示惊讶（他若不丧失理智会惊讶的），不论他用它来说别人的，还是用它来说自己的。

我是个鲁钝的人，心思都放在踏实和较可信的事上，让古人骂不着："不懂的事叫人更可信。"（佚名）"人生来就是这样，更愿意相信不明白的事。"（塔西佗）

我确实看到有人发脾气，不许我怀疑，不然难听的话都骂了上来。这也是全新的说服方式。感谢上帝，我的信仰不是拳头打出来的。让他们把指责他们看法不对的人都吞下肚去吧；我只指责那些人制造困难和浮躁，像他们一样，谴责对立的主张，但不那么霸道。"把这些事作为可能的事提出来，但不要予以肯定。"（西塞罗）

谁说话虚张声势，发号施令，说明他理亏。在一场学院式的唇枪舌战中，他们和对手在表现上看来无甚差异，从他们从中得到的实际效果来说，后者是占了上风。讲到杀人，必须有一个明白清楚的理由。人命到底是真实的、根本的，保证不了这些超自然、千奇百怪的事存在。至于制药与放毒，我不把它们归为一类，充其量这是谋杀，最恶劣的一种。然而即使这件事有人说不要总是停留这些人的供词上，因为有时看到他们自责害死了几个人，事后发现这些害死的人都活得好好的。

在另一些荒诞不经的控告中，我愿意说的是人不管被人说得多好,还是应该相信他是人;至于他具有超出自己理解和超自然的功能,还是应该信任,就当他是得到超自然的特许而具有的力量。既然上帝高兴给我们的某些证人这份特权,就不应该轻易地糟蹋和传播。我的耳朵听腻了上千个这样的故事:"有三个人某天在东部看见他的;又有三个人第二天在西部看见他,某某时间、某某地方、穿得怎么样。"

当然,这样的话自己说了我也不会信的。我觉得更自然更可能的是两个人在撒谎,而不是一个人随着风在十二小时内从东吹到西!原来是我的理解力被来去无踪的思想带着离开了原地,而不是我们中间有血有肉的一个人跟陌生精灵骑在扫帚上沿着烟囱管飞去了,这不是要自然得多吗?我们长年累月受家庭与自己的幻想骚扰,就不必再去寻找外面陌生的幻象了。我觉得不相信一件神迹是可以原谅的,至少相当于以非神迹的方法去转移或回避其真实性。我同意圣奥古斯丁的说法,对于不易证实、信了又有危险的事,与其倾向于相信,不如倾向于怀疑。

几年前,我经过一位当权亲王的领地,承蒙他的好意,也为了打消我的怀疑,特地陪了我到某一特定地点看到十到十二个这类的囚犯,其中一个老太婆丑陋畸形,真是个道地的女巫,长期来在这个行业中享有盛名。我看到了证据和她的自供词,还有这个可怜老婆子身上没有疼痛感觉的鬼印①。我询问情况,说个痛快,对这件事尽量表示深切的关注,我这个决不让先入之见束缚了判断力。最后凭着良心,我更会给他们服铁筷子草,而不是用毒芹治疗疯病。"看来是疯病病例而不是犯罪案例。"(李维)司法机关对这类病自有它的治疗方法。

---

① 据西方迷信,女巫身上有一个部位,毫无疼痛感觉,这部位称为鬼印。

至于一些正直人士，有本地或经常还有外地对我提出的反对意见和论据，我不觉得这对我有所束缚，并不排斥去寻找比他们的结论更为可行的解决办法。建立在经验与事实上的证据与道理，说真的我说不清楚；也就找不到这些事的头绪。我解决这些问题，经常也像亚历山大挥剑斩开戈耳迪乱结一样。①总之把一个活人放在火上烤，这对他的猜测与怀疑索价也太高了。

大家还提到不同的例子。圣奥古斯丁的《上帝之城》中，普雷斯坦修斯说他的父亲犯困，进入梦乡后比平时还睡得沉，他梦见自己是一匹母马，给士兵当驮兽。他这样想着也真成了马。如果巫师想事情这么实在，如果梦想有时真能变成现实，我还是不相信我们的意愿应该由法律来决定。

我说这些话，因为我既不是法官，也不是宫廷参事，还自认为远远不够格，我只是个普通人，生来服从公理，言行中无不如此。谁拿我的遐想当一回事，去损害本乡脆弱的法律、风情习俗，那对自己以及对我都是大错特错了。因为我对我说的话不保证其可靠性，都只是闪过脑子的想法，这些想法凌乱飘忽，我谈一切只是进行闲聊，不是提出高见。"我也不像许多人，羞于承认自己不知道的东西。"（西塞罗）

如果我有权让自己的话一定要人家相信，我也就不会那么大胆直言了。有一位大人物抱怨说我的进谏激烈尖锐，我也是这样回答他的："我觉得您完全向一方面在想在准备，我就尽量细心地向您建议向另一方面又会怎样，不是强迫您接受，而是让您做出更明晰的判断；愿上帝给您勇气，帮助您选择。"我不会那么自

---

① 据希腊神话，佛律癸亚国王把乱结系在马车的辕上，神谕谁能解开此结，可征服东方。后为亚历山大大帝的利剑一把斩开。

负，希望自己的看法可以左右任何大事；我的地位还不能把看法提到高层去做决策。我有许多观点，也有不少看法，假若我有儿子的话，很乐意让他听了讨厌。怎么呢？如果最诚心的看法也不总是对人最合适，更别说还有那么多胡说八道呢。

　　说话得体或不得体都没关系，且说在意大利有一句大众谚语，说谁没跟跛足女人睡过觉，就不知道维纳斯的全部温情美妙。很久以前，命运或者什么意外事故让这句话在老百姓嘴里说了出来，既说男的也说女的。那个斯基泰人要求跟亚马孙女王做爱，女王对他说："这件事跛子干得最棒。"在那个女儿国，为了避免受男人统治，她们把男人自小弄成残废，打坏他们的胳膊、腿脚和其他优越于她们的器官，只使用他们来做我们使用她们来做的那事儿。

　　我本想说是跛女扭扭歪歪的动作使那件事有了新的乐趣，给初试云雨的人另有一种温情。但是我不久前获悉其中还是古代哲学起了决定性作用。古代哲学说跛女由于大腿与臀部有缺陷，吸收不了应有的营养，于是处于这上面的生殖器官滋养得更加丰富有力。此外这种缺陷妨碍动作，贪色的男人也就省些力气，全心全意用在维纳斯的游戏上。这也说明希腊人为什么诋毁纺织女比什么女人都风骚，因为她们坐着工作，身体不用多动。这样我们不是还可以对照推理？对那些纺织女我也可以说，她们这样坐着干活，纺机的抖动会撩拨心火，就像那些夫人坐在颠簸抖动的马车里受刺激。

　　这些例子不是印证了我这篇文章开头说的话吗？我们的理智往往先于事实，把推断无限延伸，因而根据虚无而不是根据存在运用理智做出判断。我们的创造力灵活自在，凭种种幻想可以编造理由，除此以外，我们的想象力也同样随意通过不足为凭的表

第十一章　论跛子　　279

面现象接受虚假的印象。因为单以古人与大众运用这句话的权威性来说，我从前也曾让自己相信从一个女人那里获得更大的乐趣，只因为她长得不直，也把这个作为她的迷人之处。

托尔卡托·塔索，在他对法国与意大利的比较中，说他曾注意到我们的腿比意大利贵族的腿长得细，把原因归结为我们长年骑在马背上；同样这件事斯苏托尼厄斯得出完全相反的结论，因为他反而说日耳曼尼库因为不断骑马训练两腿变粗。我们的理解比什么都灵活和游移不定。这是忒拉米尼的鞋子①，哪只脚都能穿。它是双向的、五花八门的；事情也是双向的、五花八门的。

一位尤儒派哲学家对安提柯说："给我一块银钱。"安提柯回答："这不是国王该送的礼物。""那么给我一大堆银钱。""这不是给尤儒派的礼物。"

> 炎热打开了大大小小
> 的暗通，让山水流往青青的草，
> 或者晒硬了土地、堵塞了水道，
> 把淫雨、烈阳、凛冽的寒风
> 都阻挡在外
> 
> ——维吉尔

"任何勋章都有其反面。"（意大利谚语）这说明古代克利多马库斯为什么说卡涅阿德斯费了九牛二虎之力才得到人们的向应，也就是说发表批判的意见与大胆看法。卡涅阿德斯的强烈的思想，依我看起因于古代以学问为职业的人的目空一切、无比尖刻。

---

① 指这位雅典修辞学家，要创造适用于对立各学派的理论。

伊索和另两个奴隶一起被放到市场出卖。买主问第一个他会做什么；那个人为了卖弄，说得天花乱坠，无所不能。第二个奴隶也吹嘘自己同样能干，或许还更厉害。轮到伊索被人问到会做什么，他说："什么都不会，因为那两位把一切都占了，他们什么都会。"

哲学学派也是这个情况，有人认为人的智力无所不能，这种气势促使其他人出于气恼和竞争，索性提出人的智力一无所能的看法。这些人在无知上抱这种极端态度，那些人在知识上也抱这种极端态度。从而不能否认的是人在一切方面都不知节制，除非万不得已和实在不能再往前走，他才会停止。

## 第十二章
## 论相貌

我们所有的看法差不多都是从权威与名望方面来的。这没有什么不妥；在这个衰落的世纪，由我们自己选择情况只会更糟。苏格拉底的朋友给我们留下他的言论，我们只是因公众的赞誉而欣赏它的权威；而不是我们有什么认识；这些言论不符合我们的生活。如果今天有人说出类似的话，很少人会加以重视。

我们只看到显眼、胡闹和装腔作势的矫情。掩盖在天真纯朴之下的美，在我们这样粗俗人的眼里很容易一溜而过。这样的美精致隐藏。必须以清纯的目光才能发现里面深藏的闪烁。在我们看来，天真不就是愚蠢的姐妹，应该受指责的缺点吗？

苏格拉底的心灵活动是自然的、世俗的。就像一个农民的说话，一个女人的说话。他嘴里谈的只是马车夫、木匠、鞋匠和泥瓦工。这些话都是从人的最平凡、最熟知的劳动中得出的归纳与比喻，谁都能听得懂。在这么一篇俚俗的文章里，我们绝对挑不出他高尚思想中的大智大慧；我们认为教义中不取的都是平庸低下的，只有高谈阔论才是丰富的。我们的世界到处是招摇撞骗：人人吹足了气，一碰蹦蹦跳，像皮球。而苏格拉底决不无谓地胡思乱想，他的目的是向我们提出真正贴近生活、服务生活的金玉良言。

　　……保持分寸，遵守界限，
　　顺应自然……

——卢卡努

　　他又总是始终如一，不是靠说话尖刻而是靠人格魄力提升到力量的顶端。或者说得更好的是他不提升什么，而是予以下压，让一切回到最原始的天然状态，经受力量、艰辛、困难的考验。因为，在小加图身上可以清楚看到他的气度远在一般人之上；从他一生的丰功伟绩和死亡来看，大家总觉得他高高在上、目中无人。而苏格拉底脚踏实地，行止从容不迫，谈论最有道理的话题，面对死亡和人生中可能会遇到的荆棘挫折，在行为举止上都保持平常的生活心态。

　　事情幸而是这样，最值得作为典范向世界介绍认识的人是我们了解最深的人①。历史上最有眼光的人②对他进行阐述，我们读到关于他的那些见证，内容翔实可靠，评说精彩动人。

　　把一个孩子的逸想说得有条有理，不用改动和添加，就表现出我们心灵中最美丽的活动，这很了不起。他不把心灵描写得多么崇高多么丰富，他只说这样的心灵才是健康的，但这当然是一种轻松明快的健康。通过平凡自然的助力，通过日常普遍的想法，不感伤不激动，他确立了不但是最规范，而且是最高尚有力的信仰、行为与道德，这都是前所未有的。他把在天上蹉跎岁月的人

---

①　在此指苏格拉底。
②　在此指柏拉图与色诺芬。

间智慧取回来还给了人，再为人艰苦工作，做出最有用有效的贡献。

且看他在法官面前辩护；且看他用什么理由唤起自己的勇气，面对战争的危机；且看他用什么论据增强自己的毅力对抗诽谤、暴政和死亡，还有妻子虎着的脸。他不借助技巧与学问，最单纯的人也可从他那里学到他们需要的方法与力量。不可能往回走和往下走。指出人性本身可以做出什么，这是他对人性做出的大好事。

我们各人都比自己想象的更富有；但是大家又催促我们向别人借贷与乞讨；被人摆弄着求人多于求己。于是人在任何事情上都不知道满足需要后适可而止，如欲念、财富、权力总是贪多务得；贪婪是无法控制的。我觉得在寻求知识上也是如此，他给自己确定的任务超过他的能力，超过他的需要，把知识用到穷尽为止。"我们在学问和其他一切方面都在受放纵之苦。"（塞涅卡）阿格里科拉的母亲限制儿子过分热衷于求学问，塔西陀表扬这位母亲是有道理的。学问是一件好事，若用正眼看它，它像人的其他好事有许多虚荣与固有天然的弱点，代价很高。

享用学问要比享有其他鱼肉风险大得多。因为其他东西我们买了以后，装在篮子里拿回家，有权利检验其质量，决定什么时候吃多少。但是学问，我们一拿到手没有别的篮子只有装到我们的脑子里，我们一买到就吞到肚子里，离开市场时不是已经腐败就是成了营养。有些学问不但不能营养我们，反而妨碍和阻挡我们，在治疗的名义下毒害我们。

我以前很高兴在某地看到有些人虔诚地许愿保持无知，就像许愿保持贞洁、贫困和进行补赎。这也是阉割我们凌乱的邪念，减轻我们在阅读时闪烁不止的欲望，不让学术观点引动心灵痒痒的沉湎逸乐。加上心灵的贫困才使贫困的许愿功德圆满。我们并不需要太多知识就能活得自在。苏格拉底告诉我们说知识就在我们身上,还有寻找与运用知识的方法也是如此。我们所有超过天然需要的知识,差不多都是无谓多余的。如果它给我们的负担与混乱不超过它给我们的好处,已经是上上大吉了。"培养一个健全的心灵只需要不多的学问。"(塞涅卡)

我们的头脑是混乱不安的工具,学问使它负荷过热。静心思考,就会在心里找到自然对抗死亡的真正论据,在需要时最适宜为你使用。这使一个农民、整个民族也像一位哲学家那样镇定自若地死去。

在阅读《图斯库伦辩论集》①以前,我就不会死得那么轻松吗?我认为不会吧。当我回归本源时,我觉得自己的语言更丰富了,勇气并没有增加。还是自然给我创造时那个样,也就是只适用于应付普通日常的冲突。书籍给我提供了许多教诲,但没那么多训练。不是么?如果说学问试图用新的防御方法来武装我们抵制天然祸害的话,也只是在我们心中营造它们强大与力量的假象,并没有说出道理与奥秘使我们不受害。应该说真正的奥秘是它竟能够经常让我们抱着空想,翘首以待。

那些作者,即使较为严谨与聪敏的,也看到他们随同一个好论点,又会抛出多少肤浅、细看又是言之无物的坏主意。只是些口说无凭的论据蒙骗我们。它们可能都另有用意,我也就不思深究。在本书内好几处提到这种情况,或是通过假借或是通过模仿。然而我们还得稍加提防,别把好意称为力量,尖锐称为扎实,花哨称为正确:"有的东西沾一口味美,多喝了反胃。"(西塞罗)给

---

① 西塞罗的作品,共五集,第一集谈论生与死,灵魂不灭问题。

人愉悦不一定给人教育。"这谈的是心灵，不是头脑。"（塞涅卡）

看到塞涅卡努力准备抗拒死亡，在刑台上流汗哼声，挺住身子挣扎了那么久，他若在最后时刻没有英勇不屈保住自己的名节，我会动摇了自己对他的敬仰。他这人常常暴跳如雷，说明他是个血性汉子，脾气急躁。"大人物表达自己的思想从容平静。"（塞涅卡）"不会心灵是一种颜色，头脑是另一种颜色。"（塞涅卡）

正是要用他自己的话来劝说他。这也说明他被敌人步步进逼。

普鲁塔克的做法更傲慢更不在乎，从而认为更阳刚，更令人折服。我不难相信他的心灵活动更自信更能调节。一位更机警，刺激我们，令我们拍案而起，对思想冲击更大。另一位更沉着，不断地教育、开导和安慰我们，对心灵触动更多。前者逼着我们跟他一样想，后者赢得我跟他一样想。

我也同样阅读到其他更受人崇拜的著作，谈到与肉体痛苦的斗争中，那些人那么坚忍、强大和不可战胜，以致我们这些人中渣滓既欣赏这种闻所未闻的奇异诱惑力，也钦佩他们的对疼痛的耐受力。

我们拼死拼活要去努力获取知识是为了做什么？且看遍布大地的穷苦人，辛劳干活后奄拉着脑袋，他们不识亚里士多德、加图，也不懂嘉言懿行。他们凭天性每日表现的坚贞隐忍，远比我们在学校里悉心研究的更纯真、更严格。我平时看到他们中有多少人根本不知道什么叫贫困？多少人希望去死，死到临头不大惊小怪？在园子里给我翻地的那个人，今天早晨埋葬了他的父亲或儿子。就是对疾病的名称也另有叫法，婉转减弱疾病的严酷性。他们称肺痨为咳嗽，痢疾为胃肠道功能紊乱，胸膜炎为感冒；他们叫得温和，也温和地忍受。只有疾病打断他们平时的工作才是真正的严重。他们只有等死才躺到床上。"这时候人人有份的朴实真理，才变成了深不可测的奥秘。"（塞涅卡）

我写下这些话的时候，正值一场酝酿了几个月的动乱全面爆发，而我首当其冲。① 我一方面是大敌压境，另一方面是有人趁火打劫——更坏的敌人："他们战斗不用武器，而用罪恶。"（佚名）还要同时遭受一切军事损失。

　　敌人从左右两边对我威胁，
　　我心惊胆战，立即受灾难夹攻。
　　　　　　　　　　　　　——奥维德

魔鬼的战争：其他战争都在城外施虐，而这场针对自己的战争用本身的毒计自我腐蚀瓦解。这场战争性质邪恶，到处破坏，疯狂般地打得你死我活，最后一同消亡。我们经常看到它带来的是自我瓦解，而不是由于必需品的缺乏和敌军的强大。双方都毫不遵守军纪。为了制止到处纷纷出现的暴乱，严惩违抗命令，结果自己开了违抗命令的先例；军队用于保卫法律，却自己违反法律参加了叛乱。我们落到了什么地步？我们的药品里面都是毒物，

　　病没有治成，
　　反而中了毒。
　　　　　　　　　　　　　——佚名

　　病愈治愈重。
　　　　　　　　　　　　　——维吉尔

---

① 指 1585 年新教徒与天主教徒在波尔多附近离蒙田城堡五里的吉耶纳激烈冲突。

第十二章　论相貌

> 我们的怒火掺杂了无辜与罪恶，
> 使我们背离神的正义。
>
> ——卡图鲁斯

在这些流行病初起时，还可区分有病的人和健康的人；像我们这样的流行病蔓延的话，全体都遭殃，从头到脚，没有一部分可以幸免。因为"放纵"像空气，到处乱转，无孔不入，谁都要贪婪地呼吸。我们的军队都只是依靠外国的纽带联结一起。那些法国人，就是没法把他们组织成一支常备的正规军。多大的耻辱！还要雇佣兵叫我们看到什么是纪律①。至于我们自己，爱怎么做就怎么做，不听指挥，各人我行我素。军内的麻烦比军外的还多。只有指挥官跟从、讨好、唯唯诺诺，只有他一人还服从命令，其余人自由自在，一盘散沙。

我高兴的是看到野心中包含多少怯懦与鄙吝，需要做多少奴颜婢膝的事才能达到目的。但是我不高兴看到的是天性温和、可主持正义的人在应付和扭转这个混乱局面中天天在烂下去。长期受苦养成了习惯，习惯产生默认与模仿。我们以前也有不少生性邪恶的人，天性慷慨的人并未受到连累。但是如果这种情况继续下去，以后遇上命运要求我们振兴国家时，很难说把这个重任交给谁。

> 至少不要阻碍这位英雄
> 奔去拯救这摇摇欲坠的世纪。
>
> ——维吉尔

---

① 宗教战争中，有德国、意大利和西班牙雇佣军参加敌对双方的军队。

士兵看见长官比看见敌人还害怕,这句古谚语又怎么样了呢?还有那个神奇的故事呢?说一棵苹果树被圈进了罗马军队扎营的围墙内,军队第二天开拔,把那棵树归还给主人,树上美味的熟苹果一个都不少。

我还喜欢我们的年轻人,不要花时间去进行没什么用的旅行或没什么光彩的学习,还是花一半时间去参观由罗得岛一位优秀舰长指挥的海战①,花另一半时间去观察土耳其军队的纪律,因为这里面大有区别,远远胜过我们。所以会这样,这是我们的士兵在出征中更加放纵,而他们更收敛、兢兢业业。对小百姓骚扰或偷窃,在和平时期是笞刑,在战争时期是砍头。拿一个鸡蛋不付钱,按军纪是打五十军棍。一切非食用的东西,不论多么微小,立即身插木桩处死或斩首。我阅读谢里姆一世的历史时很惊讶,他是有史以来最残酷的征服者。他占领了埃及,大马士革城周围那些花团锦簇的园林,尽管四面开放不设围墙,在他的士兵手里居然丝毫无损。

在政府中是不是存在一种恶疾,非得用内战这味致死的霸药才能把它根除?法沃尼乌斯说,一国内即使是暴君的王位也不可以篡夺。柏拉图同样不同意为了拯救一个国家,用暴力破坏国家的安定,不主张造成公民流血和倾家荡产的改良,一位好人在这个情况下所能做的是让一切顺其自然,仅仅祈祷神伸出巨掌来扭转乾坤。他对他的好朋友狄昂②好像还不满意,因为他用的是其他手段。

---

① 指1552年希腊的罗得岛被土耳其人占领的一次海战。
② 狄昂(前407—前353),叙拉古摄政,推翻狄奥尼修斯的暴政。

在这方面，我在知道世界上有柏拉图以前已经是柏拉图派了。柏拉图由于心地诚挚，值得得到神的恩宠，穿越他那个时代世人的愚昧，深明基督的教义。如果这位人物也应该干脆被排斥在基督教徒队伍之外，我还是不认为让一个异教徒来教育我们是很合适的。不向上帝要求完全是属于他的援助，又不提供我们自己的合作，这是多么不虔诚。

我经常怀疑，在这么多参与其事的人中间，是否真有一个人理解力那么低下，竟让人说服他现在胡作非为真是在进行宗教改革，我们认为明目张胆作恶必下地狱的做法，对他就是在走向永福；推翻政府、公众权力和上帝要他听从的法律，肢解母亲大地，抛给宿敌去啃啮她的肢体，使兄弟的心中充满骨肉相残的仇恨，召唤妖魔鬼怪来相助，他就能够贯彻《圣经》中神圣的仁慈与正义！

野心、吝啬、残酷和复仇，本身并不具备天然的暴烈，都要借用正义、虔诚这些光荣的字眼作为火苗，点燃它们。当恶意披上法律的外衣，趁法官无能为力时举起道德的榔头，那时才露出事物最丑恶的面目。"以神的利益掩盖自己罪恶的这种迷信，最具有欺骗性。"（李维）根据柏拉图，把不公正作为公正，这是极端的不公正。

老百姓那时就在受大苦，不单是遭受目前的损失。

> 乡村四面八方
> 一片混乱。
>
> ——维吉尔

以后还会如此。活着的人不得不受罪，还未生的人恐怕也是这样。老百姓遭到了抢劫，从而我也会被抢劫，把他们准备活上多年的东西都被洗劫一空,连个希望也不剩。

> 带不走的战利品一律毁掉,
> 这伙强人还把可怜的茅屋也付之一炬。
>
> ——奥维德

> 城墙挡不住,田野遭践踏。
>
> ——克劳迪乌斯

　　除了这个冲击以外,我还遭到其他的冲击。在这类时代病中我讲究节制也会招来麻烦。我受众人的虐待,吉布林党说我是盖尔夫党,盖尔夫党说我是吉布林党①。我的一位诗人朋友说过这样的话但是我不知道在哪里说的。我家的地位,我跟邻里的来往表现我的一个方面,我的生命与行动表现我的另一个方面。倒也没有正式的指责,因为到底也没有把柄。我从不违法乱纪。谁若要对我进行调查,会发现我比他还清白。这是无声的怀疑,私下悄悄流传,在这兵荒马乱的时代从不缺少嫉妒无能之辈会抓住表面做文章。

　　我从来采取回避的态度,不进行自我辩解、自我原谅和自我说明,认为为良心辩护会使良心受到连累,这种做法一般也助长了命运中出现对我不利的猜测。"因为事情讨论了才会明白。"(西塞罗)仿佛人人看我都像我看自己那么清楚,我不但对指责不退避,反而迎上去,把它说个起劲。还公开自嘲一番,说俏皮话;

---

① 原是意大利境内一个拥护历任教皇与历任日耳曼皇帝的政党。在此泛指:蒙田自己在天主教眼里是新教,在神圣联盟眼里是保皇党。

要不我就不理不睬不开口，只当这事不值得一提。

于是有人把这当作我过分傲慢自信的表示，对我的怨恨不见得亚于那些把我看作理亏软弱的人。尤其是那些大人物，对他们失敬就是大逆不道，粗暴对待一切公认的、不会低声下气、摇尾乞怜的正义。我经常撞上了这根大柱子。野心家碰上了我身受的种种事，会悬梁自尽，贪婪者也会如此。

我不操心去得到什么。

> 我对自己的拥有很知足，带着它
> 度过神为我留下的有生之年。
> 
> ——贺拉斯

盗窃或暴力，这些外界的侵害给我带来的损失，使我像个吝啬成性的病人那么心痛。这种伤害造成的痛苦远远超过损失本身。

各式各样的倒霉事先后接踵而至，如果它们同时簇拥而来，我可能忍受时还更开朗一些。我已经在考虑朋友中间，谁是我老来过苦日子时可以托付的人。我环顾四周，发现自己孑然一身。从那么高处垂直往下坠，必须有两条坚实有力的臂膀才能接住，还要有爱心和家境富裕。这样的人纵使有，也很少。最后我认识到最可靠的方法还是让自己照顾自己，解决自己的需要。若受到命运的冷遇，就更要依靠自己的眷顾，与自己相依为命、悉心呵护。在一切事情上，人都要去依赖别人的帮助，而不寻求自己的帮助；谁善于自我防范，这才是唯一可靠强大的保护。尤其因为没有人想到走向自己，人人都前往别处奔向未来。我认定这些不得已的做法还是有用的。

首先那些不肖门生，当理性说不通时就必须用鞭子抽，犹如用火和楔子把一块翘木头扳正过来。很久以前我劝诫自己要依靠自己，摆脱外界的事；然而我还是时时眼睛向旁边看，有人行礼、大人物的一句美言、一张和颜悦色的脸都使我心动。上帝知道在这个时代这有多么珍贵，有多么重要的意义！我还不皱一下眉头听着人家劝诱我进入商界，而我那么有气无力地推托，看起来更愿意给人争取下海似的。对倔强的人应该用棍棒；对一艘龙骨松动散架的船，必须用大木槌狠狠敲打才不致瓦解，使它严丝合缝。

其次，这场不幸对我也是一场演习，以便应付更大的灾难，这是由于我从命运的眷顾与处世的原则来说，原本以为会居于人后，却没料到居于人前遭受了这场风景，教育我早早调整我的生活，使之适应新的情况。真正的自由是一切都靠自己力量。"最强的人是对自己能要强的人。"（塞涅卡）

在正常的太平时期，只是准备对付一般危害性有限的意外；但是处在我们已忍受了三十年的乱世，任何法国人个别地或是集体地，随时随刻都处在倾家荡产的边缘。从而我们必须用更坚强有力的思想来保持勇气。我们还要感谢命运，使我们生活在一个不是软绵绵、懒洋洋、无所事事的世纪。即使不以其他方法，也可以其苦难深重而被后人铭记。

我在历史书上很少看到其他国家经历过这样的乱世，如今没法到现场去就近观察也不无遗憾。我的好奇心就是这样，乐意去亲眼目睹这场集体死亡的悲壮情景及其症状与形式。既然我不能推迟它，也就很满意接受命运去观察它和学习它。

因而我们怀着贪婪之心，设法在舞台的阴影和荒唐中去看清人类命运的悲剧性表演。

我们对听到的事并不是无动于衷的，而这些旷古少有的惨事我们倒乐意利用来引起我们的愤慨。动情才会令人伤怀。平淡的叙述犹如一潭死水和一片死海,优秀的历史学家避开不谈,而是回顾叛乱、战争,他们知道我们在那里召唤他们。

我怀疑我是否能够老老实实承认我一生中牺牲的安宁是多么少,由于我的大半辈子逢上了国家走向毁灭的年代。对于不直接侵害到我的事件所表现的耐性根本不值一提;要自我怜悯的话,我更多看到的不是他们取走的东西,而是给我在里里外外留下的东西。

祸害时而再三地窥测着我们,最终都发生在我们周围而没有挨着,这多少也是个安慰。至于公众利益方面,随着我对人的同情愈广泛,这种同情也愈淡薄。这正应了这句话:"公众的灾难波及我们的个人利益,才会让我们感得如同身受。"(李维)我们天生的健康也可自动舒解我们不可避免的烦恼。这是真正的健康,并不只是与健康后的生病比较而言的。

我们没从那么高往下掉。抢劫与腐败堂而皇之成为规则,这是我觉得最不可容忍的。在公共场所抢你,比在树林里抢你更具侮辱性。国家犹如器官综合的躯体,器官一个个腐烂,大多数溃伤部分积病过久,既治不了也不要求治了。

我在精神上忍受这一切不但平静,而且自豪,依靠精神的帮助,这场倾覆使我振作更多于把我压倒。所以,因为上帝从不降给世人纯粹的祸与纯粹的福,我在那时的健康反比平时好。正如没有健康我什么都做不了,有了健康我只有很少事不能做。它给我机会动员我的全部潜能,伸手拦住祸害不让它走得更远。我发觉凭我的毅力也可跟命运过上几招,把我撞下马来还得费一番工夫。

我说这话不是要触怒命运女神,给我发起更激烈的进攻。我是她的仆人,向她伸出手来,以上帝的名义让她满足吧!我感到她的冲击了吗？那当然。就像愁肠百结的人时而不意遇到有趣的事还是会莞尔一笑。我也能做到依靠自己保持心态平静，驱散眼前烦恼的景象。但是有时不经意间，还是会让这类愁思袭上心头，当我要武装起来驱赶或斗争时，已经把我咬上了。

随后还有一桩更大的灾难降落在我的身上。我家的屋里屋外，传染了瘟疫，比其他地方的瘟疫都要猖獗。① 因为好身体易生重毛病，健康的人犯病也就不可小看。我这地方非常讲卫生，记忆中传染病即使发生在邻村，也未曾进过家门，现在满地瘴气，产生奇异的结果。

> 年老年少横尸在万人坑里，
> 没有一颗脑袋逃过无情的阴世皇后。
> ——贺拉斯

看到家会不寒而栗，而我又不得不忍受这种荒唐的情境。那里的东西都没有了保护，听凭谁要都可以拿走。我一向好客，却很难为我的家庭找个栖身之地。投奔无门的家庭，令朋友与自己都害怕，在哪里住下会让人恐惧，只要人群中有一人开始感到手指头发痛，就急忙要搬个地方。把什么病都当作瘟疫，也不思花工夫去辨别。还有意思的是，根据医疗程序，谁接近了这个危险的病也有四十天潜伏期，这期间胡思乱想也能把你整得忧心如焚。

如果我不用为其他人的苦难担忧，不用千辛万苦六个月给这支骆驼队当向导，那些事对我心头的冲击就会好得多。因为我

---

① 据吕尔布《波尔多编年史》记载，1585 年 6—12 月，波尔多死于瘟疫的人数达一万四千人。

心中有防治药，那就是决心与忍耐。处在这样的困境中最忌讳的就是恐惧，这倒不大困扰我。我若单身一人，最可能做的就是轻松自在，远走高飞。死得快，昏晕中没有痛苦，看到当前局势感到无憾，没有仪式，没有哀悼，没有人群参加葬礼，这样的死我觉得也不算最坏。至于邻近地区的民众，连百分之一也没有逃过灾难：

> 牧羊人的王国荒无人烟，
> 到处空张着猎人的罗网。
> 　　　　　　　　——维吉尔

我在这个地方的最大收益来自手工劳动，原先一百人给我干的活已经停顿长久了。

我们从这些人的纯朴中，看到了如何值得仿效的决心呢？一般来说，谁都不再关心生活。让本地的主要产品葡萄空挂在葡萄藤上，漠不关心地准备和等待今晚或明天死亡到来，面貌与声音都很少显出畏惧，使人觉得他们已跟现实妥协，认识到谁都劫数难逃。死亡总是如此。但是面对死亡的决心又多么会动摇？几小时的距离与差别，想到有谁陪伴，都会使我们的畏惧发生变化。

且看这些人：老少儿童能在同一个月内死去，他们就不再惊慌，就不再哭泣。我见过有人只担忧留在最后处于可怕的孤独中，共同关心的是葬身之地。他们不高兴看到自己抛尸乡野，给满地的野狗吞食。（人的思想差异何其大。被亚历山大征服的尼奥利特人，把尸体抛至森林最深处喂野兽，他们认为这是唯一的幸福墓地。）有人健在时已开始挖自己的坟，有人活着时就往里面躺。我的一名长工快要死时四肢并用往身上扒土。这不是让自己关进里面躺得更舒服吗？说到这件事的高明，谁都不能与罗马士兵相比，在坎尼一战后把头钻进自己双手挖空和填满的洞里，要把自己闷死。

总之一句话，整个民族此时实际上已卷进时代滚动的轮子，其僵硬态度不逊于经过深思熟虑后表现的决心。

大部分励志类教育都是花样多、力量少；表面文章多，实质内容少。自然指导我们顺利安全，但我们放弃了自然，却要去指导自然。可是在质朴无华的乡下人生活中还保存着自然教育的痕迹，以及受惠于无知而遗留的淡薄形象。学问不得不天天求之于乡野，以它作为坚定、无辜与沉静的楷模教育弟子。这就很有意思地看到那些博学之士必须模仿平易稚朴，必须学习最基本的德操；我们的智慧要向动物学习我们生活中最重要、最必要的实用课，如我们应该怎样生与死，管理我们的财富，爱护和扶养我们的孩子，维护正义——这对人类的疾病也是一个奇异的证明。还有这份理智对着我们指手画脚，总是反复好变，更把自然的最后痕迹抹得一点不留。

人对待自己的理性，犹如香料师配制香油。他们给理性掺进许多外来的论据与推理，弄得成分复杂，变来变去，各人一套，失去了它原来稳定普遍的面貌，让我们必须到动物身上去寻找证据，这个证据是不会屈服于恩赐、腐败和意见分歧的。

虽说动物并不总是切切实实走在自己的自然之路上，但是走偏也是微乎其微，始终可以把辙道辨别出来。也像牵在手里的马，虽又跳又蹦，总不超越缰绳的长度，还是跟着赶马人的步子走。也像鸟要飞，但冲不出樊笼。

"多想流放、酷刑、战争、疾病、海难事故……免得遇到了手足无措。"（塞涅卡）操心人在自然中的种种祸害，辛辛苦苦防范以后未必会触及我们的灾难,这样的好奇心对我们又有什么用呢?"可能发生的痛苦与痛苦本身,对于受过痛苦的人都一样痛苦。"(塞涅卡)棍棒会袭击人,风与屁也会袭击人。

就像头脑发烧的人——因为这确是发烧——因为迟早有一天可能逃不过这样的命运,现在就先让人鞭子抽上一顿?在仲夏圣约翰节穿上你的皮袍,就因为在圣诞节你总得穿上?他们说:"投身去体验你会遭遇到的痛苦,甚至是最大的痛苦:体验与坚定信心。"

要不,最方便、最自然的方法就对这一切不思不想。它们来得不会那么早,它们痛得不会真正很久,我们在精神上应该看得淡,看得轻,事前把它们吸收,相处,不然它们不会理性地压在我们的感觉上。有一位哲人,他不是温和派,而是最严格派①,说:"痛苦来了会很沉重。那就善待你自己;相信你最喜欢的事。提前迎接和思考你的背运,害怕未来而失去现在,以后会苦而现在先苦了起来,那对你又有什么好处呢?"这是他说的话。知识对我们大有裨益,能让我们明白痛苦到底有多大多小。

忧虑让人思想敏锐。

——维吉尔

如果我们感觉不到和认识不到痛苦的大小,那就倒霉了。

对于大多数人来说,准备死亡肯定比感受死亡感到更多的折磨。从前有一位非常有见识的作家确实说过这样的话:"想象比感受更影响我们的五官。"(昆体良)

---

① 指塞涅卡。

死在眼前的这种感觉，有时使我们奋起，骤下决心不再躲避不可避免的事。古代有许多角斗士经过一场畏首畏尾的格斗后，却勇敢地接受死亡，向敌人伸出咽喉，请他用剑来刺。看着死亡来临，需要一种缓慢的，也就是难得一见的坚定。

你若不知道死亡，不要担心；到时候大自然会教你怎么做，四平八稳；这件事该怎么做就会让你怎么做；不用你操劳。

> 人啊人，要知道死亡的时辰
> 与离去的道路，这都是徒劳！
>
> ——普罗佩提乌斯

> 突然遭受猝不及防的不幸，
> 没有长期胆颤心惊那么难受。
>
> ——马克西米安

我们为死操心扰乱了生，又为生操心扰乱了死。前者使我们烦，后者又使我们怕。我们做准备不是为了对抗死，这是太短暂的一件事。一刻钟无危害、无后果的苦难，不值得为之讲什么大道理。说实在的，我们做准备是对抗死的准备。

哲学敦促我们眼里要看到死亡，在时间到来以前要有预见与考虑，要我们根据规则与预防措施做到自己不被这个预见与想法所伤害。这岂不是医生的这种做法，先把我们弄病了，然后在我们身上表演他们的医术与使用他们的药物。如果我们不曾知道如何生，却教我们如何死，歪曲这一切的结局，这有欠公义，如果我们以前知道稳定平静地生，我们也会知道以同样方式去死。

他们可以随自己的心意夸夸其谈。"哲学家的一生是对死亡的默想。"(西塞罗)可是我认为死亡是生命的终结,不是目的。这是它的结局,它的极点,不是它的目标。生命应该有其自身的志向、意图。研究的正题是自律、自修与自足。安身立命这个总课题之中还包含其他许多必修课,其中就有这个理解死亡;原本是属于轻松的话题,如果我们不自扰来使它沉重的话。

从实用与朴实真诚来说,提倡做人简单的学说并不比提倡做人博学的学说差,还正相反呢。人的情趣与力量各有不同;应该按照他们的实情,通过不同道路引导他们走向美好。

> 暴风雨不论把我抛到哪个岸边,
> 我像主人那样在上面走。
>
> ——贺拉斯

我从未见过我家邻近的农民,对于以怎样的态度和镇定度过他们最后的时刻苦思苦想。大自然教导他们到了临终时再想也不迟。在这件事上他们比亚里士多德更加潇洒;死亡对亚里士多德构成双重压力,一是死亡本身,二是他年纪轻轻想到死亡。而恺撒的意思是愈是不去想的死亡是最快乐与最无压力的死亡。"在必要痛苦以前痛苦,实在是痛苦得超过了必要。"(塞涅卡)

想象力之所以厉害是来自我们的好奇心。我们要超越与调整自然规则,这样也妨碍了自己。只有那些书呆子身强力壮时想到死亡就胃口不佳,皱紧了眉头。普通人只有在死亡袭击时才需要治疗与安慰,感觉多少关心多少。我们不是说普通人愚钝,不知害怕,使他们对当前的痛苦很有耐性,对今后不幸的意外压根儿就没想过吗?还说他们的心灵粗拙迟钝,不可理解,缺少反应吗?要是果真如此,上帝啊,让我们今后以愚笨为师。它循之诱导它的弟子去得到的，就是知识许诺给我们的人生至宝。

我们不缺乏优秀教师，他们是自然质朴的表述者。苏格拉底便是其中之一。因为我记得，他对决定他生死的法官说的大致是这个意思：

> 大人们，我若请求你们别让我死，我怕我就会受原告的诬词钉住不放，说我对于天上地下的事都知道一二，装得比别人都精通。我知道我既不接触死亡，也不认识死亡，也没有见过谁对死亡的实质有过经验要来教育我的。
>
> 那些害怕死亡的人，其前提是认识死亡。至于我，既不知死亡是什么样的，也不知道另一个世界情况如何。死亡可能是件不痛不痒的事，也可能是件值得庆幸的事。（若只是挪个地方，则应该相信，跟那么多过世的大人物一起生活，不再跟贪官污吏打交道，这还是好事。如果这是我们生存的消失，进入一个宁静的长夜，这也好事。我们在生命中，还有什么比宁静、深沉、无梦的睡眠与安息感觉更甜蜜呢。）
>
> 我知道的那些坏事，譬如冒犯别人，不服前辈，不论是神或人，我小心翼翼不去做。我不知道是好是坏的那些事，我就不知道害怕……如果我去死了，而你们活了下来，只有诸神会看到你们还是我将来会活得更好。因而关于我，你们爱怎么决定就怎么决定。但是根据我劝人做事公道有益的原则，我要说的是，你们在我这个案件中没有比我看到更多的内情，为了你们的良心还是把我放了吧。根据我过去在公私两方面的行为，根据我的意图，根据那么多老老少少公民天天从我的会话中得到的教益，我给你们大家带来的好处

第十二章　论相貌　　301

等等因素来考虑，你们要对我的功德做出相应的判决，那就是由于我没有财产，雅典议院常务会应该用公帑把我养起来——经常我看到别人还没有这样充分的理由时你们就这样做了……

我不会像常人一样向你们苦苦哀求讨饶，别把这个态度当作固执或轻蔑。我有朋友和亲戚（如荷马说的，我像别人一样不是从木石中生出来的），他们也会泪流满脸前来哀悼，我有三个孩子会哭得你们唏嘘可怜。我素有智慧的雅名，到了这个年纪竟成了阶下囚，如果我再低声下气、卑躬屈膝，会让我们的城市蒙受耻辱。人家对其他雅典人更会怎样说呢？

我总是告诫那些听我说话的人，切切不可忍辱偷生。在我国战争时期，在安菲波利，在波提德，在德里姆，在其他我去过的地方，我在事实上已说明我决不会干耻事保证自己的安全。此外，我会连累到你们的素任感，唆使你们做坏事；因为我不用祈求，而用入情入理的正义感来说服你们。"你们曾向神宣誓要遵照法律办事，现在看来好像是我要怀疑你们，指责你们不相信有神的存在。此刻我要作证控告我自己，我以前没像我该做的那样信任他们，猜疑他们的引导，也就没有把我的事完全交到他们手里。现在我一切都信任，还确信他们会按照对你们、对我最适合的方法去做。好人不论生前与死后，都不用害怕天上的神。①

以上不就是一篇简明扼要的诉状吗？平易通俗，却出众地高

---

① 这是蒙田用自己的语言概括《苏格拉底的辩护词》的意思。

傲，真诚、坦白、论理恰到好处，是其他文章难以企及的！苏格拉底选用这一篇而舍弃另一篇是有道理的。另一篇是大演说家利希亚斯为他而写的，满纸精彩的法律用词，但是不配用在这么一位高贵的犯人身上。

谁曾从苏格拉底嘴里听见一句哀求的话？这个崇高的品德在最需要表现的时候会销声匿迹吗？他天性丰富坚强，会用花言巧语为自己辩护吗？在他经受最大考验时，会放弃他特有的纯朴语言，而用别人演说辞中的陈词滥调来装饰自己吗？他做得非常聪明——这才像是他——不为了让自己衰弱的生命延长一年，去败坏生命中不可败坏的内容和人间那么一个神圣的形象，使这个光荣的结局不能在人们记忆中流芳百世。他的一生不是为自己，而是为人间树立楷模。他若毫无作为、默默无闻结束一生，岂不令世人抱憾？

对自己的死亡竟抱有那么随便豁达的想法，当然值得后世对他更加景仰。事实也是如此。命运为了成全他而做的事，就是法律也没有那么公正。对那些造成苏格拉底死亡的人，雅典人恨之入骨，见到他们像逐出教门的人那样躲避；他们接触过的东西都是污秽的；没有人愿意跟他们在同一个浴室洗澡；没有人跟他们打招呼和来往；以致最后他们实在无法忍受公众的憎恨，上吊自尽了。

如果有人认为要说明我的文章主题，苏格拉底有那么多的言论可以供我选择，而我却不恰当地选择了上述言论，如果他又评论说这句话超出了大众的看法，我是有意这样做的。我的评论与此不同，我坚持认为这些话在品位与质朴上要落后于和低于大众的看法。它不事粉饰，天真大胆，幼稚自信，表现了天性的率直和浑然无知。因为我们生来害怕痛苦，但不会因死亡而害怕死亡，这是可以相信的。死是存在的一部分,在本质上不亚于生。由于死亡对于万物的嬗变衍生是不可或缺的,它在这个宇宙大家庭中带来的诞生与繁殖要多于失去与毁灭,大自然又为了什么要我们憎恨和害怕死亡呢?

宇宙就是这样更新换代。

——卢克莱修

一个死亡激活千个生命。

——奥维德

一个生命的衰落是其他千万个生命的通途。大自然传给动物自我照料与得以生存的本能。它们甚至还会害怕情境恶化,冲撞和受伤害怕我们捆绑和殴打——这些都是它们所能感觉与经验的事故。但是,它们不可能害怕我们宰杀,也没有这个天分去想象和思考死亡。有人还说什么,看到它们不但高高兴兴去死亡(大部分马在死亡时嘶鸣,而天鹅在死亡时唱歌),还出于自身需要而去找死,大象就有不少这样的例子①。

除此以外,苏格拉底在这里使用的辩论方式不是既简明又奋勇的表现吗?说实在的,说话与生活像亚里士多德和恺撒那样容易,像苏格拉底那样就难。这里面包含极致的完美与难度,人工决不能达到这一点。我们没有把天赋往这个方向训练。我们对此不试验也就没有认识。我们借用其他人的特长,却搁置了自己的

---

① 西方古代一般否认动物跟人一样有理性。然而罗马人相信在角斗场里大象有时甘愿去死。

潜能。

有人可能说我只是搜集了一大堆别人培育的花,自己只是提供一条绳子把它们捆在一起罢了。诚然,我迁就大众的意见,借用一些装饰物放在我的书里。但是我并不要这些装饰物把我自己也遮盖得看不见了。这与我的意图是相背的,我只愿展现自己的东西,天性带来的东西。我若按照自己的本意去做,就很可能始终是我自说自话。由于时局的变迁和其他人的撺掇,我使用别人的话一天比一天多,超过了我的想法与最初格式。我也相信这不适合我,也没关系,可能对别人是有用的。

有人引用柏拉图和荷马,却从来没看过他们的著作。我也援引许多话并非从他们的原作而来。在我写作的这个地方,身边有上千卷书,不用费力也不用费心思,高兴的话现在就可从十来位这样的抄书匠借用原话来补缀这篇《论相貌》,但这些抄书匠的书我很少翻阅。其实只要某位德国人的卷首诗简,就可以在我的作品里填满引语。这样我们就可以蒙着这个愚蠢的世界沽名钓誉。

许多人就是罗列这些陈词滥调,炮制他们的论文,这也只能用于平庸的课题;对我们不起指导作用,只显出是知识结出的歪果子,苏格拉底以此对欧提德莫斯冷嘲热讽了一番。我还见过有人对自己从未研究或理解的东西写书,作者把课题拆散分发给他的各位学者朋友去研究,他本人自己只管策划,巧妙地把这捆货色编纂成册;至少油墨与纸张是他出的。这实在是买书或借书,而不是写书。这还在告诉人的是:不是你会写书——这点人家早已怀疑——而是你不会写书。

一位法院院长在我面前,夸口说他在一份法院判决书中堆砌了不下两百句引语。他逢人便说,我觉得这对他的名誉只会有减无增。这么一位人物,吹嘘这么一桩事,依我看来真是低俗荒唐,自鸣得意。在众多的引语中,我信手就可拈来一条,把它改头换面派上新的用场。这样难免有人说我没有弄懂引语的原义,经我巧手一处理,倒使它们不像是纯然外来的了。有些人拒他们的赃物供人观看,落入自己账内,他们在法律上倒比我更有诚信度。我们这些自然学派认为原创的荣誉高得决不是引用的荣誉所能比拟的。

如果我说话要旁征博引,我就会早说。我会在学习年代后不久就说,那时更机智、更有记忆;我若愿意以写作为生,也会相信年富力壮时的活力。此外,命运使我有幸在完成的这部作品,也可以逢上创作力更旺盛的年代①。我的两位熟人,都富有文才,在四十岁时就是不愿意写,偏要等到六十岁动笔,以我看来他们的才气已丧失了一半。壮年如同青春,皆有其自身的缺陷而且还更严重。老年也然既不适合其他工作,也不适合写作。谁从年老昏庸的头脑里去挤东西,又希望它发生的不是迷迷糊糊如同梦呓的衰气,他就是在做傻事。我们的才气随着年岁的增长艰涩和停滞。我说到无知时话很多、很神气,说到知识时则可怜巴巴无言相对。说无知重点突出,说知识则鸡零狗碎,附带几句。我恰好是空谈以外还是空谈,不学无术以外还是不学无术。

我选择了这个时间,要描述的人生还一览无遗地展现在我面前,留下的岁月则更属于死亡。只是指我们死亡,要是我跟它照面时它像别的那样喋喋不休,我还是很乐意在搬家时给老百姓提出一些浅见。

苏格拉底在一切品质上堪称完美的典范。我难过的是他生来——据说——体貌奇丑无比,跟他心灵之美无法相称,而他这

---

① 1572年,蒙田近四十岁才开始写这部《随笔集》。

人又是那么迷恋肉体之美。大自然对他很不公平。照理说体貌与心灵应该一致和有相互关系。"长在什么样的身体内对心灵至关重要；因为许多身体特点可使心灵敏锐，许多其他特点又可使心灵迟钝。"（西塞罗）

西塞罗说的是相貌异常和肢体畸形。但是我们说的丑也是指第一眼看了不顺心，主要是指脸部，经常是一些瑕疵引起我们厌嫌，如脸色、斑点、态度生硬、四肢正常但有种说不清楚的原因。拉搏埃西心灵很美人很丑，属于这一类。这种外表的丑陋虽很严酷，但很少损害心灵，以此评定一个人也不大可靠。另一种丑陋，更恰当的名字是畸形，更多是气质性的，对内心确是一种打击。显示脚型的不是一双擦得光亮的鞋，而是做得合适的鞋。

苏格拉底谈到自己容貌丑陋时说，他若没有以修养来弥补的话，他的心灵也会受影响变得那么丑。但是我认为他说这话只是他一贯的自嘲而已，这么美好的心灵决不是后天培养的。

我怎么说也不嫌多的是，我认为美貌真是强大和占便宜。苏格拉底称为"短期的暴政"，柏拉图说它是"自然的物权"。我们还没有什么比美貌更威风的。在人际交往中它占第一位。它先声夺人，给人印象威严美妙，迷得我们判断也随之左右。雅典名妓弗里内若不是解开裙子美艳照人腐蚀了法官，她的官司原要败在一位精明讼师的手里。我看到大流士、亚历山大和恺撒这三位世界霸主，在处理国家大事时也没忘了美色。大西庇阿也是如此。

在希腊语中，"美"与"好"是同一个词。圣灵称好人的时候往往是指美貌的人。古代有一位诗人写过一首歌，柏拉图说流传很广，歌中对好事的排列是健康、美貌和财富，我很支持这样的分法。亚里士多德说指挥权属于美貌的人，谁的美貌接近诸神的形象，也应该同样受到崇拜。有人问他为什么跟美貌的人来往更长久更频繁，他说："这个问题只有瞎子才会提出来。"大哲学家中大多数都是靠美貌的媒介与付出缴付学费和学习知识的。

不但对侍候我的人、就是对动物来说，我的看法是美的也差不离会是好的。我还觉得人们根据脸型、五官和线条来推测内心气质与未来命运，这些不能直接或简单地归在美与丑范围来说。就像香味与清新空气并不促进健康，瘟疫时期气味恶浊未必传播疾病。

那些人责备女人品行有负美貌，这话也不一定都说中了。因为在一张五官不是端正的面孔上也会带着真诚的正气，另一方面，我有时看到一双美目，但是凶光四射，充满狡诈与威胁。有的相貌给人好感；当你处在一群胜利者敌人中间，这些都是陌生人，你会立即选择这人而是那人向他投降，把生命托付给他；这不是考虑美与不美的问题。

相貌是不牢靠的保证，然而还是必须加以考虑。若让我来执行鞭刑，我打得更凶的是脸上一看就知道天生说话不算数的那些坏人。我更痛恨的是隐藏在一脸善相下的狡诈。看来长相有幸运的也有不幸运的。我也相信有相术可以辨别厚道与傻气，严肃与严厉，狡猾与忧愁，傲慢与忧郁，以及其他相近的神情。有些美人不但倨傲，还有凶相；有温柔的，还有毫不诱人的。凭此来预测今后的命运，这是我留待后人解决的事。

我还像在其他场合说过的那样，对我自己来还是简单明白地采用这句老话：我们不可能离弃自然，最高准则是顺应自然，我不像苏格拉底，用理智的力量来纠正我的天性，用习惯来扭转我的偏向。我怎么来的，也就怎么走下去，不为什么穷凶极恶。精神与肉体这两根支柱彼此投缘，和睦相处；乳母的奶汁——感谢上帝——还算健康和温和。

　　我是不是顺便把这事说一下，有一种经院式道德观念，只是流传在我们之间，在希望与恐惧的压力下权作格言使用，我看它是不是被捧得过高了？我喜欢的不是由法律和宗教创造出来的，而是完善和批准的品德。任何天性正常的人身上都有这种普遍理性的种子，无需外界的帮助就会生根发芽，茁壮成长。

　　这个理性防止苏格拉底去做坏事，要他服从在他的城里发号施令的人与神，英勇就义，并不是因为他的灵魂是不朽的，而是他是个会死的凡人。劝人说宗教信仰不需要道德的帮助，自身足够去伸张神的正义，这种学说对于任何制度都是毁灭性的，易致伤害，而又不够巧妙严密。从人生实际上来看，虔诚与良心存在极大的差距。

　　我的容貌不论其本身还是在别人看来都还产生好感，

　　　　我说了什么？我现在是！不，克莱梅斯，以前是！
　　　　　　　　　　　　　　　　　　——泰伦迪乌斯

　　　　可惜啊！身上只见骨头不见肉了。
　　　　　　　　　　　　　　　　　　——马克西米安

跟苏格拉底的外表完全相反。经常遇到这样的事，一些与我素不相识的人，仅仅凭跟我照面和看到我的神气，不论在他们的事情还是在我的事情上就对我十分信任。在国外时也获得少见的礼遇。有两件事也许值得提出来说一说。

　　某人有意对我的家庭和我进行突然袭击，他的伎俩是只身来到我家门前，紧急要求进来。我听到过他的名字，对我也是个时机把他看作个邻居，也多少是个亲戚那么信任他。我像接待别人那样下令给他开了门。他在那里惊魂不定，他的马喘着大气，几乎脱了力。他给我编了一个故事：

"离我家半里地他遇上了一个敌人，那个人我也认识，也曾听说他们吵过架。这个敌人在他身后紧追不舍。狭路相逢使他十分慌张，人数上又居劣势，他就逃到我家门前求救。他为自己的人十分难过，他相信不是死了就是被抓了。"

我这人一片天真，试图安慰他，叫他放心，请他休息。片刻以后，他手下的四五个士兵也来了，同样惊慌失措，要求进来。接着又来了几个，都全身装备带武器，竟有二十五到三十个，都装得敌人就在身后面紧追似的。这样的怪事开始引起我的怀疑。我不是不知道在我生活的那个世纪，我家的房屋多少叫人看了眼红，我熟人中有好几人也都遭此厄运。

此时，看到自己既然已经欢迎他们光临，若半途而废不会有什么好结果，要摆脱他们不可能不玉石俱焚，我索性采取最自然简单的做法，像我一贯的那样，吩咐请他们进来。而且事实上，我这人天生不会怠慢和猜疑。我更愿意宽容和温情地考虑动机。我按一般的道理待人；若没有确凿无疑的证据使我无法回避，我不相信这些邪恶、丧尽天良的禀性，也不信恶魔与神迹。此外，我这人乐意由命运安排，不顾一切投入它的怀抱。

直到此刻为止，在这方面我有更多的机会自我庆幸，而不是自我怨叹。命运对待我的事比我自己还想得周到，还友善。我一生中有些事的处理可以说极为棘手，或者也可说极需谨慎。而使这些事也应该说三分之一靠的是我，三分之二靠的是命运。我觉得，我们彷徨，是由于我们对天不够信任，又常常邀天之功据为己有。于是我们的计划经常走上歧途。人的智慧加强也就扩大了权利，这损害了天的权利，因而引起天的嫉妒；我们增加多少天要删除多少。

这些人骑马待在我的院子里，他们的头领和我在客厅里，他不愿把马牵到马厩里，说有了手下人的消息立即告辞。他看到自己已经控制了局面，只待下令动手。事后他常说——因为他也不怕提起这件事——是我满脸坦诚的神气使他不好意思干事不仗义。他重新上马，他手下人眼睛死死盯着他，看他做出什么信号，但看见他出大门，放弃这块到手的肥肉而大为惊异。

另有一次，我们的军队宣布了不知什么停火令，我信以为真，出门去旅行，经过一个特别敏感地区。风声传了出去，立即有三四支马队从不同地方来追我。其中一支队伍在第二天追上了我，约十五到二十个蒙面贵族向我冲来，后面还跟随一群弓箭手。我当了俘虏，投降，被他们拉进了邻近的树林深处，马也丢了，钱袋也掏了，箱子也被搜查了，钱柜也被抢走，马和马具都分给了新主人。我们长时间在丛林里对我的赎金数目讨价还价，他们把我开价那么高，可见他们并不知道我是谁。他们还为我的生死问题激烈争论起来。说真的，有好几次使我处于岌岌可危的情境。

> 埃涅阿斯，你需要勇气，也需要冷静。
>
> ——维吉尔

我始终坚持我在停火令期间享受的权利，可以给他们留下他们已在我身上搜查到的财物，这数目已经很可观，不答应还付其他赎金。我们在那里待了两三小时后，他们要我骑上一匹决不会脱逃的马，由十五到二十个火枪手专门押送我，把我的仆人则分

散交给别人，命令各人带了俘虏走不同的大路，而我已被带到两三个射程以外的地方，

> 已经向波吕丢刻斯和卡斯托尔求救。
>
> ——卡图鲁斯

这时他们中间突然出现了意想不到的变化。我看到他们的头领回头向我走来，言语温和，还费心地在队伍中寻找已经失散的财物，能找回多少还给我多少，连那只钱柜也在。

他们给我最贵重的礼物当然是我的自由，其他一切那时候我都不在乎。没有明显的触动就回心转意，而且在那个时代这种经过深思熟虑的掠夺，也因屡见不鲜而成为正常的了（因为我一开始就向他们宣称自己属于对立哪一派，正在走的是条什么路），还有那种奇迹般的幡然悔悟，我实在不知道这其中真正的原委。

最活跃的那个人还卸下了面目，向我报了名字，那时跟我说了好几遍，我获释全亏了我的相貌，谈吐自在坚决，说明我这人不该遭受这类暗算，向我保证不再会发生这样的事。可能的是神的慈悲，利用这个虚妄的工具来保护我。神的慈悲还保护我第二天逃过了那些人提醒过我的更凶险的埋伏。

后一个人至今还活着可以给这件事作证。前一个人不久以前已被杀害。

即使我的相貌不能为我担保，大家也可以从我的眼神和声音察觉我这人心田单纯，不然我口无遮拦，想到什么说什么，对事物的看法也冒冒失失，就不会那么久以来未跟人有过口角和仇隙。我那样做法很有理由在人看来不文明和不合礼仪，但是我还没看到有人认为是放肆和恶意，也没有谁从我嘴里听到这话而对我的

随便感到恼火。

话经过一传，就变了调，变了意思。因而我不恨什么人，我没有胆量去冒犯人，从理智出发也不会这样去做。当我受邀有机会去给罪犯定罪时，我宁可不去出庭表态。"我愿意大家不犯错误，但是错误犯了我又没有勇气惩罚。"（李维）

据说有人责备亚里士多德对一个坏人过于讲慈悲。他说："我确是对那人讲慈悲，但对坏事不讲慈悲。"一般的判决都因罪行的恶劣而义愤填膺要复仇。这事使我对判决不热心：对第一次谋杀的憎恶使我害怕发生第二次谋杀，对第一次残酷的痛恨使我痛恨对此事的如法炮制。

我只是一介平民，谈到斯巴达国王查理吕斯[①]的话也可用在我身上："他不会是好人，因为他对坏人不坏。"或许还可这样说，因为普鲁塔克对这句话，就像对其他事情，都有正反两种不同的说法："他一定是个好人，因为他对坏人也好。"由于我不喜欢用合法手段去惩办那些已有悔意的人，所以，说真的，对于认罪的人，我也很少犹豫用非法手段让其开脱。

---

[①] 据《七星文库·蒙田全集》注，普鲁塔克在《利库尔戈斯传》里，说这话的是斯巴达国王查理劳斯（Charilaüs），不是查理吕斯（Charillus）。

# 第十三章
# 论阅历

没有一种欲望比求知的欲望更自然。我们尝试一切可以达到求知的方法。当理智够不上时，我们就使用经验。

> 不同的实验积累经验，产生知识，
> 范例指引道路。
> ——马尼利乌斯

经验是一种较弱、较不受重视的方法；但是真理是这么一件大事，我们不应轻视任何指引我们通往真理的媒介。理智的形式五花八门，使我们不知道怎样取舍，经验的形式也不见得更少。看到事物的相似就从中得出结论是不可靠的，尤其因为事物总是不相似的。事物的面目中若说有什么普遍性的话，那就是它们各有差异，互不相同。

希腊人、拉丁人和我们，都拿鸡蛋形状作为最明显的相似性例子①。然而也有人，尤其那位德尔斐人②，辨别得出鸡蛋的不同之

---

① 法国俗语："如两只鸡蛋那么像。"
② 据《七星文库·蒙田全集》，应是西塞罗著作中提到的德洛斯人，不是德尔斐人。

处，决不会把两只鸡蛋认错。他养了不少母鸡，还知道哪只蛋是哪个鸡生的。

我们的作品在形成过程中就产生了相异性，人工绝对达不到相同模样。扑克制造商贝罗泽和任何人都不可能把扑克牌的背面做到光洁无疵，让赌徒眼睛盯着发牌时认不出区别来。相像不会完全一样，相异则完全两样。大自然必然承诺过不一样的东西不创造。

可能那位查士丁尼一世国王的看法我也不大欣赏，他的《国法大全》把法律化整为零，弄得复杂繁琐来限制法官的权柄。他没有看到法官按照自己的方法还是有同样的自由与空间去解释法律的。那些人还在嘲笑呢，他们用《圣经》上说得明明白白的话提醒我们，来限制与终止辩论。尤其因为我们的思想在检验别人的意思与表达自己的意思时都有同样的广阔天地，曲解仿佛也没有胡说八道那么耸人听闻与恶劣。

我们看到这个家伙真是大错特错了。因为在我们法国，法律条文要比世上其他各国的总和还多，解决伊壁鸠鲁的所有原子世界还绰绰有余，"从前是丑闻，今日是法律，都是人间祸害。"（塔西佗）我们听任我们的法官来谈看法和做决定，以前还从来不存在这么强大与无所约束的自由。选择十万件不同的案例，用上十万条法律条例，我们的立法官这样做又得到了什么呢？

从人类行为无限的差异来说，这个数目实在微不足道。我们的法律再是成倍增加也跟不上案情的不断变化。就是把法律条例再乘以一百倍吧，以后发生的案子中也找不出一件，会在我们筛选归档的千万件案子中，遇见一件跟它完全吻合无异的，这里面总有一些情境与过程的差别，需要对此做出不同的考虑与判决。

我们的行为处在永恒的变动中，与固定不变的法律不大能够联结配合。最令人期望的法律是条文最少、最简单、最笼络的那种法律；我还这样相信，像我们这里这么庞杂的法律还不如没有法律的好。

大自然给我们制订的法规，总比我们给自己制订的法律更叫人幸福。诗人对黄金时代的描述，我们看到那些没有其他法律的民族的生活状态，就是明证。有的民族审判案件，是请第一个沿他们的山领走来的过路人当法官。还有的是在集市那天，选出一个赶集人，当即把一切案子都审完。让最贤明的人当场凭眼力，不援用先例，不考虑后果，把我们的案件都一次审完，这有什么危险吗？正是什么样的脚套什么样的鞋。

西班牙斐迪南国王向西印度群岛殖民地移民，做出英明的决定，不许带去学法律的学生，担心这个新世界自后诉讼不断，因为这门学科就其本质来说就是口角与分裂的源泉。柏拉图说得对，法学家和医生都是国家的祸害。

我们的日常语言用在其他方面都那么轻松，为什么一写上了合同与遗嘱就变得晦涩难懂？那个人不论口头与书写都表达清楚明白，为什么在法律上说个什么没法不引起怀疑与反驳呢？要不就是精于此道的讼师小心翼翼，字斟句酌，用词谨严，笔法圆滑，每个音节都要掂量，每个组合都要剖析以致细针密缕，话中有语，似有所指又无所指，对不上任何语言的规则和规定，叫人看了简直不知所云。"一切分裂成了尘土，也就难于分辨了。"（塞涅卡）

谁见过孩子想把一团水银挤成一大堆水银珠吗？他们把水银挤得愈凶，愈要按照自己的意愿要它就范，这个生性豪爽的金属愈向往自由，它躲开他们的逼迫，缩小分散，数也数不清楚。同样道理，抠字眼儿，钻牛角尖，只会叫人加深怀疑；让大家增加和混淆困难，纷争不已。扩散问题又细分问题，这让世界上冲突层出不穷，充满不安定。就像泥土，翻得愈深愈细，愈会长庄稼。"知识制造困难。"（昆体良）我们以前怀疑罗马法学家乌尔皮恩，现在还怀疑巴尔道吕和巴尔杜斯。这些数不胜数的意见分歧痕迹应该一笔抹去，不要舞文弄墨，装进后代人的脑袋。

我不知道对此该说些什么，但是凭经验觉得过多的说明反而冲淡和破坏实情。亚里士多德写文章是为了让人了解，他若做不到这一点，别人更做不到了，因为他在谈自己的想法，别人在这方面怎么会比他能干呢。我们打开物质，浸泡稀释；我们把一件事划分成一千件事，又增加又细分，跌入了伊壁鸠鲁的无限原子说中。

从来没有两个人对同一件事做出相同的判断，也不可能见到两个意见是一模一样的，不但在不同人身上，就是在不同时间的同一人身上也见不到。一般来说，评论家不屑谈论的事我会对之怀疑。我更容易在平地上跌跤，就像我知道在康庄大道上有些马更会失前蹄。

谁不说注解增加疑问与无知，既然不论是关于人和神的任何哪部书，全世界都在忙着阐述，从没提出过什么解释把困难解决了的呢？第一百位注疏者把书交给下一位时，那部书比第一人读的时候更多疑点、更难懂。什么时候我们一致同意说这部书的注解已经够多，再也不用对它谈论什么了呢？

在诉讼中这点看得还更清楚。我们把法律权威交给了无数的博学之士，做出无数的裁决、同样数目的阐释。我们是不是找到办法不再需要阐释了呢？是不是朝着太平时代有些许进步和接近呢？是不是律师与法官没有大批法律颁布初期那么需要多用了呢？相反，我们模糊和掩盖了其中的真意，我们不去发现它，只是听任栅栏与障碍竖在面前。

人认识不到自己精神上的天然疾病，他一味东张西望，到处寻求，不停地原地旋转，陷在工作中不得脱身，像我们的春蚕作茧自缚，窒息而死。"老鼠跌进了松脂堆。"（拉丁谚语）他以为远远看到了不知什么光明迹象与理想真理；但是当他往前跑去，许多困难一路上阻碍他去进行新的追求，致使他迷路和发昏。这跟伊索的狗也相差无几；它们看到海面上漂浮着像个尸体的东西，走近不了，企图喝干海水留出一条道来，把自己都灌注死了。无独有偶，某位克拉底说到赫拉克利特的著作："读这样的作品需要善于泅水"，这样他的学说的深度与广度才不致把他淹死在水底。

让我们对别人或自己猎取到的知识感到满足，这只是个人的弱点使然；更有能耐的人是不会满足的。对于后来者总有空白要填补，是的，就是对于我们自己也可另辟蹊径。我们的追求是没有止境的，我们的目的完成于另一个世界。当一个人满足时，这是智力衰退的表现、颓废的标志。心胸宽阔的人从不停顿，他总是有所求，奋力勇往直前，有了成就再接再厉；他若不前进、不紧迫、不后退、不冲撞，他会半死不活的。他的追求没有期限也没有固定形式；他的养料是赞赏、追逐与朦胧的向往。阿波罗就是持这样的主张，他对我们说的神谕总是一语双关、模糊不清、转弯抹角，使我们得不到要领，但是很感兴趣，忙个不停。这是一种不规则的行动，永远不停歇，没有先例，没有目标。有所发现会相互鼓动，接连不断，层出不穷。

　　君不见一条流动的小溪，

> 水波滚滚没有边际，
> 沿着永恒的航道排成行，
> 后浪跟前浪，前浪让后浪。
> 此水推那水，
> 那水又追此水，
> 总是水流入水，总是
> 相同的小溪，总是不同的水。

——拉博埃西

注释注释比注释事物更多事儿，写书的书比写其他题材的书更多问世。我们只是在相互说来说去。

书里的注释都密密麻麻，创作者则寥寥无几。

我们这些世纪最主要、最著名的学问，不就是了解有学问人的学问吗？这不是一切学习的普遍与最终目的吗？

我们的看法都相互嫁接。第一个看法作为第二个看法的植株，第二个又为第三个看法的植株。我们这样一株接一株，从而最高的一穗经常荣誉最高，其实功绩并不最大。因为它只不过比最后的一株高一节而已。

我多少次，也轻易傻傻地写书离题而谈到了这部书？说傻傻地，只因是为了这个理由要我去记忆我对其他同样做的人说过些什么。"他们屡次三番给自己的作品送去秋波，这说明他们心里爱得打颤，对它轻蔑地厉声斥责，其实只是出于母爱的含情脉脉的嗔怪"。据亚里士多德说，自我爱怜与自我贬斥都缘于同样的盛气凌人。在这方面，我应该得到宽宥，比别人有更多的自由，因为此刻我恰好在写自己、我的著作以及我的其他活动。我的课题也是对自身的颠覆，不知大家是否会接受。

第十三章 论阅历

我在德国看到，路德提出的看法引起怀疑，造成许多冲突和争执，还超过他在《圣经》问题上引起的轩然大波。

我们的争论是口头争论。我问什么是自然、享乐、圈子和更替。答案也是用语言，做到口头解决。一块石头是一个物体。但是谁再问："什么是物体？"——"物质。"——"物质是什么？"——这样问下去，逼得解答的人哑口无言。用一个词来解释一个词，往往更陌生。我知道什么是人，胜过我知道什么是动物，不论是有寿命的还是有理智的。为了解决一个疑点，他们给了我三个疑点：真是七头蛇妖许德拉，头砍了一个又会长出一个。

苏格拉底问梅诺什么是德操。梅诺回答说："有男人和女人的德操，有官员和公民的德操，有儿童与老人的德操。"苏格拉底大叫："这妙极了！我们以前只是追求德操，原来德操有一大堆。"

我们提出一个问题，人家回敬我们一大串问题。如同任何事与任何形式不会跟另一个完全相像，也没有任何事与任何形式跟另一个完全不像。神奇的自然融合。我们的面孔若不相像，就分不出人与兽了；我们的面孔若不是不相像，就分辨不出人与人了。

一切事物都靠某个相似性存在，一切例子都有偏差，从经验得出的事物关系总是靠不住和不完善的；我们总是从某一方面来做比较。法律就是这样为人服务，用迂回、勉强和旁敲侧击的解释凑合用到每个案件上。

道德规范，只涉及各人本身的责任尚且那么难于制订，那么管理众人的法律更是难上加难，也就不足为奇了。不妨想一想管理我们的这套法律体制，那里面错误百出，充满矛盾，真是人性愚蠢的好样本。我们在审判中有从宽与从严，这样例子比比皆是，我不知道居于中间公正的又有多少。这是身体的病态器官与畸形肢体，却是法律的本质。

有几位农民刚才过来匆匆告诉我，他们把一个人留在了我的树林里，他伤得很重，挨了上百刀，还有气，他求他们可怜给些水喝，把他扶起来。他们说他们不敢走近他，都溜了。害怕法院的人会抓住他们跟这事联系起来。就像以前有过这种事，有几个人被撞见在一个被杀的人身边，由于没有证据、没有钱打官司证明自己是无辜的，就要对这件事故负责，弄到倾家荡产为止。我能跟他们说什么呢？肯定的是这种人道援助会使他们陷入困境。

我们发现多少无辜的人受到了惩罚，我说这话还不包括法官的错判；又有多少这样的事我们没有发现的？这事就发生在我的时代。有几个人因杀人罪被判处死刑；判决书虽未宣布，至少做出了结论和决定。这时，法官们得到邻近下级法院的官员报告，说拘留了几名罪犯，他们直言不讳干了那件凶杀案，此案无可置疑地出现转机。于是对于是否中止和延缓执行上述几个人的死刑判决进行了讨论。大家考虑这件案子重审，其后果会拖延判决；既然定罪已经法庭通过，法官也就无悔无愧。总之一句话，这些可怜虫成了法律官样文章的牺牲品。

腓力皇帝还是另一个人，也提供了一桩相似的冤案。他通过一项终审判决，罚一个人向另一个人支付大笔赔款。事后不久真相大白，是他判得极不公正。一方面要维护法律的公正，一方面要保持司法的程序。他于是维持原判，同时用自己的钱去补偿被判罚者的损失，这样使双方满意。然而他办的是一件可以弥补的意外；我说的那些人却是无可挽回地绞死了。我曾见过多少判决比罪恶还要罪恶？

这一切使我想起古人的这些见解：要做好整体不得不损害局部；要在大事上公正就会在小事上不公正。人类正义跟医药的道理是一样的，只要有效就是用对了的好药。斯多葛派认为，在许多创造物中大自然还是反对公正的。昔兰尼派认为无物本身是公正的，公正是由习俗与法律形成的；狄奥多洛斯派的看法是圣贤认为偷窃、亵渎、一切荒唐事对他有利就是公正的。

真是没治了。我采取的立场，像亚西比得一样①，怎么也不能把自己交给一个决定我的脑袋的人，那时我的荣誉与生命取决于我的检察官的技巧与关心，而不是取决于我本人的无辜。我涉险进入这么一个司法机关，它可以说我做了好事，也可以说我做了坏事；我对它既可以期望也可以害怕。金钱赔偿对一个人是不够的，最好的办法是不要惹上官司。我们的司法只向我们伸出一只手，而且还是左手。不管是谁，从法庭出来总是有所损失。

中国这个帝国的制度与人文习俗，跟我们未曾有过交往与借鉴，在许多方面则比我们的做法优越；它的历史也告诉我们世界是多么广阔，多姿多彩，不是古人也不是我们所能窥透的。那里的官员受皇帝委派，作为钦差大臣巡视各省，体察民情，惩罚渎职的官员，也重赏那些尽了本职工作义务以外再有良好政绩的官员。老百姓到他们面前不单是要求保护，也为了传达民情；不单是获酬，也为了受礼。

感谢上帝，还没有一位法官作为法官跟我谈话，不论是什么案件，我的还是他人的，刑事的还是民事的。我即使连散步也没去过任何监狱。一想到它即使从外表看也很不舒服。我那么酷爱自由，谁若禁止我前往西印度群岛的任何角落，我也会在生活中明显地开心不起来。只要觉得哪里天地宽阔，我就不会甘心待在我必须躲藏的地方。

---

① 据普鲁塔克《亚西比得传》，他对人说，关系到他生命的事，他连自己的母亲也不信任。

那么多人就因为跟法律发生了冲突，限制在王国里的一块方寸之地内，不许进入大城市和庭院，使用公共道路，我的上帝！看到这种情况叫我如何忍受！我为之服务的法律只要伸出指头威胁我，我立即离开去寻找其他法律，不论在哪儿。我们处在内战时期，我煞费苦心谨小慎微，其目的就是不要失去四处走动的自由。

法律所以有威信，不是因为它们是公正的，而是它们是法律。这是它们权威的神秘基础；它们没有其他基础。这已够了。法律经常是蠢人制订的，更经常是仇恨平等又缺乏公道的人制订的，但又总是人，那些无能的、优柔寡断的笔杆子起草的。

法律有错误比什么都要严重危害四方；法律有错误也比什么都要稀松平常。谁要是因为法律是公正的而服从，那正是说他不应该服从时是不服从的。我们法国法律缺乏一致性不成系统，助长了在免除与执行时的混乱与腐败。法律的命令那么模糊与不连贯，在法律解释、行政管理和司法执行方面的违法乱纪都可以原谅。不管我们从经验中可以得到怎样的效果，只要我们不会好好利用自己的经验，从外国范例里学到的经验不会对我们的制度有多大帮助；因为我们自己的经验我们最熟悉，也就足够指导我们需要做的是什么。

我研究自己比研究其他题目多。这是我的形而上学，我的物理学。

　　　　上帝用什么手法管理地球这个家；
　　　　月亮在哪里升起，在哪里消失；
　　　　怎样新月、半月，终成圆月；
　　　　为什么风由风神欧洛斯起自海面；

第十三章　论阅历　　323

日夜形成云雾的水又来自哪里；
这个世界是不是有朝一日会毁灭？

——普罗佩提乌斯

你这个为此苦思苦想的人，寻求答案去吧。

——卢卡努

在茫茫人海中，我浑浑噩噩任由世界的普遍规律的摆布。当我感觉了我就知道了。我的知识不会让它改变道路，它也不会为我而改弦易辙。抱着这样的希望是愚笨，为此费心是更大的愚笨，既然普遍规律必然是相像的、公有的、共同的。

地方长官的善意与能力应该让我们完全不用去为他的治理操心。

哲学探索与沉思只是为我们的好奇心提供养料。哲学家极有道理让我们回到自然的规律上，自然的规律不需要有多么深奥的学问；而哲学家故弄玄虚，向我们介绍大自然时弄得繁复庞杂，迷人耳目。于是单纯统一的课题变得千头万绪。大自然赐给我们双脚走路，也赐给我们明智如何去走生活之路。明智，不是哲学家空想的明智那么巧妙、四平八稳、夸张，但是相对地简单有用，只要谁照着大自然说的去做，像个愿意稍加努力天真地、规矩地，也即自然地去做的人，都可以做得好。以最单纯的方式信任大自然，也是信任大自然的最聪明的方式。无知与无好奇心是个多么柔软舒服保健的长枕头，让脑袋放上去好好休息吧！

我宁愿通过自己，而不是通过西塞罗了解自己。凭自己的经验，若善于学习也足够使自己变得聪明。谁能回想起自己过去暴跳如雷、气昏了头的样子，那就比阅读亚里士多德更能看清这种情欲的丑恶，对它会更恰当的嫌弃。谁能记得他经历的苦难，受过的威胁，激起他情绪变化的小事情，那就可为今后的变化、自己的处境做好准备。

对我们来说，学习恺撒的人生也不及学习自己的人生更有裨益。皇帝也罢，小民也罢，这总是人人都有磕磕碰碰的一生。不妨侧耳听一听，我们相互说的也无非是我们必需的东西。谁去回忆自己多少次做出了错误的判断，因而从此不再相信自己的判断，这不是个傻瓜吗？当我听了别人的说理而误信了一个错误的看法，我不会过多琢磨他告诉我什么新东西和个人对此的无知（这仅是小收获），而是琢磨自己的无能和理解力的背叛；从而改进我的总体修养。

对待我的其他错误我也是如此，觉得这是很有用的生活守则。我不把某件事、某个人看成让我绊跤的石头，我琢磨的是主要提防自己的步法，努力调整。明白了人家说了一句蠢话，做了一件蠢事，这没有什么大不了，应该明白我们人无非是个傻瓜，这里面的学问可大着呢。我的记忆屡屡出错，即使最自以为是的时候也会错，但这些错也不是毫无用处的；至少它信誓旦旦地要我相信它时，我会摇头。我记忆中的事一遇到有人反驳，就使我心头一惊，不敢在重大事件上相信记忆，也不敢在别人的事上为记忆保证。在我是记忆不佳而做的事，别人更经常是存心不良而去做，要不然我总是会接受从人家嘴里而不是从我嘴里说出来的事实。

假如每个人留心观察他自己受情欲控制的实际情况与环境，就像我观察自己深陷的情欲，他就可看到它们是如何产生的，对它们迅猛的来势略加阻挡。情欲并不是一上来就掐住我们的喉咙；威胁都是一步一步走近的。

> 风初起形成白色波涛,
> 海水慢慢涌动升高,
> 从海底掀起冲天的怒涛。
>
> ——维吉尔

判断在我心里占据了宝座,至少它用心地往上面去坐。它放任我的种种欲望自行其是,还有憎恨与友谊,甚至我对自己的偏爱,但决不让自己受影响与腐蚀。它若不能按照本意去改进其他情感,至少不让其他情感来败坏它。判断完全是自主进行的。

提醒大家认识自己,这应该是意义重大的事,既然知识与光亮之神阿波罗把这句话刻在他的神庙的门楣上,好像包含了他对我们的一切忠告①。柏拉图也说智慧无非是实现这条训诫。在色诺芬的作品中苏格拉底对此详加说明。

每门知识的困难与晦涩之处,只有进入堂奥的人才能窥知。而且还要有一定的聪明,知道自己毕竟是无知的,要推门才知道门对我们是关闭的。于是产生这句柏拉图妙言:知者不用探索,因为他已知;不知者也不会探索,因为要探索必须知道探索什么。然而在认识自己这个问题上,人人都那么自信和洋洋得意,人人都自忖理解得足够深刻,这说明没有人真正懂得。在色诺芬的作品中苏格拉底就是这样告诫欧提德莫斯的。

我这人不宣扬什么,只觉得学问深奥无比、变化无穷,我学习只学得了一个收获,那就是体会到学无止境。我的软弱人所共知,这也造成我性情谦卑,对规定我遵守的信仰唯命是从,表达

---

① 指希腊德尔斐阿波罗神庙门楣上这句格言:"认识你自己。"

意思始终冷静克制；憎恶这种令人讨厌、找人吵架的狂妄，自以为自己什么都对——这才是教育与真理的大敌。且听他们是怎样教育的，他们最初提出的馊主意，就是给艺术风格订立清规戒律。"在感觉与认识以前先做出论断与决定，那是最见不得人的事。"（西塞罗）

希腊天文学家阿里斯塔克说，从前世界上仅有七位贤人，今天仅有七位愚人了。在这个时代我们不是比他更有理由说这样的话吗？断定与顽固是愚蠢的明显特征。愚人会跌在地上狗吃屎一天一百次，立刻又趾高气扬，跟以前一样坚决与自满；你可以说有人给他注入了新的灵魂与理解力，犹如那位大地之子安泰俄斯，倒在地上即可恢复精力重新强壮，

> 当他接触大地，
> 疲劳的四肢又获得新的力量。
> ——卢卡努

这个偃头偃脑的人不是精神焕发后再来想吵上一架吗？

我凭自身经验强调人的无知，依我看来无知是人世教育中最可靠的学问。那些人不愿凭我个人或他们自己的一个那么微不足道的例子得出这样的结论，让他们通过这位众师之师苏格拉底来认识它吧。因为哲学家安提西尼对他的弟子说："好啦，你们和我去听苏格拉底吧；在他那里我和你们一样是弟子。"他提倡他的斯多葛派教义，认为美德足够使人生美满，不需要其他东西，他又说："除非有苏格拉底的力量。"

我长期仔细观察自己，训练得对别人也可做出适当的判断。很少事情我能这么侃侃而谈，而且还中听。经常对朋友情况的观

第十三章　论阅历

察和分析还比他们自己还确切。有一位听了我对他的事说得头头是道大为惊奇,我还要他多加注意。我从童年起就会把别人的生活结合自己的生活来看,在这方面养成了勤奋的性格。当我想到这样做时,周围凡有利于我达到这个目的的事:如举止、脾气、谈吐,很少能逃过我的注意力。我研究一切应该避免的事和应该追随的事。

因而,我从朋友的表情动作发现他们的思维情绪;不是把不可悉数那么不同和缺乏连贯的动作,归纳在某些门类里,再把我的分门别类有区别地凑到公认的等级与部分里去,

> 到底有多少种类,叫什么名字?
> 人们从不知道……
>
> ——维吉尔

学者把他们的想法分门别类,更为细致特别。我看问题不会超过我平时的学习习惯,没有规则可遵,提出看法也笼笼统统,摸索前进。比如这一条:我发表鸿论,前后章节不连贯,仿佛不能一口气把事整段说出来似的。在我们这些平凡庸俗的心灵中不存在连贯与一致。智慧是一座坚固完整的建筑,各部构件占一定的位置,有自己的标志:"唯有智慧是完全内敛而不外露的。"(西塞罗)

我把这项任务交给了艺术家,不知道他们能否把这么复杂、零星、偶然的小东西理出个头绪来,由他们把这些变化无穷的面目归类,克服我们的无序不定,把它整理得有条有理。我觉得不但行动与行动之间难以连结,而且每个行动本身也很难以根据什么主要品质给予一个适当的名称,因为那些行动都是有双重性,

色彩驳杂。

马其顿国王佩尔修斯，他的心思不会专注于一件事上，形形色色的生活都要过，作风放浪不羁，自己不理解，任何人也不理解他是怎么一个怪人，而我则觉得其实人人都是这样。

况且，我还见过一位身份与他相等的人，相信这个结论用在他的身上还更合适。①他从不处在中间立场，总是从一个极端令人意想不到地跳到另一极端，怎么做总遇到奇妙的障碍与挫折，他的想法也从不直截了当，真是匪夷所思，后人有一天要勾勒他的面貌的话，最可能的是他有意做得不可捉摸而让人去捉摸。

我们必须有一对极硬的耳朵根才能倾听别人坦率的批评；因为很少人能够听了不感到像被咬了一口，谁大了胆子向我们提出的人是在对我们表现特殊的友谊；因为为了对方得益而不惜说重话伤感情，这是健康的友爱。我认为对一个缺点超过优点的人进行评价很不好办。柏拉图对于审查他人心灵的人提出三点要求：知识、善意与勇气。

有时我会听到这样的问题，若有人在我还能做事的年纪时想到使用我，我认为自己什么最擅长：

> 我精力充沛，年富力强，
> 暮年尚未在两鬓染上白霜。
>
> ——维吉尔

我说："什么都不擅长。"我很愿意抱歉，受制于人的事什么都不会做。但是我会对我的主人说真话，他若接受还规劝他的品行。

---

① 据猜测指法国亨利四世国王。

不是笼统地用教条，那个我也不会（我也没见过用教条教育的人有过什么真正上进），而是利用一切场合亦步亦趋地观察他，用肉眼一桩事一桩事地评判他，简单自然，绝不同于对他溜须拍马的人。让他看到他在大家眼里是怎样的一个人。

我们中间有人受到那些恶棍的日夜腐蚀，也就不会比那些君王优秀。不是么，像亚历山大这样伟大的国王与哲学家，也未能幸免！我须有有足够的忠诚、判断力与自由才能做到这点。这将是一种没有名分的效劳，不然就失去效果和磊落。这个角色不是不加区别谁都可以充当的。即使真理也没有这份特权在一切事物上随时随地都可使用的；使用真理不论出于多么崇高的目的，也有其区域与界限。世事就是这样，经常在君王的耳边说真话，不但不见效果，还有害，甚至还蒙冤。

别人也不会让我相信，一条好的谏言不会用到歪途上，实质的利益不应该向形式的利益屈服。我在这项工作上要安排一个乐天安命的人。

> 此人要做的就是他自己，
> 别无他求。
>
> ——马提雅尔

小康人家出身，一方面他有胆量狠狠打动一位君王的心，不怕仕途阻塞，另一方面由于是中产阶层，跟各行各业的人都容易沟通。我还要这个角色由一个人担任。因为把这种充分自由、工作通天的特权交给几个人，就会产生一种不利于工作的大不敬行为。是的，我对他的要求首先是对沉默的忠诚。

朋友直言相劝充其量也不过听了刺耳，有没有效果还是掌握在听者手里；如果国王为了自身利益与改进也不能从善如流，那么当他吹嘘自己随时等待跟敌人一战为国增光的话，也是不可信的。从人的处境来说，谁也没有比他们更需要真正的自由的谏诤。他们生活在众人面前，要按那么多旁观者的意见严格律己。对他们的倒行逆施大家历来不会向他们声张的，这样他们弄得天怒人怨还不自知，其实这种情况若有人及时提醒规劝是完全可以避免的，也决不影响他们骄奢淫逸的生活。

一般来说他们的宠臣关心自己更多于关心自己的主子。这样做于他们自己也有利，因为对国王真正要做到赤胆忠心，那是严酷与充满杀机的考验；这不但需要大量的爱、坦诚，还需要非凡的勇气。

总之，我在这里东扯西拉的这份大杂烩，只是我一生经历的记录，若从反面来汲取教训对于精神健康还是有告诫作用的。至于身体健康，更是谁都不能比我提供更有益的经验，我提出的经验是纯的，决不弄虚作假使它蜕化变质。至于医学，那里理智没有立足之地，我的经验完全来自自身的感受。

提比略说活到二十岁的人，有责任知道什么东西对他有益或有害，他应该学会了怎样不靠医药而生活。这可能学自苏格拉底的。苏格拉底劝他的弟子，要用心地把自己的健康作为一门主课来学习。他还说，一个善于领会的人注意锻炼、饮食，不难做到比医生更明白自己做什么好，做什么不好。医生还不就是以经验作为他行医的试金石么。

因此柏拉图说得很有道理，要做真正的医生，操此业的人必须自己体验过他要治愈的种种疾病，了解他作为诊断依据的各种情况与事件。医生若要会治梅毒，他必须先生梅毒，这话不错。这样的医生我是真正信得过的。其他人给我们导航，就像那个人坐在一张桌子前，画出海洋、礁石和港口，万无一失地把一只船模移来移去。把他放到海里实干，他就束手无策了。他们详细分析我们的病情，就像城里的走卒吹着号子大喊走失了一匹马或一条狗：什么毛色、什么高度、什么样的耳朵；但是把它牵到他面前，他就认不出来了。

上帝啊，让医生有朝一日给我手到病除，就可以看到我如何高声欢呼：

我终于向实用的知识举起双手！

——贺拉斯

一切许诺我们保持身心健康的技艺，是做出了莫大的许诺；但是没有一种技艺像医药与哲学那样许愿多，还愿少的。当今这个时代，以行医为职业的人在我们中间取得的成效都不及其他人。对他们说得好听一些是卖药的，但是要说他们是医生，那就过誉了。

我一生的阅历足以把我沿用至今的方法做一总结。谁要试一试，我可以像个侍酒随从那样供他一尝。以下是我记忆所及的几件事。（我的每种方法，无不随着不同情况随时改变，但是我记录下那些最常用者，是至今依然在做的。）我的生活方式健康与生病时都一样：同样的床、同样的作息时刻，上桌的是同样的肉与同样的饮料。我不添加什么别的，只是根据力量消耗与胃口的量加一点或减一点。健康对我来说就是保持习惯做法不变。

我看到疾病使我失衡偏向一边；我若信任医生，他们会拨我偏向另一边；或是命里注定，或是医生诊疗，都叫我离开我的生活轨道。可是我那么长久养成的生活习惯决不会伤害我，这一点我是深信不疑的。

生活习惯形成我们的生活方式，方式必须符合习惯的需要，方式完全听命于习惯，这是女巫仙喀耳刻的药酒，完全随她的心意配制成分。有许多国家，还离我们不远，认为害怕夜晚的寒气很可笑，夜寒对我们危害是很明显的；而我们的船夫与农民也不以为然。让一个德国人躺在床垫上会生病。就像意大利人躺在羽绒上，法国人不拉帐子不生火也会生病。西班牙人的胃受不了我们的吃法，我们的胃也不能像瑞士人那么喝酒。

一位德国人在奥格斯堡跟我相处甚欢，他攻击我们的壁炉使用不方便，提出的论点跟我们臭骂他们的火炉如出一辙。（因为事实上，这种闷在炉里的热量，炉身材料燃烧后发出的气味，不习惯的人大多数用了都会头昏，而我则不。但是除此以外，热量均匀稳定散布全屋，看不见火焰，没有烟，也不像我们的壁炉的烟囱口有风，他们的火炉却可以跟我们的壁炉媲美。我们为什么就不能模仿罗马建筑呢？因为据说从前都是在屋外生火的，热气从地基送进来，通过砌在取暖房间厚墙里的管道，传遍整个房舍。我不知在塞涅卡的哪部书看到对此详尽的描写。）

那位德国人听到我赞美他的城市舒适美丽（确实值得赞美），开始对我即将离开而表示同情。他向提出的最大不便之处，就是其他地方的壁炉会让我闻了头昏。他听到有人发过这样的牢骚，往我们身上套，他自己在家里习惯了也就不觉得。一切来自火的热量都使我身子软弱沉重。虽然欧努斯说生活中最美味的调料是火。我宁可用别的方法避寒取暖。

我们害怕留在桶底的葡萄酒，葡萄牙人非常喜欢这股味道，这是王爷的饮料。总之，每个民族都有不少风俗习惯，对于另一个民族来说不但闻所未闻，简直是野蛮，匪夷所思。

还有个这样的民族，他们只接受上了印刷品的见证，不相信书上没提到的人和年代不够多远的真理，我们又该对他们做什么呢？蠢话被我们做成了铅模，就令人肃然起敬。对他说一声"我读过"，跟说一声"我听说过"，分量就不一样。但是我不相信人的嘴也不相信人的手，我知道书写的话也会与口说的话同样不谨慎，我对这个世纪跟对以往任何一个世纪同样尊重。我援引奥吕斯·吉里乌斯或马克罗比乌斯，同样乐意援引我的一位朋友；援引我读到的也援引他们写到的。正如他们主张美德并不因更长久而更高尚，我同样主张真理并不因更古老而更智慧。

我常说，跟着外国经院的范例后面跑，那是纯然的愚蠢。当今这些范例跟荷马和柏拉图时代同样丰富。但是我们更引以为荣的岂不是到处引证，而不是阐发其中的真理？仿佛从瓦斯科桑或勃朗廷书坊里去借论证，要比在我们的村子里看到的真情更为重要。

或者说是我们不够聪敏，没把发生在我们眼前的事分析提炼，迅速判断使之成为范例？因为，假如我们说我们缺乏权威性，无法给我们的证据立信，那就说得毫无道理。尤其从我的观点来看，最平常、最普通、最熟知的事，如果我们能从中找出其精华，就可以成为最伟大的人世奇迹、最佳的范例，尤其对人类活动这个大题目。

关于我的题目，且不说从书里看来的例子，亚里士多德谈到阿尔戈斯人安德鲁斯，说他穿越干旱的利比亚沙漠不喝一口水这件事。而说有一位贵族，曾出色完成多项任务，在我面前说他在盛夏季节从马德里到里斯本没有喝水。他这个年纪身体可算健康，生活中唯一与人不同之处就是——他对我这样说——可以两月、三月甚至一年不喝水。他感到口渴，但是他忍着让它过去，说这种口渴感很快自行消失。他喝东西是出于高兴，而不是需要或乐趣。

还有一个例子。不久前我遇到法国一位家财殷实的大学者之一，他在一间挂满壁毯的客厅角落里读书，周围仆人毫无顾忌地大声嚷嚷。他对我说——塞涅卡也差不多说过同样的话——这种喧嚣使他得益匪浅，仿佛吵闹声逼得他思想内敛，更好地默想，声浪激发他的思潮在心中回荡。

他在帕多瓦念过书，他的书房大多数时间都受广场上人马喧嚣声的冲击，他训练自己不但不受其影响，还利用噪声更好地读书。

亚西比得奇怪苏格拉底怎么受得了妻子终日吵吵嚷嚷发脾气，苏格拉底对他说："就像大家已经听习惯了打井水的轱辘声。"我恰巧相反，我的思想灵敏，很容易入定；当我冥思苦想时，轻微的苍蝇嗡嗡声就会扰乱我。

塞涅卡年轻时，紧紧咬住塞克斯都的例子不放，却不张口吃杀死的东西，据他说开开心心地戒了一年时间。后来所以放弃是因为被人怀疑他是在奉行哪个新宗教传播的戒律。同时他接受斯多葛派的阿塔罗斯的一句箴言，不再睡往下陷的软床垫，直到晚年都一直睡挺直身体的硬床垫。他那个时代让他觉得艰苦的习惯，我们这个时代还觉得温柔呢。

且看我的粗活工人与我的生活差别。就是斯基泰人与印度人也不见得离我的强度与方式那么远。我领回来几个在乞讨的孩子给我干活，他们不久就抛下我的供养和号衣离开了，只是为了要过原来的生活。我发现其中一个后来就在路边寻找蜗牛当饭吃，我就是求他、威胁他都无法叫他放弃贫苦生活的惬意舒适。

乞丐像富人有自己的豪华与享乐，据说，还有自己的尊严与政治等级。这是习惯使然。习惯不但可以把我们塑造成它喜欢的模式（可是贤人①说我们必须投入最好的模式，今后给自己带来方便），也会适合变化与曲折，这是最崇高、最有用的学习。最佳的身体素质是柔软不僵硬，我的有些爱好比别人更率性、平凡和逍遥自在；但是我不用费力就可转过身，轻而易举地采用相反的方式。一个年轻人应该打乱自己的规则激发自己的活力，防止衰退沉湎。靠规则与纪律约束的生活方式是最蠢、最脆弱的生活方式。

> 为了让人担到第一块里程碑前，
> 他要问书上说最好几点钟。眼睛碰上了
> 有点痛呢？问相书啊！然后再上药膏。
> 　　　　　　　　　　　——朱维纳利斯

他时常要走一走极端，听我这劝告没错。不然稍一放纵便会毁了他；跟人交往时格格不入，难以融洽。正直人最要不得的品质就是娇气，在人前行为怪异。不灵活圆通就是怪异。由于无能而让别人做，或者不敢做同伴在做的事，都是可耻的。这样的人还是待在自己的厨房里吧！到哪儿都是不体面的。对于军人则是恶劣和不可容忍的，军人如菲洛皮门说的，应该习惯形形色色、变化无常的生活。

尽管我修身养性，尽量做到自由与不动心，但是步入暮年时也会有意无意地拘泥于某些做法（我的年纪已难于再教育，从此除了保持现状也没有其他考虑了），习惯也不知不觉地在我身上打下烙印，有些事若要摆脱在我也可以称为走极端。这不用试验；

---

① 据《七星文库·蒙田全集》，指毕达哥拉斯派。

我白天睡不着觉；两餐之间不吃点心；不吃早饭；隔了很久才上床，比如晚饭后要整整三小时；总是在睡觉之前繁殖后代，也不站着做爱；有了汗就要擦；不喝纯水或纯酒；不能长时间不戴头巾；不在晚饭后理发；不戴手套就像不穿衬衣一样不舒服；饭后起床后要盥洗；床上的帐顶与帐篷，都像是生活必需品。

我用餐不铺桌布，但是不像德国人那样用块白餐巾就很不舒适，我又比他们和意大利人更容易弄脏；很少用调羹和叉子①。我看到有人模仿王室的做法，吃一道菜换一块餐巾，就像换盘子一样，可惜我们没有跟上。我们还听说这位吃苦耐劳的军人马略年老时饮东西变得非常娇气，只用自己专用的杯子。我也渐渐用一只特定形式的玻璃杯；不愿用普通玻璃杯，也不愿从一个普通人手里接过酒喝。跟透明发亮的材料相比，我不喜欢一切金属。我让眼睛也得到充分享受。

我这许多弱点是娇生惯养而来的。大自然也带给我另一些弱点：一天中受不了吃两顿饱餐，不然就撑胃；也不能少了一顿不吃，不然肚子就胀气、嘴巴发干、胃口败坏；待在夜露中太久身子会不适。因为几年以来在军队里服役，经常整夜忙碌，五六小时后胃开始难受，引起剧烈头痛，不到天明就要呕吐。别人去吃早饭时我去睡觉，过后我又像平时一样生龙活虎。

我一直听人说露水入夜才开始扩散；但是过去几年和一位贵族相从甚密，他满脑子这个想法，认为日落前一两小时阳光斜射时露水最凉最伤身体；他小心躲避这时的露水而不怕夜里的露水。他让我铭记在脑子里的是他的感觉不是他的道理。

---

① 就餐使用叉子，这一风俗在十六世纪从意大利引入法国，直到路易十三时代（1601—1643）才逐渐普遍。

怎么，怀疑与探索也会冲击我们的想象，改变我们的心态？那些人突然随着这些斜坡冲下去，都是在自我毁灭。我怜悯许多乡绅，他们由于医生的碌碌无庸，虽然年纪轻轻、身体健全也把自己禁锢在家里。其实宁可患感冒也不要退席，从此放弃很风行的大伙儿灯下闲谈。这种学问要不得，向我们贬斥一天中最美妙的时刻。我们应该用尽一切方法扩大我们的占有。人经常在坚持中坚强，增进自己的体质，就像恺撒不断用蔑视与斗争来医治他的癫痫病。我们应该采纳最好的规则，但是不要被它们奴役，除非其中哪一条是绝对必要遵从的。

国王与哲学家要解手，夫人们也如此。公众生活应该举行仪式；我个人的生活是私密行为，享受自然豁免权；军人与加斯科涅人在这两种品质上有欠谨慎。因而我对这个行为要说的是：还是把它挪到夜间某个特定的时间内，像我以前那样强迫它按照我的习惯做，而不是像我老来强迫自己按照它的习惯做，要有特殊的方便地点和便桶进行方便，防止时间一长气亏不畅。这毕竟是最肮脏的生活服务，要求多加小心做得干净利落难道不可原谅吗？"人天生是爱美爱清洁的动物。"（塞涅卡）在所有天然的动作中，我最不能忍受中途停止的就是这个动作。我见到许多人在打仗时受不了肚子闹别扭。我的肚子和我若不遇上了急事与生病的麻烦，从不耽误跳下床去及时报到。

我以前说过，我不认为病人待在哪里会比待在他养育与成长的生活环境里更感觉安全。变化不论是什么样的都使人惊慌受损。佩里高人或卢加人吃栗子有害，山里人喝牛奶无益，你相信么？你向他们宣布的不但是闻所未闻还是相反的生活方式！这种变化连健康的人都忍受不了。命令一位布列塔尼七旬老人光喝水，把一名水手关进蒸气室，不许巴斯克仆人去闲逛；这是剥夺了他们的行动,也就是剥夺了空气与阳光。

活着就是一切吗?

——佚名

不许按照自己的习惯生活,
活着也是不活着……
得不到阳光照耀与空气呼吸,
这样的人还是活人吗?

——马克西米安

医生即使不做别的好事,至少也让病人早早做好准备去死,逐渐破坏和切除他们对生命的享用。

不论健康还是得病,食欲来了我就高高兴兴吃。我把大权授予我的欲望与爱好。我不喜欢以病治病,讨厌比疾病还折磨人的药物。动辄拉肚子与动辄放弃吃牡蛎的乐趣,这两种痛苦其实是同一种。一方面生病教人难受,另一方面忌食教人难忍。既然失算不失算都要碰运气,还不如先快活后再去碰运气。这个世界的事都是相反的,要想到有用的东西没有不难的;不难的东西又是不可信的。

幸而我对许多东西的胃口都与我的胃的健康协调一致。年轻时爱吃味浓性辣的东西;后来胃感到不适,味觉也跟着胃口走。葡萄酒对病体有害,这也是我的嘴巴嫌弃的第一件东西,嫌弃之情不可以克服。我不高兴接受的东西对我都有害,我如饥似渴快快活活接受的东西对我都有益。做我开心的事从不让我感到损失了什么。因而我对医药的结论很大程度上以自己的兴趣为转移。

我年轻时,

> 丘比特在我周围飞翔,
> 穿着红袍子光彩夺目。

——卡图鲁斯

我跟其他人一样,受欲望支配,落拓不羁。

> 我也曾战斗过,不无光荣。

——贺拉斯

是坚忍不拔,而不是猛攻猛打:

> 我很少记得有超过六次的。

——奥维德

说起来既是不幸也是奇迹,我小小年纪已第一次受到它的征服。这确是偶然发生的,因为离我懂事和有主见的年龄还很长。那么久远的事我已记不清了。可以把我的命运跟卡尔蒂亚相比,她对自己的童贞一点没有记忆。

> 腋下长毛,嘴上长髭,
> 母亲很惊讶我的早熟。

——马提雅尔

病人突然有强烈的欲望,医生一般事前有效地布置对策;不可能把强烈的欲望想象得太离奇太邪恶,连自然规律也用不上。还有如何又能满足我们的幻想?依我的看法这玩意儿压倒一切,至少比其他一切重要。最痛苦与最常见的病都是幻想造成的。西班牙人这句话在好几层意义上让我觉得有趣:"上帝不许我理睬自己。"

生病时我徒喊奈何,就是没有欲望让我兴高采烈去满足。医药也无法使我改变。健康时我也一样,我也看不到有什么可以盼望与期待的。连得欲望也疲惫不堪,是够可怜的了。

医学不是那么死板,让我们不论做什么都没有一点权威性。这事根据气候和月亮,根据法奈尔①和埃斯卡拉②而变化。要是你的医生觉得你睡觉、喝酒或吃某种肉不好,不要着急,我给你另找一位跟他意见不合的医生。医学理论与医疗方法莫衷一是,关系到各个学科。我看到一个可怜的病人为了治病口渴得死去活来,后来遭到另一位医生的嘲笑,说那种疗法根本是有害的。他吃这个苦有道理吗?这个行业有一个人最近患结石病死去,他曾用极端禁食的方法来治这个病;他的朋友说禁食反而使他骨瘦如柴,把他肾脏里的结石熬得更硬了。

我还注意到,我受伤和生病时,说话给我造成的激动与危害跟我面临的病情一样大。因为我要用力气喊得响,说话使我体力消耗很大。以致我有重大事件要凑近大人物的耳边说时,时常会让他们不要介意提醒我压低声音。

有一则故事使我觉得很有趣。某所希腊学校里,有个人说话声音跟我一样很响;司仪派人关照他说得轻些,他说:"让他给我

---

① 法奈尔(1497—1558),亨利二世的御医。
② 埃斯卡拉(1484—1588),意大利医学教授。

定个调子我该怎么说。"另一位反驳他,他跟谁说话就以谁的耳朵定调子。

这话说得有道理,因为他的意思是:"根据你与听者说什么而定。"因为如果这么说:"说得他听得见你。"或者:"根据他来做调整。"这我就觉得没有道理了。声音的调子与节奏也表达了我要说的意义;这由我自己去操纵才能明确表达。有的声音是教训人的,有的声音是阿谀人的,有的声音是训斥人的。我要我的声音不但让他听见,还要震撼他,穿透他。我责备仆人时声音严厉而刺耳,他最好过来跟我说:"老爷可以说得轻些,您的话我全听得见。"

"一种声音适合一种情况,不表现在高低,表现在质量。"(昆体良)说话一半属于说的人,一半属于听的人。听的人应该根据声音的情绪做出怎样接受的准备。就像打网球,接球的人要根据打球的人打出球时的步法与球路而采取对策。

经验还告诉我这个,就是我们失之于急躁。疾病有它的寿命与极限、萎靡期与发作期。

疾病的结构是以动物的结构作为模式的。疾病初起时其命运就是有限的,日子是可数的;谁欲在疾病发展过程中激烈地强制它缩短,这不但不会缓和,反而会延长、加重和干扰病情。我同意《理想国》里克兰托尔的意见,不要顽固地跟疾病顶牛,也不要在慌乱中软弱屈服,但是应该按照病情与自己的体质自然顺应。应该给疾病留出通过,让它们自然发展,这样留在体内的时间也短。有些被认为更顽固难治的病,我让它们顺着自己的规律趋向缓和,不用干涉,不用任何措施和违背规则。

有的事应该让自然来完成:它对自己的事比我们更明白。——"某人生这个病死了。"——"你不死在这个病,也会死在另一个病上。"多少人背后跟了三位医生还是照死不误?例子是一面大镜子，把天下万物从各个方向都照在里面。这个药服了舒服就服；这总是眼见为实的好事。药服了味美胃口好，我就不管它叫什么名字什么颜色。乐趣属于最主要的利益。

感冒、风湿肿痛、腹泻、心搏、偏头痛和其他不适，我都让它们在我身上自生自灭，我作好准备半心半意认命时它们却消失了。客客气气比冒冒失失除病更有效。人体规律还是应该温顺地忍受。不管医药如何，我们还是要衰老，要体弱，要生病。这是墨西哥人教孩子的第一堂课，出了娘肚子就这样欢迎他们："孩子，你到世界上是来忍受的；忍受，吃苦，别吭声。"

人人都会临到的事，临到了自己就叫苦连天，这是不公正的，"一条不公正的法律强加在你一人身上，那时你再喊冤吧。"（塞涅卡）且看有一位老人祈求上帝让他保持身心健全，这就是恢复青春。

蠢啊，为什么许这样幼稚的愿？

——奥维德

这不是发疯吗？他的心态承受不了这个。痛风、肾结石、消化不良都是多年得病的征候，就像长途跋涉要经历冷热与风雨。柏拉图不相信医神埃斯科拉庇俄斯会费神用饮食制度去让一个心力交瘁的生命延续下去，这样的身体对国家无用，对他的工作无用，不能生出健壮的后代；他还不觉得这合乎公义与天意，神要万物各司其职。我的好人，你已尽职了。谁也无法让你重新起立，最多给你上石膏、钉夹板，让你苟延残喘几个小时。

为了加固一幢倾斜的房子，

第十三章　论阅历

必须在反方向加以支撑。
终于有一天屋架倒下，
墙壁连同托架一起坍塌。

——马克西米安

不可避免的事应该学会去忍受。我们的生活犹如世界的和谐，都是由相反的事物、不同的色彩构成的，温和的与暴烈的，尖的与平的，柔弱的与严厉的。音乐家只喜欢一种音色，会表达出什么？他必须善于调配各种声音，合成交响。我们也是，善与恶在我们的生活中是共生共存的。我们的存在不能没有这样的融合。这一部分与另一部分相互都是同样必要的。试图跟天然需要闹别扭，这是重现忒息丰[①]的傻劲，他要跟他的毛骡比赛谁踢得过谁。

我感觉到病痛很少去就医。因为这些医生使你取决于他们的慈悲时，就处于优越的地位，他们把自己的预测直往你的耳朵里灌。抓住我从前病后体弱，就对我大加侮慢，满口教条，满脸官气，蹙额皱眉，一会儿威胁我会有剧痛，一会儿又说我难逃一死。我没有垂头丧气，也没有坐立不安，但是我感到冒犯和震惊，我的判断力并没有改变和搅乱，至少大受影响；毕竟内心会激动与抗争。

我对待自己的想象尽量温和，也尽量不让自己的想象为难和起争执。谁能就应该帮助它、笼络它，有时还哄着它。我的神志适合做这件事。做什么都不缺少理由；它说服能力若赶得上说教能力，那我幸而就有救了。

你还想听个例子吗？神志说我生结石对我还是有好处的，我

---

[①] 普鲁塔克《怎样压抑怒气》一书中的人物。

这个年纪的身体结构自然要使用肢体托架（这是它们开始松动散架的时候；这是普遍规律，总不见得为我一个人产生奇迹吧？我这也属于老年偿债，没法再占便宜的）；还说这位病友可以安慰我，这到底还只是我这个时代的人最常见的偶然事件（我到处遇见这类病人，还是上流社会的，因为这病最爱找上贵人；它的本质就是富贵病）；还说结石病患者中很少人像我这么顺利应付过去的，就是有也要遵守一种难受的饮食制度，天天服那些难下咽的苦药，这方面我全凭运道好，因为我在几位夫人的好意劝说下，只服了两三次普通的白头蓟汤和土耳其草药。我病不重，她们却百般殷勤，把自己的药分一半给我，我也就觉得很好喝，但疗效还是没有。

他们给医神埃斯科拉庇俄斯许了一千个愿，给医生付了一千埃居，才使大量结石顺利排出，而我经常受惠于大自然。与人交往时举止并不因而有失当之处，也和别人一样可以十小时不撒尿。

我的神志说，"从前你不了解这种病时，这种病使你非常害怕。有些人缺乏耐性又哭又失望，使病情加重，更让你感到恐惧。这种病只生在四肢上，你也是这部分最不方便；你还是个神志清醒的人。

　　只有不该生的病才令人叫屈。

　　　　　　　　　　　　　　　　　　——奥维德


且看这样的惩罚，跟其他相比还是温和的，像亲情那么温和。且看它来得也迟，只是占你一生中的一段时期。人生结构就是如此，先让你在青春时期花天酒地玩个够，到了这迟暮不长花草的季节给你带来一些不便。

"人家对这病害怕和可怜，反而给你增添光荣。这种光荣你可以满不在乎，在言词中也不提及，你的朋友还可以在你的眉宇之间看出一二。这才叫坚强，这才叫耐性，听到人家这样说自己还是开心的。

"难道让人家看到你出汗呻吟，脸色白一阵红一阵，身子发抖，呕吐得出血，痉挛抽搐怪怪的难受，有时大颗眼泪簌簌落下来，尿液浓浊发黑，令人可怕，或者被尿结石堵住，痛得大叫，阴茎颈皮也无情地擦破，可是还要在人前神色不变，谈笑自若，偶尔跟客人穿插几句玩笑，尽量保持说话不冷场，露出疼痛时用话表示歉意，舒解痛苦。

"你还记得吗，古代这些人一心要吃苦，表示自己在履行德操不坠？就这么说吧，是大自然领路把你送进了你自己决不会高兴进去的学校。如果你对我说这个疾病危险有生命之虞，那么哪些疾病不是的呢？要是说不是直线去向死亡的疾病，就不在此例，那是医学的诈术。若意外死亡，若曲曲折折，绕来绕去还是轻易地把我们引上这条路，那又怎么不一样呢？

"但是你不是由于你生病而会死亡，你是由于你活着而会死亡。死亡不需要疾病的帮助就可以杀死你。对有的人疾病还帮助他们远离死亡，他们以为来日无多却活得比这更长久。况且有的病如同有的伤疤，像药物一样有益于健康。腹泻经常生命力不亚于你；有些人从小就患腹泻一直活到耄耋之年；他们若不弃它而去，它会伴他们走得更远。是你杀了它更多于是它杀了你。当它向你显示死亡离此不远时，岂不是对一个上了年纪的人提供良好的服务，促使他要思考后事了。

"更糟的是，你治好身体也不为了谁。无论如何，共同的命运从第一天起就在向你召唤。想一想它如何巧妙地、徐徐地让你厌倦生活，淡出人间，不是像暴君似的强制你，好比发生在老人身上的那些疾病，缠着不放，得不到喘息机会逐渐衰弱和痛苦下去。而是隔一阵子给你发警告，告诉你怎么做，中间还有长时间的休息，像让你有机会从容思考和复习你的功课，让你有机会清晰判断，做个勇敢的人痛下决心。它把你的情况全面摆在你的面前，有好有坏，在同一天生活有时轻松有时艰难。

"你若不拥抱死亡，至今每月一次可用手心接触它。同时你还可以期望它有朝一日不发出威胁就把你逮住了，由于屡次三番被领到港口，信念中你还是处在惯常的界限内平安无事，直到某天早晨你带着你的信念跨过了那条阴阳河还浑然不知。与健康光明正大分享时间的疾病，是不必要埋怨的。"

我要感谢命运的是它经常用同样的武器攻击我，也就一而再、再而三调教我，训练我，把我磨砺得再也不以为意了。我也大致知道以后如何了结。天生的记忆力下降我就用纸张，病体再有新症状，我就记录下来。我已差不多经历过各种各样的病状，若有摸不清的事威胁我，翻阅这些活页小册子，犹如预言家书写神谕的叶子。在过去这些经验中，我再也不愁找不着令我心慰的有效诊断。久病成医也使我对未来有更高的期望；因为这样的排泄习惯由来已久，可以相信大自然不会再予以改变，也就今后不会发生比我现在更糟糕的事。还有这病情跟我这个急性子也没什么不合拍。当它慢吞吞袭击我，我倒害怕了，因为这样短时间内不会好。但是按照自然状态腹泻来势凶猛，最多把我折腾上一两天。

我的肾脏前四十年间没有损坏，后十四年有了变化。坏事与好事皆有定时；也许这个人生插曲也快结束了。胃的热量因年龄而减弱，也引起消化不良，有的物质未经溶解进入我的肾脏。为什么到了一定的年龄段，我的双肾的热量就不同样减弱呢？这样

第十三章　论阅历

肾脏就不能让黏液变成结石,自然找其他排泄器官通过。① 年龄显然已经让我的分泌物枯竭。为什么不能对这些产生结石的排泄物也起同样作用呢?

当结石排出后,剧痛顿时消失,这样突然的改变真是无比美妙,就像闪电恢复了健康的美丽光芒,那么自由,那么充沛,在急性腹泻之后也有这种感觉。在这类痛苦中,还有什么能与突然痊愈的欢乐媲美的呢?病愈后的健康在我看来格外美丽!这两者原先那么接近贴在一起,我简直可以认出一个对着一个气势汹汹,大有不决出个雌雄绝不罢手之势!

正如斯多葛派说的,罪恶存在的好处是凸显德操的价值与艰难,我们更有理由,也更少猜测地这样说,大自然让我们痛苦,是为了珍惜行乐与无病无痛的时光。当苏格拉底被人卸去镣铐后,觉得铁器在两腿留下皮肤挠痒的滋味好不快活。他乐滋滋地考虑起疼痛与快活的亲密联姻,好像它们实有必要成双配对似的,以致时而前后相随,时而我中有你你中有我。他还对好人伊索大声说,他应该从这个角度去构思,这太适合写出一篇美丽的寓言了。

我看到其他疾病最糟的是,发作时还不太难熬,遗留症则痛苦不堪。要整整一年恢复期,其间身体软弱,担心不止。病体康复要通过那么多的风险和步骤,简直没有完似的。在他们让你先脱去头巾,然后又是暖帽以前,在让你享受新鲜空气、葡萄酒、你的女人和大甜瓜以前,你不惹上新的毛病已经上上大吉了。新病还有这个特权,只要旧病尚未痊愈,留下若干隐患使身体虚弱容易感染,新病干脆利落发作,这时旧病新病就会携手合作。

---

① 据《七星文库·蒙田全集》,这是蒙田根据当时医学理论而做的说明。

这些病可以原谅的是，它们占有了我们也就满足了，既不思扩充地盘也不带来它们的同伙——后遗症；而是还有一些病温文尔雅，通过我们身上还留下一点好作用。自从患上了结石症，我觉得摆脱了其他疾病，身子也好像比以前好，再也没有发过烧。我的论断是一方面我常犯的剧烈呕吐使我体内得到清涤；另一方面，胃口不佳，奇异的节食制度，也消解了我的毒体液，结石内的有害物质也得到自然清洗。这样的医疗代价过于昂贵，这话不说也罢。因为那些难闻的汤药、烧灼疗法、切开手术、盗汗、排脓、禁食，还有那么多的治疗方法，由于我们受不了它们的粗暴与肆扰，带给我们的往往不就是死亡吗？因而，当我得了病，我把它看成一种治疗；当我治了病，我把它看成一种长期完全的解放。

以下要说病对我的另一个特殊恩宠，那就是病可以在一边做它的事，我可以在另一边做我的事，这只取决于有没有勇气。有一次病发作得最厉害时，我在马背上骑了十个小时。你只是忍着痛，不用其他服药饮食制度；玩，吃饭，做这个，做那个，只要你行；你放纵自己对身体利大于弊。对天花病人、痛风病人、疝气病人都可以这么去说。

其他的疾病需要更广泛的注意，严重妨碍我们的行动，打乱我们的生活秩序，安排总体生活时都要考虑到病情。我的病只受些皮肉之苦，智力与意志还是听凭我的支配；舌头和手脚也是这样。它不叫你昏昏沉沉，而使你清醒。心灵会受高烧而冲昏，受癫痫而惊厥，受剧烈的偏头痛而错乱，总之伤及全身和主要器官的疾病都触动心灵。

我的心灵没有受打击，它若情况不妙，咎由自取。它在自我背叛，自我放弃，自我气馁。只有傻瓜才会轻信人家说，在我们

第十三章 论阅历　　349

肾脏里沉淀的硬结石会被汤药化解；因此，一旦结石松动了，只要给它一条通道，它就会循行而出。

我还注意到这个特别的好处，这个病不需要我们多思量。得了别的病让我们对原因、条件、进展把握不定，又苦又烦没有个完，而我这病完全不必为此操心。我们不用去求医诊断，感觉就告诉我们这是什么病，病灶在哪里。

我用这些好好坏坏的道理，试图麻痹和逗引我的想象，给想象的伤口敷油膏，就像西塞罗对待他的老年病。病情明天若有恶化，明天我们再考虑别的脱身之计。

事情果真如此，后来又复发了，轻微的运动就使我肾脏渗血。这又怎么样呢？我照旧像以前那样运动，怀着年轻冒失的劲头追着我的狗群狂奔。发现我竟战胜了那么一桩横祸，只是使我后来感到这部分有点隐痛沉重而已。这是一块大结石在挤压和破坏我的肾脏，我的生命也在渐渐逸出体外，颇感自然舒心，犹如在清除一种多余有害的排泄物。

我感到什么东西在崩溃吗？你别等着瞧我会起劲地去检查脉搏，化验尿液，做出让人心烦的预测。我会及时去面对病，但不会害怕病而去延长病。谁害怕吃苦，已经为害怕在吃苦了。

此外，那些参与解释大自然的动力与内部演变的人所表现出的疑惑与无知，运用他们的方法做出了那么多错误的预测，这些都应该让我们相信大自然的奥秘是永远认识不完的。它给我们的期望与威胁，都带有极大的不确定性、多义性与模糊性。老年是接近死亡和其他一切意外的不容置疑的信号，除此以外我还看到少数信号，我们可以用以对今后做出预测的。

我对自己做出判断，凭的都是真实的感觉，不是论证。既然我主张的是等待和耐性，又怎么样呢？你要不要知道我这样做的效果如何？那么就看看那些不这样做的人，他们依靠各人提供的不同建议与看法，身体还没事思想已经在疑神疑鬼了！而我安安心心，撇开这些危险的预测，好几次很乐意把身上出现的情况告诉医生。我对他们做出的可怕结论安之若素，依然更感谢上帝的恩惠，也对医学的虚实更有认识。

对青年的嘱咐，谆谆莫过于保持活动与警觉性。我们的生命在于运动。我启动困难，做一切缓慢：起身、卧睡、用餐；七点钟对我是清晨，我当市长时不在十一点钟前吃午餐，晚餐要在六点钟以后。从前我发烧生病都归咎于睡眠时间过长，引起昏沉沉萎靡不振，总是后悔自己早晨再度入睡。

柏拉图认为睡多了比喝多了还有害。我喜欢睡硬床，不跟妻子同枕共衾，完全一派国王作风，还戴好睡帽。不用炉子暖床，但是进入老年后，需要时让人用毯子盖在脚上和胃部。有人批评大西庇阿是瞌睡虫，依我看这里面另有原因，实在是他这人没有可以让人说的惹怒了他们。要说我有什么奇怪之处，那是表现在睡眠上不是别的。但是像在其他事情上，我一般会根据需要做出让步和通融。

睡眠占去我一大部分生活，到了这个年纪还是这样，一口气可睡上八九个钟点。我正有效地摆脱这个懒惰的嗜好，取得显著效果，我在三天内就感到了变化。我没见过谁需要时可以对生活的要求更少，更持久地进行操练，对劳役更少叫苦。我的身体能够坚韧，但受不起突然的剧变。我从今躲避激烈的锻炼，四肢还未发热已经发酸。我可以整天站立不坐，也从不讨厌散步。但是从小起我就只爱骑马上街；步行会溅得屁股上都是泥巴；小人物没有派头，哪能在路上不被人推推搡搡的。我一直喜欢休息，或坐或卧，两腿翘得跟座位一般高，或者还要高。

任何工作都不及军事工作令人兴奋，这是履行高贵的职责（因为最激昂慷慨的美德是勇敢），从事高贵的事业；没有什么奉献比保卫国家的安宁与伟大更正确更深入人心。令人兴奋的还有与那么多出身名门、活跃的年轻人相处一起，悲壮的场面看在眼里习以为常，彼此说话直率随便，生性豪爽不尚虚饰，活动千变万化，雄壮嘹亮的战歌听在耳里热血沸腾，心潮澎湃，军功的这种光荣、艰辛与困难柏拉图并不欣赏，在他的共和国里只说是妇女与儿童分内的事。作为志愿兵，参加哪项任务，甘冒什么样的风险，可以根据你对它们的势态与重要性做出决定。你看到生命本身可以得到有益的使用时，

在战火中死亡我想是美丽的。

——维吉尔

害怕承担事关大众的共同风险，不敢做各行各业的人都敢做的事，那是过分卑劣软弱的心灵才会这样做。即使孩子也是合群时感到放心。如果别人在学识、风度、力量和财富上超过你，你可以责怪这是外界的各种原因，若性格上不及他们坚强，你只有责怪你自己了。病恹恹艰难地死在床上没有死在战场上那么风光，发烧与重伤风跟中弹枪伤同样痛苦和致命。谁能够勇敢地忍受日常生活中的种种意外，不必要从军队中培养勇气。"亲爱的卢西里乌斯，生活就是战斗。"（塞涅卡）

我记不得自己有没有生过疥疮。然而挠痒痒确是大自然最美妙的礼物，而且还唾手可得。但是它也附带着类似的惩罚，叫人太难忍受了。我最多是挠耳朵，到了季节里面就痒了起来。

我生来感觉器官长得几乎完美的程度。我的胃健康好使，还

有脑袋，遇到我发烧绝大部分时间都保持状态。还有呼吸也好。我不久前度过了五十又六年；有些国家不无理由地规定五十岁是人生的合理终结，谁都不让超过这个期限。我虽还可明确地延期审理，虽然是不稳定和短期的，但也谈不上有我青春时期的健康和无痛无病了。我更不说精神充沛，心情活泼，没有理由要它们超过期限还跟着我：

> 在门槛上淋着雨等待，
> 已不是我力所能及。
>
> ——贺拉斯

我的容貌，还有眼睛，立即暴露出我的真面目；我的一切变化都开始于此；还比实际上更加尖锐；经常我让朋友动了恻隐之心，而我自己还不知道原因。镜子不会引起我的惊觉，因为就是年轻时，不止一次照见自己脸色灰暗、神态怪异，预兆不佳但也没什么大事；以致医生在我身上找不出原因说明这种外部变异，也就把原因归之于我的精神状态，在内心煎熬着什么秘密情欲。他们都错了。如果身体像心灵一样听命于我，我们同路走得更为轻松。我那时候不但没有烦恼，而且还心满意足，这就是平时的状态，半是出自天性，半是得力于修养：

> 我的躯体不受心灵的骚扰。
>
> ——奥维德

我认为我的这种心灵节制，好几次扶持身体没有垮下。身体常受打击；心灵即使没有可喜的事，至少处于恬静安详的状态。

第十三章 论阅历

我患四日疟长达四五个月，人都变了形；精神始终不但平静，还很乐观。疼痛打不到我身上，衰弱与疲乏也不会让我发愁。我看到许多肉体上的病痛，只是说起来令人心惊肉跳，其实生活中常见的千万种情欲与内心骚乱，更令我担心。我拿定主意不再奔跑，蹒跚走路已经不错。也不抱怨躲不过的自然衰退，

    阿尔卑斯山上见到甲状腺肿病人谁会惊奇①？
             ——朱维纳利斯

我也不遗憾自己的一生没有橡树那么长寿强壮。

  我也不抱怨自己的想象力。我一生中很少有心事让我半夜醒来再也睡不着，除非是谣念把我闹醒不会让我伤心。我很少做梦，往往是开心的想法引起荒诞不经的怪事幻梦，好笑而不悲哀。梦是我们心思的忠实表达者，我相信这话是不错的。但是把它们贯串起来加以阐释，那就是异术了。

    醒时惦念的事，吃惊的事，
    做着的事，在睡梦中重新出现，
    这没什么奇怪！
             ——阿克西乌斯

  柏拉图还说，以详梦而能未卜先知，这是智慧的职能。我看不见得，除非是苏格拉底、色诺芬、亚里士多德提到的那些美妙的故事，他们都是无可挑剔的权威人士。据史书记载，阿特兰蒂

---

① 瑞士山区缺盐，导致居民易患甲状腺肿病。

斯人从来不做梦,也不吃杀死的东西,这里我要加一句,可能说明他们为什么不做梦的原因。因为毕达哥拉斯配制几份食谱,吃了会及时做梦。

我做的梦很温和,不会身子晃动,也不会怪声乱叫。我见过我的时代许多人在梦中动作不可思议。哲学家提翁梦游,伯里克利的仆人会在房屋瓦顶上走来走去。

我在饭桌不挑食,吃放在最近的一道菜,也不太愿意换口味。盘子多、上菜快都使我不舒服,就像别的多与快也一样。我很满意少数几道菜。我讨厌法沃利努斯①的说法,他认为在宴席上,你对一盘肉刚吃出滋味就应该撤下,换上一盘新菜;如果不让客人吃够各种禽鸟的屁股就是一顿塞伦的晚餐;只有莺鸟才值得吃完一整只。

我平时吃咸肉,因而更喜欢无盐面包。我家面包师在我的餐桌上从不放其他面包,这跟家乡的习惯不同。我童年时,其他儿童平时爱吃的东西如糖块、果酱、糕点,我都会拒绝,他们主要是纠正我的这个做法。我厌恨娇嫩的肉食,我的家庭教师就当作一种娇气来斥责。厌恨口味不别的,就是挑食。一个孩子就是对麸皮面包、猪肉或大蒜有特殊的偏爱,谁剥夺他这些就是剥夺了他的糖果一样。有些人面对着山鹑美味,却为吃不到牛肉和火腿寻死觅活。他们过得高兴,是娇气中的娇气。因为对平时常用的东西感到无味,那是娇生惯养者的口味,"奢侈通过那些事逗弄富人的厌倦。"(塞涅卡)对人家的美味视之如草芥,自己则食不厌精,这是罪恶的本质所在,

---

① 据《七星文库·蒙田全集》,其实蒙田引用奥吕斯·吉里乌斯的这部书,法沃利努斯反对这样的做法。

如果你怕吃瓦盆中盛的素菜。

——塞涅卡

若是真有这样的区别，宁可压制你的欲望去顺应容易到手的东西；什么事非此不可就是罪恶。从前我称一位亲戚娇气，他到了我的船上就不知道用我们的床，也不会脱衣服睡觉。

我若有儿子，希望他们有我这样的命运。上帝给了我那位好爸爸（我没有什么可以报答他的，除了对他的慈爱那种真情实意的感激），他从摇篮里就把我送到亲戚的一个穷村子里，寄养在奶妈家的时期和后一阵子一直住在那里，让我习惯最朴实清苦的生活方式："大部分的自由时间是在调节肚子。"（塞涅卡）决不要由你自己，更不要由你们的妻子，负责他们的教育。让他们在民众与自然的规则下受命运的抚养，让他们随习俗的抚养，过节俭刻苦的生活。宁可让他们从艰苦中走过来，而不是向艰苦走过去。

父亲的意愿中还有另一个目的，让我跟老百姓结合，熟悉需要我们帮助的人的处境。认为我有责任关注向我伸出双臂的人，而不是对我背转身的人。也是这个原因他让家境最贫困的人当我的教父，让我跟他们有感情上的联系。

他的意图没有完全落空，我乐意帮助小人物，或者是这里面有荣誉感，或者我天生无限的同情心。在我们的战争中，遭到我谴责的一方若能兴旺昌盛，还会遭到我更严厉的谴责。要是看到他们陷入困境焦头烂额，我或许会跟他们和解。我对切洛妮的高尚性格由衷钦佩，她是斯巴达两代国王的女儿与妻子。当她的丈夫克朗普图斯，趁城邦大乱之时占了她的父亲利奥尼达斯的上风；她做个好女儿，跟了父亲一起流放吃苦，反对胜利者。

命运起了变化怎么办？她也乐意跟着命运一起变。勇敢地站在丈夫一边，丈夫失魂落魄逃到哪儿，她跟到哪儿，好像没有其他选择，投入到最需要她出现、最能表现她仁慈之心的那一边。我按天性更倾向弗拉米尼的例子，他结交需要他的人，而不是可以帮助他的人；我不会学皮洛斯，他在大人物面前低头哈腰，在小人物面前趾高气昂。

用餐时间长叫我发火，也对我有害。因为童年时不能很好控制养成习惯，我在桌旁坐多久就会吃上多久。可是在家里虽然时间短，我还是按照奥古斯都的方式稍后于别人入席；但是他也先于别人离席，这点我不学他了。相反，我却喜欢饭后多留一些时间，听人家说话，只是我自己不插嘴，因为吃饱了肚子说话使我累，有伤身体。就像我觉得饭前空腹练几声叫喊，非常有益健康，愉悦身心。

古代希腊和罗马人做得比我们有道理，他们认为饮食是人生中的一项主要活动，如果没有其他特殊大事来打扰他们，他们会花上好几个小时、夜里最好的时刻饮酒进食，不像我们做一切都匆匆忙忙，他们从容不迫地慢慢享受这个天然乐趣，中间穿插有趣的谈话，还处理各种各样事务。

照料我的人可以轻易让我不吃他们认为对我有害的东西；因为这类东西我没看见，就不会想吃也不会提到；但是对于端上来的东西，劝我不吃也是白费时间。因而我要斋戒时，必须把我与其他用餐的人分开，给我端上一些限量仅够需要的点心就可以了。不然我一上桌就会忘记决心。

当我要改变一盆肉的做法，下人就知道这就是说我食欲不振，不会去碰它的。一些很嫩的东西，我喜欢煮得半生不熟的；还有许多东西还喜欢风藏过头，甚至有异味。一般来说只有硬的东西叫我没办法（其他一切特性我像我认识的人一样马马虎虎无所谓），以致跟一般人的脾性不同，即使鱼我也觉得有的太新鲜，有的太硬。这不是牙齿的过错，它们一向健全好使，只是到了现在开始受到年龄的威胁。我从小就学会早晨、饭前、饭后用手巾擦牙。

谁的生命点点滴滴消逝，这是上帝对他的恩宠；也是老年的唯一好处。最后的死亡其实并不完整，伤害不大；只杀害人的一半或四分之一。我不久前掉了一颗牙，不痛也不费力，这是牙齿的天然寿命。我人的这部分与其他许多部分已经死亡，还有半死亡的，甚至还有一些我身强力壮时活跃在第一线的也呈这个状态。我就是这样渐渐销声匿迹。生命的坠落已有一段时间，我还要觉得这次下跌才是完全的崩溃，这样的理解有多么愚蠢！我不希望如此。

事实上，想到死亡给我最大的安慰就是它是公正与自然的，从此以后再在这件事上要求和希望命运的恩赐，都是不符合情理的。人都要自己相信从前他们都身材更魁梧，寿命更长久。但是梭伦就是这些古老年代的人，充其量只活得七十岁。我在一切事物中都无比崇拜这句古训："中庸为上"，也把折中措施当作最完美的措施，如何妄想做个老而不死的怪物呢？一切违背自然进程的事物都可能令人不快，一切顺着自然进程的事物总是顺顺当当的。"符合自然规律的一切都应该视为好事。"（西塞罗）因此柏拉图这样说，伤害与疾病带来的死亡属于暴卒，但是老年带领我们走向的突然死亡，是最轻松也最美满的死亡。"年轻人丧失生命是早逝，老年人丧失生命是寿终。"（西塞罗）

死亡到处在纠缠我们的生命。衰退可以先期而至，甚至可以掺入到我们的成长过程中。我有自己二十五岁和三十五岁的肖像画，跟我此时的人相比：这哪里还是我啊！我现在的模样离那时的模样比离死亡不知要远多少！我们对大自然的要求实在太过分，一路上麻烦它，逼得它只好离开我们，放弃给我们引路让我们的眼睛、牙齿、腿脚和其余一切，听凭我们乞求来的外界帮助的摆布；它懒得再跟在我们后面，就由着我们在医生的手里忍气吞声吧。

除了甜瓜以外，我不特别爱吃蔬菜色拉和水果。父亲讨厌一切沙司，我则是沙司都喜欢。吃得太多使我烦恼，但是从食品性质来说，我又不确切知道哪种肉我吃了有害；就像我既不注意月圆与月缺，也不注意春秋之分。我们体内还是有活动的，不稳定也不清楚；因为譬如说辣根菜，我最初觉得它好吃，后来又不好吃，现在又好吃了。

在许多东西上，我觉得自己的胃与口味是在变，从白葡萄酒换到红葡萄酒，然后又从红葡萄酒换到白葡萄酒。我爱吃鱼，在小斋日大吃大喝，在大斋日又成了我的宴庆日；我相信有些人说的话，鱼比肉更容易消化。犹如在食鱼日吃肉违背我的良心，把肉与鱼混做又违背我的口味；看来这其间的差别不可以道里计。

从青年时代起，我有时就少吃一顿，为了第二天胃口大开，因为伊壁鸠鲁禁食或吃素是禁欲养成箪食瓢饮的习惯，而我相反是嗜欲，可以对着美味佳肴大快朵颐；或者我节食是保持精力去做某个体力或脑力工作，因为胃部充血残酷地让我做什么都懒洋洋的。我尤其讨厌这种愚蠢的结合，一边是动人活泼的小仙女，一边是撑饱打嗝、满身酒气的小矮神。或许是为了治愈我的病胃，或许是由于没有合适的伙伴，因为我又像这位伊壁鸠鲁说的，要多看的不是吃什么，而是跟谁一起吃。我欣赏七贤之一开伦的做法，他不知道跟谁同桌以前不愿意接受邀请出席伯利安得的宴会。

第十三章　论阅历

对我来说，什么样好吃的菜，什么样开胃的沙司，都不及跟人来往那么美妙。

我相信细嚼慢咽、少吃多餐更有益于健康。但是还愿意强调胃口与饥饿，一天规定三四顿苦饭，像服药似的，这给不了我一点乐趣。我早晨胃口大开，谁能向我保证吃晚餐时还是如此？我们要趁着胃口一来就吃，尤其是老人。让编历书的人，还有医生，去编写每日宜吃什么的医学星相历书吧。

健康的最终成果是享受快乐，一有熟悉的快乐事出现让我们抓住不放。我在节食戒律上避免长期不变。谁要一种习惯对他有用，就不要继续不断使用。我们会墨守成规，机能也会僵化；六个月后，你的胃肠功能衰退，就会失去进食自由，吃别的都会引起不良反应。

我的大腿与小腿，在冬天不比在夏天穿得更多，一双简单的丝袜。我保持头部和腹部的温暖，防治感冒和缓解结石的疼痛。没几天病痛习惯了，就可放弃不用平时的防御措施。我脱下便帽戴头巾，脱下软帽戴夹帽。锁帷子棉袄的内衬对我已成了装饰，这没关系，我只要加一张野兔皮或秃鹫皮，头戴一顶无边圆帽。这样循序渐进，你就会过得挺好吧。这类事我是不会做的，我若有胆量，也很乐意否定我起初做的事。那么你遇上什么新的麻烦呢？这种改变对你已无好处，因为你已经习惯了；再另找一个吧。那些人就是这样毁的，他们陷入强制性饮食制度，盲目迷信而不能自拔。他们需要提出新的，新的以后再有新的，永远没完。

对于我们的工作与娱乐，像古人那么做要简便得多，不吃午餐，回家休息时再美餐一顿，不中断白天的时间。从前我就是这样做的。后来我从经验感到对于健康来说，恰恰相反，吃午餐还是好的，醒着时还是更易消化。

不论健康和生病，我都不容易口渴。生病时会嘴干，但不想喝；一般来说，只有在吃的时候才有喝的欲望，而且还会边吃边喝。作为一个普通人我喝得不算少，夏天享用佳肴时，我不但超过奥古斯都不多不少只喝三杯的限量；还会自然而然地加量喝上五杯，这是为了不违背德谟克利特的规则，他不许喝了四杯叫停，因为四是个不吉利的数字。

　　我喜欢喝小杯子，还高兴干杯，别人认为这是失礼不这样做。我在酒里经常掺上一半水，有时三分之一。我在家时，他们在酒室里先掺上水，两三小时后再端上桌子，这是按照医生给我父亲和他自己订的老习惯来做的。

　　他们说雅典国王克拉诺斯是这种水掺酒的发明者，不管有用还是没用我真见人为此进行辩论的。我认为孩子过了十六、十八岁以后再喝为宜，对健康有益。最实用、最普通的生活方式是最好的生活方式，我觉得这里面避免了一切与众不同的做法，不然对德国人在酒中掺水，法国人干喝，都一样会不喜欢。这一类事都是以大众习惯说了算。

　　我害怕空气隔绝，烟雾一起死命往外逃（我奔回家第一桩要修理的就是壁炉与厕所，老房子都有这个令人难以忍受的毛病），在战争引起的诸多困难中就有这些浓密的灰尘，有一个夏日把人整天活埋在里面。我呼吸顺畅，感冒过去后经常不影响肺部，也不引起咳嗽。

　　夏季的酷热比冬季的严寒更使我如临大敌。因为炎热比寒冷更不易抗御，阳光晒得人容易中暑以外，我的眼睛也受不了强光的刺激。现在我无法坐着面对熊熊炉火吃饭。从前我读书更为经常，在书籍上盖一块玻璃减弱白纸的反光，感到舒适多了。直到目前我还不用戴眼镜，看得像从前、像其他人一样远。薄暮时刻，开始感到看书有点模糊不清，那时，尤其是晚上，阅读确实很伤眼力。

这是后退了一步，不算太明显。我还会往后退，从第二步到第三步，从第三步到第四步，悄悄然，非得变成了全盲才感到视力的衰弱与老化。命运三女神有意搅乱我们的生命之线。我若怀疑我的耳朵逐渐变得重听，你会看到我即使听力失去一半，还是会怪跟我说话的人声音不对头。我们必须聚精会神才使心灵感到它正在消逝。

我的步履还是轻快而坚实，我不知道精神与身体，两者中哪个更难保持原状。布道师是我的朋友，讲道时间要我集中思想。仪式举行时，人人都神情肃穆，我看见那些女士都目不斜视，我总是做不到，身上有的部位一动不动；我虽坐着，但不闲着。就像哲学家克里西波斯的女仆说她的主人只有两条腿是醉的（因为他不论什么坐姿有抖动腿的习惯，女仆说这话时是其他人都醉了，而主人却毫无反应），从我童年起，有人也说我有一双疯脚或者水银脚，我不管把它们放在什么地方总是动个不停。

像我这样吃东西狼吞虎咽的，除了有损健康，影响乐趣以外，还不礼貌。我经常咬到舌头，偶尔慌张时还咬到手指。第欧根尼遇到一个孩子有这样的吃相，给他的家庭教师扇了一记耳光。在罗马有人教走路也教嚼东西，都要做得雅观。我因此失去说话的乐趣，这其实是餐桌上非常开胃的佐料，只是语言也要简短有趣。

我们的各种乐趣之间也有嫉妒和羡慕，相互冲突，相互阻挡。亚西比得当然是位美食家，他设宴时不安排音乐，由于音乐干扰悠闲的谈话，他根据柏拉图提供的理由，认为招乐师与歌手来宴会助兴，这是俗人的习惯，他们语言无趣，缺少愉快交谈，而风雅之士妙语如珠，说得满座皆欢。

瓦罗对宴席提出这样的要求：赴宴的人俱仪表堂堂，谈吐儒雅，既不是一声不出，也不是口若悬河，菜肴与地点清淡精致，天气晴朗。宴席办得好，是一个精心策划、灯红酒绿的盛会，那些军界与哲学界大人物从不拒绝讨教这方面的学问。有三场宴会在我的记忆中永志不忘，那是在我风华正茂的不同时期，命运让我领会了什么是雍容大雅。因为每位宾客都各有风采，体魄与气度不同凡俗。以我目前的境况再也无缘与此相遇了。

我只是操办世俗之事，憎恨这种非人性化的聪明之说，要我们轻视和敌视体格教育。违心接受和纵情享受天然乐趣，我认为同样都是不恰当的。泽尔士是个狂人，他享尽人间欢乐，还悬赏征集有什么别的享受。另一种同样的狂人，那是他舍弃大自然赐予的乐趣。这些乐趣不应该沉湎，不应该逃避，但应该接受。我接受得过于丰腴，也较为文雅，更多随心所欲。我们不必夸大这些事的无益性，它本身会让人感觉到这点，让自己显得如此。多亏我们病态的精神扫人兴，自然而然会对这些事产生厌烦。我们的精神对待自己与自己接受的东西，不论过去与未来，都是一贯的摇摆，不感到知足，想到哪儿就是哪儿。

坛子不干净，倒进什么东西都会变酸。

——贺拉斯

我自吹利用生活之赐有独到之秘，若对各物仔细审察，发现几乎一切都只是一阵风。不是么，我们在哪里都是一阵风。说起风，还比我们更聪明，它喜欢发出响声，喜欢来回飘忽，满足于自己的功能，不思固定不动——固定不动，这不是风的品质。

出自想象的至乐，出自想象的不乐，据有些人说这是最牵动人心的,像克里托拉乌斯的天平表示的那样。① 这不奇怪,想象按照个人喜爱、拼凑欢乐,大小可以任意剪裁。这些明显、有时还令人神往的例子天天可见。我这人性格复杂,趣味粗俗,不会紧紧钉住这个单一的目标不放,而不去狠狠享受现成的乐趣;这些乐趣符合人的一般规律,肉欲中含有精神,精神中含有肉欲。昔兰尼加派哲学家认为肉体的欢乐和肉体的痛苦更强烈,像加倍强烈,也像更有理可说。

亚里士多德说,有人粗野愚蠢,厌恶肉体的欢乐。我认识一些人这样做还挺神气。他们为何不把呼吸也放弃了呢?为什么不靠自己本身生活,拒绝这个不用出钱、不用他们发明和花力气的阳光呢?文艺神维纳斯、谷神刻瑞斯、酒神巴克科斯都不需要,只让战神玛斯、科学神帕拉斯、商业神墨丘利伴着他们看看。他们不会趴在老婆身上做白日梦吧!

我讨厌我们身体坐在餐桌前,有人要我们精神上升到云端里。我不求心思沉溺在这里,死守在这里,但是我求心思放在这里,是坐着不是躺着。亚里斯提卜保护的只是肉体,仿佛我们没有心灵;芝诺只拥护心灵,仿佛我们没有肉体。这两人都有缺陷。有人说,毕达哥拉斯追求的是静修哲学,苏格拉底关注的是风俗与行为。柏拉图在两者之间找到了折中。但是他们这样说完全是瞎编,真正的折中是在苏格拉底的学说中,柏拉图学说中苏格拉底多于毕达哥拉斯,这对他也更合适。

我跳舞时跳舞;睡觉时睡觉;在美丽的果园里独自散步时,即使有一阵子会浮想联翩,大部分时间思想还是会回到散步、果

---

① 据西塞罗《图斯库伦辩论集》,雅典逍遥派哲学家克里托拉乌斯在天平两端的盘子上秤精神财富与世俗财富。精神财富永远重于世俗财富。

园、这时独处的好处和我自己。大自然像慈母般的体贴做到这点，它赐给我们满足需要的一切活动要同样充满欢乐，不但让我们从理智上也从肉欲上去接受。破坏这些规则是不公正的。

恺撒与亚历山大，在日理万机之际，也充分享受自然赐予的、也就是必要和合乎情理的乐趣；当我看到我不说这是在松懈斗志，反而会说这是在加强斗志，以巨大的气魄把铁马金戈、运筹帷幄的大事情作为日常生活来过。他们若相信前者是他们日常工作，后者才是了不起的大业，这才是聪明人。

我们是大傻子。我们说：

"他游手好闲过了一辈子。我今天什么也没干。"

"什么，您没有生活过吗？这恰是您生活中最基本、也是最光辉的工作。"

"人家要是让我有机会做大事，我就会让您看看我会做什么。"

"您知道沉思与掌握自己的人生？那您已完成了一切事物中的最伟大的事物。"

大自然为了让人看清和利用它的资源，不需要转弯抹角。它暴露自己每个层次，前前后后像没有帘子一样。我们的任务是树立我们的风俗习惯，不是编写书本；建立我们的行为秩序与促成和睦相处，不是攻城略地打胜仗。我们最伟大与光辉的业绩，是生活和谐。其他一切事情如统治、攒积财富、盖房子，最多只算是附属物与辅助品。

我饶有兴趣读到一位将军站在他即将攻击的一个突破口下，全身暴露在敌前，跟朋友吃饭谈天。布鲁图斯在天地共谋诛杀他与罗马的自由之际，还在巡夜之余偷闲几小时，安心阅读和批注波利比阿的著作。只有卑微的心灵才会埋在事务堆里不能干净脱出身来，凡事要拿得起放得下：

> 同甘苦、共患难的好战友，
> 今天让酒消除一切忧愁，
> 明天去大海上遨游。
>
> ——贺拉斯

或是出于玩笑，或是确有此事，索邦神学院里举行的修士酒宴闻名遐迩。他们在学院里认真严肃地晨修，然后舒舒服服、高高兴兴吃顿午餐，我认为这是有道理的。想到光阴没有虚度，也是美餐正当丰富的调味。

贤人就是这样生活的。大加图与小加图专心修身养性，令人钦佩无法模仿；然而其严峻得近乎苛刻的态度遇到人的自然规律、爱神维纳斯和酒神巴克科斯也都软化下来，曲意遵照学派的戒律，做一个完美的贤人既要履行人生职责，也要精于天然逸乐之道。"心地贤良的人，也要善于品味。"（西塞罗）

心胸豁达的大人物，我觉得尤因洒脱随和而受人尊敬。伊巴密浓达跟他的城邦中的青年一起跳舞、唱歌、演奏乐器，玩得全神贯注，他不认为这有损于他的彪炳战功和完美人格道德。大西庇阿[1]在公众眼中简直是位天人，在他值得称道的为人中，令人最爱戴的是看到他童心未泯，悠悠然沿着海滩拾捡贝壳，跟列里乌斯玩奔跑拾物比赛；遇上天气不佳，就兴致勃勃地把最粗俗的民间轶事写成喜剧形式。他满脑子都是在非洲跟汉尼拔对阵的战役，参观西西里岛的学校，[2]学习哲学书籍，直至去罗马口齿伶俐

---

[1] 据《七星文库·蒙田全集》，这里应指伊米利埃纳斯·西庇阿（即小西庇阿）。
[2] 据《七星文库·蒙田全集》，蒙田在此混淆了大西庇阿与小西庇阿的事迹，这才是俗称的大西庇阿所做过的事。

地驳斥他的政敌的盲目野心。苏格拉底最引人注目的事，是晚年还抽出时间延日请人教他跳舞和演奏乐器，认为时间用得值得。

这个人在希腊大军面前，一天一夜站着精神恍惚，突然想到了什么深刻的问题出了神。人家看到他在那么多武士中间第一个冲过去救援被敌人压着打的亚西比得，用身子掩护他，把他从众多的兵器下拉了出来。当三十僭主命卫队押了忒拉米尼上刑场，雅典人与他都被这可耻的一幕激怒，苏格拉底也是中间第一人去救他，虽然身后只有两三人跟着他，只是在忒拉米尼本人予以责备后才放弃这次大胆行动。他钟情的一位美人找上门来，他还按照情况保持严格的克制。在提洛岛战役上，他把滚下马背的色诺芬扶起来，救了他一命。

他还不断地奔赴战场，赤脚踩在水块上，冬夏都穿同一件长袍，工作毅力超过他的同伴，无论宴席与日常用餐都吃同样的食物。他二十七年如一日，同样坦然忍受饥饿、贫穷、孩子的忤逆、妻子的恶意中伤；还有诽谤、暴政、牢狱、铁镣和毒药。这个人赴宴饮酒是由于公民的礼仪，履行军人职责也表现不凡。他不会拒绝跟孩子玩榛子戏，骑在木马背上与他们追逐，玩得还很开心。因为哲学的论点是任何活动对于贤人都是合适的，都是光荣的。

这位人物的睿智让人们说个没完，人们也永远会把他的形象看作完美与理想的楷模。丰满纯正的人生本来就寥若晨星，又加上我们教育的弊端，天天向我们介绍那些孤陋寡闻的笨蛋与庸才，只会拉我们往后退，成事不足败事有余。

有人这样想就错了，认为从两端开始比从中间开始容易，因为一端的终点可以作为界线和指示，而中间的道路又宽又看不见尽头；按照规则也比按照自然方便，但是这也同样没那么高尚，没那么值得称道了。心灵的伟大不是往上与往前，而是知道自立与自律。心灵认为合适就是伟大，喜爱中庸胜过卓越显出它的高超。最美最合理的事莫过于正正当当作人，最深刻的学问是知道自然地过好这一生；最险恶的疾病是漠视自身的存在。

当肉体患病时，为了不让心灵受感染，谁愿意把两者隔离的话，要做得及时勇敢；其他时间，则反其道而行之，让心灵去推波助澜，随同肉体参加这些天然乐趣，共同沉迷其中，若更为明智的话，可以稍加节制，以防稍不留神灵与肉俱会陷入痛苦。

纵欲是享乐的瘟疫，节制不会给享乐造成灾难，反而使它有滋有味。欧多克修斯宣扬享乐至高无上，他的朋友也把享乐看得极端重要，通过节制更把这个乐趣提高到无比美妙，这在他们身上表现得极为突出与典型。

我命令我的心灵对待痛苦与享乐要同样节制，"心灵在欢乐中张扬与在痛苦中颓唐，同样应该谴责。"（西塞罗）以同样坚定的目光，但是一个开心地，一个严厉地；还是依照心灵的能力，同样花心思去缩小痛苦，扩大享乐。健康地看待好事也意味健康地看待坏事。痛苦缓慢初起时带有某种不可避免的东西，而享乐过度结束时带有某种可以避免的东西。

柏拉图把这两者结合，认为与痛苦斗争，与沉湎其中不知自拔的享乐斗争，皆为勇敢的举动。这是两口井，不论是谁在适当时间从适当的那口汲取适当数量的水，对城市、对人、对牲畜都是幸运的。第一口井从医学需要出发，要予以精确计算，另一口井从干渴出发，要在陶醉前停止。痛苦、欢乐、爱、恨都是一个孩子的最初感觉；产生了理智，以理智为准绳，这就是美德。

我有自己的独特词汇：当天雨不便时，我"消磨"时间；天气晴朗时，我不愿"消磨"，而是享受时间，留恋时间。坏时间要躲，好时间要坐。"消遣"与"消磨时间"这类普通词句，表现出谨小慎微者的用法，他们绝不去想一想还有更好的人生，只是让它流逝、消失、消磨、回避，只要他们还有时间，也是忽视与躲闪，仿佛这是什么讨厌鄙落之物。

但是我对人生有另一种认识，觉得它可贵可亲，甚至在暮年还是非常执著于人生。大自然把生命交到我们手中，配有各种各样的环境装饰，充满机遇，它若让我们感到紧迫，一无收获地溜了过去，这只能怪我们自己。"丧失理性的人生是徒劳的，它碌碌无为，一心向往着未来。"（塞涅卡）

然而我还是做到面对失去而不遗憾，不是因为它带来烦恼与麻烦，而是它原本是要失去的。所以这样说来只有乐于生活的人才不惮于死亡。享受生活需要技巧，我享受生活是别人的两倍，因为享受的程度取决于我们对生活的关注多与少。尤其此刻，我发觉自己来日无多，必须寸阴寸金地过。时间流逝得快，我出手抓得也快；过得也卖力气，抵消日月如梭的匆忙；占有人生的时间愈短，我也愈要活得更深更充实。

其他人感觉到满足与兴旺的甜蜜，我跟他们同样感受，但是不应有过眼烟云的感慨。应该细细品，慢慢嚼，反复回味，还对赐予我们的人表示应有的感激。他们享受其他乐趣就像享受睡眠的乐趣，并不领会。以前我被人惊扰了好梦还觉得不错以便我不让睡眠糊里糊涂地过去，窥知睡眠是怎么一回事。我有意默想高兴的事，不一掠而过。我探索它，敦促我那变得多愁善感的理智去接受它。我是不是心态平静呢？有什么欲念使我心里痒痒的？我不让它去欺骗感官。我用心灵去跟它联系，不是承担责任，而是予以认可；不是迷失其中，而是寻找自我。我动用心灵是让它在这兴奋状态中认清自己，掂量估算和扩大幸福。心灵会明白良心无愧与其他牵肠挂肚的情欲趋于平静，身体正常与有分寸地享受甜蜜温情的功能,这要多么感谢上帝。

上帝伸张正义要我们受苦,又好心用感官享受来进行补偿。上帝又多么重视要居于这样的位置,目光所到之处四周的天空一片宁静。没有欲望、恐惧或疑虑会改变他的神色,也没有困难——不论过去、现在和未来——通过他的意念而不烟消云散的。

这样的思考通过困难条件的比较而愈益明显。我在千万张面孔中就挑选出那些受命运和自身错误之累而风雨飘零的人,还有那些生活在我身边,对自己的好运漫不经心、无精打采接受的人。他们这些人是真正地在消磨时间;他们漠视现在与已有的东西,而去充当希望的奴隶,追求幻想摆在他们眼前的浮光掠影,

> 如同死后的鬼魂飘荡,
> 或者感官入睡产生的幻觉。
> ——维吉尔

愈有人追逐,跑得愈快愈远。他们追逐的果实与目标,就是追逐,就像亚历山大说他工作的目的就是工作,

> 相信只要有事情做,就是事情没做过。
> ——卢卡努

我这人爱生活,上帝赐给我怎样的生活我就怎样过。我不会希望生活中不需要谈吃喝的需要,要是希望生活中有加倍的需要在我看来也情有可原。"贤人追求自然财富十分贪婪。"(塞涅卡)我也不希望我们只要在嘴里放些药就可活着,埃比米尼德斯就是靠服药败坏胃口来维持生命的;也不希望大家用手指和阳物笨手

笨脚地生后代，恰巧相反——恕我冒昧——用手指与阳物还是可以做得快快活活，也不希望身体没有欲望，没有冲动。

这些是无情无义无公道的牢骚。我开心地接受，感激大自然给我做的一切，衷心赞美。拒绝这位伟大万能的施予者的礼物，否定它，歪曲它，这是大错特错。他是善良的，要一切也都善良。"符合自然的一切都值得尊敬。"（西塞罗）

我乐意采纳的哲学思想是最坚实的，也就是说最人性化、最符合我们的。我的言论符合我的为人，平庸谦让。哲学有时在我看来像个孩子，它张牙舞爪地向我们说教，把神圣与世俗、理性与非理性、严厉与宽大、诚意与无诚意凑合一起，是一场野蛮的婚姻，肉欲本质上是粗野的，贤人不该津津乐道。唯一的性趣，他只能从年轻美貌的妻子身上去享受，这才是心安理得的乐趣，合乎事物道理的行为，就像骑马疾驰就要穿上马靴子。但是这个哲学的追随者在给他们的老婆破瓜时，没有比这个学说更刚直、更有劲头和更多精华！

苏格拉底，我们大家的哲学先师，不是这样说的。他实事求是地高度评价肉体乐趣，但是他更喜爱精神乐趣，因为它更有力量、更稳定、更方便、更丰富、更有尊严。这个乐趣不是唯一的（他才不是个爱幻想的人），但是只是首位的。对他来说，节制是调节器，不是享乐的敌人。

大自然是温和的引路人，但是不因温和而不谨慎与公正。"必须深入事物的自然状态，才确知它需要什么。"（西塞罗）我到处搜罗自然踪迹。我们把它与人工做作混淆不清。逍遥派哲学"按自然状态生活"的至善学说，由于这个原因变得很难界定与阐释。斯多葛派"服从自然"的至善学说与它相近，服从自然。那么重视不是那么绝对需要的行为就错了吗？他们永远不会从我的头脑

第十三章 论阅历　371

清除这个思想,即乐趣与实用结合是门当户对的婚姻,一位古人也说天上的神一直在为实用这件事暗中商量。两心相悦、两情缱绻的好事我们非要拆开有什么好呢?相反,我们应该双方从中撮合。让精神唤醒和激活笨重的肉体,肉体又防止精神轻率,保持稳定。"谁赞扬心灵为至善,谴责肉体为恶,其实是以肉体的观点来拥抱与赞美心灵,也以肉体的观点来逃避肉欲,因为他还是以人的真理,不是以神的真理来判断的。"(圣奥古斯丁)

上帝赐给我们的礼物中,没有一件东西不值得我们关心,甚至一根毫发也应该重视。按人的条件来指导人不是人可以敷衍了事的差使。这是明确的、老老实实去做的最基本任务,创造主给我们时非常严肃认真。唯有权威使普通人领会,用不同的语言来传达也更有分量。让我们在这里再提一提。"谁不认为,愚蠢其实就是该做的事不好好做,还发牢骚,使身与心相违,各执一词,分别走向相反的方向。"(塞涅卡)

不妨看一看,你要人谈一谈哪天他脑袋里在胡思乱想些什么,他还为此不去享受美餐,埋怨把时间都用在吃上面了;你会觉得你桌子上哪一道菜都没那人心灵中的美丽对白那样乏味(大多数时间,闷头睡大觉要比照应着我们在照应着的事更加值得),你会觉得他的言论与意图还及不上你的炖肉。

即使阿基米德发现定理时的狂喜,又算得什么呢?我在这里不谈,也不把可敬的心灵跟我们这些芸芸众生,跟我们消遣解闷的无聊空想混为一谈。他们思想高尚,信仰虔诚,长年认真默思天上的事。这些心灵热烈期望提前尝到永久的食粮,这是基督徒心目中最终目标和最后栖息地,唯一常存不朽的欢乐;不屑于关切我们的日常需要,飘忽而又模糊,让肉体去沉浸在声色犬马之中。这是一种特权学问。让我们私下说一句,天上的学说与地下的风俗，这两类事我看来有一种离奇的巧合。

伊索这位大人物，看见他的老师边走边小便，说："这么看来，我们应该边跑边大便。"我们要爱惜时间。我们还是会有许多时间闲着和使用不当。我们的精神总是爱这样去想，它只需要甚少的时间，若不跟肉体分离，就没有足够的时间去做它要做的事。

他们要摆脱精神与肉体，逃出人体。这是疯狂，他们不但变不成天使，而会变成牲畜。不但不会升到天上，而会跌在地上。这类要振翅高飞的念头令我害怕，就像面对高不可攀的绝顶。苏格拉底的生平中就是他的出神与精灵保护叫我无法接受，柏拉图被大家称为神性的一面却充满了人性。

在我们的学问中，提升到最高最伟大的我觉得是最低最通俗的。在亚历山大的一生中，我认为他对自己不死的种种幻想是最平凡最世俗的。菲洛特斯在回答中对他进行了尖刻的嘲弄。他带了朱庇特·阿蒙的神谕跟他共享欢庆，神谕中亚历山大与他同列诸神班子："对你的高升我甚感欣慰，但是也对那些人有一颗怜悯之心，他们不得不跟一位不以人自居、高高在上的人一起生活，并对他唯命是从。""因为你服从神就可统治天下。"（贺拉斯）

为了纪念庞培的入城仪式，雅典人献上一句亲切的铭文，其意义跟我说的倒也符合：

正因为你成了神，
更应该认清自己是人。

光明正大地享受自己的存在，这是神圣一般的绝对完美。我们寻求其他的处境，是因为不会利用自身的处境。我们要走出自己，是因为不知道自身的潜能。我们踩在高跷上也是徒然，因为高跷也要依靠我们的腿去走的。即使世上最高的宝座,我们也是只坐在自己的屁股上。

　　依我看,最美丽的人生是以平凡的人性作为楷模,有条有理,不求奇迹,不思荒诞。现在老年人需要更体贴的对待。让我们向这位神讨教,健康与智慧之神①,但是快乐与合群:

　　　　拉托那之子啊,允许我享受
　　　　我的财富和机能健康的身体,
　　　　让我老当益壮,
　　　　还有精力弹奏我的里拉琴!

　　　　　　　　　　　　　　　　——贺拉斯

---

　① 据《七星文库·蒙田全集》,指阿波罗。

# 索　引

（部分人名、地名、历史事件）

## A

**Aesop**　伊索（约前 6 世纪）。生平事迹已不可考。据希腊历史之父希罗多德所记，原为希腊奴隶，因机智而被主人释放，去吕底亚见国王克罗伊斯，旋使德尔斐圣地，在那里被杀。伊索留下一些通俗精辟的小故事，因其浅显而有深意，为世人喜爱，以口头文学形式相传并逐渐丰富，后世遂为《伊索寓言》。

**Agesilaus**　阿格西劳斯，又译阿偈西劳（约前 444—前 360）。斯巴达国王（约前 399—前 360），为后期斯巴达的一位重要人物。力图恢复斯巴达在希腊的霸权，但连续败于底比斯、雅典、科林斯的联盟。伯罗奔尼撒同盟逐渐解体。

**Alcibiades**　亚西比得（约前 450—前 404）。古雅典将军，出身贵族，为哲学家苏格拉底的弟子与朋友，在战争中相互救过性命。他反对斯巴达。伯罗奔尼撒战争的第二阶段，竭力鼓动雅典人远征西西里，欲建立雅典海上帝国，遭反对未成，雅典当局以他犯渎神罪为由，召他回国受审。他畏罪投降斯巴达，献计使雅典遭重大损失。旋失宠，又投奔波斯。后利用雅典海军对寡头党人的不满，重掌雅典海军。前404年，雅典战败后他逃往小亚细亚，途中被暗杀。

**Alexander（The Great）** 亚历山大大帝（前356—前323），马其顿国王（前336—323）。少时就学于亚里士多德，醉心于罗马史诗中的英雄。即位后镇压希腊境内反马其顿运动，大举侵略东方。曾率军进入小亚细亚；南进叙利亚，攻占腓尼基，转入埃及，在尼罗河三角洲建亚历山大城。生前建立了东起印度河、西至尼罗河与巴尔干半岛领域内的亚历山大帝国。此帝国在他病故后迅即瓦解。

**Ammianus Marcellinus** 安米阿努斯·马西利纳斯（约330—401），古罗马历史学家。出身贵族，为希腊人后裔。早年在罗马帝国骑兵中服役，驻防高卢等地，曾参加对波斯的战争。退伍后游历叙利亚、埃及等地。定居罗马后专事历史研究。著有《罗马史》三十一卷。现存十八卷（第十四至第三十一卷）。

**Amyot, Jacques** 阿米奥，雅克（1513—1593），法国人文主义者。为亨利二世国王太子的教师，后为法国王宫大布道师。普鲁塔克作品的主要译者。

**Antigonus Ⅰ** 安提柯一世（约前382—前301），一译安提戈那一世，即"独眼"安提柯。亚历山大大帝的部将。亚历山大死后，拥有小亚细亚西部，积极参加王位的争夺战。先后打败攸墨涅斯、塞琉古、托勒密舰队，遂称王。后遭敌人联合反对，在前301年易普斯战役中战败身死。

**Antiochus Ⅲ** 安条克三世（前242—前187），塞琉西国王（前223—前187），该国在今土耳其南部的安塔基亚。安条克三世统治时期平定米提亚和波斯地方的分裂。其疆域一度扩至叙利亚南部腓尼基和巴勒斯坦一带。前190年，与罗马作战，败于大西庇阿之手。后在掠取伊朗地区神庙的财富时，被愤怒的土著居民所杀。

Antisthenes 安提西尼，一译安提斯梯尼，（约前435—约前370）。希腊哲学家，犬儒派创始人。曾师事高尔吉亚和苏格拉底。后在雅典一所名叫"昔诺萨格"（Cynosarges，意为"狗窝"）的体育场授徒讲学，这一派因此得名"昔尼克"，意译为犬儒派。今存著作两种：《阿杰克斯和尤利西斯》（其真伪未定）和《博物家》（残篇）。

Antonius, Mazcus 安东尼（前82—前30）。罗马统帅。恺撒的部将。公元前43年，与屋大维（奥古斯都）、雷必达结成后三头政治联盟，共同打败刺杀恺撒的共和派贵族。与埃及女王克娄巴特拉七世结婚，并宣称将罗马一部分领土赠与她的儿子。元老院和屋大维联合兴兵讨伐。安东尼战败，逃至埃及后自杀。

Aquinas, Thomas（Saint） 阿奎纳斯，托马斯（圣徒）(1227—1274)。意大利神学家、哲学家。曾在巴黎、那不勒斯讲课。阿奎纳斯的《神学大全》结合理性与宗教，集古典学说与基督教神学之大成。他的哲学和神学体系后被称为托马斯主义，并于1879年由利奥十三世教皇正式定为天主教的官方神学和哲学。

Arcesilaus 阿凯西劳斯（前316—前241）。希腊新学园派哲学家，他用辩证法作为武器，反对斯多葛派的教条主义。对他来说不存在真理，只存在多少有可能的意见。

Ariosto 阿里奥斯托（1473—1533）。意大利文艺复兴时代诗人。代表作有长诗《疯狂的奥兰多》。还写过喜剧和讽刺作品。

Aristippus 亚里斯提卜（约前435—约前360）。希腊哲学家，生于北非昔兰尼。慕苏格拉底之名来雅典拜师。也受普罗塔哥拉影响，后在各地执教，终返故乡建立学派，称为思唯乐派，也称为昔兰尼学派。强调"主宰快乐,而不为快乐主宰",并宣称有知识和智慧的人才真正谈得上快乐。

**Aristo（Ariston）of Chio** 希俄斯岛的阿里斯顿（约前270），希腊斯多葛派哲学家。因口才雄辩,声音洪亮,有"塞壬"（希腊神话中善唱歌过人的人身鸟足美女神）之称。

**Aristotle** 亚里士多德（前384—前322），希腊哲学家。幼年即培养对自然知识的学识,也习过医学。前367年去雅典入柏拉图"学园",学习研究凡二十年,深得师友的器重。前342年应邀赴马其顿,任亚历山大王子（后为亚历山大大帝）的教师。前335年返雅典,办学园授徒。常环绕园林（一说回廊）漫步讲学,故其学派称逍遥学派。他的一句名言是："真理高于老师（柏拉图）"。著作达数百种,流传至今者主要有：《逻辑学》《论生成与消灭》《工具论》《形而上学》《诗学》等。

**Augustine，Saint** 圣奥古斯丁（354—430），罗马帝国基督教思想家,教父哲学的主要代表。一度曾为摩尼教信徒,后皈依基督教。他用新柏拉图主义的哲学来论证基督教教义。还提出"神国说"。其说教中竭力为教会在人间建立神权统治辩护,并为中古欧洲天主教会的教权至上论提供了理论依据。主要著作有《上帝之城》《忏悔录》。

**Augustus** 奥古斯都（前63—后14）。罗马帝国皇帝（前27—后14）。恺撒的甥孙与养子。原名盖约·屋大维。前27年元老院奉以"奥古斯都"（意为"神圣的""至尊的"）称号,后世遂以此称之。与安东尼、雷必达结成后三头政治联盟,打败刺杀恺撒的共和派贵族。雷必达失权后,他与安东尼分掌罗马西部和东部。双方矛盾愈演愈烈。亚克兴战役得胜,率军入埃及。安东尼自杀身亡。托勒密王朝亡。返罗马后,建元首政治,是为罗马帝国之始。"奥古斯都"后成为罗马与西方帝王习用的头衔。

## B

Bacchus　巴克科斯（一译巴克斯），罗马神话中的酒神，在希腊神话中即为狄俄尼索斯（Dionysus）。

Bias　贝亚斯（约前570），希腊传奇中七贤之一。立法者，为市民调解纠纷，以其温和态度为人们所尊敬。他为人称道的警句充满良知与道德。

Bion　皮翁

Boccaccio　薄伽丘（1313—1375），意大利文艺复兴时期作家，人文主义者。1330年去那不勒斯研习法律。得以接近那不勒斯王室和一些宫廷诗人，开始文学创作。私恋国王私生女玛丽亚，将其化名为菲亚美达，出现于他的多部作品中，类似于但丁和彼特拉克作品中的贝娅特丽丝和劳拉。其代表作是短篇小说集《十日谈》，辛辣嘲讽天主教士的虚伪荒淫，斥责贵族的残暴。

Bodin, gean　博丹，让（1529或1530—1596），法国经济学家、哲学家。他认为认识历史才能理解法与政治。还分析十六世纪美洲贵金属进入欧洲引起价格上涨的现象。

Brutus, Mazcus Junius　布鲁图斯（约前85—前42），罗马政治家，共和主义者。出身名门。恺撒与庞培争雄时，支持庞培。法萨罗战役后得到恺撒宽宥，结为友。后反对恺撒独裁，志在恢复共和政体。前44年，在元老院议事厅亲手刺死恺撒。后逃至希腊。前42年腓力比战役，败于屋大维与安东尼联军，遂自杀。

## C

Caesaz, Julius　恺撒，朱利乌斯（约前100—前44），罗马统

帅、政治家。早年接近平民，反对苏拉派。前61年出任西班牙总督。与庞培、克拉苏结成前三头同盟。任执政官后，士举向外扩张，征服高卢全境。越莱茵河攻击日耳曼（前55和前53），渡海侵入不列颠（前55和前54）。庞培与元老院合谋解除其兵权。率军渡卢比孔河（北意大利），进占罗马。前45年被元老院宣布为终身独裁官。破例任五年执政官，亦为终身保民官，兼领大将军，大教长等衔，及"祖国之父"尊号。恺撒专政招致元老院一批贵族共和派人物的反对。前44年3月15日，遇刺身亡。著有《高卢战纪》、《内战记》。"恺撒"后成为罗马和西方帝王习用的头衔。

Caligula 卡里古拉（12—41），罗马皇帝（37—41）原名盖约·恺撒·日尔曼尼库。因在军中爱穿长筒军靴（caliga），以此给他起绰号"卡里古拉"。他是提比略皇帝之侄与奥古斯都外孙女所生的孩子。继提比略为帝，不久即实行暴政，下令臣民当他如神明，戕害无辜，任意挥霍，被反对者暗杀死亡。

Carneades 卡涅阿德斯（约前215—约前129），希腊哲学家。阿凯西劳斯的弟子与继承者。被认为或然论哲学最重要的代表人物。

Cazthage 迦太基，非洲北部（今空尼斯）的奴隶制国家。约公元前814年由腓尼基城邦推罗的移民所建。公元前七到前四世纪发展成为西地中海的强国。首都迦太基城，领有科西嘉、撒丁岛、西西里西部、巴里阿利群岛和西班牙东部沿海一带。其文化受母邦腓尼基及希腊、埃及影响。公元前三世纪开始与罗马争夺西地中海霸权，导致三次布匿战争，迦太基失败，沦为罗马一行省（阿非利加省）。

Cassius, G. Longinus 卡西乌（？—前42），罗马将军，刺杀恺撒的主谋之一。在腓力比战役中，被安东尼打败，遂自杀。

Cathérine de Médicis　卡特琳·德·美第奇（1519—1589）亨利二世国王之妻。亨利二世死，她利用先后接位的三位国王无能，干预朝政，并于1560—1564年担任查理九世摄政。1562年胡格勒战争爆发，周旋于天主教集团与胡格勒派之间，后因畏胡格勒势力太强，与天主教集团领袖亨利·吉兹一起制造了圣巴托罗缪大屠杀。

Cato，Mazcus Pozcius，the Censon　监察官加图，又称大加图（前234—前149）罗马政治家、作家。第二次布匿战争时从军，转战西班牙、马其顿等地，历任财务官、大法官、执政官、监察官等职，维护罗马文化，反对希腊文化传入，极力主张消灭迦太基。为拉丁散文文学的开创者，著有《罗马历史源流考》七卷，系罗马最早史书，今存残篇。

Cato，Mazcus Poncius，of Utica　乌提卡的加图，又称小加图（前95—前46）罗马政治家，大加图的曾孙。斯多葛派的信徒。在元老院支持西塞罗，保护共和制度。保民官任内激烈反对前三头同盟，后加入庞培反对恺撒，失败后逃亡北非，恺撒率军逼近时自杀。

Catallus　卡图鲁斯（约前84—约前54），罗马诗人。西塞罗知交，拥护共和制，在诗作中攻击恺撒及其支持者。传世作品有一百一十余首，包括对列斯比娅抒发爱情的名篇。

Charlemagne　查理曼大帝（742—814），法兰克王国加洛林王朝国王（768—814）。800年，由罗马教皇加冕称帝，号为"罗马人的皇帝"，法兰克王国遂成为查理曼王国。在位时与教皇结盟，武力扩张，帝国疆域鼎盛时期西临大西洋，东至易北河和波希米亚，北达北海，南迄意大利中部。同时奖励学术文化。过世后，帝国在843年即告分裂。

Charles V  查理五世（1500—1558），以斐南迪国王外孙身份继承西班牙国王（1516—1556）、1519 年当选为神圣罗马帝国皇帝（1519—1556）。为了争夺意大利，与法国弗朗索瓦一世长期作战。反对德国宗教改革，跟农民作战。1552 年，与新教诸侯联军作战败北，1555 年缔结《奥格斯堡宗教和约》。

Chrysippus  克里西波斯（约前 281—约前 205），希腊哲学家，常去新学园，研究斯多葛派哲学，继承克里昂特斯的衣钵。

Cicero, Mazcus Tullius  西塞罗（前 106—前 43），罗马政治家、雄辩家、哲学家。曾任西里西亚（小亚细亚）总督。罗马内战期间追随庞培反对恺撒。后三头政治联盟结成后，被杀。著述广博，今存《论善与恶的定义》《论神的本性》《论国家》等论文。其文体流畅，被誉为拉丁文的典范。

Cinna  秦那（？—前 84）罗马执政官。马略的合作者，大杀苏拉派。前 84 年闻苏拉东征归来，拟组织武装抵抗。后死于士兵哗变。其女儿卡奈丽娅为恺撒的妻子。

Claudian  克劳迪乌斯（约 370—约 440），罗马诗人。为罗马的辉煌文化最后一位保卫者。著有《讽刺诗》等多部作品。

Claudius I  克劳迪乌斯（前 10—后 54），一译克劳狄一世。罗马皇帝（41—54）。继卡里古拉为帝。多次发动对外战争，攻取不列颠、日耳曼尼亚、叙利亚和非洲西北部。被其妻毒死。尼禄继位。

Cleanthes  克里昂特斯（前 331—前 232），希腊哲学家，斯多葛派，是（季蒂昂的）芝诺最忠诚的弟子。

Cleomenes I  克里昂米尼一世（前 520—前 487），斯巴达国王。Cleomenes III  克里昂米尼三世（约前 255—前 219），斯巴达国王。三世国王夺得政权后，用武力推行其恢复旧制的改革，引起贵族保守派的反对，军事失利后在绝望中自杀身亡。

**Commines, Philippe de** 科明（约1447—约1511），法国政治家、历史学家。长斯充任法国路易十一的谋臣，参赞机要。晚年写《回忆录》八卷，内容始自1464年，止于1498年，记述路易十一时期政事、查理八世入侵意大利，直至路易十二即位，具有重要史料价值。

**Crates** 克拉特斯（公元前五世纪中叶），雅典诙谐诗人、演员。

**Croesus** 克罗伊斯（约前560—前546），吕底亚王国末代国王。领有小亚细亚西部广大地区，为当时强国。曾与埃及法老和新巴比伦国王缔结同盟，反对波斯帝国。公元前546年，被波斯国王居鲁士打败，本人被俘。据说他是古代有名的富豪，西方有成语曰：富比克罗伊斯。

**Cupido** 丘比特，罗马神话中的爱神。即希腊神话中的厄洛斯。

**Curtius Rubus, Quintus** 库提乌斯·卢弗（公元前一世纪），罗马历史学家，生平事迹不确知。著《亚历山大大帝战记》十卷。第一、二卷已失，余者亦有残缺。

**Cyrenaics** 昔兰尼加学派，一译昔勒尼学派。希腊小苏格拉底派之一。公元前亚里斯提卜创于北非昔兰尼加，故有此名。提倡享乐主义的伦理原则。

**Cyrus** 居鲁士（约前600—前529），波斯帝国国王（前558—前529）。前546年侵入小亚细亚，灭吕底亚，征服沿海的希腊各城邦。前538年占领巴比伦城，灭新巴比伦王国，释放"巴比伦囚房"重返巴勒斯坦。远征中亚，在伊朗高原东部作战中被杀。

## D

**Darius** 大流士。大流士一世（约前558—约前486），波斯帝国皇帝，在位时期是波斯王朝的鼎盛期，疆域东至印度河，西至小亚细亚沿岸，南及埃及尼罗河第一瀑布处，北达欧洲的色雷斯。以琐罗亚斯德教（拜火教）为国教。公元前五世纪初，发动希波战争，在马拉松战役（前490年）中失败。

**Delphi** 德尔斐，归译德尔斐或特尔斐。希腊城市。该地有阿波罗神庙及其神托所。以该神庙女祭司皮提亚所宣示的神托、预言和占卜而著名。该地后受马其顿统治。前二世纪中叶又并入罗马版图。四世纪末，罗马定基督教为国教，下令禁止传统旧教和神托，德尔斐盛况成为历史陈迹。

**Democrilus** 德谟克利特（约前460—约前370），希腊哲学家。曾游历西亚、印度、埃及等地。研究哲学、数学、天文学、生物学、伦理学及音乐诗歌等。早年师事原子论创始人留基伯，其作品有一部分可能属于留基伯。称他是"经验的自然科学家和希腊人中第一位百科全书式的学者"。强调遵循自然，注重练习，认为教育可以改变人。

**Demosthenes** 德摩斯梯尼（前384—前322），雅典雄辩家。教授修辞学，继而从事政治活动，终身极力反对马其顿入侵希腊。失败自杀。今存演说61篇，系古代雄辩术的典范。

**Diogenes (of Sinopeus)** 第欧根尼（锡诺伯的）（约前404—约前323），希腊犬儒派（昔尼克派）哲学家，师事该派创始人安提西尼。他玩世不恭，放浪形骸以实践他的哲学，以冷漠的机智和傲世的诙谐来教化别人。一则流传至今的故事，就是亚力山大大帝在街头遇到他，怀着敬意愿为他做些什么，第欧根尼淡然回答："你不要遮住我的阳光。"

**Diogenes laërtius** 第欧根尼（拉尔修的）（二至三世纪间），希腊哲学史家，著有《哲学家传记》10卷，记述希腊名哲的逸事及观点。保留了大量失传的先哲事迹，颇有历史价值。

**Dionysius Ⅰ** 狄奥尼修斯一世，（约前430—前367）叙拉古（西西里岛）僭主（前405—前367），统治叙拉古达三十八年之久，一度成为西地中海的强国，许多希腊城市与他结盟。长期与迦太基交战。提倡希腊风格，修建叙拉古城，奖励文学艺术。本人也是诗人和戏剧家，据说他的剧本曾在雅典上演得奖。

**Dionysius Ⅱ** 狄奥尼修斯二世（约前395—前343年以后），叙拉古僭主，狄奥尼修斯一世之子。性喜诗文，较其父庸懦，也少建树。

**Dionysius（Halikaznassos）** 狄奥尼修斯（哈利卡纳苏的）（？—约前8），希腊历史学家、修辞学家。著《罗马古史》二十卷，今存约前10卷，从远古神话时代写至前264年，第一次布匿战争开始之年。

**Du Bellay, Guillaume** 杜·贝莱，纪尧姆，（1491—1543），法国政治家，作家。弗朗索瓦一世宫廷中重臣。著有《回忆录》，未竟，由其弟马丁续写。另一兄弟让，红衣主教，是文艺的保护者。

**Du Bellay, Joachim** 杜·贝莱，若阿基姆（1522—1560），法国诗人。初参加军队，后从事诗歌创作。是法国十六世纪七星诗社的大诗人龙沙的挚友。

# E

**Edwazd Ⅲ** 爱德华三世（1312—1377），英国金雀花王朝国王（1327—1377）。十五岁即位，1330年亲政。1337年挑起英法两国的百年战争。多次战败法军，1360年《布勒丁尼和约》，巩固和扩大了英国王室在法国西南部的领地。

**Empedocles** 恩培多克勒（前490—约前430），希腊哲学家，据说是希腊研究修辞学第一人，又是名医。认为万物皆由"四根"即四种元素（火、水、土、气）所形成，所谓生灭在外是元素的结合和分离。用诗体写成《论自然》、《论净化》，今仅留残片。

**Ennius** 埃尼厄斯（前239—前169）拉丁诗人。原是奴隶，由大加图带至罗马，得到大西庇阿的保护，使许多罗马贵族家庭接触和了解希腊文化。前184年得到罗马市民权。在他的影响下，希腊文化遗产融入罗马精神生活。

**Epaminondas** 伊巴密浓达（约前420—前362），希腊底比斯将军。属贵族，但家境清贫。公元前371年，以"斜楔"阵法击败斯巴达军的进攻。次年率军攻入伯罗奔尼撒，再予斯巴达的重创，从而形成底比斯争霸希腊的局势。后在曼提尼亚战役中又大破斯巴达军，但自身负重伤，不治身亡。

**Epicurus** 伊壁鸠鲁（前341—前270），希腊哲学家。一说生于萨摩斯。18岁到雅典，就学于学园派的色诺克拉特。后赴外地教授哲学，35岁重返雅典，购置一座花园授徒讲学，主张乐生哲学，宣扬他的原子说与无神论，建立自己的伊壁鸠鲁学派。著作大部失传，今尚存《论自然》(37卷）的片断和《学说纲要》。

**Euripides** 欧里庇得斯（约前480—约前406），古希腊三大悲剧作家之一。青年时学过绘画与哲学，受智者派思潮影响，可能与苏格拉底和亚西比得为友。晚年（伯罗奔尼撒战争后期），离雅典，终老于马其顿宫廷。相传写作悲剧92部（一说70多部），今存《美狄亚》《希波吕托斯》《特洛伊妇女》等18部。题材仍以神话故事为主，但风格与另两大悲剧作家（埃斯库罗斯和索福克勒斯）有所不同，以批判手法表示对传统与神的怀疑，作品更多反映社会生活中实际问题，如战争、城邦政治、妇女地位、伦理道德等。对文艺复兴以后欧洲戏剧有很大影响。

## F

Fates　命运三女神。希腊神话掌管人的命运与生死的三个女神，其中克罗托纺织生命之线，拉刻西斯决定生命之线的长短，阿特洛波斯负责切断生命之线。

Flaminius, T.Quintius　弗拉米尼乌斯（？—前175）罗马将领。前197年当执政官，第二次马其顿战争时，在狗头山（Cynoscephalae）打败马其顿腓力五世，在科林斯宣布希腊的自由。

Foix　弗瓦，十四世纪法国一个名门望族，世代伯爵爵位。Gaston Ⅲ de Foix 加斯东三世·德·弗瓦（1343—1391）尤为著名，典型的骑士贵族形象，性好战、作风豪放，热爱文学艺术。在英法百年战争中叱咤风云。

Fransois Ⅰ　弗朗索瓦一世（1494—1547），法国国王（1515—1547），在位时集大权于一身，对外继续进行意大利战争（1494—1559），一度占领米兰。后与神圣罗马帝国皇帝查理五世四度交战。1525年曾在帕维亚战役中失败被俘，签订马德里和约，获释归国即毁约。1544年，查理五世率军攻入法国，被迫再度议和。

## G

Galba, Sewius Sulpicius　加尔巴（前5—69），罗马皇帝（68—69），原为尼禄皇帝的部将，驻守塔拉科西班牙，在尼禄遭遇的一次叛乱中，加尔巴被部下拥立为皇帝，得到禁卫军长官的承认。元老院不得已,承认"可以在罗马以外的任何地方立皇帝",宣布"尼禄为公敌",尼禄被逼自杀。但是加尔巴的严厉与吝啬,导致自己也遭禁卫军杀害。

**Gallia（Gaule）** 高卢。古地名,主要包括两大部分:① 山南或内高卢,指意大利北部阿尔卑斯山以南,回卢比孔河以北的地区。公元前三世纪后期,开始处于罗马统治之下。② 山北或外高卢,大体包括今法国、比利时、卢森堡及荷兰与瑞士的一部分。公元前58—前51年被罗马统帅恺撒征服。

**Gnacchus, Tiberius** 格拉古,提比略(前162—前133)罗马政治家。青年时随军出征迦太基,作为财务官参加对西班牙的战争(前137)。目睹罗马大庄园扩展,农民破产导致兵源匮乏及西西里奴隶大起义。公元前133年任保民官,提出土地法案,遭大地主反对。竞选下一年保民官,元老院贵族蓄意挑起械斗,格拉古及其支持者约三百人皆被杀。

**Gnacchus, Gaius Sempronius** 格拉古,盖约(前153—前121)。罗马政治家,提比略·格拉古之弟。任保民官后继续推行提比略的土地法。元老院贵族又策划报复行动,双方发生冲突,盖约组织武警抵抗,失败牺牲,其支持者约三千人死难。

**Gnaces** 希腊神话,妩媚、优雅和美丽三位女神的总称。喜欢诗歌、音乐和舞蹈,有关文艺、科学和造型艺术等方面的创造都得依靠她们的灵感。

**Gnegozy XIII, pope** 格列高利十三世教皇(1502—1585)第224任教皇(1572—1585)。1585年采用格列历,代替在公元前46年采用的儒略历。因儒略历按天文学计算已落后十天。信新教与希腊正教的国家抵制采用。此后经过数百年,直到1950年才迟迟被全世界普遍接受。

Guise, Fnancois, duc de 弗朗索瓦·德·吉兹公爵（1519—1563），吉兹家族第二代公爵。与查理五世为敌，镇压新教徒，挫败摄政女王卡特琳·德·美第奇的和解政策，打响宗教战争第一仗，在围困奥尔良时被暗杀。

Guise, Henri, duc de 亨利·德·吉兹公爵（1550—1588），弗朗索瓦·德·吉兹的长子，有"刀面人"之称，1576年神圣联盟领袖，觊觎王位，在亨利三世指使下遭暗杀。

## H

Hadzian 哈德良皇帝（76—138），罗马皇帝。原随罗马皇帝图拉真转战各地。图拉真死后被军队拥立为帝。对外采取防守政策。侵犯犹太人传统信仰，引起大暴动，132—135年间残酷镇压，犹太人大批逃亡。提倡法学，下令编《永久法》，奖励文学艺术。

Hannibal 汉尼拔（前247—前183或前182），迦太基统帅，幼年随父去西班牙，立誓向罗马报复第一次布匿战争的失败。后任驻西班牙的迦太基军统帅。公元前218年春，率六万军队远征意大利，为第二次布匿战争之始。初期成功，大败罗马，长期转战意大利各地，军力耗竭，后援不继。当西庇阿率罗马军队攻打迦太基本土，奉召回国（前203年）解围，失败。逃往叙利亚，向安提柯三世献策进兵意大利，未见采纳。后自杀于小亚细亚俾提尼亚。

Hegesias 赫格西亚斯（约公元前三世纪），希腊哲学家，昔勒尼派。他的享乐主义却含有一丝忧伤感，对于人能够达到幸福持怀疑态度。

Henry Ⅱ 亨利二世（1133—1189），英国国王（1154—1189），

索引 389

金雀花王朝建立者。1150年成为诺曼底公爵。1151年继任安茹伯爵。1152年通过联姻,又领有阿基坦、普瓦图、加斯科涅等地。1153年率军侵入英国,迫使英王斯蒂芬承认其为英国王位继承人。翌年斯蒂芬死,亨利二世加冕为英王,属地跨英法两国,有"昂儒帝国"之称。

Henry Ⅶ 亨利七世(1457—1509),英国国王(1485—1509),通常叫亨利·都铎(Henvy Tudoz)。玫瑰战争(1455—1485)中支持兰加斯特家族,反对约克家族。1485年8月22日在色斯华兹原野杀死英王查理三世夺得王位,建立都铎王朝。

Henri Ⅱ 亨利二世(1519—1559),弗朗索瓦一世之子,卡特琳·德·美第奇之夫。1547—1559年间的法国国王。继续反对奥地利王室,反对英国及其盟友西班牙菲列普二世。在一次竞技比赛意外伤及眼睛,不治身亡。

Henri Ⅲ 亨利三世(1551—1589),法国国王(1574—1589)。1572年8月,与卡特琳·德·美第奇策划在巴黎屠杀胡格诺教徒(圣巴托罗缪惨案),致使胡格诺战争愈演愈烈。1573年被选为波兰国王。1574年获悉其兄查理九世去世消息,即返回巴黎继承了王位。

Henri Ⅳ 亨利四世(那瓦尔的亨利)(1589—1610),法国国王(1572—1589)。胡格诺派领袖。天主教徒和胡格诺教徒原想通过那瓦尔王的亨利与法王查理九世之妹玛格丽特联姻,缓和两派的矛盾。但是天主教集团领袖亨利·德·吉兹和太后卡特琳·德·美第奇策划了圣巴托罗缪惨案,导致胡格诺战争再起。1589年8月亨利三世遇刺身亡,亨利四世即位。1593年不顾胡格诺派反对,改宗天主教。1594年进入巴黎,正式加冕。1598年颁布《南特敕令》,宣布天主教为国教,同时承认胡格诺派有信教自由，在欧洲开创了宗教宽容的先例。1610年5月被狂热的天主教徒拉瓦亚克刺杀。

**Heraclides** 赫拉克利德斯（前388？—前312），柏拉图的弟子，第一位承认地球自转的天文学家。《论荷马与赫西俄德时代》一书的作者。

**Heraclitus** 赫拉克利特（约前535—约前475），希腊哲学家。生于以弗所的贵族之家。爱非斯派创始人。生平事迹不详知。认为"火"是万物的本源，一切皆是火符合规律地燃烧与熄灭的结果。非神所造的世界处在不断产生和灭亡的过程中，一切皆流，一切皆变。"人不能两次走进同一条河流"，（看到同样的流水），是他流传至今的名言。

**Hercules** 赫丘利，即希腊神话中的赫拉克勒斯（Heracles）。他神勇无敌。出生不久，天后赫拉欲加害，派来两条毒蛇，皆被他扼死。娶底比斯王之女墨伽拉为妻，生子三人，母子四人被他在疯狂中杀害。后接受提任斯国王的委托，完成十二项英雄业绩。

**Herodotus** 希罗多德（约前484—约前425），希腊历史学家。有西方"历史之父"之称。曾游历埃及、巴比伦、黑海北岸等地，长期寄居雅典和南意大利。著有《希腊波斯战争史》，内容除战事以外，也叙述了希腊、波斯、埃及与西亚各国的历史、地理和风俗习惯。

**Hesiod** 赫西俄德（约前八至前七世纪），希腊诗人。主要著作有《田功农时》与《神谱》。前者具体描述希腊农村生活，告诫勤于农事方可成为神眷顾的幸福人。后者描写世界起源与诸神诞生。他与荷马并称为希腊上古两大诗人。但荷马歌颂神的英勇冒险故事，赫西俄德记叙日常劳动生活。他还提出人类经过黄金时代、白银时代、青铜时代、英雄时代、黑铁时代的观点。揭露黑铁时代当权贵族统治的非正义性。

**Hiero 或 Hieron** 希伦（约死于前466），叙拉古暴君（前478—前466）。在位时统治整个西西里。提倡文艺宫中聚集希腊文艺杰出人物。

**Hippoczates** 希波克拉底（约前460—约前375），希腊医学家。据说在雅典城目睹前430年的大瘟疫。活过百岁，其医学著作不下六十余种，据认为多半出自弟子及后人之手。主张人体为一有机体，提出"体液病理学说"，认为人体由血液、黏液、黄胆汁和黑胆汁四种体液组成；四液调和则体健，失调则生病。被誉为古代"医学之父"。

**Homer** 荷马（约前九至前八世纪），希腊诗人，到处游吟的盲歌者。相传《伊利亚特》和《奥德赛》为其名作，叙说早期希腊阿卡亚人远征特洛伊的事件，反映公元前十一至前九世纪氏族部落解体时期，习称"荷马时代"。

**Horace** 贺拉斯（前65—前8），罗马诗人。其父为一释放奴隶，送贺拉斯去罗马、雅典受教育。后与维吉尔结识，接近"美西纳斯"文艺团体，并受奥古斯都皇帝赏识，跻身于宫廷诗人行列。以写讽刺诗与抒情诗闻名。杰作有《颂歌》《诗艺》。

**Huguenots** 胡格诺派，对16—17世纪法国新教徒（加尔文派）的称呼。其成分复杂，参加者主要是反对国王专制、企图夺取天主教会地产的新教封建显贵和地方中小贵族，以及力求保存城市自由地位的资产阶级和手工业者。胡格诺派运动的发展，引起法国长期的内战，即1562—1598年间断断续续的胡格诺战争。也可说是16世纪欧洲宗教改革运动在法国的延续。1598年，亨利四世改宗天主教，颁布《南特敕令》，法国天主教集团与胡格诺派妥协和解，战争遂告结束。

**Hundzed Year's War** 百年战争，1337—1453年英法两国间的战争，因持续一百多年，故有其名。起因于两国王室争夺富庶的佛兰德斯，和英国自亨利二世起在法国境内占有的领地。战争历时差不多一个世纪，可分四阶段。最后阶段（1428—1453），英国南下围困法国南部门户奥尔良城。法国人民群情激昂，在少女贞德鼓舞下，击退英军，收复许多城池。1453年法军收复除加来港以外的全部领土，百年战争也遂告结束。

**Inquisition** 异端裁判所，又名宗教裁判所。天主教会侦察和审判"异端"的机构。十三世纪格列高利九世教皇（约1145—1241）正式建立。残酷镇压一切反教会、反封建的异端，包括思想者与同情者。直属教皇，不归世俗当局和地方教会管辖。对被害者进行秘密审讯、严刑拷打，然后处以监禁、流放或火刑，并没收其财产。以西班牙的异端裁判所尤为猖狂。十六世纪起，随着教皇权势衰落，异端裁判所失去一部分职能。罗马最高异端裁判所在二十世纪初改为"圣职部"，检查书刊，颁布禁书目录，革除教籍和罢免神职。

**Isocrates** 伊索克拉底（前436—前338），雅典雄辩家。狄奥多罗之子。开馆教授修辞学，与柏拉图主持的哲学"学园"争锋。后从事政治活动，发表《奥林匹亚大祭演辞》，主张在马其顿国王腓力二世领导下统一希腊各城邦，发动反波斯战争，缓和希腊的社会危机。希腊丧失独立后绝食而死。

# J

**Jerome，Saint** 圣哲罗姆，又称希罗尼姆（Hieronymus）（约347—约419）。罗马帝国后期基督教教父之一。以从事反异教活动闻名。约公元386年后定居于巴勒斯坦伯利恒一所隐修院内。

注释《马太福音》。根据《圣经》拉丁文旧译而订定的译本,称《通俗拉丁译本》,于十六世纪被定为天主教会的法定本。

**Josephus Flavius** 约塞夫·弗拉维(37—约98),犹太历史学家。66年犹太人发动反罗马起义,受命保卫约塔巴塔,抵抗韦斯巴芗的罗马军。城陷后得到宽赦。韦斯巴芗称帝,约塞夫在弗拉维王朝为官,韦斯巴芗赐名弗拉维,居留罗马至死。政治上属亲罗马派,但仍信仰犹太宗教和文化传统。用希腊文著有《犹太战争史》《犹太古史》。

**Julian(the Apostate)** 朱里安(背教者)(322—362),罗马皇帝(361—363)。公元355年去雅典,研究希腊文学和哲学(新柏拉图派),倾向异教。君士坦提二世授以"恺撒"称号,派往高卢戍边。屡建奇功。高卢军队拒不接受皇帝命令,反拥立朱里安为皇帝(360)。朱里安即位,公开宣布改宗异教,任用异教徒为军政官员,禁止基督教徒在学校任教,允许犹太人重建耶路撒冷圣庙,下令恢复罗马原有宗教并重建其神庙,故被基督教会称为"背教者"。

**Juvenalis** 朱维纳利斯,也译朱维纳里(约60—约140),罗马讽刺诗人。据说从军到过埃及和不列颠。现存讽刺诗十六首,揭露罗马社会伤风败俗、道德沦丧,对下层人民的困苦生活寄予同情。

## K

## L

**La Boédtie** 拉博埃西(1530—1563),法国作家。聪明早慧、十八岁时即写出一部揭露暴政的理论作品《自愿奴役》。是蒙田的挚友。

**League** 天主教同盟，也名神圣联盟。法国胡格诺战争期间，部分天主教教士和贵族，以亨利·德·吉兹公爵为首，于1576年5月结成的联盟。目的是同胡格诺派争雄，力图削弱王权。1577年为法王亨利三世查禁。反来又一度恢复活动。

**Lepidus** 雷必达，也译李必达（？—前13），罗马统帅。恺撒部将。恺撒被刺后，助安东尼为恺撒报仇，使罗马陷于恐怖之中。公元前43年，与安东尼、屋大维结成后三头同盟。后与屋大维不和，被夺军权。退居拉丁姆沿岸小城，终老于此。

**Livy** 李维（前59—后17），罗马历史学家、文学家，与奥古斯都皇帝过从甚密，主要著作有《罗马史》，共一百四十二卷，叙罗马建城至前9年的史事，现存三十五卷。作品夹杂神话、传说，又用文学笔法描写。

**Lucanus** 卢卡努（39—65），罗马诗人，塞涅卡的侄子，尼禄的同学，尼禄逼他在26岁时自杀。他著作甚丰，但仅留下《法萨罗之战》（或名《内战》，记述恺撒与庞培双雄争霸。

**Luczetius** 卢克莱修（约前98—前54），罗马哲学家、诗人。生平事迹知之甚少。以叙事诗的体裁著《物性论》（六卷），阐发伊壁鸠鲁的唯物论学说。此作品在死后不久，由西塞罗为之发表。

**Lucullus** 卢库卢斯（前117—前56），罗马统帅。为苏拉部将，参加对本都国王米特拉达悌六世战争（前87年）。公元前66年，东征军权被庞培取代。

**Lycuzgus** 利库尔戈斯，一译来库古（约前九或前八世纪）。传说是斯巴达的立法者。生平事迹传说不一。据称是一位斯巴达年轻国王的叔父兼摄政。遵照德尔斐阿波罗神谕，为斯巴达人订立不成文的律法，据说还要斯巴达人立誓永不破坏。近代研究也有人倾向利库尔戈斯系一虚构人物。

Lysandes　来山得，一译吕山德（？—前395），斯巴达统帅。出身微贱，取得公民权后成为名将。伯罗奔尼撒战争后期在诺提翁角打败雅典海军。前404年攻陷雅典城，雅典投降，从而结束伯罗奔尼撒战争。后在雅典扶植三十僭主统治，推翻民主政权，树立斯巴达霸权，引起各城邦不满。前395年科林斯战争爆发，与底比斯交战时阵亡。

Lysimachus　莱西乌库（约前360—前281），色雷斯地区之王（前306—前281）。随亚历山大大帝东征，以勇武出名。亚历山大死，分得色雷斯及多瑙河下游之地，与亚历山大其他将领争夺继承权。

## M

Machiavelli　马基雅维利（1469—1527），文艺复兴时期意大利思想家、历史学家。没落贵族家庭出身。1498—1512年担任佛罗伦萨共和国十人委员会秘书，负责军事外交工作。多次出使意大利各邦，以及德国和法国。1512年美第奇家族复辟，乃被革职下狱。获释后隐居。专心著述，其名作有《君主论》（也译《霸术》）。他把政治当作权术，为了目的可以不择手段，后人把这个政治理论称"马基雅维利主义"。另有《佛罗伦萨史》《论李维》《用兵之道》。

Manilius　马尼利乌斯（一世纪），罗马诗人，与奥古斯都，提比略的同时代人。著有《天文学》。

Mazcellus　马塞卢斯（前268—前208），罗马政治家、将军。在前222—前208年间，曾五次当执政官。对高卢人作战中取得辉煌胜利。在第二次布匿战争中率军打败汉尼拔。然后在西西里，对迦太基的盟友叙拉古进行围城，叙拉古有赖于阿基米德设计的投石器，坚守三年后才攻破。此后他在一次中伏后丧生。

**Mazguerite d'Angouléme** 昂古莱姆的玛格丽特（1492—1549），那瓦尔王后，弗朗索瓦一世的姐姐，为当时最有教养的女子之一，使那瓦尔宫廷成为人文主义英才聚首之地。同情宗教改革运动，著有《七日谈》。

**Mazguerite dc Valois** 玛格丽特（瓦洛亚的）(1553—1615)，也称玛戈皇后。那瓦尔王后。亨利二世与卡特琳·德·美第奇的女儿。1572年嫁给那瓦尔的亨利，不但没有平息宗教斗争，反而成为圣巴托莱缪屠杀的原因之一。法国所谓"三亨利战争"也在此时爆发（亨利三世领导保皇派，亨利·德·吉兹领导神圣联盟，亨利·德·那瓦尔领导新教徒）在一次阴谋发现后，玛格丽特被亨利三世逐出宫廷，并取消她与亨利四世的婚约。

**Mazius, Caius** 马略（前157—前86），罗马统帅、政治家。平民出身。早年随小西庇阿参加努曼提亚（西班牙）战争。当过保民官、土法官、及西班牙总督。前107年首任执政官，次年偕部将苏拉进兵北非努米迪亚。进行军事改革，对罗马历史发展有重要影响。后又四度当执政官，晚年联合骑士派与平民派，跟贵族派苏拉势不两立，形同水火。前88年苏拉占领罗马城，马略逃往非洲。马略派被宣布为"公敌"，大批被捕杀。继而苏拉东征，马略与秦那攻占罗马，宣布苏拉派为公敌，肆行报复。后在第七次执政官任上病死。

**Mazs** 玛斯，罗马神话中的战神。

**Maztial** 马提雅尔（约40—约104），罗马诗人，与塞涅卡、朱维纳利斯、小普林尼等文人过从甚密。对帝国早期的罗马社会有敏锐的观察，长于写讽刺诗。主要作品有《警句诗集》。

Maximianus（Pseudo Gallus） 马克西米安（亦名加吕斯）（前69—前26），罗马诗人，维吉尔的朋友，著有《哀歌》，今失传。

Menandes 米南德（约前342—前291），希腊剧作家。"新喜剧"（不同于阿里斯托芬时代的喜剧）的代表人物。与伊壁鸠鲁、提奥弗拉斯特为友。相传写过约一百部剧本，今仅存一部《恨世者》（一译《老顽固》）。其作品主要描写普通人的生活。

Mezcuzy 墨丘利，罗马神话中的商业神。

Messalnia 梅萨丽娜（死于48年），罗马皇帝克劳迪乌斯的第三任妻子，对丈夫有绝对权力，在历史上以淫荡著称，据朱维纳利斯的记载，还甘心卖淫。公然嫁给情人还举行婚礼，皇帝忍无可忍，被处死于卢科卢斯的御花园内。

Metellus, Numidicus 麦特鲁斯（努米底亚的）（？—前91），罗马统帅。前109年任执政官，进攻努米底亚（北非），立下战功，从而获得"努米底亚的麦特鲁斯"的称号。任监察官，有"正直"名声。

Metrodorus 梅特罗道吕斯（约前330—前277），遇见伊壁鸠鲁后做了他的门徒，跟随去雅典。今在卢浮宫有一组雕塑群像，他们两人的面孔塑在同一座胸像上，象征在伊壁鸠鲁花园存在的友谊。

Mohammed（phephet） 穆罕默德（先知）（570—632），伊斯兰教创始人。父母早亡，早年放牧，随商队到巴勒斯坦、叙利亚等地。受当时流行于阿拉伯半岛的犹太教、基督教和"哈尼夫"的影响，四十岁时开始宣传末日审判、死后复活、行善入天国、作恶入地狱等教义。在麦加号召"信仰唯一的神安拉"。

Mohammed Ⅱ（Aultan） 穆罕默德二世（约1430—1481），土耳其苏丹（1451—1481），外号"征服者"。1453年5月29日

攻陷拜占庭帝国都城君士坦丁堡，把自己的首都迁址于此，更名为伊斯坦布尔。连年征战，占领塞尔维亚、波斯尼亚、阿尔巴尼亚和里塞哥维那等地。被认为奥斯曼帝国的真正开创者。

Montaigne 蒙田，地名，也成了家族名。米歇尔·德·蒙田的主要近亲：

——Ramon Eyquen de Montacgue，拉蒙·埃康：——曾祖父

Grimon Eyquen 祖父格里蒙

Pierre Eyquen 父亲皮埃尔

Antoinette 母亲安多纳特

Roman de Bussaguet 罗曼·德·布萨盖

Pierre de Gaviac 皮埃尔·德·加维

Thomas de Sainr-Michel 多马斯·德·圣米歇尔

Fzancsoise de Montacgne 妻子弗朗索瓦兹

Pierre de la Brousse 皮埃尔·德·拉·布罗斯，弟弟贝特朗·德

Beztzand de Mattecoulon 蒙田的弟弟

Captaine Armand Saint Maztin 弟弟

Thoman de Beanregasd et d'Arsac 弟弟

Lionoz de Montaigne 女儿

Montmonency, Anne de 安那·德·蒙莫朗西（1493—1567）。法国显赫的蒙莫朗西家族第一代公爵，弗朗索瓦一世重臣，拜法国陆军统帅。

# N

Nezo（Claudius Caesaz） 尼禄（37—68），罗马皇帝（54—68）。公元50年克劳迪乌斯一世立为嗣。54年帝被害，他年仅16

岁继位。初期靠辅弼大臣，政治尚清明。及长以荒淫无道，残暴著称。杀母又杀妻，赐死老师塞涅卡。传说他唆使纵火烧罗马城，借口捕杀基督徒。以才子艺人自居，吟诗奏乐，灯红酒绿，挥霍无度。各省群起反对罗马、途穷末路中自杀。

## O

**Ovidius Naso，Pulluis** 奥维德（前43—后17），罗马诗人。少时在罗马和雅典习修辞和法学，又去西西里岛和近东游历。早年表现出诗才，受罗马社会放荡生活影响，作品沾染了颓废淫佚情调。《恋歌》是其前期成名之作。《爱的艺术》，一译《爱经》，露骨描述男女性爱，触怒奥古斯都皇帝。为后世传诵最广的是《变形记》，以古典神话为题材。后不知出于什么原因被放逐。写出《哀歌》《里海书简》，恳请奥古斯都予以宽恕，终未如愿，最后还是客死他乡。

## P

**Pallas** 帕拉斯，据希腊神话，帕拉斯原是海神特里同的女儿，被雅典娜误杀，为了纪念和忏悔，雅典娜改名为帕拉斯，自称为帕拉斯·雅典娜。

**Patmenides** 巴门尼德（约前513—？），希腊哲学家。曾受教于色诺芬尼及毕达哥拉斯派的阿麦尼亚。按柏拉图《巴门尼德篇》所记，他大约在六十五岁时（约前448年）偕同弟子芝诺（埃利亚的）去雅典参加泛雅典娜大节，可见他享有高龄，留存至今的《论自然》片断，是一些难懂的教谕性诗句，反映其哲学观点。

**Paul，Saint** 圣保罗，一译保禄（约5—15—约62—64）。据

基督教《圣经》记载，原名扫罗。自幼具有罗马公民籍，早年在耶路撒冷读经，成为虔诚的犹太教徒和法利赛人（隔离者）。一日行近大马士革时，忽被强光照射，耶稣在光中向他说话，嘱他停止迫害基督徒，自后改而信奉基督。后被派往各地传教，改名保罗。三次远途传教，至小亚细亚、马其顿、希腊及地中海东部各岛。后被罗马皇帝尼禄处死。《新约圣经》中有十余封信，传说为他所写，统称《保罗书信》，主题思想构成后世基督教教义和神学的重要依据之一。

**Peloponnesian War** 伯罗奔尼撒战争古希腊斯巴达为首的伯罗奔尼撒同盟与海上强国雅典之间的争霸战。

第一阶段（前431—前421）：斯巴达陆军攻入阿蒂卡（一译亚提加），雅典海军活动于南希腊沿海一带，互有胜负，以签订《尼西亚斯和约》停战。

第二阶段（前415—前404）：雅典派遣亚西比得、尼西亚斯等带兵远征西西里。出发后，亚西比得被控犯有渎神罪，畏而叛逃斯巴达。尼西亚斯指挥军队攻打叙拉古，初得胜，随之斯巴达援军赶到，雅典全军覆没。前411年雅典国内发生政变。力量对比愈加不利于雅典。前405年在赫勒斯旁附近羊河战役中，雅典海军大败。斯巴达统帅来山得乘胜攻陷雅典城。雅典投降。曾任雅典将领的修昔底德著《伯罗奔尼撒战争史》，对此有翔实记载。

**Periander** 柏利安得（？—前585），希腊科林斯僭主（前625—前585）。希腊七贤之一。统治前期采取温和政策，后期实行苛政，据说他遣使向米利都僭主忒拉息布罗询问长久统治之道。后者将使者带到谷地里，不断砍掉身边长得最高的麦穗。使者领会其意，转呈给柏利安得，自此他开始剪除身边的权臣。奖励文化学术，常有诗人、哲学家出入宫廷。

Pericles　伯里克利（约前495—前429），雅典民主派政治家。早年，以敢于检查西门将军的账目而闻名。曾受哲学家阿那克萨哥拉的民主思想影响。前444年起，连续当选首席将军达十五年，成为雅典的实际统治者。发展工商业，奖励文化，大兴土木，修建雅典城，雄伟的帕提侬神庙即于此时矗立卫城中央。还完成雅典城与比雷埃夫斯港之间的防御"长墙"。他要使雅典成为"希腊的学校"。晚年锐意与斯巴达争霸希腊，终导致伯罗奔尼撒战争。伯里克利时期被史家称为希腊文化艺术鼎盛期。

Peripatetisme　逍遥学派哲学，即"亚里士多德学派"的别称，由亚里士多德弟子世代相传组成的学派。代表人物有提奥弗拉斯特、斯特拉托等。

Perseus　佩尔修斯（前211—前165），最后一位马其顿国王（前179—前168）。他试图在希腊树立马其顿霸权。消息泄露，反遭罗马进攻，阵前被俘后押至罗马，死于狱中。

Persius　柏修斯（34—62），拉丁讽刺诗人，作品有《讽刺诗集》。

Petrarch　彼特拉克（1304—1374），意大利文艺复兴时期诗人。1302年，其父因同但丁一起参加佛罗伦萨党争失败，全家被逐。后在蒙彼利埃（法）和波伦亚（意）研习法学。1326年成天主教教士。游历欧洲时，广泛搜集古代希腊、罗马的著作，从中发现不以神而以人为中心的世界观，首先提出与神学相对立的"人学"。主要作品有《歌吟集》《阿非利加》史诗。擅长十四行诗，曾获桂冠诗人荣誉。

Phazsalia（lattle of）　法萨罗战役公元前48年，发生于北希腊帖萨里亚境内法萨罗（Pharsalus）恺撒与庞培的一次决战。庞培军力优于恺撒，但指挥失误、贻误军机，这一仗彻底失败。庞培逃至埃及，被杀。恺撒成为罗马国家唯一主宰。

**Philip II King of Macedonia** 腓力二世（前382—前336），马其顿国王（前359—前336），亚历山大大帝之父。接受希腊教育，并从底比斯的伊巴密浓达学得方阵战术。乘希腊各邦衰落之际，大力扩张领土。并用金钱收买希腊内部的亲马其顿派，说："驴子驮去的是黄金，驮回来的是坚固的城堡。"准备进兵波斯期间，在女儿婚礼上被一青年贵族刺死。

**Philip V** 腓力五世（前238—前179），马其顿国王（前221—前179）。幼年丧父，由叔安提柯当政；安提柯死后即位。与迦太基统帅汉尼拔结盟反对罗马，进行两次马其顿战争（前215—前205，前200—前197）。以失败告终，订立和约，放弃征服地盘，交出舰船，向罗马赔款。马其顿王国遂失其重要地位。其子为佩尔修斯。

**Philippe II Auguste** 菲列普二世，奥古斯都（1165—1223）。法国卡佩王朝国王（1180—1223）。自1204年起先后收复法国境内被英王占领的领地：诺曼底、曼恩、安茹、普瓦图。1214年7月又大败英王约翰（无地王）及其同盟者神圣罗马帝国皇帝鄂图四世，为此获"奥古斯都"称号。1189—1191年参加第三次十字军东侵。

**Philippe II** 菲列普二世（1527—1598），西班牙国王（1556—1598）。其父查理一世退位，继承王位，领有西班牙本土、尼德兰、那不勒斯、西西里、米兰及美洲殖民地，利用宗教裁判所加强专制统治，迫害异端。1580年兼并葡萄牙及其殖民地。1588年派遣"无敌舰队"远征英国，在英吉利海峡几乎全军覆没，从此西班牙丧失海上霸权。曾出兵干涉法国胡格诺战争，失败被逐（1598）。

Philopoemen 菲洛波门（前253—前183），希腊将领。厄基亚同盟的统帅。在镇压梅西尼亚暴动时丧命。

Phociou 福西昂（前402—前318），雅典将领，德摩斯梯尼的政敌。他与马其顿国王腓力交战得胜后主张和解，被控叛国罪，饮毒芹汁而死。

Pindar 品达，一译平达（约前522—约前442），希腊抒情诗人。据说与女诗人珂琳娜赛诗失败，激励发愤，终成为一代诗人，获得"白羽天鹅"的称号。写会唱颂歌、祭祀宙斯与阿波罗的赞歌，不仅辞章华丽、格律谨严，还想象比喻丰富，体现希腊早期蓬勃尚武精神。品达体，成为后世欧洲文学中一种颂歌体裁。

Plato 或 Platon 柏拉图（前427—前347），希腊哲学家，苏格拉底的学生，亚里士多德的老师。曾三次去西西里岛，企图影响叙拉古僭主狄奥尼修斯父子，实现其理想的奴隶主贵族统治。在《理想国》《法律篇》等著作中阐述了他的道德、政治和教育理论。主要作品尚有《斐多篇》《巴门尼德篇》《蒂迈欧篇》和书信十三封。

Plantus 普洛图斯（约前254—前184），罗马喜剧作家。据说作品甚多，今保存二十一部，如《安菲特鲁俄》《俘虏》《鬼屋》等。受米南德影响，情节铺张，语言生动诙谐，反映城市平民观点情趣。

Pliny, the elder 大普林尼（23—79），罗马作家。曾服役于德意志、西班牙、高卢、非洲各地，历任高级军职，被韦斯巴芗皇帝任命为舰队提督。公元79年8月24日维苏威火山喷发，乘船往那不勒斯湾南岸观测，并从事救援，中毒窒息而死。生前著作多种，今仅存一部百科全书式的《自然史》（一译《博物志》）。

Pliny, the younger 小普林尼（61或62—约113）罗马散文

作家。大普林尼的外甥和养子。从昆体良学修辞学。深得图拉真皇帝信任，一百年任执政官。今存《书信集》十卷，其中与图拉真讨论如何对待基督教徒，系研究早期基督教史的重要资料。

**Plutasch** 普鲁塔克（约46—约120），希腊传记作家、散文家。其父为传记家和哲学家，幼承庭训，后游学雅典，受业于名师安谟尼厄斯，研习修辞、数学、哲学、医学、历史等。游历名城，搜集史料，据说曾先后为罗马皇帝图拉真和哈德良讲课。后回希腊从事著述，据其子所辑书目，篇名达二百二十七项之多，其中大部分散佚。传世之作往后人辑为两集：《希腊罗马名人传》和《道德论集》，皆具有重要文学史料价值。

**Pompey** 庞培（前106—前48），罗马统帅、政治家。支持苏拉，助他消灭马略的残部，又转战非洲。苏拉死后，继续助贵族派压制平民派首领雷必达。助克拉苏镇压斯巴达起义。前70年任执政官，后奉命剿平地中海海盗。公元前60年与恺撒、克拉苏结成前三头政治联盟，与元老院抗衡。后畏恺撒权势日增，与元老院妥协。克拉苏于前53年死，庞培妻朱丽娅系恺撒的女儿，前54年时病死。庞培与恺撒渐疏远，终至不共戴天，前48年法萨罗战役兵败，逃往埃及被杀。

**Pnopevtius** 普罗佩提乌斯（前47—前15），拉丁诗人。著有四部《哀歌》，为奥古斯都时代最有个性的抒情诗人，作品掺有神话成分，有时暗涩难懂。

**Pnotagonas** 普罗塔哥拉（约前481—约前411），希腊哲学家。智者派（或称诡辩派）的代表人物。其著作仅遗有残篇。在《论神》开宗明义说："至于神，我既不能说他们存在，也不能说他们不存在。"被控犯了无神论罪。逃离雅典，中途落水而亡。

**Ptolemy** 托勒密，创立埃及托勒密王朝的家族。托勒密一世

（约前367—前283）。马其顿人拉格之子。青年时与亚历山大（大帝）为友。后随亚历山大东征，为其得力助手。公元前323年亚历山大死后占据埃及地区，为实际统治者（前305—前285）。后与亚历山大其他将领争夺继承权，联合塞琉古一世、卡珊得、莱西马库，反对安提柯一世。前301年安提柯败亡，"希腊化"三大国（埃及、塞琉西、马其顿）形成鼎足之势。托勒密领有埃及。

Pyrrho 或 Pynzhon　皮浪（约前365—约前275），希腊哲学家，怀疑派创始者。随亚历山大大帝远征军到过印度。无著作传世，由弟子弗利乌的蒂蒙记述其观点。根据他的哲学观点，最高的善就是不作任何判断，也即"不动心"（ataraxia），可以摈弃一切欲望，达到无忧无虑境地。后世称怀疑主义也为皮浪主义。

Pyrrhus　皮洛斯（前319—前272），希腊伊庇鲁斯国王（前307—前303，前297—前272）。少时崇拜亚历山大大帝，勇敢而有野心。十二岁即位，一度被贵族放逐。旋去埃及，被托勒密招为女婿，在托勒密支持下，返伊庇鲁斯复位。企图在地中海地区建一大国。公元前280年率兵渡亚得里亚海，抵南意大利与罗马交战，初两仗得胜，但损失大批有生力量，所谓"皮洛斯的胜利"，即得不偿失之意。在西西里转战三年无结果。在意大利打得狼狈返国。入侵南希腊时战死。

Punic War　布匿战争。罗马与迦太基争夺地中海西部统治权的战争。迦太基（在今突尼斯）系腓尼基人的殖民地（传说建于公元前814年），公元前六至五世纪已发展成为西地中海强国。公元前三世纪初罗马统一意大利，与迦太基形成对峙，卒演成三次大规模战争。因罗马人称腓尼基人为"布匿"Poeni，据说意为"棕榈之民"），故史称为布匿战争。

第一次布匿战争（前264—前241）：主要在西西里岛交战，

迦太基失利，罗马夺取西西里（不包括叙拉古）及其附近小岛。后又占领科西嘉和撒丁岛。

第二次布匿战争（前218—前201）：以迦太基统帅汉尼拔翻越阿尔卑斯山远征意大利开始。最初两个战役，罗马连遭失败。约前211年罗马转入攻势。西庇阿占据西班牙东南部，前204年直捣迦太基本土，汉尼拔奉召回军驰援。公元前202年迦太基战败，次年缔结和约，迦太基丧失全部海外领地，交出舰船，并大量赔款。迦太基国势大衰，已不足与罗马抗衡。

第三次布匿战争（前149—前146）：罗马统治者蓄意消灭迦太基，唆使其西邻努米底亚寻衅，然后以破坏和约为借口，发兵包围迦太基城。居民奋勇抵抗，长期围困，城内发生饥馑，终被小西庇阿攻破，城陷被毁，生存者沦为奴隶，迦太基沦为罗马一行省（阿非利加省）。

**Pythagorax** 毕达哥拉斯（约前580—约前500），希腊哲学家、数学家。为求知识，访问过埃及、巴比伦、克里特岛，接触神秘教派。约公元前529年迁居意大利的希腊殖民城市克罗敦，建立带宗教、学术性的政治团体"毕达哥拉斯社团"。教育门徒同吃同住，穿同样服装，工作适度，饮食节制，宣传灵魂不灭、灵魂轮回及"肉体是灵魂的牢狱"之类的教义。无著作传世，其经历与学说仅见于亚里士多德、第欧根尼等人的记载中。

# Q

**Quintilian** 昆体良（约35—约95），罗马修辞学家。生于西班牙，后赴罗马求学，在城内开办修辞学校，小普林尼在其门下受业。著述有《演说术原理》，认为教育应以培养演说家为最高目的。其论述和文体，对欧洲文艺复兴时期人文主义者颇有影响。

# R

**Rabelais** 拉伯雷（约 1494—1553），文艺复兴时期法国文学家。1515—1518 年入修道院求学。1520 年为方济各会修道士，后学医。研究过哲学、古典语言学、天文学、法学等多种学科。在里昂行医，利用行医之余，费时二十多年，写成长篇巨制《巨人传》，共五卷，揭露天主教会的黑暗，抨击经院哲学，宣传人文主义。为此被列为禁书，本人逃至外地避难。

**Relozmation** 宗教改革运动。十六世纪席卷欧洲反对罗马天主教会的社会改革运动。1517 年，德国人马丁·路德发表《九十五条论纲》，抨击教皇出售赎罪券，揭开斗争序幕。1521 年路德当众烧毁教皇革除他教藉的谕令。宗教改革中创立的教派，称为新教（我国称基督派或耶稣派），区别于旧教（天主教）的主要之点：强调"因信得救"，不必通过教士主持的各种"圣事"；反对天主教的教阶制；反对教皇对各国教会事务的控制与干涉；用本民族语言作礼拜，只保留洗礼和圣餐礼的少数仪式。新教中也有三派别：德国人路德创立的路德宗，产生于德国，后传播至斯堪的纳维亚诸国以及瑞士、法国等；法国人加尔文创立的加尔文宗，产生于瑞士日内瓦，传播于法国、尼德兰和苏格兰等国；英国圣公会，又叫英国国教会，是英王亨利八世自上而下建立的教派。

**Ronsazd, Pierre de** 龙沙（1524—1585），法国诗人。幼年聪颖过人，爱武艺，当大贵族侍从。不幸在十七岁害大病，耳朵失聪。遂攻读古代文学艺术。模仿荷马写颂诗，模仿品达写短歌，模仿阿那克里翁写抒情诗。联合当时青年俊彦成立七星诗社，成为亨利二世和查理九世的宫廷诗人。作品有《短歌》《赞歌》《海仑歌》等。

## S

**Sallust** 萨鲁斯特（前86—前34），罗马历史学家。前52年任保民官，一度被黜，在恺撒庇护下，出任执政官和努米底亚总督。任内被指责滥用权力，搜刮钱财。恺撒死后，息影林园，著述终老。著作有《喀提林叛乱记》《朱古达战争》。

**Satuvninus** 萨图宁（？—前100），罗马保民官。马略的追随者。保民官任内提出土地法，粮食法案，遭贵族与一部分有公民权的市民反对。虽通过但执行困难。在选举下届保民官时，元老院派与萨图宁派演成武斗。关键时刻马略不予以支持，萨图宁死后，土地法废止不行。

**Scipio, Pullius covnelius** 大西庇阿（约前235—约前183），罗马统帅。公元前209年率军入西班牙，占领新迦太基。前205年任执政官，次年直捣迦太基本土。扎马战役（前202年）击败汉尼拔，结束第二次布匿战争。获"阿非利加西庇阿"称号。

**Scipio, Aemilianus** 小西庇阿（约前185—前129），罗马统帅。为大西庇阿长子的养子。前147年任执政官，率军进攻北非，次年陷迦太基城，第三次布匿战争结束，也获"阿非利加西庇阿"称号。罗马共和国著名演说家，爱好希腊文艺，庇护希腊学者文人。

**Seneca L. Annaeus** 塞涅卡（约前4—后65），罗马哲学家，新斯多葛派的代表人物。青年时去罗马习修辞和哲学。卡里古拉时代当财务官，克劳迪乌斯时代被放逐到科西嘉岛。公元49年，应新皇后的请求，召回当太子尼禄的师傅。尼禄即位后得势，任执政官，因尼禄暴虐，有自危感，一度退隐、终因涉嫌皮索阴谋案，被尼禄勒令自尽。著有大批伦理哲学短论，主要有《论愤怒》《论仁慈》《论精神安宁》《论道德书简》等。宣传宗教神秘主义和宿命论。

**Seven Sages** 传统认为古希腊有七个最具智慧的人，通称"七贤"，指：泰勒斯（米利都）、梭伦（雅典）、开伦（斯巴达）、柏利安得（科林斯）、庇达卡斯（米提利尼）、克利奥布拉斯（罗得岛）、贝阿斯（小亚细亚爱奥尼亚地区）。

**Soczates** 苏格拉底（前469—前399），希腊哲学家。据说父为石匠，母为产婆。认为哲学的目的不是在于认识自然，而在于"认识自己"。以"自知其无知"为标榜，宣称他不是"智者"，而是"爱智者"。他主张有知识的人才具备美德，才能治理国家。深信他一生为某个精灵护持和支配。最后被当局控以传播异说、毒害青年、反对民主之罪，由法庭判以死刑。苏格拉底好谈论而无著述，其言行大抵见于柏拉图的一些对话（如《自辩篇》《克里多篇》《拉基斯篇》等）和色诺芬的《苏格拉底言行回忆录》。在柏拉图的《泰阿泰德篇》中，苏格拉底宣称，他虽无知，但能帮助别人获得知识，正像自己母亲是产妇，年老不能生育，但能接生。她用"产妇术"这个术语，指双方通过问答，揭露对方的矛盾，使之逐步达到所谓普遍性认识。

**Solon** 梭伦（约前638—约前559），雅典政治家，诗人。希腊七贤之一。出身没落贵族，在雅典和麦加拉争夺萨拉米岛战争中荣立战功，写下哀体诗《萨拉米颂》。在平民与贵族斗争重要关头，任执政官（前594年），进行政治改革，所谓"梭伦立法"。还颁布《土地最大限度法》。剥夺氏族贵族部分利益，有助于工商业发展，但未能满足下层平民。他想以"一面盾牌，保护（贫富）两方"，终不免招致责难。

**Sophocles** 索福克勒斯（约前496—前406），古希腊三大悲剧作家之一。出身富高家庭，受过良好教育。曾任雅典财务官、将军等要职。相传写有一百二十多部悲剧。现存《俄狄浦斯王》《安提戈涅》《埃涅阿斯纪》等七部完整的悲剧。在雅典戏剧演出竞赛中得奖二十余次。锐意改革希腊戏剧，其艺术成就，对文艺复兴产生过积极影响，在欧洲剧坛享有盛誉。

**Speusippus** 斯珀西普斯（前393—前399），希腊哲学家，柏拉图外甥。在柏拉图学园学习，舅父死后担任学园领导工作。对毕达哥拉斯的数的理论尤有研究。

斯多葛派，公元前四世纪芝诺（季蒂昂的）创立于雅典的哲学学派。因其讲学场所有彩色壁画的柱廊，在希腊 Stoikoi，音译为"斯多葛"，故有此名。提倡禁欲主义，提出有关命题逻辑的一些问题。通过内修与本性获得自足自得的心灵，不为外因所动。晚期蜕化为宣传宿命论。

**Suetonius** 苏托尼厄斯（约69—约140），罗马传记作家。曾任罗马皇帝哈德良的侍从秘书。因职务之便，充分利用国家档案库的文献资料，后离职专事著述。传世之作为《罗马帝王传》（也名《十二恺撒传》），记述从恺撒到图密善十二个罗马帝王的生平事迹。

**Suleiman I** 苏里曼一世，也称苏里曼二世（1494—1566），土耳其苏丹（1520—1566）。在位时颁布一系列法典，改革行政制度，史称为"立法者"。对外大肆扩张，为奥斯曼帝国极盛时期。占领贝尔格莱德（1521），侵入匈牙利（1526），围攻维也纳（1529），在东方占领亚美尼亚、美索不达米亚、也门一带，将北非的黎波里、突尼斯和阿尔及利亚并入帝国版图。1536年，苏里曼与法王弗朗索瓦一世结盟反对神圣罗马帝国查理五世。1565年进攻马耳他岛惨败。翌年再次出征匈牙利，在战役中阵亡。

Sulla 苏拉（前138—前78），罗马统帅、独裁者。权贵派代表。早年为马略部将，后与马略激烈争权。前88年当选执政官，率军东征本都王国。平民派马略欲解除其兵权，他闻讯进占罗马城，捕杀马略追随者，继续东征。旋马略与秦那联合在罗马掌权，亦虐杀苏拉的追随者。苏拉在东方打败本都国王，前84或前83率四万军队返意大利，马略已死，马略派欲组织抵抗，失败。苏拉又掀起一阵追杀马略派的风暴。任终身"狄克维多"（独裁者）。后放弃官职，退隐乡间，对罗马国事仍有重要影响。前78年患痼疾而死。

Synacuse 或 Siracusa 叙拉古，一译锡腊库扎。意大利西西里岛东南沿海古城。公元前8世纪希腊城邦科林斯所建。早期实行贵族统治，由土地所有主掌权。约前485年左右，平民势力增长，驱逐贵族地主。随之出现僭主政权。狄奥尼修斯一世，不断扩大叙拉古城，修筑坚固城墙，提高其战略地位。统治时国势强盛，为西西里岛东部霸主、与西地中海大国迦太基抗争。约前264年，由于一批退役的意大利雇佣兵强占西西里岛东北端麦萨那，导致布匿战争的爆发。第二次布匿战争（前218—前201），坚决抵抗罗马侵略。公元前212年城陷，从此叙拉古长期处于罗马统治之下，成为西西里行省一部分，渐失其重要性。

# T

Tacitus 塔西佗（约55—约120），罗马历史学家。历任保民官、执政官、行省总督等职。反对帝制，以共和政体为理想。著作有《年代记》《历史》《日耳曼尼亚志》。《阿古利可拉传》记岳父在不列颠任职情况。行文艰深，取材翔实，均系研究西方古史的重要资料。

Timur（Tamenlane） 帖木儿（1336—1405），帖木儿帝国创建者。出身于中亚一突厥化蒙古贵族家庭。1362年在一次战斗中右腿因伤致残，故名"帖木儿兰格"（Timur Lang，Lang在波斯语中为"跛子"），在欧洲讹为塔木兰（Tamer lane）。1370年自称成吉思汗继承人，灭西察合台汗国，夺取河中地区统治权，称大埃米尔，建都撒马尔罕。1380年代，夺取波斯和阿富汗，侵占南高加索和两河流域，征服花剌子模。1389、1391、1395年三次进军钦察汗国，并攻入印度，焚掠德里，屠杀战俘近十万人。1402年俘土耳其苏丹巴雅塞特一世。晚年曾纠集二十万大军欲东侵中国（明成祖永乐三年），但在渡过锡尔河后不久病死军中。帖木儿死后帝国分裂、十六世纪初为乌兹别克人所灭。帖木儿每征服一地，把当地的工匠、艺术家和学者掳至撒马尔罕，使该军成为当时文化艺术中心。

Tasso 塔索（1544—1595），意大利诗人，幼年跟随诗人父亲贝尔纳多·塔索不停地流放与迁徙，使他有机会接触到最风雅的朝臣。十二首八音节诗《里那尔多》和一出田园戏剧《阿敏塔》获得极大成功，也展望塔索1565—1571心情恬静的年代。后因一段不幸的恋情、写作用心过度以及宗教上的困惑，使他在医院度过七年时间，治疗精神与肉体的创伤。出院后流浪到罗马，死于一家修道院内。杰作有《解放的耶路撒冷》《征服的耶路撒冷》等。

Tezence（Tezentius） 泰伦提乌斯，一译特兰提乌，（约前195—前159）生于迦太基，幼时被带到罗马，给元老院议员泰伦提乌斯·卢卡努当奴隶，颇聪慧，主人给他教育，还他自由身，并赐他用自己的姓氏。与小西庇阿等名人结交，去希腊研习米南德的喜剧。今保留六部剧本：《安德莉亚》《后娘》《太监》《玻尔米俄》等。其优美文体受恺撒与西塞罗的赏识。

**Thales** 泰勒斯（约前624—约前546或547），希腊哲学家，七贤之一。生于小亚细亚西岸爱奥尼亚城市米利都。其所创的学派也称米利都派。生平事迹已不可考，也无任何著作流传。据说曾预言发生于公元前585年5月28日的那次日蚀。在埃及考察过尼罗河泛滥的原因，并试图根据金字塔的影子测量其高度。认为万物皆生于水，最终又复归于水。他被看作是古希腊自然哲学学派的开山祖。

**Thebes** 底比斯古埃及中王国（约前2000—前1780）和新王国（前1567—前1085）时期的都城。城跨尼罗河中游两岸，规模宏大，在荷马诗中称"一百城门的底比斯"。公元前88年被毁，今为埃及最大的古迹遗址。

**Theophzastus** 提奥弗拉斯特（约前371—约前287），希腊哲学家。游学雅典，初学于柏拉图，后为亚里士多德的忠实弟子。继承并发展了亚里士多德开创的逍遥学派。有大量著作已散佚，今存：《论性格》、《植物志》及《植物的成因》，被认为是初步建立植物学体系的尝试。

**Thirty Tyrans** 三十僭主，也称三十暴君。公元前404年伯罗奔尼撒战争结束希腊战败，斯巴达统帅来山得在雅典建立的寡头政治。以克里提阿斯和忒拉米尼为代表的三十大贵族掌握政权，施行暴虐统治。推行恐怖政策，大肆捕杀和驱逐民主派，没收财产征收苛税。后三十僭主内部分裂，斯巴达国内又起内乱，来山得召回本国，八个月后被民主派推翻。

**Tiberius** 提比略，一译提比留（前42—后37）。罗马皇帝（14—37）。莉维亚与提比略·克劳迪乌斯所生。莉维亚改嫁奥古斯都，提比略为后者收养。长期在莱茵河、多瑙河一带征战。前

12年，奥古斯都逼他与前妻离异，命娶其女阿格里巴。后被奥古斯都定为继承人，即位时已五十六岁。执政引起广泛不满，后死于禁卫军长官马克罗之手。

**Tibullus** 提布卢斯（前50—前19或18），拉丁诗人。普罗佩提乌斯与奥维德的朋友。出身于田园生活，诗风与维吉尔接近，音乐性极强。著有《哀歌》两部。

**Tnojan war** 特洛伊，也叫伊里昂（ILium）。小亚细亚西北部古城，地势险要。据希腊神话，条瑟在此首建王国，传至普里阿摩斯，繁荣富饶，有"普里阿摩斯的宝库"之说。其子帕里斯拐走斯巴达王后海伦，引起希腊人远征，终以"木马计"攻陷特洛伊。荷马史诗《伊里亚特》即叙述历时十年的特洛伊围城战。

**Tuznebus, Adzianus** 图纳布斯（1512—1565），法国人文主义学者，法兰西学院教授。他发表文章介绍希腊文学，使法国人对此有所了解。

## V

**Varro** 瓦罗（前116—前27），罗马作家、学者。到雅典，从学于柏拉图门徒安提奥卡斯。担任过保民官、财务官、海军将领和西班牙驻军长官。在庞培与恺撒内战时反对恺撒。恺撒得胜后宽赦他，受命筹建罗马第一所公立图书馆。生平著述甚多，包括文、史、哲、法各门类。同时代人西塞罗和后世圣奥古斯丁皆赞其博学。今仅存《拉丁语论》（残篇）和较完整的《论农业》，后者是研究罗马共和国后期庄园经济的重要资料。

**Vezcingetoicx** 韦圣日托利克斯（？—前46），一译维钦及托列克斯。本是阿威尼族首长，罗马统帅恺撒征服高卢期间，他于前52年率众起义，重创罗马入侵部队，收复许多地区。恺撒倾全力镇压，并得到日耳曼骑兵队之助，包围阿莱吉亚要塞，起义者解围无望，被迫投降。被俘，押送罗马后被处死。

Virgil 维吉尔（前70—前19），罗马诗人。在米兰、罗马就学，习修辞学和伊壁鸠鲁派哲学。罗马前三头内战时期，家产没收。后得屋大维（奥古斯都皇帝）赏识，在那不勒斯置一庭园写作。后为罗马帝国初年宫廷诗人。作品有《牧歌》《田功诗》，描述农事（耕种、园圃、畜牧、养蜂）。诗中视奥古斯都为现世神；《埃尼德》（十二卷）更以古代神话和诗人幻想结合，费时十一年而成。维吉尔煞费苦心将罗马帝系上溯到神的苗裔。据说，维吉尔病逝前欲焚毁《埃尼德》，因奥古斯都阻止而作罢，乃得以传世。

## X

Xenoczate 色诺克拉特（前400—前314），希腊哲学家。柏拉图弟子和朋友。前339年执掌学园。他试图结合柏拉图与毕达哥拉斯的理论。

Xenophanes 色诺芬尼（约前570—约前480），希腊哲学家。生于小亚细亚的克罗封，当波斯人占领时，他前往意大利，一度住在埃利亚，也就被人们认为是埃利亚学派代表人物。从保留至今的《教喻诗》《论自然》等的片断来看，毋宁说他是伦理哲学兼诗人。他极力抨击希腊流行的"神人同形同性"观，说荷马与赫两俄德把偷盗、奸淫、欺诈等人间丑行强加在神的头上，极不道德。受朱利都派影响，主张一切都是从土和水中生长。

Xenophon 色诺芬（约前430—约前354），希腊历史学家、作家。出身富豪之家，是苏格拉底的弟子。斯巴达制度的崇拜者。公元前401年征召希腊雇佣军帮助波斯王子小居鲁士夺取波斯王位。小居鲁士兵败被杀，他被雇佣军推举为领袖，率万余人从两河流域返归希腊，公元前396年弃雅典投身斯巴达。被雅典公民大会缺席审判，判处终身放逐。寄居斯巴达约二十余年，专事著述。主要作品有《希腊史》《远征记》《斯巴达政体论》《居鲁士的教育》等。

Xerxes I  泽尔士，一译薛西斯（约前519—前465），波斯帝国皇帝（前486—前465），大流士一世之子。即位初，镇压埃及、巴比伦等地的反波斯起义。希波战争中（公元前480年）率海陆大军远征希腊。温泉关一役，斯巴达国王战死。进兵洗劫雅典。旋在萨拉米海战中，舰船损失殆尽，仓皇溃逃。次年波斯军又败。希腊军转入反攻。刚愎自用，晚年益加暴虐，死于宫廷阴谋。

Zeno（of cittium）芝诺（季蒂昂的）（约前336—约前264），希腊哲学家，斯多葛派创始人。曾师事犬儒派克拉底、麦加拉派斯蒂尔波和学园派色诺克拉特。也受亚里士多德的影响。约公元前294年，在雅典广场的壁画长廊（Stoa Poikile）开办学校，创立新学派，即以"画廊派"为名，也音译为斯多葛派。芝诺注重自然哲学和伦理哲学的探讨，其终极目标在于达到美德。

Zeno（of glea）芝诺（埃利亚的）（约前488—约前430），希腊哲学家。与其师巴门尼德皆为埃利亚学派的代表人物。柏拉图《巴门尼德篇》记载，巴门尼德曾携他参加一次泛雅典娜大节（约前448）。据说因为反对僭主统治而被处死，英勇就义。其讨论自然的著作今保存残篇。芝诺出名不在于提出新学说，而在于为巴门尼德的"存在论"做辩解，认为世界上运动变化的万物是不真实的，唯一真实的东西是巴门尼德所谓的"唯一不动的存在"。

Zarathustra  查拉图士特拉，也有写成Zoroaster，译为琐罗亚斯德。（约前700—前580）波斯宗教改革者，琐罗亚斯德教（中国古代称为拜火教、祆教）的创立者。其生平众说不一。据说出身波斯一个骑士家庭，早年弃家过隐遁生涯，三十岁建教，信者寥寥，后得大夏国王信仰，骤然兴旺，传播至波斯各地。并积极参与跟异教徒的战争，一次战斗中随同一批祭司集体被杀。琐罗亚斯德教在三到七世纪为萨珊王朝时的国教。七世纪阿拉伯人征服波斯后，随着伊斯兰教的传播，逐渐衰落。